dtv
premium

Jean-Louis Fetjaine

Die Stunde der Elfen

Roman

Aus dem Französischen von
Svenja Geithner

Deutscher Taschenbuch Verlag

Von Jean-Louis Fetjaine
sind im Deutschen Taschenbuch Verlag erschienen:
Vor der Elfendämmerung (24234)
Die Nacht der Elfen (24290)

Deutsche Erstausgabe
November 2002
Deutscher Taschenbuch Verlag GmbH & Co. KG,
München
www.dtv.de
© 2000 Belfond, Paris
Titel der französischen Originalausgabe:
›L'heure des elfes‹
© 2002 der deutschsprachigen Ausgabe:
Deutscher Taschenbuch Verlag GmbH & Co. KG,
München
Umschlagkonzept: Balk & Brumshagen
Umschlagbild: ›Dew Drenched Furze‹
von John Everett Millais
Satz: KCS GmbH, Buchholz/Hamburg
Gesetzt aus der Berling 10,5/12,5˙ (QuarkXPress)
Druck und Bindung: Kösel, Kempten
Gedruckt auf säurefreiem, chlorfrei gebleichtem Papier
Printed in Germany · ISBN 3-423-24334-1

Die Personen
in alphabetischer Reihenfolge

ANTOR: Königliche Wache, von der Königin Igraine geadelt

ARTUS: Sohn von Igraine und Uther

BALDWIN: König der Zwerge unter dem Roten Berg

BLAISE: Mönch und Beichtvater der Königin Igraine

BLODEUWEZ: Elfische Heilerin, Freundin Llianes

BRAN: Jüngerer Bruder Rogors, Regent unter dem Schwarzen Berg

CYSTENNIN: Baron, Vater von Uther, den Llandon getötet hat

DORIAN: Bruder der Königin Lliane

ELAD: Kaplan des Marktfleckens von Cystennin

FREHIR: Barbarenkrieger, Freund von Uther, Häuptling des Dorfes Seuil-des-Roches

GALAAD: Junger Barbar, Adoptivsohn von Frehir

GORLOIS: Ehemaliger Seneschall des Königs Pellehun, Hausmeier des Palastes und Herzog von Tintagel, dann Herrscher des Königreichs von Logres und Gemahl Igraines, der von ihr ermordet wurde

GUERRI LE FOL: Mörder und Mitglied der Gilde

GWYDION: Hoher Druide der Elfen von Brocéliande

IGRAINE: Königin von Logres, einst Gemahlin des Königs Pellehun, nach dessen Tod die von Gorlois, jetzt Gemahlin Uthers

ILLTUD:	Abt, im Königreich von Logres als Heiliger angesehen, ehemals Ritter mit dem Namen Illtud de Brennock
LÉO DE GRAND:	Herzog von Carmelide, Bruder Igraines und Konnetabel des Königs
LLANDON:	König der Hohen Elfen, vom Pendragon geblendet
LLEU LLAW GYFFES:	Löwe mit der sicheren Hand, Druidenlehrling bei den Elfen
LLIANE:	Königin der Hohen Elfen, Gemahlin des Königs Llandon
MAHAULT:	Hehlerin in der Unterstadt von Kab-Bag, Oberhaupt der Gilde
MAHELOAS:	Prinz von Gorre, von den Menschen Meleagant genannt, von den Elfen Melwas
MERLIN:	Kindmann, halb Elf, halb Mensch; mit elfischem Namen Myrrdin
MORGANE:	Tochter von Uther und Lliane, mit elfischem Namen Rhiannon (die Königliche)
MORGAUSE:	Tochter von Igraine und Gorlois; auch Anna genannt
ONAR:	Zwergenkrieger aus dem Gefolge Brans
PELLEHUN:	Verstorbener König von Logres
ROGOR:	Thronerbe unter dem Schwarzen Berg
SUDRI:	Zwergischer Magier aus dem Gefolge Brans
TAROT:	Gnom, Sheriff von Kab-Bag
ULFIN:	Einer der zwölf Recken, Wachen des Großen Rates, und Freund von Uther
UTHER:	König von Logres, Gemahl der Menschenkönigin Igraine und Geliebter der Elfenkönigin Lliane, Vater von Artus und Morgane/Rhiannon

Hab Wein getrunken aus einem herrlichen Kelch
Mit den Anführern des grausamen Krieges.
Mein Name ist Myrrdin, Sohn des Morvryn.

Hab Wein getrunken aus einem Kelch
Mit den Anführern des alles verheerenden Krieges.
Myrrdin ist mein ruhmreicher Name.

›Verwüstete Erde‹
(XII. oder XIII. Jahrhundert)

Prolog

Die Welt war im Chaos versunken. Möglicherweise würde man sich dereinst eines fernen goldenen Zeitalters erinnern, einer glücklichen Epoche, in der zwar nicht immer Frieden zwischen den vier Stämmen der Göttin Dana geherrscht hatte, aber zumindest ein ausgewogenes Kräfteverhältnis, und in der das Überleben der Stämme durch die großen Talismane gesichert gewesen war. Das Schwert des Gottes Nudd, von den Menschen Excalibur genannt, war den Zwergen geschenkt worden. Der Fal Lia, der Heilige Stein, der ächzte, sobald sich ein echter König näherte, gehörte den Menschen. Die Dämonen besaßen die mörderische Lanze von Lug und die Elfen den Kessel von Dagda, dem Gott des Wissens ... So war es von Anbeginn der Zeiten gewesen.

Man glaube bloß nicht den Märchen: Die Menschen waren es, die dieses Gleichgewicht zerstörten, und nicht etwa die bösartigen Zwerge, denen alle Übel angelastet werden. Die Menschen und ihre neue Religion, deren Verfechter die Einzigartigkeit einer auserwählten Rasse predigten und ihre Überlegenheit über alle anderen verkündeten. Eine einzige Erde, ein einziger König, ein einziger Gott, das verkündeten sie – und im Namen ebenjenes Gottes wurde die abscheulichste Gemeinheit begangen, die die Welt je gesehen hat ... um dann dem Vergessen anheim zu fallen.

Die Menschen raubten dem Volk der Zwerge Excalibur und

schafften es, dieses schwere Verbrechen den Elfen anzulasten. Der alte König Pellehun und sein Seneschall, Herzog Gorlois von Tintagel, bezahlten zwar für dieses schändliche Vergehen mit ihrem Leben, aber das Unglück war geschehen. Weder Lliane, die Königin der Hohen Elfen aus dem Wald von Brocéliande, noch der Ritter Uther, der dank der überwältigenden Kraft ihrer Liebe zum Pendragon geworden war, noch der Druide Merlin vermochten die daraus erwachsenden Kriege zu verhindern, den Hass und die Zwietracht, durch die das Königreich von Logres in blutige Wirren gestürzt wurde. Kaum befand sich ihr Talisman nicht mehr in ihren Händen, verschwanden auch schon die Zwerge. Ihre ausgedehnten Herrschaftsgebiete unter dem Berg lagen unter Felstrümmern vergraben, und man sah in den Siedlungen der Menschen sonderbare Wesen, zugleich Mensch und Zwerg, als seien die beiden Rassen zu einer verschmolzen.

Der Krieg war augenblicklich vorüber, doch der Talisman war den Königreichen unter dem Berg noch nicht wieder zurückgegeben worden.

Noch war der Frieden nicht wiederhergestellt ...

I

Die Jäger

Nach und nach vertrieb der Wind die düsteren, nächtlichen Wolken. Frehir, der trotz der beißenden Kälte der frühen Morgenstunden mit nacktem Oberkörper umherlief, schob mit einer schwungvollen Handbewegung den Teppich aus welkem Laub beiseite, der das schwarze Nass einer Pfütze bedeckte, und spritzte sich, schnaubend und prustend, das Wasser ins Gesicht. Um ihn herum hingen noch zähe Nebelschwaden über dem Farnkraut. Trotz der jähen Böen, die die Zweige in den Baumwipfeln über ihm peitschten, lag das Unterholz ruhig, verschlafen, unberührt von dem wilden Treiben am Himmel. Frehir reckte und dehnte sich, kratzte sich heftig den struppigen Bart, in dem sich allerlei Pflanzenreste verfangen hatten, dann streifte er wieder sein wollenes Hemd über und zog sich den schweren Fellumhang über die Schultern. Der trübe, graue Morgen kündigte bereits den Winter an, und es versprach ein trostloser und kalter Tag zu werden, doch zumindest würde es nicht regnen. Das stand jedenfalls zu hoffen ...

Die Menschen des Clans hatten im Schutze eines efeuüberwucherten Baumstammes genächtigt, eingewickelt in ihre Mäntel und eng aneinander geschmiegt wie Tiere; im Großen und Ganzen unterschieden sie sich hierin kaum von den Bären, die sie bereits seit zwei Tagen verfolgten. Vermutlich eine Sippe, eines oder sogar mehrere Weibchen mit ihren Jungen, die zu sehr damit beschäftigt waren, sich im Hinblick auf den nahen-

den Winter den Bauch voll zu schlagen, als dass sie darauf ge-
achtet hätten, ihre Fährte zu verwischen. Die Tiere ließen eine
Spur aus blutigen Fleischresten, Dunstwolken und abgenagten
Holunderzweigen zurück, doch sie entkamen ihnen immer wieder und lockten sie zunehmend tiefer in den Wald hinein; schon
jetzt waren sie Meilen von Seuil-des-Roches entfernt. Ein langer Weg über Berg und Tal, den sie wieder zurückgehen und
dabei auf behelfsmäßigen Tragen die ungeheuerliche Masse ihrer erlegten Beute hinter sich herschleifen mussten, sofern es
ihnen überhaupt gelang, sie zu töten. Frehir schüttelte angewidert den Kopf, dann warf er einen finsteren Blick auf die form-
losen Umrisse seiner Gefährten. Sie schliefen noch, einschließlich Brude, der sich anscheinend auf einen Ameisenhaufen gelegt hatte und mit offenem Munde schnarchte, den Bart vom
Kinn bis unter die Nase wimmelnd von Insekten.

Frehir hob seinen Jagdspeer auf und befreite das Schaftende
von der erkalteten Asche ihres Lagerfeuers. Kein Funken Glut
mehr ...

»Los, aufgestanden!«, grunzte er und klopfte blindlings auf
den Haufen der Schlafenden. »Galaad, mach Feuer, ich habe
Hunger!«

Der kleine Junge erhob sich mühsam, richtete sich halb auf
und wandte Frehir ein schlafverquollenes Gesicht zu. Bevor er
sich fasste und die grimmige Miene aufsetzte, von der er
glaubte, er werde damit als einer der Ihren durchgehen, erschien er einen winzigen Augenblick lang als das, was er wirklich war: ein Kind, wahrscheinlich noch keine zehn Jahre alt
(Frehir hatte ihn eine ganze Weile nach seiner Geburt in seine
Obhut genommen, wer konnte schon sagen, wie alt er war?).
Und sein kurzes blondes Haar, das nach der Mode in Loth
geschnitten war, verlieh ihm eher das Aussehen eines Pagen als
das eines Kriegers. Sie lächelten einander flüchtig zu, dann zog
Galaad sich fröstelnd seinen Umhang über die Schultern und
ging davon, um seiner Pflicht nachzukommen.

Während die Übrigen langsam wach wurden, entfernte sich

12

der Barbar in die entgegengesetzte Richtung, erklomm schwerfällig eine kleine Anhöhe, die einen Ausblick über die Lichtung bot, und sah von dort bis zum Horizont nichts als den sanft gewellten Teppich herbstlich roter Bäume. Vor ihm dehnte sich, so weit das Auge reichte, der Wald, gewaltiger als das Meer – und beim leisesten Windstoß bot sich seinem Blick ein Schillern wie beim langsamen, majestätischen Wogen von Wellen. Zu jener Zeit war die Welt über und über von Bäumen bestanden, die so zahlreich und dicht an dicht wuchsen, dass sie ein riesiges Dach zwischen Himmel und Erde bildeten, welches sich bis zu den Ebenen der Menschen und zu den düsteren Bergen der zwergischen Königreiche spannte. Doch die Menschen fürchteten sich vor dem Wald, und die Reiche der Zwerge unter dem Berg waren verschwunden ...

Frehir holte tief Luft, dann entleerte er in aller Seelenruhe seine Blase, um den neuen Tag zu begrüßen.

Eine Böe fuhr knatternd unter seinen Fellüberwurf und blies seine blonden Zöpfe hoch, die ihm gleich einem Helm Hals und Nacken bedeckten. Blitzartig ging er in die Hocke und hielt den Atem an. Die Brise hatte einen Geruch herübergeweht. Nach Bären, aber nicht allein. Es stank nach lauwarmem Blut, ekelhaft süßlich. Nach Eingeweiden. Die wilden Tiere machten sich vermutlich gerade über ein Opfer her ...

Frehir stürzte den Hügel bis zum Lager hinab. Die Männer aus dem Clan waren endlich wach und schüttelten sich, prustend vor Lachen, weil Brude wild herumfuchtelte, um die Ameisen zu verscheuchen, die auf seinem ganzen Körper herumkrabbelten. *Eine* Geste, *ein* Blick ihres Häuptlings, und sie verstummten, griffen zu ihren Waffen und bezogen um ihn herum Stellung.

»Da sind sie«, murmelte Frehir und zeigte in die Richtung, aus der der Wind kam. »Hundert Klafter[1], mehr nicht. Bringen wir die Sache zu Ende.«

1 Knapp zweihundert Meter

Die Männer stürmten hinter ihm durch die hohen Farnpflanzen, lautlos wie Elfen. Die Bären verströmten einen derart bestialischen Gestank, dass sie keines Führers bedurften,
um ihrer Spur zu folgen. In ihre schweren Pelze gehüllt, hielten sie nur inne, um den Geruch der wilden Tiere zu erschnuppern, die Fäuste um ihre Speere geballt, auf den Lippen ein
Lächeln und mit pochendem Herzen, darauf gefasst, jeden Moment auf ihre Höhle zu stoßen. Es musste sich um ein ziem-
liches Gemetzel handeln, denn der Geruch nach Blut und
Eingeweiden war derart heftig ... Vielleicht hatten sie einen
Damhirsch oder einen Dachs getötet. Oder aber sie hatten
sich gegenseitig zerfleischt. Das kam durchaus einmal vor, wenn
es mehrere Weibchen und nur ein einziges Männchen gab ...
   Dennoch verlangsamten die Menschen in dem Maße, wie sie
näher kamen, ihren Schritt. Da war noch etwas anderes. Jeder
weiß, wie fürchterlich Bären stinken, doch der Ekel erregende
Aasgeruch, der ihnen fast den Atem verschlug, übertraf alles,
was sie bis dahin erlebt hatten. Frehir war der Erste, der im
Schutz der Farnpflanzen stehen blieb, nicht nur, um vor dem
endgültigen Angriff zu verschnaufen, sondern auch, um die
widerlichen Ausdünstungen zu identifizieren. Die übrigen Jäger taten es ihm nach, die Nase schnüffelnd in die Luft gereckt
wie Jagdhunde, die Witterung aufnehmen. Doch sie sahen einander hilflos an, denn keiner konnte sich einen Reim darauf
machen.
   »Brude, Cian, nach rechts«, raunte Frehir, nachdem er es aufgegeben hatte herauszubekommen, was einen derart scheußlichen Gestank verströmen mochte. »Wid und Eabald nach links.
Ich werde in der Mitte laufen, zusammen mit ...«
   Frehir unterbrach sich, er bemerkte erst jetzt, dass der kleine
Junge fehlte ...
   »Galaad! Wo steckt er?«
   »Du hattest ihn zum Holzsammeln losgeschickt«, grummelte Cian, ein Hüne, der derart mit Tätowierungen übersät
war, dass sein Körper ganz blau war.

Sie trugen alle Tätowierungen, manchmal sogar im Gesicht, und diese seltsamen Verzierungen sollten sie gleich Rüstungen schützen, selbst wenn sie nicht wirklich daran glaubten.

Frehir blickte sich flüchtig um und zögerte einen kurzen Moment. Wenn er im Lager geblieben war, befand sich Galaad vermutlich nicht in Gefahr, doch er träumte so sehnlich davon, ein Mann zu werden, dass es ihm durchaus zuzutrauen war, dass er mit eingezogenem Kopf die Höhle der Untiere stürmte ...

»Geh zurück, um ihn zu suchen«, sagte Brude mit einem zahnlosen Lächeln, das sämtliche Jungfrauen der Stadt das Gruseln gelehrt hätte. »Es werden noch weitere Bären nachkommen, nun mach schon ...«

Frehir lächelte ebenfalls, um dann mit einem undeutlichen Gefühl der Scham kehrtzumachen und kurz darauf zwischen den Farnen zu verschwinden. Brude hatte Recht. Es gab jede Menge Bären auf der Welt und nur wenige Kinder. Vor allem bei den Barbaren, die wegen ihrer Tätowierungen »bemalte Menschen« genannt wurden und in den Marken lebten, zwischen den Sümpfen der Grauen Elfen und dem Land von Gorre, dem finsteren Reich Dessen-der-keinen-Namen-haben-darf.

Die Männer wechselten amüsierte Blicke, als er davontrabte, dann schwärmten sie gemäß den Anweisungen ihres Häuptlings aus. Jetzt trennte sie nur noch ein dünner Vorhang aus Farnkraut und Büschen von dem dampfend heißen Aas, das sie allmählich vage erahnen konnten. Noch ein paar Schritte, und der schauerliche Haufen von Kadavern läge offen vor ihnen. Sie waren hartgesottene Männer, aber dennoch stockte ihnen das Herz. Das Bild, das sich ihnen da auf der Lichtung bot, übertraf ihre schlimmsten Erwartungen: ein Ekel erregendes Gemetzel, das nicht etwa die Bären veranstaltet hatten, nein, sie waren vielmehr die Opfer. Weibchen und Jungtiere waren mit unsäglicher Grausamkeit zerfetzt worden, und ihre Eingeweide waren bis an die weißen Stämme der Birken am Waldrand gespritzt. Zerrissen und bei lebendigem Leibe verschlungen, lagen sie da, reglos, die Bäuche aufgeschlitzt, ihr warmes Blut floss noch, zäh und schmierig, dampfend im frühmorgendlichen Raureif. Ihr Angreifer war – um wen auch immer es sich gehandelt hatte – verschwunden. Kein Laut war mehr zu hören, nicht einmal ein Vogelzwitschern. Nur das Säuseln des Windes hoch oben im Geäst, das Rascheln der Farne unter ihren Füßen und ihr eigener keuchender Atem, stoßweise und unregelmäßig. Sie richteten sich auf, doch keiner von ihnen brachte ein Wort heraus, so schlecht war ihnen beim Anblick dieses sinnlosen Blutbades geworden.

Da, plötzlich, geriet um sie herum alles in Bewegung.

Frehir kletterte fluchend die kleine Anhöhe oberhalb der Lichtung hinauf. Galaad war nicht im Lager, und er konnte ihn auch nicht laut rufen, da er Angst hatte, die Bären aufzuscheuchen. Am höchsten Punkt angelangt, suchte er mit finsterem Blick das Gelände am Waldrand ab und entdeckte ihn schließlich, wie er einen dicken Ast hinter sich herschleifte und dabei eine unübersehbare Spur hinterließ, wie ein ganzes Rudel Wildschweine. Er hob gerade den Arm, um ihn auf sich aufmerksam zu machen, als das Geheul losbrach. Ein entsetzliches, unmenschliches Gebrüll, vermischt mit den Schreckensschreien seiner Gefährten. Dort unten, auf der Lichtung der Bären, waren die hohen Farnpflanzen urplötzlich in Bewegung geraten, als würden sie von einem Besessenen geschüttelt; ihm gefror das Blut in den Adern, als er das kehlige Kläffen erkannte, das von dort herüberdrang.

Trolle.

Gewiss, niemand hatte je einen Troll gesehen (oder, genauer, niemand hatte je die Begegnung mit ihnen überlebt), aber Frehir vermochte ohne den leisesten Zweifel die Grauen erregenden Geschöpfe aus seinen Albträumen zu identifizieren. Wie alle Barbaren aus den Marken hatte er in seiner Kindheit und

16

Jugend die Furcht vor den Trollen eingeimpft bekommen, wenn die Alten ihre Legenden über jene Wesen erzählten, die sie die »Menschenfresser aus den Hügeln« nannten. Das freie Volk der Trolle lebte an der Grenze zu den Schwarzen Landen, und sie zerfetzten und verschlangen jeden, der verrückt genug war, sich in ihr Territorium vorzuwagen, gleich ob Mensch, Elfe, Zwerg oder wildes Tier. So weit er sich entsinnen konnte, wurde allerdings in keiner einzigen Erzählung erwähnt, dass sie sich irgendwo anders als in ihren kahlen Hügeln aufhielten. Was machten sie also hier im Wald?

Starr vor Entsetzen, ja, zu erschrocken, um überhaupt nur daran zu denken, sich auf die Erde zu werfen, beobachtete Frehir den entsetzlichen Tumult in den hohen Farnpflanzen bis zum Ende, ringsum das laute Röcheln der im Todeskampf liegenden Jäger und das wahnwitzige Gebell der Ungeheuer. Doch das Ganze dauerte nur wenige Minuten. Es machte sich so rasch wieder Stille breit, dass erneut allein das Pfeifen des Windes zu hören war.

»Frehir!«

Bei dem markerschütternden Schrei Galaads zuckte der Barbar jäh zusammen. Das Kind hatte ihn nicht gesehen. Es hatte den Ast fallen lassen und stürmte blindlings auf den Schauplatz des Grauens zu, in wilder Hast, wie von Sinnen, nicht einmal mit einem Speer bewaffnet, mit dem es sich hätte verteidigen können, einzig darauf bedacht, dem zu Hilfe zu eilen, den es von nun an als seinen Vater ansah. Der sprachlose Frehir warf einen angstvollen Blick zu der Lichtung hinüber. Schon lösten sich düstere, hohe Gestalten von dort und bahnten sich einen Weg in Richtung des Jungen, langsam, in süßer Vorfreude wie ein Rudel Wölfe, das nach seinem Teil der Beute lechzt. Es war ihm, als habe man ihm einen Peitschenhieb versetzt. Hals über Kopf raste der Barbar den Abhang hinunter und schoss pfeilgerade auf Galaad zu, wobei ihm die Zweige der Sträucher und die scharfkantigen Stängel der Farne um die Ohren schlugen und er bei jedem Schritt Wolken von Eiskristallen aufwirbelte, so dass er bald nichts mehr erkennen konnte, in den Grasbüscheln verfangen, außer Atem, besinnungslos vor Angst. Als er den Jungen endlich erblickte, stand dieser reglos, mit dem Rücken zu ihm gewandt. Noch ein paar Schritte, und Frehir wurde des Trolls gewahr.

Die Bestie war über vier Ellen[2] hoch und überragte ihn um mehr als Haupteslänge. Sie war klapperdürr, nachgerade bis auf die Knochen abgemagert, über die sich eine schmutzig ockergelbe Haut spannte, und sie war mit einer räudigen schwarzen Behaarung bedeckt. Abgesehen von der langen schwarzen Mähne, die zottelig aus der Stirn herausspross und sich über die gesamte Länge des Rückgrats hinunterzog, erinnerte der Kopf mit der kurzen Schnauze und den vorspringenden Zähnen an den eines Maulwurfs. Und doch hatte ihr düsterer Blick etwas Menschliches an sich, ein Aufschimmern von Intelligenz und Grausamkeit, das daran gemahnte, dass die Trolle einst ein Volk gewesen waren, das zu der uralten Rasse der Fir Bolg gehörte, der »Blitzmenschen«, die von den Stämmen der Göttin besiegt, zerstreut und aus der Welt verbannt worden waren. Es hieß, dass Der-der-keinen-Namen-haben-darf Einzelne von ihnen zurückgehalten und in seine Dienste genommen hatte, doch die Trolle waren wieder zu Tieren mutiert. Wie alle Angehörigen seiner Rasse trug das Ungeheuer weder Kleider noch Waffen, aber die riesigen, fast bis zum Boden herabreichenden Krallen an seinen unendlich langen Armen konnten es mit jedem Streitkolben, Schwert und jeder Lanze von einem von König Uthers Rittern aufnehmen.

Frehir war unvermindert weitergerannt. Mit ungebremstem Schwung prallte der Koloss gegen das Monster und riss es zu Boden. Der Barbar hob seinen Speer und stieß zu, um das Untier auf die Erde zu nageln, doch es war bereits ausgewichen. Mit einem Grauen erregenden Schrei, einer Art heiserem, jaulendem Bellen, das ihm schier das Trommelfell zerfetzte, ver-

---

2 Gute zwei Meter

setzte ihm der Troll einen derart kräftigen Hieb gegen den Schenkel, dass seine schwarzen Krallen ein handtellergroßes Stück Fleisch herausrissen. Frehir brüllte wie am Spieß, doch sein Wehgeschrei erstarb ihm in der Kehle unter der Wucht eines zweiten Hiebes, der ihm den Bauch aufschlitzte und ihn wie eine Stoffpuppe zu Boden schleuderte. Schon kam das Ungeheuer auf ihn zu, die Lefzen über seine gewaltigen Fangzähne hochgezogen, als Galaad in seinem Sichtfeld auftauchte. Der Junge schwankte unter dem Gewicht eines dicken Steines, den er mit hoch erhobenen Armen über dem Kopf hielt. In den Augen der Bestie war ein flüchtiges Aufblitzen von Verständnislosigkeit zu sehen, für den Bruchteil einer Sekunde nur, dann zermalmte der Felsbrocken ihm den Schädel.

Frehir erhob sich in panischer Hast, auf sein heiles Bein gestützt, und stemmte sich mit seinem ganzen Gewicht auf seinen Speer, um dessen feuergehärtete Spitze in den Rumpf des Trolls zu bohren, bis dieser die letzten Zuckungen getan und sein Leben ausgehaucht hatte. Dann erst blickte er zu dem Kinde hinüber. Galaad lächelte unter Tränen und warf sich ihm in die Arme, zitternd vor Angst, Aufregung und Erleichterung.

»Komm, wir müssen von hier fort«, murmelte Frehir. »Die restlichen Monster können nicht weit sein. Hilf mir …«

Galaad schob sich unter seinen Arm, und sie schleppten sich zum Wald hinüber, wobei sie eine blutige Spur hinterließen, die leuchtete wie ein Feuerstreifen in dunkler Nacht.

Frehir riss verzweifelt die Augen auf, um die blendend hellen Lichtpünktchen zu verscheuchen sowie den Brechreiz und die Benommenheit zu vertreiben, die ihn zu übermannen drohten. Seltsamerweise empfand er keinen Schmerz, nur eine wachsende Schwäche und eine Kälte, die sich vom Bauch und den Beinen her in ihm ausbreitete. (Den alten Legenden zufolge wirkt der Speichel der Trolle betäubend und konservierend, was den Monstern erlaubt, ihre Opfer über Tage hinweg in kleinen Häppchen zu verzehren, ohne sich beeilen zu müs-

sen. Aber das sind natürlich wirklich reine Legenden . . .) Plötzlich riss ihn ein heiseres Gebell in ihrem Rücken aus seiner
Lähmung. Vermutlich hatten sie gerade den Leichnam ihres
Artgenossen entdeckt. Und verschlangen ihn womöglich bereits . . .

»Wir schaffen es nicht bis zum Wald«, stöhnte Frehir. »Wir
müssen zurück zur Lichtung . . . «

»Was?«

»Ja, zur Lichtung . . . Um uns unter den Bären zu verstecken.
Blut mit Blut vermischen. Das ist unsere einzige Chance.«

Er zog Galaad herum, und sie liefen zurück in die Richtung,
aus der sie gekommen waren, Frehir schwankend bei jedem
Schritt, den bluttriefenden Bauch eingekrümmt, das Kind halb
zerdrückt von seinem schweren Arm, das Gesicht tränenüberströmt.

Sie blieben einen Moment stehen, als sie die Lichtung erblickten, die wirkte, als sei ein Orkan darüber hinweggebraust,
eine einzige große Blutlache, übersät von bis zur Unkenntlich-
keit verstümmelten Kadavern, zerstückelt, gehäutet, Menschen
und Bären gleichermaßen übel zugerichtet von den Klauen der
Trolle und in Teilen verschlungen. Frehir taumelte, die Augen
gefährlich verdreht. Er nahm die leblosen Körper seiner Gefährten kaum wahr, sondern schleppte sich bis zum Kadaver
eines gewaltigen Bären und schaffte es mit letzter Kraft, diesen
hochzustemmen. Dann schmiegte er sich der Länge nach gegen den blutigen Pelz, zog Galaad eng zu sich heran und ließ
den Körper des wilden Tieres in seine ursprüngliche Lage zurücksinken, so dass er sie unter sich begrub. Sie wurden fast erdrückt von dem Gewicht des massigen Leibes, und der Barbar
verlor das Bewusstsein.

II

Die Horde

Galaad zitterte, ohne sich dessen bewusst zu sein; die Tränen und die Erschöpfung, ja selbst der Albtraum des verstrichenen Tages schienen wie in weite Ferne gerückt. Mittlerweile war es Nacht geworden, und das Kind hatte wie alle Menschen Angst vor der Dunkelheit. Es war finster, es war kalt, und die Monster waren verschwunden. Der Vollmond warf einen eisigen Glanz auf die Lichtung, die so ruhig dalag in ihrem starren Grauen, so dass all die zerfleischten Kadaver darauf wirkten, als gehörten sie seit langer Zeit dorthin, ebenso selbstverständlich wie Felsblöcke und Baumstümpfe. Galaad betrachtete seine erdverschmierten Hände, die abgebrochenen Fingernägel, mit denen er den ganzen Tag lang gegraben hatte, um unter dem tonnenschweren Bären hervorzukommen. Frehir lag immer noch darunter ...

Er warf sich auf die Knie, um erneut in den halb eingestürzten Tunnel zu tauchen, durch den er sich herausgewühlt hatte, und streckte den Arm aus, bis er sich fast die Schulter ausrenkte und seine Hand endlich etwas anderes zu fassen bekam als Erde oder Kies. Er schloss sie um einen Wust aus Pelz, Haaren, Bart oder Fell, was auch immer, und zog unter Aufbietung all seiner Kräfte.

Ein erstickter Schrei war die Antwort auf sein Zerren. Galaad zog noch stärker, so heftig, dass Frehirs Haare nachgaben. Der Junge verlor das Gleichgewicht und kugelte rücklings auf den Boden, ein Büschel ausgerissener Haare zwischen den Fingern. Dann geriet der Untergrund in Bewegung, die mächtigen Pranken des Barbaren kamen zum Vorschein, seine Arme, eine Schulter, und Galaad warf sich mit seinem ganzen Gewicht gegen die Flanke des aufgeschlitzten Bären, im Bemühen darum, diesen wenigstens ein Stück anzuheben, bis schließlich Frehirs Gesicht aus dem Matsch auftauchte. Er bot einen entsetzlichen Anblick, zersaust, blutig und schwarz von Erde, aber Galaad klammerte sich an seinen Hals, er lachte jetzt unter Tränen, und sie krochen beide, Vater und Sohn, aus ihrem Schlupfloch heraus, einander so eng verbunden.

Auf Gras und zertrampelte Farne gebettet, über sich den Sternenhimmel, keuchend und stöhnend bei jedem Atemzug, kam Frehir allmählich wieder zur Besinnung, und sein Bauch brannte bei jedem Luftholen ein wenig mehr. Dennoch lächelte er, glücklich, am Leben zu sein, ja sogar glücklich über den zunehmenden Schmerz, der bewies, dass das Gift des Ungeheuers seine Wirkung verlor. So waren sie also den Trollen entkommen! Trotz des Mondenscheins sah man zwar nur einige Ellen weit, doch der Gestank der Dämonen war verflogen (natürlich mochte er sich täuschen: ein länger währender Aufenthalt unter dem aufgeschlitzten Kadaver eines Bären war durchaus dazu angetan, den Geruchssinn zu beeinträchtigen); doch vor allem hatte die Lichtung sich wieder mit Leben gefüllt: mit den klagenden Rufen der Nachtvögel, dem tausendfachen Summen des kleinen Volkes am Waldessaum – und all dies Sirren und Flirren überzeugte ihn davon, dass die Trolle verschwunden waren. Schon zuckten Schnauzen in unmittelbarer Nähe der toten Körper. Zur Stunde trieben sich nur harmlose Nagetiere herum, doch bald kämen die Füchse, dann die Wölfe, und wenn diese sich die verbleibende Beute teilten, mussten *sie* das Feld geräumt haben. Unter weit größerer Pein als vermutet richtete Frehir sich auf und bemerkte erst jetzt, dass Galaad an ihn geschmiegt eingeschlafen war.

»Komm«, flüsterte er ihm ins Ohr. »Wir müssen hier weg ...
Der Blutgeruch wird bald die wilden Tiere anlocken.«

Das Kind fügte sich gehorsam, ohne ein Wort. Erschlagen
von den Strapazen des Tages, torkelte es dahin und wäre auf der
Stelle zusammengebrochen ohne den stützenden Arm seines
Vaters. Frehir, der den Jungen mehr oder weniger trug, verließ
den Ort des Geschehens, ohne sich auch nur einmal umzu-
blicken, körperlich und geistig vollständig auf ein einziges Ziel
hin ausgerichtet: in ihr Dorf zurückzukehren, seine Männer zu
versammeln und ihre Verteidigung vorzubereiten – sofern
überhaupt noch Zeit dazu blieb ... Doch Seuil-des-Roches
lag etliche Tagesmärsche entfernt, und jeder Schritt war eine
Qual. Seine Wunden waren noch nicht verschorft, und er verlor bei jeder Bewegung Blut. Wie alle Barbaren kannte Frehir
heilende Kräuter, schmerzlindernde und solche, die die Müdigkeit überspielen halfen, doch sie mussten als Erstes einmal
einen geschützten Platz finden, weit weg von den Trollen und
diesem Gräuel. Sie erreichten die Lagerstelle, an der die Jäger
ihre bescheidenen Habseligkeiten zurückgelassen hatten, sammelten Decken und Proviant ein und tranken gierig aus einem
ledernen Schlauch, der so groß wie ein Kuhmagen war; dann
kletterten sie auf den oberhalb liegenden Hügel hinauf.

In der Ferne tauchte ein hell schillernder Streifen am Nacht-
himmel auf, der aussah wie eine kupferglänzende Zunge und
den sie zunächst für den ersten Schimmer des Morgengrauens
hielten. Doch das Licht rührte nicht vom anbrechenden Tag.
Was die Dunkelheit dort erleuchtete, war schmaler, gewunde-
ner als das Gold der frühen Morgenstunden. Es war ein langer
Fackelzug, eine unendliche Reihe lohender Flammen, die sich
von den Schwarzen Marken herunterbewegten und eine nach
der anderen im Wald verschwanden. Eine Armee, ein ganzes
Volk, das da schweigend im Gänsemarsch vorrückte.

»Sind das Trolle?«, wollte Galaad wissen.

»Die Trolle sehen im Dunkeln, und sie fürchten sich im Übrigen vor dem Feuer«, erwiderte Frehir.

Es waren keine Trolle, und das Entsetzen über das, was sich hinter dieser langsamen Prozession verbarg, vertrieb nach und nach den Schmerz aus dem Bewusstsein des Barbaren. Er verharrte reglos, die Augen weit aufgesperrt und den Körper in Fluchtbereitschaft, so als wolle er davonrennen, ohne dass er jedoch in der Lage gewesen wäre, den Blick von dem Schauspiel zu lösen. Galaad versuchte im schwachen Schein der Fackeln, in der Miene seines Vaters zu lesen. Weshalb blieben sie hier stehen, statt das Weite zu suchen? Man hätte meinen können, dieser brennende Zug habe Frehir in eine Salzsäule verwandelt, wie in den Geschichten der Mönche ... Und über allem lag erneut vollkommenes Schweigen, keine Waldgeräusche mehr, nicht einmal mehr das Pfeifen des Windes, ein derart unheimliches Schweigen, dass das Kind von Angst ergriffen wurde und Frehir unsanft am Arm rüttelte, worauf dieser zusammenfuhr und sich endlich aus der unheilvollen Betrachtung jener fernen Prozession losriss.

»Wir müssen dorthin«, sagte er. »Um zu sehen, was das ist ...«

Und schon stürzte er in Richtung des kleinen Tales davon, verschwand kurz darauf in der Dunkelheit und ließ dem verblüfften Jungen keine andere Wahl, als ihm zu folgen.

Sie tauchten erneut zwischen die hohen Farnpflanzen und das brüchige Gehölz am Waldesrand ein, ungeachtet der Dornen und Kriechwurzeln, und hieben bisweilen mit dem Schwert auf das Dickicht aus Sträuchern ein, um sich den Weg freizuschlagen, einzig durch den hell glühenden Streifen am Horizont geleitet; Frehir mit wachsendem Ingrimm, unbedacht und blindwütig, während Galaad keinen einzigen klaren Gedanken zu fassen vermochte, besinnungslos vor Erschöpfung, einzig darauf bedacht, nicht zurückzufallen, gleichgültig gegen das, was ihnen fortan noch widerfahren mochte.

Sie marschierten bis zum Tagesanbruch, als der Schein der Flammenschlange mit dem Schimmer des Morgengrauens verschmolz und die ungewohnte, schleichend zunehmende Helligkeit sie aus dem Tritt brachte. Als habe die aufkommende Dämmerung ihn ernüchtert, ließ Frehir sich stöhnend an den Fuß einer Eberesche fallen, die sich bog unter der Last reifer, fast schon zu weicher Früchte von einem ins Bräunliche spielenden Gelb, aus denen er sich sein Frühstück bereitete. Die seltsame Prozession war nicht mehr zu sehen, und doch blieb es unvermindert still im Dornengestrüpp und im Unterholz. Die beerenbehangenen Bäume lockten keinen einzigen Vogel an, das Dickicht lag weiter reglos, und wohin man auch blickte, zeigte sich kein fliegendes, kriechendes, schnüffelndes oder springendes Wesen. Der gesamte Waldsaum schien den Atem anzuhalten, wie versteinert, zum Schweigen gebracht durch die brennende Kolonne, die ihn durchquert hatte. Selbst Frehir und Galaad wagten es nicht, auch nur ein Wort zu sagen, die Sinne aufs Äußerste gespannt, kaum wagend, überhaupt zu atmen.

Und dann nieste jemand.

Ganz dicht neben ihnen flog ein Schwarm Distelfinken auf und verteilte sich wild flatternd über den Himmel. Sie vernahmen Gemurmel, gedämpfte Wortfetzen, vielleicht sogar das metallische Scheppern von Waffen oder Rüstungen – dann kehrte erneut Stille ein. Mit pochendem Herzen und ohne sich abzustimmen, hatten sich Vater und Sohn gleichzeitig auf die Erde geworfen. Nur wenige Klafter, einzig eine Wand aus dünnem Gehölz und Dornenranken, konnten sie noch von jenem schweigenden Zug trennen, den sie die ganze Nacht über verfolgt hatten und der offensichtlich mit Tagesanbruch zum Stillstand gekommen war, gleich einem Geisterheer. Noch drei bis vier Schritte, und sie würden mitten unter ihnen stehen …

Frehir schien zu zögern, dann wandte er sich zu seinem Adoptivsohn um und gab ihm mit einem Wink zu verstehen, dass er dort, im Schutze der Eberesche, auf ihn warten solle. Er entledigte sich seiner Ausrüstung und behielt einzig einen langen Dolch bei sich, mit dem er vorsichtig ins Gestrüpp hineinkroch. Fast umgehend konnte er sie sehen, und sein Herz krampfte sich zusammen.

Reglos am Seeufer in der Nähe ihrer geliebten Weide stehend, die Füße von den sanft plätschernden Wellen umspült, hatte Lliane, die gerade im Begriff gewesen war, ihr langes Moirégewand abzustreifen, in ihrer Bewegung innegehalten. Nun verharrte sie dort, unentschlossen und halb entblößt, während die Morgensonne ihre bläuliche Haut mit schillernden rosafarbenen und kupferroten Lichtpünktchen übersäte. Ein merkwürdiges und verstörendes Gefühl hatte sie urplötzlich ergriffen, ohne dass sie hätte sagen können, woher es rührte. Aurora zog träge ihre letzten Dunstschleier über die Wasseroberfläche, das Schilfrohr bebte ganz sachte. Zwischen den hohen Gräsern auf der Insel regte sich Leben, doch im Ganzen war es, ähnlich wie an den Tagen zuvor, vollkommen ruhig auf der Feeninsel, die weit weg lag von der kalten Welt der Menschen. Warum also verspürte sie diese diffuse Beklemmung?

Rhiannon … Das Gesicht ihrer kleinen Tochter tauchte vor ihrem Auge auf. Sie sah sie schlafend, eng an eine Elfe geschmiegt, im Schutz der Obstbäume. Achselzuckend setzte sie die Bewegung fort und entledigte sich ihres Gewandes. Das Wasser des Sees war eiskalt (denn es war Winter, selbst auf Avalon), aber die Elfen sind nicht so verfroren wie die Menschen. Mit einem Satz tauchte sie in die Fluten und ließ sich bis auf den Grund hinabsinken, zwischen die grünlichen Algen, wo sie ein Schleienpärchen aufstörte, das die Flucht vor ihr ergriff. Gleich einer Seeschlange glitt sie durchs Wasser, so leicht, dass man sie für eine Sirene hätte halten können, und ihr langes schwarzes Haar blähte sich über ihrem Rücken gleich einem Banner; sie schwamm so, wie ein Vogel fliegt, mühelos, liebkost vom kühlen Nass, die Augen weit offen, um nichts von dem verschwommenen Schauspiel am Grund zu versäumen, dessen Bewohner gerade erwachten. Die Elfen leben vornehmlich in den Tiefen der Wälder und haben kaum je Gelegenheit, an einem anderen Ort zu baden als in schlammigen Pfützen oder spärlich rieselnden Bächen, die gerade geeignet waren, um sich die Füße zu befeuchten. Seit sie sich auf Avalon niedergelassen hatte, hatte Lliane den stummen Zauber der Wasser um ihre Insel herum entdeckt und wurde nicht müde, ihn zu ergründen; bisweilen, wenn der See nicht zu kalt war, nahm sie auch ihre Tochter mit. Doch Rhiannon war halb Menschenmädchen, und es kam selten vor, dass sie nicht fror. Lliane hingegen hatte festgestellt, dass sie beinahe endlos lang in den Fluten bleiben konnte, und dehnte ihre Erkundungstouren unter Wasser über Stunden aus, so dass die Fische im See, die Frösche und Salamander sie am Ende gar nicht mehr beachteten.

In dem Moment, als sie den köstlich bedrohlichen Halbschatten über dem Grund erreichte, schob sich Rhiannons Gesicht erneut vor ihr inneres Auge, und sie wäre beinahe wieder hinaufgetaucht. Das kleine Mädchen war jetzt wach, blinzelte in die aufgehende Sonne, das Haar sanft liebkost von der aufkommenden Brise, mit verdutzter Miene, aber nicht im Geringsten beunruhigt. Die Elfen in ihrem Rücken schliefen noch und boten ein derart friedliches Bild, dass Lliane ihrem spontanen Impuls widerstand und mit einem Schwimmzug unter die hohen Algen glitt.

Im Gegensatz zu den Menschenfrauen, denen nichts anderes übrig blieb, als Tag und Nacht auf ihre Babys aufzupassen, weil diese so empfindlich waren, durchtrennten die Elfen sehr früh schon die Bande, die sie mit ihrem Nachwuchs verknüpften. Nach Ablauf der ersten Lebenswochen übernahm der Clan gegenüber den Neugeborenen die Rolle von Vater und Mutter. Die kleinen Elfen konnten wie Rehkitze nach wenigen Tagen laufen, und wenn sie auch nicht wirklich ausgewachsen waren, so erreichten sie doch zumindest schnell eine Größe, die es ihnen erlaubte, der Gruppe auf ihren fortwährenden Wanderungen quer durch den Wald zu folgen. Genauso bewegte sich auch Rhiannon ihrem menschlichen Anteil zum Trotz im Kielwasser ihrer Mutter durchs Leben. Mehrere Elfen waren der Königin und ihrer Tochter auf die Feeninsel, in den Dunstkreis des kleinen Volkes im hohen Gras, gefolgt, und sie waren schon bald genug an der Zahl, um einen Clan zu bilden, der über Rhiannon wachen konnte. Als Erste waren die Heilerin Blodeuwez und die Bandrui gekommen, jene Waldhexen, die ihr nie von der Seite wichen. Dann hatten sich junge Mütter, die knapp vor der Entbindung standen, zu ihnen gesellt, um sich unter Llianes Obhut zu begeben. Lliane hatte sie glückstrahlend empfangen, nicht ohne sie wissen zu lassen, dass kein männlicher Elf die Insel betreten könne. So blieben die Männer am anderen Ufer zurück, von wo aus sie die hinter Nebelschwaden versunkene Insel nicht einmal zu sehen vermochten, und warteten Monate auf die Rückkehr ihrer Gemahlinnen. Bisweilen vergeblich.

Bald schon entstand ein ganzes neues Volk auf Avalon. Ein Volk aus Frauen und Kindern, die sich um Rhiannon versammelt hatten. Bei ihnen war das kleine Mädchen in Sicherheit ... Und dann war da ja auch noch Myrrdin, der Kindmann, der eine Elfe zur Mutter hatte und den die Menschen Merlin nannten. Ohne dass er je erfahren hätte, weshalb (wobei er auch nie gewagt hatte, die Frage zu stellen), war Myrrdin das einzige männliche Wesen, das auf der Feeninsel geduldet wurde. Als habe die Königin, den Weissagungen des alten Gwydions gehorchend, es nicht übers Herz gebracht, ihre Tochter von dem einzigen Geschöpf, bei dem sich wie bei Rhiannon menschliches mit elfischem Blut vermischte, zu trennen ...

Als sie endlich den Grund des Sees unter sich spürte, fuhr Lliane mit den Fingerspitzen in den gräulichen Schlick, der die Wurzeln eines Algenbüschels bedeckte, und beobachtete amüsiert die Schlammwolke, die langsam um sie herum aufstieg, um sich schließlich wie eine Puderschicht auf ihren nackten Körper zu legen. Dann stieß sie sich unvermittelt mit dem Fuß ab und schnellte zurück an die Oberfläche. Erneut hatte sie das befremdliche Gefühl übermannt, hartnäckig wie Gewissensbisse, und es gewann noch an Intensität, als sie mit Kopf und Oberkörper aus den Fluten emporschoss. Sie gelangte mit einigen hastigen Schwimmzügen ans Ufer, raffte fieberhaft ihr Gewand vom Boden und bezog ganz oben auf einem hoch aufragenden Felsen Stellung, von wo aus sie das raschelnde Dickicht aus Schilfrohr und Stechginster überblicken konnte. Von dort hatte sie die ganze Insel bis zum Seeufer hinüber im Auge. Es war nichts zu sehen. Die Gefahr lauerte anderswo, weit jenseits des Waldes von Eliande.

An diesem Platz fand Myrrdin sie, aufrecht in der Sonne stehend, nackt wie eine Galionsfigur, und dieser ergreifende Anblick verwirrte ihn dermaßen, dass er sich zwischen die hohen Gräser duckte wie ein ungezogenes Kind. Die Elfen kannten keine Scham, aber Myrrdin war mehr Mensch als Elf, und kein menschliches Wesen, gleich ob jung oder alt, Mann oder Frau, hätte der überirdischen Schönheit der Königin der Hohen Elfen ansichtig werden können, ohne Begehren zu verspüren ... und ohne auf ewig von dem Bedauern umgetrieben zu werden, dieses nicht befriedigt zu haben. Rank und schlank wie alle Angehörigen ihres Volkes entstammte die Königin dem alten Clan der Hohen Elfen. So nannte man jene, die noch im Wald von Eliande lebten. Im Gegensatz zu den Grünen Elfen, die in Wäldern und Hügeln hausten, oder zu den über die Marken verstreuten Sumpfelfen waren die Hohen Elfen groß, bisweilen größer als ein Mensch, und ihre majestätische Schönheit hatte für die übrigen Völker etwas Erschreckendes. Was sollte man da erst von ihrer Königin sagen! Von ihrem langen schwarzen Haar und ihren Augen, die von einem so hellen Grün waren, als glühe in ihrem Innern eine Flamme, ging eine Kraft aus, die in scharfem Kontrast zu ihrer bleichen Haut stand, eine animalische Stärke, ein verborgenes Feuer. In jeder ihrer Gesten, in den Bewegungen ihrer langen Arme und der Wölbung ihres Rückens lag eine unterkühlte Sinnlichkeit, eine herablassende Schamlosigkeit, die einen um den Verstand brachte; doch auch eine Gefahr, eine Bedrohung. Die in unmittelbarer Nähe des großen Waldes lebenden Menschen mischten in ihre Erzählungen über die Elfen Legenden von Feen und Vampiren, was deren wahrer Natur in der Tat weitgehend entsprach.

In ihrer absurden Suche nach Raum schienen die Menschen

die ganze Welt roden zu wollen, obschon sich doch ihre riesigen Ebenen bereits ausdehnten, so weit das Auge reichte. Doch nur wenige hatten sich an den Wald von Eliande herangewagt, und wenn, dann waren sie nicht mehr zurückgekehrt, um sich dessen zu rühmen. Ebendort, im Herzen einer unergründlichen grünen Festung, lag gut geschützt der heilige Hain der Elfen, die Gruppe der sieben von der Göttin selbst gepflanzten Bäume. Die Alten glaubten, dass diese Bäume die Pfeiler des Universums seien, die mit ihren Wurzeln eine Verbindung zwischen Midgard, der Mittleren Erde, und der Unterwelt schufen und ihren Saft aus dem dunklen, schlammigen Urgrund sogen, um sich über die Gefilde der Sterblichen zu erheben und jene niedere Welt mit den himmlischen Sphären zu verknüpfen, zu denen ihr sprießendes Laub emporstrebte. Sieben Bäume mit den Namen *duir, quert, beth, saille, coll, tinne, fearn* – Eiche, Apfelbaum, Birke, Weide, Haselnuss, Stechpalme und Erle – formten einen Kreis und umschlossen zur damaligen Zeit schützend den Talisman der Elfen, den Kessel von Dagda, Gral des Wissens und Seele des Kosmos. An jenem Ort hatte Lliane das Licht der Welt erblickt, und dort hatte auch Jahre zuvor der alte Gwydion ihre Initiation vollzogen.

Obgleich er ein Dru Wid war – so nannten die Elfen ihre hochweisen, zauberkundigen Männer –, waren Myrrdin selbst weite Teile von der Magie der Hohen Elfen verborgen, und er konnte nur, ergriffen von Liebe und Ehrfurcht, die hoch aufragende Gestalt der Königin betrachten, die dort kerzengerade, glatt und bleich wie eine Buche stand und mit ihren erhobenen Armen und dem langen schwarzen Haar, das bei jedem Umschlagen des Windes hochwehte und ein dunkles Blätterdach zwischen ihnen bildete, wahrhaftig einem Baume glich.

Die sanfte Brise der frühen Morgenstunden war stetig stärker geworden, und am Himmel zogen immer mehr schwere schwarze Wolken auf, so dass dieser von Minute zu Minute dunkler wurde, wie als Antwort auf die stumme Bitte der Königin. Bald schon drückten Böen die Gräser um ihn herum nieder, sein langes nachtblaues Gewand begann gleich einer Fahne zu knattern, und von dem zunehmend aufgewühlten See her rollten hohe Wellen ans Ufer. Lliane, die den Kopf in den Nacken gelegt hatte und den Sturm unbewegt über sich ergehen ließ, schien den erbarmungslos blasenden Ostwind geradezu anzuziehen, einen Wind, der von weit her kam, von jenseits des Sees und des Waldes, ja noch von jenseits der von den Menschen gerodeten Ebenen.

Myrrdin, der mittlerweile flach auf der Erde lag, attackiert von plötzlichen Regenschauern, hörte aus dem Brausen des Sturmes eine verschwommene Botschaft heraus, doch sein menschlicher Anteil schlotterte vor Kälte und Furcht und trübte sein Urteilsvermögen. Halb taub, geblendet und entsetzlich verängstigt von diesem absurden Aufruhr, der sich da aus dem Nichts erhoben hatte, war er unfähig, die von den wütenden Elementen geheulten Worte zu verstehen. Doch aus den tiefsten Tiefen seines instinktiven Entsetzens stieg trotz allem ein Bild vor ihm auf.

Morgane ... Das kleine Mädchen war alleine in diesem Unwetter.

Er sah zu der Königin auf, erhabene Teilnahmslosigkeit inmitten des Chaos. Ihre Schenkel, ihr Bauch und ihr Busen waren von glitzernder Gischt benetzt. Einzig ihre vom Wind gezausten Haare wirkten beseelt, so als führten sie ein Eigenleben, doch sie selbst hatte nicht einmal den kleinen Finger bewegt. Wie vermochte sie sich nur auf diesem von Regenschauern und hereinklatschenden Wogen gepeitschten Felsen aufrecht zu halten? Die tollsten Böen brandeten gegen ihren Leib, ohne ihn zu erschüttern, während er selbst sich mit Händen und Füßen ans Gras klammerte, um nicht umgerissen zu werden. Und wieder machte er hinter dem irrwitzigen Tosen des Unwetters die Stimme des Windes aus und, in einer Böe, die Worte der Königin, laut und deutlich – und gleich darauf schon verweht.

»*Maegenheard wind, oferceald scur, feothan eal rethe heardin-*

gas! Faeger treow gedreosan for egle leod! Laethan anmod nith leofian! Hael hlystan!«

Das war die alte Sprache der Runen, die Magie der vier Elemente ... Eine Verwünschung, von der er nur einzelne Worte verstand: *Oferceald scur*, der eisige Sturm. *Egle leod*, das verhasste Volk ... Lliane focht eine Schlacht, aber Myrrdin wusste nicht, ob der Orkan ihre Waffe oder ihr Feind war, und er fühlte sich hilfloser denn je. Ein erneutes Umschlagen des Windes zwang ihn, in Deckung zu gehen, und doch hielt er in seiner Bewegung inne: Für die Dauer eines Augenblicks glaubte er, die Königin habe ihn gesehen und zu ihm gesprochen.

Rhiannon ... War das der Name, den sie soeben genannt hatte?

»Ich hatte schon an sie gedacht!«, brüllte er, was völlig sinnlos war angesichts des infernalischen Brausens, bei dem er kaum seine eigene Stimme hören konnte.

Und natürlich gab die Königin auch keine Antwort. Doch was sollte es schon ... Es gab nur einen Weg, ihr zu helfen: das kleine Mädchen wiederzufinden, das er Morgane nannte, die kleine Elfe, die sie Rhiannon getauft hatte, das einzigartige Wesen, das sie beide unter verschiedenen Namen liebten, und sie in Sicherheit zu bringen.

Mit einem Satz war er auf den Füßen und, schwankend unter den jähen Windstößen, bisweilen vom umschlagenden Wind oder von Regenschwaden, die ihm in den Rücken klatschten, angeschoben, stürzte er Hals über Kopf davon. In seiner Kehle hatte sich unmerklich ein Kloß geformt, und Tränen mischten sich unter die Wassertropfen auf seinen nassen Wangen. Die unerträgliche Vorstellung, Morgane zu verlieren, hatte sich wie Gift in ihm ausgebreitet und riss ihn weit schneller, als seine Kräfte es eigentlich zugelassen hätten, fort, so dass er in einem zügellosen Lauf inmitten der entfesselten Elemente dahinraste. Bei jedem seiner Besuche auf der heiligen Insel hatte er zugesehen, wie sie heranwuchs und dem Wesen, das er so sehnlich erwartet hatte, zunehmend ähnlicher wurde.

Nach menschlicher Rechnung war sie erst vier Jahre alt, doch auf der Feeninsel herrschte ein anderes Zeitmaß, und selbst Uther, ihr eigener Vater, hätte sie vermutlich für fünf Jahre älter gehalten. Sie war wie Merlin selbst, von der Erscheinung her ebenso zart wie eine junge Elfe, allerdings mit einer ungeahnten Kraft gesegnet, die einzig in ihrem Blick zu lesen war. Und wenn sie ihm derart ähnlich war, musste sie Angst haben vor dem Unwetter ...

Zunächst sah er sie nicht. Der kleine Apfelhain, der ihr als Zuflucht diente, wirkte verlassen, als seien sämtliche Elfen vom Winde davongetragen worden. Er brüllte ihren Namen, doch das von Böen gepeitschte Blätterwerk erstickte seine Schreie, und Morgane antwortete nicht. Dann, in dem Moment, da er aufgeben und zur Königin laufen wollte, um sie um Hilfe anzuflehen, entdeckte er sie endlich.

Der Schrecken brachte seine Knie noch viel heftiger zum Zittern als der Orkan.

Das kleine Mädchen war ebenfalls nackt, reglos wie seine Mutter, völlig weiß, hatte die Arme ausgebreitet und den Kopf zurückgelegt und empfing dieselbe Botschaft; dabei lachte sie, ja, sie lachte, als sei diese Apokalypse nur ein Spiel, als spräche der Sturm zu ihr, während er selbst nichts vernahm, erbarmungswürdig und schlotternd und am Boden zerstört. Da krallte er sich erneut am Gras fest, vergrub sein Gesicht in der Wiese und wartete, dass der Orkan sich legen würde.

Um sie herum verwüstete der Tornado den Saum des großen Waldes. Und ebenfalls um sie herum, oder besser in ihrem Rücken, ganz dicht hinter ihnen, war ein verbissenes Wüten wie von einer toll gewordenen Bestie zu spüren, so dass sie es nicht wagten, einen Blick über die Schulter zu werfen; denn sie hatten Angst, dem heulenden Tod ins Auge zu sehen, der sie in seiner blinden Raserei schnappen könnte. Sie rannten besinnungslos wie Tiere, entsetzlicher Panik preisgegeben. Frehir hatte seinen Dolch verloren, den Schmerz seiner Verwundungen fühlte er gar nicht mehr, ja selbst die Gegenwart Galaads an seiner Seite hatte er vergessen, und wenn der Junge gestürzt wäre, hätte er ihn wahrscheinlich liegen lassen, dem Wind, den schwarzen Wölfen und den Goblins ausgeliefert; er konnte nur noch fliehen, Hals über Kopf fliehen, weit weg von diesem Horror.

Plötzlich verfingen sich seine geschnürten Fellstiefel in den Dornenranken, und er schlug der Länge nach auf die Erde. Instinktiv wandte er sich um. Zunächst sah er Galaad überhaupt nicht, ein unscheinbares Geschöpf, das zusammengekauert unter einer wirbelnden Wolke aus Zweigen, Blättern und Erde hockte. Die Wipfel der großen Bäume waren beinahe waagerecht umgebogen, ihre Stämme vibrierten wie die Saiten einer außer Rand und Band geratenen Harfe, am bleigrauen Himmel trieben riesige schwarze Wolken, die wie von Krämpfen gebeutelt peitschende Regenschwaden ausspien, begleitet von einem ohrenbetäubenden Tosen, das einem das Herz stocken ließ und einen lähmte bis ins Mark. Das Tosen war so gewaltig, dass Frehir nicht einmal mehr zu atmen vermochte. Der Barbar stieß einen Schreckensschrei aus, als etwas Großes jäh auf ihn niederfuhr. Es war nur ein Umhang, der grobe wollene Mantel eines Goblins, den der Wind fortgerissen hatte; doch im selben Moment erblickte er keine hundert Klafter entfernt weitere schwarze Flecken, die sich durch das Unwetter bewegten. Es mussten mindestens zwanzig sein, die sich da mit ihren langen Armen an den Bäumen festklammerten, um sich auf diese Weise im Schneckentempo gegen den Orkan vorzuschieben und sich unerbittlich der zerbrechlichen Gestalt Galaads zu nähern, der sich in den Schutz eines Felsens verkrochen hatte. Das Kind war ganz nah. Mit zehn großen Schritten hätte er bei ihm sein und es aufheben können, doch der Orkan drückte ihn auf den Boden und gestattete ihm nicht die geringste Bewegung. Die Dämonen jedoch rückten unvermindert vor, vielleicht weil sie mit ihrem winzigen, ganz vom

Hass vereinnahmten Hirn zu einfältig waren, um so etwas wie Furcht zu kennen. Oder, noch schlimmer, weil sie sich daran labten.

Frehir sah, wie sie auf Galaad zukamen, ihre unförmigen Pranken nach ihm ausstreckten und ihn packten, ohne dass das Kind eine sichtbare Reaktion zeigte. Vermutlich war es ohnmächtig geworden. Zumindest hoffte der Barbar das. Einen Moment lief ein Zögern durch die Reihen der Monster, dann wandten sich ihre garstigen Fratzen zu ihm um, und während zwei von ihnen ihre bedauernswerte Beute nach hinten schleppten, nahm der Rest der Gruppe sein langsames Ankriechen gegen die Elemente wieder auf.

Frehir schloss die Augen und ließ seinen Kopf auf die Brust sinken. Er brauchte weder das finstere Funkeln in ihrem Blick zu sehen noch den spiegelnden Glanz ihrer Krummsäbel, um zu wissen, dass er endlich sterben würde.

Hinter seinen geschlossenen Lidern blieb das Bild dessen, was er auf dem Hohlweg gesehen hatte, bestehen, unvermindert präzis, erschreckender noch als der Tod selbst. Die Dämonen hatten einer hinter dem anderen auf einem einzigen Pfad die Schwarzen Lande verlassen und waren in einer Spur marschiert. Unter ihnen befanden sich Goblins in Rüstung, Orks und halb wilde Trolle, dann diese Hundemenschen, die Kobolde genannt wurden, gespenstisch bleiche Ghouls von erschreckender Magerkeit und scheußliche Kreaturen, denen niemand einen Namen zu geben vermocht hätte. Stumm vor Entsetzen betrachtete Frehir diesen düsteren Strom, der sich da lautlos seinen Weg auf die Ebene zu bahnte, langsam wie schmelzendes Eis, als er ihn plötzlich sah. Eine flüchtige Vision, so unerträglich, dass er alsbald den Blick abwandte und von Schrecken, Ekel und Scham gepeinigt die Flucht ergriff – wobei er Galaad ebenso vergaß wie jegliche Umsicht, vom Gift in seinen Adern benommen und die Glieder starr vor Grauen. Dort, inmitten dieser fürchterlichen Legionen, hatte er ihn gesehen, hoch zu Ross neben einem menschlich wirkenden Ritter, der eine lange Lanze aus dunklem Metall schwenkte und von einer Eskorte bärtiger Krieger umringt war; er hatte den Unnennbaren, den Namenlosen, Den-der-keinen-Namen-haben-darf gesehen. Das Wesen hatte sich zu ihm umgedreht, als habe es seine Furcht gewittert, und Frehir hatte sein Gesicht erkannt ... Ein unerträglicher Anblick. Sein Gesicht war genau ...

Die Grausamkeit dieser Erinnerung erschütterte ihn bis ins Mark. Er rollte sich auf die Seite und würgte sich schier seine Gedärme aus dem Leib, bis er nur noch zuckendes Fleisch war, jeglicher Kraft beraubt, und nichts mehr als den Tod erwartete. So dicht über dem Boden hatte der Wind weniger Angriffsfläche, und er fühlte sich beinahe ruhig. Das unaushaltbare Bild, das sich in sein Gedächtnis eingegraben hatte, verblasste allmählich, während sein Geist sich, fast unabhängig von ihm, auf ein Detail konzentrierte, das er im Schrecken des Augenblicks nicht weiter beachtet hatte. Und je intensiver er daran dachte, desto vertrauter erschienen ihm die bärtigen Krieger rund um den Schwarzen Herrn und den Ritter mit der Lanze. Besonders ein Gesicht rief eine noch junge Erinnerung wach ... Frehir öffnete die Augen, wie vom Donner gerührt von dem, was ihm da soeben zu Bewusstsein gekommen war. Das waren Zwerge, die den Unnennbaren umgaben. Und das bekannte Gesicht war das von Rogor, dem Prinzen unter dem Schwarzen Berg, Erbe des Geschlechtes von Dwalin, den alle Welt für verschollen hielt. Da konnte es keinen Zweifel geben ... Der Barbar verzog das Gesicht und richtete sich auf. Uther. Er musste es wissen ...

Genau in dem Moment, in dem er sich aufrichtete, drang ein wildes Gebrüll durch das pfeifende Brausen des Orkans an sein Ohr. Die Goblins waren jetzt ganz nahe, in Lumpen und stumpfe Kettenhemden gekleidet, genauso groß wie Trolle, aber von beängstigender Magerkeit, regenglänzend, jaulend und bellend wie Hunde, in der unverständlichen Sprache der Schwarzen Lande. Ihre düsteren Umhänge, die knatternd im

Wind schlugen, verliehen ihnen das Aussehen von Fledermäusen. Uther würde niemals erfahren, dass ...

»Los, kommt nur her, ihr verfluchten Schweine, ihr Kotfresser!«, brüllte Frehir. »Kommt, kommt, ihr dreckigen Ratten, los, geht mit mir in den Tod!«

Die Dämonen, die noch zauderten, die letzten Klafter offenes Terrain zu durchqueren, kläfften Beleidigungen und hielten sich in Gruppen zusammengedrängt, als ein gigantisches Krachen ertönte und sie wie ein Mann die Köpfe wandten. In eben jenem Moment stürzte eine vom Wind umgeknickte Weißbuche auf sie herab und zermalmte Fleisch und Knochen, Kettenpanzer und Eisen. Dann rollte der borkige Stamm wie ein Strohhalm zur Seite und ließ nur noch einen blutigen Brei von den Monstern zurück.

Frehir hatte sich nach hinten geworfen, doch der Baum hatte ihn verschont, indem er alles vor ihm bis einige Daumen breit vor seinen Füßen niedergemäht und ihn selbst unversehrt gelassen hatte, so dass er nicht einmal von den obersten Zweigen gekratzt worden war.

Im tiefsten Innern behielt er das entsetzliche Gefühl zurück, dass er mit angesehen hatte, wie die Faust eines Gottes den Feind vor seinen Augen ausradierte.

III

Die Reinigung Igraines

Uther erwachte niesend, oder vielleicht war er auch überhaupt erst durch das Niesen wach geworden. Der schlimmste Teil des Unwetters war bereits seit einer Woche vorüber, doch ein feuchter und kalter Ostwind blies immer noch den ledernen Vorhang hoch, der das einzige Fenster in ihrem Zimmer verdeckte. Unter der Fensternische waren sogar die Fliesen nass von vereinzelt hereinfallenden Regentropfen. Igraine neben ihm seufzte im Schlaf und schmiegte sich an seine Schulter, was ihn mit einem schlichten Glücksgefühl erfüllte. Ihr herrliches blondes Haar fiel ihr übers Gesicht, von dem er, selbst wenn er den Hals verrenkte, nur die Stirn und die geschlossenen Lider sehen konnte. Im Schlaf wirkte sie wie ein blutjunges Mädchen, trotz der Prüfungen, die sie durchlitten, und trotz des Kindes, das sie ihm genau in der Nacht des Orkans geschenkt hatte. Es war, als seien die entfesselten Elemente – Donner, Blitz und Regen – gekommen, um den neugeborenen Prinzen willkommen zu heißen. Sein Kind. Artus ...

Uther löste sich behutsam aus der zärtlichen Umarmung seiner Gemahlin und schlug die linnenen Laken sowie die feine Überdecke aus grauem Eichhörnchenfell zurück, unter der sie beide lagen; dann sprang er aus dem hohen Bett und schlüpfte in seine Beinlinge[1]. Von einer stoffbezogenen Bank raffte er sei-

---

1 Strumpfartige Beinbekleidung der Ritter aus Stoff, die bis zu den Ober-

nen Pelzmantel, zog fröstelnd die Schöße um sich zusammen und griff sich im Vorbeigehen einen Apfel aus dem Korb mit Obst, den eines ihrer Kammermädchen auf den Tisch gestellt hatte. Sodann trat er ans Fenster, wo er den Vorhang lüftete.

Es wurde nur zögernd hell, und schon wieder regnete es, doch zumindest hatte sich der Wind gelegt. Jenseits der Gässchen und des Häusergewirrs, jenseits der Befestigungsmauern und Türme bot sich seinem Blick die trübe Weite der abgeernteten Felder. Die Bauern hatten bereits begonnen, die Erde für die Winteraussaat umzupflügen, wo sie doch soeben erst Mabon gefeiert hatten, die herbstliche Tagundnachtgleiche. Nach den alten Riten, die die Mönche so erbittert bekämpften und die doch keiner vergaß, markierte Mabon, das sechste Jahresfest, den Abschluss der Erntezeit, das erste Fallen der Blätter und damit das Ende des Sommers. Dies war für gewöhnlich eine Phase des Müßiggangs, eine etwas triste Zeit, die Gelegenheit zum Schwatzen und zu Zechgelagen bot; aber der Winter brach in diesem Jahr außergewöhnlich früh herein, und das Unwetter hatte denen, die sich für die kalte Jahreszeit wappnen wollten, nur eine kurze Verschnaufpause gelassen.

Ein erneutes Niesen schüttelte den jungen König und vertrieb die letzte Spur Schläfrigkeit. Trotz des großen Kamins, der beinahe die komplette Zimmerwand einnahm, würden sie demnächst das offene und luftige Sommergemach räumen müssen, um wieder eine der in den Türmen gelegenen engen Kammern zu beziehen. Sie waren mit dicken Glasfenstern versehen, welche kaum Licht einließen; doch hatte man es dort zumindest warm beim Schlafen.

Er stopfte mehr schlecht als recht den ledernen Vorhang in der Fensternische fest, zog den Fellmantel erneut um sich zusammen und schlich auf Zehenspitzen aus dem Zimmer, um Igraine nicht zu wecken. Sie hatte einen langen Tag vor sich,

schenkeln reichte und mit Bändern an der Bruch, der kurzen Oberschenkelhose, oder am Gürtel befestigt oder »angenestelt« wurde.

ihren ersten Tag in der Öffentlichkeit, vierzig Tage nach der Niederkunft, genau wie es die Heilige Schrift forderte. Der Abt, Illtud von Brennock, höchste moralische Instanz im Königreich seit dem Tode des Bischofs Bedwin, den viele bereits jetzt als Heiligen ansahen, war höchstpersönlich angereist, um die Reinigungszeremonie zu vollziehen, die dem ersten Kirchgang einer Wöchnerin vorausging. In weit stärkerem Maße als die Taufe, die gleich nach der Geburt vorgenommen wurde, da so viele Säuglinge nur kurz überlebten, war dies die Gelegenheit, die junge Mutter und ihr neugeborenes Kind zu feiern, bei den Bürgern ebenso wie in den Häusern der Adligen.

Uther und Igraine hatten beide diesem Tag einen besonderen Glanz verleihen wollen. Obschon sie noch so jung waren, war dies nicht ihr erstes Kind, weder für sie noch für ihn. Doch es handelte sich um ihr erstes Wunschkind und ihr erstes gemeinsames Baby. Und es war ein Junge. Der künftige Thronerbe des Königreichs von Logres ...

Igraine mochte ruhig noch schlafen. Sie würde den ganzen Tag über die Ehrenbezeigungen von Uthers Vasallen sowie die Segnungen der Geistlichen entgegennehmen müssen, sich beim Bankett ihrer Stellung würdig erweisen und kräftig essen und trinken, die Wangen geschminkt, damit keiner sich über ihren Teint beunruhigte; und sie würde lächeln müssen, allen zulächeln, Adligen und Bürgern, Elfen, Menschen oder Zwergen, selbst dem ein oder anderen steinreichen, unter ganzen Schichten seidener Tücher ächzenden Gnomen, die bei festlichen Anlässen stets anzutreffen waren.

Draußen angelangt, lief Uther unwillkürlich den Gang zum Zimmer der Amme hinunter. Unterwegs warf er den Apfel fort, den er kaum angerührt hatte, da er ein leicht beklemmendes Gefühl in der Magengegend verspürte. Schließlich würde es auch für ihn ein langer Tag. Er musste nach der feierlichen Zeremonie mit den hohen Würdenträgern der drei freien Völker Rat halten. Léo de Grand de Carmelide, Igraines leiblicher Bruder, den Uther zu seinem Konnetabel ernannt hatte, war bereits eingetroffen, ebenso wie Illtud, der Abt. Sire Bran, Thronerbe der Zwerge unter dem Schwarzen Berg, seit dem Verschwinden seines Bruders letzter lebender Prinz des Zwergenvolkes, war kurz vor Einbruch der Dunkelheit angekommen, genau wie Gwydion, der hohe Druide der Elfen im Wald von Brocéliande, und Dorian, der junge Prinz der Hohen Elfen, leiblicher Bruder der Königin Lliane. Bis dahin hatte Uther gefürchtet, oder vielleicht auch gehofft, dass die Königin bereit wäre, ihr Refugium auf der Insel Avalon zu verlassen und die Elfendelegation höchstpersönlich anzuführen. Doch sie war im Nebel ihrer unzugänglichen Insel geblieben, bei ihrer Tochter und dem kleinen Volk der Feen, der Welt für immer entrückt ...

Gegenwärtig empfand Uther darüber nur noch Kummer und Bitterkeit. Und doch hatte er um ihretwillen den Großen Rat einberufen, würde er ihretwegen den Zwergen zu späterer Stunde ihren Talisman zurückgeben, das Schwert von Nudd, das sie Caledfwch nannten, die Menschen hingegen Excalibur ... Und wahrscheinlich wäre dies ein guter Zug, gleich was die Mönche darüber sagten und was es ihn kostete. Musste ein König ein einmal gegebenes Versprechen nicht halten? Nach so vielen Prüfungen, so viel Hass und Martern würde die Welt vielleicht endlich wieder zu ihrem alten Gleichgewicht finden. Eine Welt, über die die Menschen nicht die Alleinherrscher waren, eine Welt, in der die Zwerge, die Elfen und selbst die Dämonen aus den Schwarzen Landen ihren Platz hätten, so wie es von Anbeginn der Zeiten gewesen war und wie es die Götter gewollt hatten ... Schließlich war dies der Grund gewesen, dass er gegen den Herzog Gorlois in die Schlacht gezogen war. Um den unsinnigen Träumen von der Weltherrschaft ein Ende zu bereiten und in Frieden zu leben. Und doch kam die Rückgabe des Schwertes beinahe einer freiwilligen Thronentsagung, ja sogar einem Verrat gleich.

Warum war sie nicht erschienen?

Obschon Igraine bildschön war und obschon sie einen ge-

41

meinsamen Sohn hatten und sie ihm zum Thron verholfen hatte, gelang es Uther nicht, Lliane nach Einbruch der Dunkelheit aus seinen Träumen zu verscheuchen. Lliane, deren einzigartig hellgrüne Augen ihn unablässig verfolgten. Lliane, die ihn zum Pendragon gemacht hatte, die in ihn hineingefahren war, so dass sie zu einer einzigen Person verschmolzen waren, enger miteinander verbunden, als Liebende es je erlebt hatten – ein einziger Körper, eine einzige Seele und *eine* Kraft, so dass sie beide zusammen fähig gewesen waren, die Welt aus den Angeln zu heben. Und schließlich war Lliane diejenige, an der er Verrat begangen hatte und die er vielleicht nie wieder sehen würde – weder sie noch ihre Tochter, Morgane, die ihrer Liaison entsprungen war.

An jenem Tag vermochte Uther sich das Gesicht Morganes nicht vorzustellen. Wie immer schoben sich Artus' Züge vor die des kleinen Mädchens, und dieses Unvermögen, sich ihr Bild vor Augen zu rufen, schien ihm der schlimmste Verrat. Oder war dies damit zu erklären, dass er sie schließlich nur einige Tage lang auf der Insel Avalon gesehen und sich seither so vieles ereignet hatte ... Uther entsann sich lediglich, dass Morgane so schön war wie Artus hässlich. Wie alt mochte sie mittlerweile sein? Etwa achtzehn Monate, wenn auch zu bedenken war, dass die Zeit auf der Insel Avalon in einem anderen Tempo verstrich. War es vorstellbar, dass Morgane und sein Sohn eines Tages Freunde würden? Bei diesem Gedanken musste er lächeln und war beinahe überrascht, als er bemerkte, dass er am Ende des Ganges angelangt war und die beiden bewaffneten Ritter, die das Gemach des Neugeborenen bewachten, sein Lächeln erwiderten, als herrschte zwischen ihnen ein geheimes Einverständnis. Doch das währte nur einen kurzen Moment. Ihre joviale Miene erstarrte umgehend, als sie das pikierte Gesicht des Königs gewahrten; der eine pochte mit einem vereinbarten Klopfzeichen an die verschlossene Tür, und ein dritter Ritter öffnete diese von innen und trat respektvoll vor Uther zur Seite, um ihn vorbeizulassen.

Der Mann trug einen blutroten Waffenrock, auf den ein Wappen, ein roter Windhund auf goldenem Grund, aufgebracht war. Der Mann war ebenso groß und stattlich wie der Turm, in den sie sich zurückgezogen hatten. Sein blondes, zu Zöpfen geflochtenes Haar und sein dichter Bart verdeckten nur leidlich eine lange Narbe, ein Andenken an einen elfischen Pfeil, der ihm einst den Kiefer zertrümmert hatte. Es war ein Furcht erregendes Gesicht, aber das eines Freundes.

»Wie schön, dich zu sehen, Ulfin«, murmelte der König und legte ihm die Hand auf die Schulter. »Ist die Herzogin Helled schon eingetroffen?«

»Ich weiß nicht, Sire. Ich bin die ganze Nacht über hier geblieben, ganz wie du mich gebeten hast ...«

»Ja, natürlich ... Geh den Kämmerling suchen, und, wenn sie noch nicht da ist, lass Kavalleristen in Richtung Osten losschicken, die ihr entgegenreiten sollen. Sag ihm, dass wir sie zur Ratssitzung erwarten.«

»Glaubst du, dass ihr ein Unglück zugestoßen ist?«

Uther schenkte seinem Freund ein Lächeln. Wie immer war Ulfin sogleich besorgt, zumal in diesem Fall; die Herzogin Helled de Sorgalles war ihm lieb und teuer, ebenso wie die Erinnerung an ihren Gemahl, den Herzog Bélinant.

»Vielleicht ist sie von dem Unwetter überrascht worden?«, sagte er in beschwichtigendem Ton. »Ich wollte nur sichergehen, dass sie nicht unserer Hilfe bedarf. Die Königin zählt auf ihre Anwesenheit heute Nachmittag ...«

Inzwischen hatten sich Uthers Augen an das Halbdunkel des Raumes gewöhnt, in den nur durch eine schmale Schießscharte Licht einfiel und der daher so spärlich beleuchtet war, dass dort Tag und Nacht Kerzen brennen mussten; und als er einen Blick zu dem Alkoven hinüberwarf, gefror sein Lächeln trotz seiner Bemühungen, fröhlich zu wirken. Eingekuschelt in die Falten des langen Gewandes der Amme, saugte ein kleines zweijähriges Mädchen gierig an einer Brust, während Artus an der anderen eingeschlafen war. Sie schielte zu ihm hinüber, und kaum hatte sie ihn erblickt, vergrub sie ihr Gesicht unter dem Arm der Kinderfrau. Es war die Tochter Igraines, und die Königin liebte sie. Aus diesem Grunde hätte er selbst sie ebenfalls gerne geliebt, doch die Kleine war auch das Kind Gorlois', die Frucht einer erzwungenen Vereinigung, einer brutalen Vergewaltigung unter so vielen anderen, und die bloße Erinnerung daran war ihm unerträglich ...

Die Amme, deren offenes Mieder den Männern freien Blick auf ihre prallen Brüste gewährte, von denen sich das kleine Mädchen gerade abgewendet hatte und aus denen nun langsam ein paar Milchtropfen sickerten, versuchte, die Zipfel ihres Mieders über ihre Blöße zu ziehen, doch mit den beiden Kindern auf dem Arm vermochte sie sich kaum zu bewegen.

»Gib mir Artus«, sagte Uther.

Er nahm das schlafende Baby, das sie ihm reichte, und bemerkte aus dem Augenwinkel einen roten Tropfen, der die Milch auf ihrem Busen rosa färbte.

»Blutest du?«

»Nein, nein, nicht der Rede wert«, erwiderte sie, während sie endlich ihr Gewand in Ordnung brachte.

Sie kniete vor dem König nieder, dann entfernte sie sich, Igraines Tochter immer noch fest an sich gepresst.

»Sie beißt mich manchmal ... Aber das ist nicht schlimm.«

Uther verkniff sich nur knapp die spitze Bemerkung, die ihm auf den Lippen lag: Sie liebt Blut. Das hat sie von ihrem Vater ...

Ein Jahr, oder zumindest fast, war seit dem Tode Gorlois' verstrichen, doch die Erinnerung an den Herzog und Seneschall war in Uthers Gedächtnis ebenso lebendig geblieben wie der Hass, den er für diesen Mann empfand. Und es schien ihm, dass dieser Hass so lange fortleben würde, wie dieses Kind hier lebte, ähnlich einem garstigen Wurm, der seine Eingeweide zerfraß.

»Sie wird jetzt schlafen gehen«, sagte die Amme. »Nicht wahr, Morgause?«

»Nenn sie nicht so.«

Beunruhigt sah sie zum König auf, erschrocken über seinen brüsken Ton.

»Dieser Vorname passt nicht zu ihr«, erklärte er, um einen milderen Ton bemüht. »Von jetzt an wirst du nur ihren zweiten Vornamen, Anna, benutzen, so wie ihre Mutter und ich es verlangen.«

Die Frau senkte demütig den Blick, was das Unbehagen nur noch verstärkte. Anna hatte das Haar ihrer Mutter, blond und gelockt, und einen derart blassen Teint, dass man sie für eine Elfe hätte halten können. Sie war einige Monate vor Morgane geboren, und obgleich sie nichts gemein hatten bis auf das Schicksal, dass sie seine Töchter waren, durch seine Heirat zu Schwestern geworden, die zwei Welten entstammten, wie sie verschiedener nicht zu denken waren, wurde Uther die Vorstellung nicht los, dass sie sich ähneln müssten. Morgane, das Feenkind von Avalon, und Morgause, die Tochter des hartherzigsten und hinterhältigsten Mannes, dem er je begegnet war ... Wahrhaftig, die Ähnlichkeit ihrer Vornamen war ihm unerträglich.

Noch während er diese Gedanken verscheuchte, streckte er die Hand nach dem kleinen Mädchen aus. Doch kaum berührte er ihre Haare, fing sie auch schon zu weinen an.

»Tut mir leid, Sire«, stammelte die Amme. »Es geht ihr nicht besonders gut heute Morgen.«

»Ja ...«

Uther wandte sich zu Ulfin um, der seinen Blick mied.

»Nun gut, wenn sie fertig ist, nimm sie mit!«, murmelte er, verstimmt durch das Geheul, das ihm schier das Trommelfell zerriss. »Oder lieber doch nicht. Vertrau sie einer Kammerzofe an, und komm zurück, um auf Artus Acht zu geben. Dieses Kind ist bereits zu alt, um noch gestillt zu werden. Von nun an wirst du dich nur noch um den Prinzen kümmern.«

Er sah nicht die Tränen in den Augen der Frau schimmern. Seit über einem Jahr war sie Morgause – oder Anna, wie auch immer der Name lautete, den sie ihr zu geben beliebten – nicht von der Seite gewichen.

Uther, der sich nicht weiter um die beiden kümmerte, trat an die Wiege und legte Artus behutsam hinein. Er war ein strammer kleiner Junge, mit einem Haarschopf zur Welt gekommen, so dicht und schwarz, wie ihn noch keine Hebamme je zu Gesicht bekommen hatte. Die Stirn gerunzelt und die geballten Fäuste an den Körper gepresst, eignete ihm noch im Schlaf ein Anschein von Ernsthaftigkeit, ja fast von Verbissenheit, und seine Miene war dermaßen grimmig, dass es beinahe komisch anzusehen war. Wie der Bär, dessen Namen er trug[1], war er hässlich, aber kräftig und wirkte, als sei er in ständiger Verteidigungsbereitschaft. Nach Ablauf eines Monats wog er neun Pfund, ein wahrer Prachtjunge – und ein stolzer Erbe, den sein Vater noch heute, während der Reinigungszeremonie, freudig dem Volk und den Baronen präsentieren würde.

Erst als er den Blick wieder von seinem Sohn löste, entdeckte Uther Merlin, der ebenfalls an der Wiege saß, reglos und so dunkel gekleidet in seinem langen nachtblauen Gewand, dass man von ihm im Dämmer des Alkovens lediglich das weiße Haar und das ironische Aufblitzen seines ewigen Lächelns sah.

»Weißt du, man ändert ihr Schicksal nicht, indem man den Namen ändert«, bemerkte der Kindmann und stand auf.

»Zum Henker noch mal, Merlin, warum hast du nicht gesagt, dass du da bist!«

Uther sah sich nach Ulfin um, um ihm eine Rüge zu erteilen, doch der Ritter war bereits mit der Amme aus dem Zimmer geschlüpft.

»Im Übrigen weißt du ja, dass Morgane sich selbst nicht so nennt«, fuhr der ungebetene Gast in jenem unbekümmerten Ton fort, der Uther schon immer aufs Äußerste gereizt hatte, und schob sich an ihm vorbei. »Ihre Mutter nennt sie Rhian-

2 Der Name Arthur, oder auch Artus, stammt von *Art* (bretonisch *arzh*), dem gälischen Wort für Bär.

non, die Königliche, damit die Elfen niemals vergessen, dass sie – eines Tages – ihre Königin sein wird . . .«

»Ich weiß«, erwiderte Uther. »Doch du warst derjenige, der auf dem Namen Morgane bestanden hat. Und bisweilen sage ich mir, du hast es absichtlich getan, du wusstest, dass Gorlois seine Tochter Morgause nennen würde, und hast einen weiteren deiner teuflischen Streiche ins Werk gesetzt!«

»Wirklich? Das ist seltsam . . . Ich denke ebenfalls ab und an, dass dir Gott weiß was zuzutrauen ist . . .«

Im Dunkeln sah Merlin auf Grund seines weißen Haars und seiner Magerkeit aus wie ein alter Mann. Doch sobald er vortrat in den Schein der Kerzen, wurde er wieder zu dem Kindmann von undefinierbarem Alter, halb Elf, halb Mensch, bei dessen bloßem Anblick die meisten, die ihn zum ersten Mal sahen, ein Unbehagen beschlich.

»Ich hatte dich gebeten, dich um Frehir zu kümmern«, knurrte Uther. »Du solltest unter keinen Umständen von seiner Seite weichen, bis er wieder die Augen aufschlägt!«

»Jawohl, und genau deshalb bin ich jetzt hier. Das Fieber ist gesunken, und er ist kurz vor Tagesanbruch erwacht . . . Ach, er hat übrigens nach dir verlangt.«

»Aber zum Teufel noch mal, das hättest du mir doch sagen können!«

»Das habe ich soeben getan.«

Uther setzte zu einer Antwort an, doch dann hielt er inne. Seine geballte Faust sank, und sein Zorn verebbte. Es war nutzlos, mit Merlin zu streiten. Man hätte meinen können, er zöge ein diebisches Vergnügen daraus, ihn in Rage zu bringen, und es gelang ihm mit derart spielender Leichtigkeit, dass es geradezu demütigend war.

»Bleib hier bei Artus«, murmelte er und ging aus dem Zimmer.

Merlins Stimme war noch immer zu hören, als er bereits auf dem Gang war.

»Bis er wieder die Augen aufschlägt?«

Uther antwortete mit einem Grunzen, über das der Kindmann lächeln musste. Dieses Amüsement war jedoch nicht von Dauer. Noch bevor die Schritte des Königs im Gang verklangen, verzog er das Gesicht. Seit Einbruch der Morgendämmerung hatte sich ein Kloß in seinem Hals zusammengeballt, der ihn fast zu ersticken drohte. Ja, Frehir war wieder erwacht, doch trotz der freundschaftlichen Gefühle, die er für diesen gutmütigen Hünen hegte, wäre es ihm vermutlich lieber gewesen, wenn das Fieber noch ein wenig angehalten hätte, zumindest bis zum Abend, bis die Ratsversammlung vorüber wäre ... Oder wenn er zumindest geschwiegen hätte.

Es hatte zwar aufgehört zu regnen, aber der Tag war dennoch ungemütlich: winterlich, eisig und feucht – die Strohdächer waren durchnässt und die Gässchen mit Bächen aus schlammigem Regenwasser und Strohhalmen überzogen, die sich zu einer glitschigen Schicht vermischten. Die Witterung war kaum dazu angetan, irgendjemanden in Jubelstimmung zu versetzen. Doch es waren so viele Leute unterwegs, dass die Stadt nach und nach wieder so belebt war wie an freundlicheren Tagen, und die Aussicht auf das Festmahl wärmte den Menschen das Herz. In all den kleinen Gässchen, die noch am Vortag den Hunden, Schweinen und dem Federvieh gehört hatten, herrschte reges Gewimmel, und sie waren erfüllt von Stimmen sowie einem wogenden Farbenmeer. Sämtliche Schankwirte und Ladenbesitzer hatten geöffnet, Schuster, Harnischmacher, Schneider und Höker[3] und ihre Gehilfen brüllten sich in ihrem Eifer, Kundschaft anzulocken, schier die Kehle aus dem Hals. Diejenigen, die zu arm waren, um einen festen Laden zu unterhalten – unter der Last ihrer alten Fetzen gebeugte Lumpensammler, Kerzengießer, die mit flüssigem Wachs oder Talg han-

3 Kleinkrämer

tierten, Wasserträger oder Hohlhippenbäcker –, schlugen ihre Warentische mitten in der Menge auf und plärrten noch lauter. Bauern aus dem Umland liefen zwischen Bürgern umher, die herausgeputzt waren wie Prinzen, machten große Augen angesichts der maßlosen Schamlosigkeit der Freudenmädchen, die über ihre Fensterbrüstungen gebeugt standen, oder brachten ihre letzten Deniers in den einfachen Schänken durch, wo in einem rasenden Rhythmus frische Fässer angestochen wurden. Dieses ganze Volk besudelte sich die Beinkleider mit Schlamm, der in Bächen die Straßen hinunterfloss. Die Kälte, die Feuchtigkeit und der Sprühregen, der die Schieferplatten zum Glänzen und die Strohdächer zum Dampfen brachte, drangen dorthin nicht vor. Die Menschen hielten sich warm. Denn der Wein heizte ihnen ein. Ebenso die Dirnen und das Spiel.

Es handelte sich zwar um keine ganz ungezwungene Fröhlichkeit, doch man fühlte sich beinahe in alte Zeiten zurückversetzt, in die Tage vor dem Krieg. Im Übrigen waren auch wieder Elfen in den Straßen von Loth zu sehen. Wenige nur, gewiss, und im Wesentlichen auf die Gefolgschaft des großen Druiden Gwydion sowie des Prinzen Dorian beschränkt, doch es war trotz allem ein ermutigender Anblick. Zu ihrer großen Verblüffung wurden die blauen Wesen auf ihrem Weg durch die überfüllten Straßen mehr als einmal mit einem vergnügten Puff oder einem Schlag auf den Rücken begrüßt (wobei man einem etwas hitzigen jungen Elfen erst erklären musste, dass dies bei den Menschen vom See Freundschaftsbekundungen waren). Sogar Zwergen lief man mitunter über den Weg. Sie traten noch weniger zahlreich auf, boten dabei allerdings geringeren Anlass zur Freude. Griesgrämig, ungeschlacht und fröstelnd in ihre viel zu schweren Pelze gehüllt, marschierten sie in Gruppen und bahnten sich unter lautem Gejohle eine Schneise durch die Menge. Die Menschen gaben nur murrend den Weg frei, denn die Erinnerung an den Krieg war nicht so leicht auszulöschen.

Kurz vor der Sext[4] begannen die Glocken zu läuten, und die Menge strebte zur Kirche. Das Glacis, das um die äußerste Ringmauer verlief, war bereits schwarz von Leuten, so dass die Scharwachen größte Schwierigkeiten hatten, der königlichen Prozession den Weg frei zu machen.

Den Vivats und dem stürmischen Jubel der Bevölkerung in Loth zum Trotz sagte Uther kein Wort und hatte den Blick gedankenverloren in die Ferne gerichtet, während er mit düsterer Miene den kleinen, in Windeln gewickelten Körper Artus', der unter seinem Mantel kaum zu sehen war, an sich gepresst hielt. Igraine ritt an seiner Seite, bleich, aber aufrecht.

Sie war prächtig herausgeputzt, in weißen Samit gehüllt, Bliaud und Mantel mit Hermelin verbrämt, und saß auf einem schneeweißen kleinen Paradepferd, das so schön und so herrlich gewachsen war, wie sich nur irgend denken lässt. Die Kandare war aus feinstem Silber, ebenso das Vorderzeug und die Steigbügel. In den Sattel aus Elfenbein waren höchst kunstvolle Miniaturen von edlen Damen und Rittern geschnitzt. Das Satteltuch war von einem reinen Weiß, hing bis zur Erde hinab und war aus demselben Samit wie die Gewänder der Königin.[5]

Igraine hatte die schleierartige Guimpe, die ihr Gesicht eng umschloss, heruntergestreift und lächelte in die Menge, doch die Schweigsamkeit des Königs trieb ihr die Tränen in die Augen. Kurz zuvor hatte Uther eine flüchtige Unterredung mit ihrem Bruder, Léo de Grand, geführt, und er hatte den liebenswürdigen Gruß von Sire Bran, Regent der Zwerge unter dem Berg, nur knapp erwidert. Die Herzogin Helled de Sorgalles war bislang nicht erschienen, doch ihre Verspätung allein vermochte die schlechte Laune des Königs nicht zu erklären. War es Merlin, der ihm derart zu schaffen machte – dieser finstere

---

4 Sechstes Tagesgebet des Breviers, zur sechsten Tagesstunde, also um zwölf Uhr

5 Der kursiv gesetzte Text ist ein Zitat aus ›Lancelot du Lac?‹, französischer Roman aus dem 13. Jahrhundert. Hier übersetzt nach der Übertragung von François Mosès, Le Livre de Poche, 1991.

Gesell mit dem Kindergesicht, dessen bloßer Anblick sie so bedrückte, dass sie fast ohnmächtig wurde? Einen Augenblick lang dachte sie an Frehir und bekam Angst, er möchte womöglich in der Nacht gestorben sein. Doch das konnte es nicht sein ... Bruder Blaise, der Kaplan, hätte sie davon unterrichtet. Zudem wurden die Heilkundigen seit dem Tag, da die Reiter des Königs seinen leblosen Körper hergebracht hatten, nicht müde zu verkünden, dass der Barbar wieder zu Kräften käme. Doch die Königin wusste natürlich nicht, dass Frehir bereits wieder bei Bewusstsein war und mit Uther gesprochen hatte.

Vor dem Kirchenportal ließ das Königspaar Reittiere und Eskorte zurück. Einzig begleitet von der hoch gewachsenen Gestalt Antors, Ritter und Kronvasall der Königin, dessen roter Mantel gleich einem Feldzeichen aus der Menge aufragte, gesellten sie sich zu den anderen Müttern, die gekommen waren, um die Reinigung zu empfangen. Der Tradition gemäß standen Männer und Frauen getrennt, und es oblag den Vätern, sich um ihre Neugeborenen zu kümmern. Hierüber war Uther entzückt. Ebenso unbeholfen und ebenso stolz wie die anderen, fühlte er sich in ihrer Gesellschaft von seiner drückenden seelischen Bürde befreit. Da waren ein Reisiger, der mit geschwellter Brust die Farben des Herzogtums von Carmelide zur Schau trug, einige mit groben Hosen und wollenen braunen Überröcken bekleidete Bauern, zwei junge Städter, ein Schmied, der noch seine Lederschürze anhatte, sowie ein junger Krautjunker im Sonntagsstaat mit einer scharlachroten Gugel auf dem Kopf, deren lange, schwanzartige Sendelbinde ihm wie eine züngelnde Flamme über den Rücken fiel – und jeder von ihnen hielt seinen Sohn oder seine Tochter auf dem Arm, und ihre Frauen ergriff die Rührung, als sie sie so glücklich sahen.

Zu Uthers großem Verdruss fing Artus jedoch alsbald an zu brüllen, und er warf der Königin einen hilflosen Blick zu. Sie schenkte ihm ein Lächeln, hob aber die Hände, als wolle sie sagen: »Sieh zu, wie du zurechtkommst«, woraufhin der junge König sein Kind energisch wiegte, was sein Geschrei nur noch verstärkte und dazu führte, dass die anderen Babys ebenfalls zu weinen begannen. Bald plärrte die ganze Kinderschar aus vollem Halse, was die Väter zum großen Amüsement ihrer Frauen in vollkommene Verwirrung stürzte.

Das Gelächter hatte die ungute Spannung zerstreut, die der König verbreitet hatte. Der Platz hallte erneut von fröhlichem Stimmengewirr wider, und ringsum herrschte eine Atmosphäre wie an Markttagen. Auf einem Podium waren Bänke aufgestellt worden für die adligen Herren und edlen Damen aus dem Palast und für die elfischen und zwergischen Würdenträger, die gekommen waren, um dem Prinzen ihre Aufwartung zu machen, bevor sie sich zur Ratssitzung versammelten. Auch Bran, der in der ersten Reihe saß, hatte wieder zu seiner gewohnten Umgänglichkeit zurückgefunden und plauderte mit Ulfin, nicht mehr länger verstimmt, dass ihm der König die kalte Schulter gezeigt hatte.

»So viele Kinder!«, rief er aus und hielt sich theatralisch die Ohren zu. »Sind das hier sämtliche Babys, die dieses Jahr zur Welt gekommen sind?«

Der Ritter lachte schallend, doch dem Blick des Zwerges entnahm er, dass dies kein Scherz gewesen war.

»Aber ... nein! Das sind nur die Kinder, die in jüngerer Zeit geboren wurden ... Die Jungen sind mindestens vierzig Tage alt, die Mädchen ungefähr drei Monate. So ist es Sitte ...«

»Wirklich?«

Bran schüttelte den Kopf, dann sah er Rat suchend zu Onar hinüber, einem ungemein mürrischen Zwerg, der in seinem unförmigen Mantel wie ein Sack aussah. In Erwartung eines Kommentars, der nicht kam, versetzte Ulfin Bran einen Rippenstoß.

»Was ist los, mein Freund?«

»Nichts«, murmelte der Prinz. »Aber ich glaube, dass im gesamten Zwergenvolk nicht halb so viele Kinder geboren worden sind, seit wir das Schwert verloren haben ...«

Ulfin antwortete nicht (was hätte er im Übrigen schon sagen können?), aber Merlin, der neben ihm saß, beugte sich vor und musterte Bran eindringlich. Er öffnete schon den Mund, um näher nachzufragen, als der Recke ihm einen finsteren Blick zuwarf, und so sagte er nichts und behielt seine Fragen für sich. Dennoch reckte er den Hals, um rasch die vor dem Portalvorbau zur Schau gestellten Kinder zu zählen. Es waren allenfalls zehn … Konnte das wirklich stimmen, was Bran da berichtete? Weniger als fünf Geburten binnen eines Jahres?

Trotz seines dicken Wollmantels, trotz seines Bliauds, der Hemd und Hosen von den Schultern bis zu den Waden bedeckte, und trotz der hohen filzgefütterten Lederstiefel wurde es Uther allmählich kalt. Der Art und Weise nach zu urteilen, wie ein jeder – sowohl in seinem Gefolge wie auch in der umstehenden Volksmenge – mit geröteter Nase und eng vor dem Körper verschränkten Armen von einem Fuß auf den anderen trat, war er nicht der Einzige. Dessen ungeachtet schienen die Mönche sich alle Zeit der Welt zu lassen, obwohl die meisten unter ihnen barfuß in dieser Kälte umherliefen und nur mit schlichten Kutten aus unbehandelter Wolle bekleidet waren; diese waren ungefärbt (denn Färben ist Täuschung, »*nulla tinctura, nec mendacio defucata*«), häufig geflickt und in der Taille von einem Ledergürtel zusammengezurrt, die Kapuze war auf die Schultern zurückgeschlagen, der Kopf mit der Tonsur Wind und Wetter ausgesetzt; die Mönche selbst waren mager, grau und aufrecht wie Birken. Ihr Superior, Abt Illtud, hob sich allein durch seine Körpergröße von den Übrigen ab. Seit dem Tode Bischof Bedwins war es fraglich, ob dieser ersetzt würde, und der weltliche Klerus verlor im Königreich immer weiter an Einfluss – zum Vorteil der Mönche, deren Prior[6] er war, *pater monasterii, vices Christi agit.*[7] Er trug weder Krummstab noch Mitra, wie sie

6 Damals war ein Prior so viel wie ein Abt, nicht wie in späterer Zeit dessen Stellvertreter [Anm. d. Übs.].
7 Vater des Klosters, Stellvertreter oder Vikar Christi (Regel des Heiligen Benedikt)

einem infulierten Abt zugestanden hätten, sondern hatte lediglich ein einfaches Kreuz um den Hals und stand mit seinem länglichen Gesicht und dem dunklen Bart ebenfalls unbeweglich, die Augen geschlossen, um in das feierliche und getragene Tedeum seiner Brüder mit einzustimmen, als könne die feuchte Kälte ihm gar nichts anhaben.

Die Unterhaltungen auf dem Glacis verstummten nach und nach. Vermutlich ließ sich der Großteil derer, die dort versammelt waren – Bürger, Adlige, Bettler, Elfen, Menschen oder Zwerge – von der asketischen Inbrunst und dem faszinierenden Anblick dieser unsinnigen Kasteiung bannen. Seit die Mönche die Stelle der Priester eingenommen hatten, war die Religion nicht mehr dieselbe. Sogar aus der Kirche waren sämtliche Fahnen und Tapisserien entfernt worden, die sie ehemals geschmückt hatten. Zurückgeblieben waren nur das nackte Mauerwerk und das düstere Antlitz der in die Fassade gemeißelten Heiligen. Der von einer leuchtenden Gloriole umgebene Christus des dicken Bischofs war dem ausgemergelten Christus am Kreuz und seinen Jüngern gewichen, die so mager waren, dass sie zitterten wie Espenlaub. Da war keine Spur von Freude, nichts Freundliches, und all den jungen Müttern, die wie Igraine gekommen waren, um ein fröhliches Fest zu feiern, und für die dies den ersten Ausgang nach der Entbindung darstellte, war angesichts dieses feierlichen Ernstes zumute, als schlösse sich eine kalte Hand um ihr Herz.

Nach dem Tedeum herrschte ein außergewöhnlich langes Schweigen, bis Illtud schließlich die Augen aufschlug und die Stufen vor dem Portal herunterstieg, um auf das Königspaar zuzugehen. Die Frauen, die gerade einem neuen Erdenbürger das Leben geschenkt hatten, besaßen traditionellerweise nicht das Recht, einen geweihten Ort zu betreten, so dass sich die gesamte Zeremonie zwangsläufig auf dem Kirchenvorplatz abspielen musste. Als er vor ihnen angelangt war, lächelte Illtud, dann nahm er dem König wortlos Artus aus dem Arm und empfahl ihn der Obhut seiner Mutter. Hinter ihm traten die

Ältesten der Abtei auf die anderen jungen Väter zu und taten es Illtud gleich. Keiner von ihnen sprach ein Wort, was das Gefühl des Unbehagens, ja fast schon des Schreckens nur noch verstärkte, das von ihrer kleinen Schar ausging. Und doch erteilte Illtud ihnen Anweisungen, indem er sich der *linguosi digiti*, der Fingersprache, befleißigte, die damals in den Klöstern Usus war. Uther musste lächeln, als er ihn seinen Daumen in den Mund stecken sah, um die Babys darzustellen; dann zog der Abt mit dem Finger einen Strich zwischen den Augenbrauen – Gebärde, die die Frauen symbolisierte –, formte mit Daumen, Zeige- und Mittelfinger einen Ring und malte als Letztes einen Kreis in seine Handfläche – Zeichen, die keiner zu deuten verstand und bei denen den Anwesenden das Lächeln auf den Lippen gefror.

Uther, der sich unwohl fühlte, suchte nach einem Halt in seiner Nähe. Sein Blick begegnete dem von Léo de Grand, der auf der Tribüne saß. Sein Schwager war in religiösen Dingen jedoch ebenso wenig bewandert wie er, und seine mürrische Miene war Uther kein großer Trost. Hinter ihm saß ein kleiner Trupp Elfen, die in ihre von changierenden Glanzlichtern gesprenkelten Moirémäntel gehüllt waren und die Köpfe senkten. Selbst der alte Gwydion blieb stumm, die Augen starr geradeaus gerichtet, ohne dass auf seinem faltigen Antlitz die geringste Regung zu lesen gewesen wäre. Dahinter hatte sich in einiger Entfernung die Stadtbevölkerung gleich einer graubraunen, dichten Hecke versammelt, und auch dort herrschte vollkommenes Schweigen.

In dieser Stille lag eine Kraft. Eine für Uther bis dahin ungeahnte Kraft, die sich eindeutig unterschied von dem wütenden Waffengerassel der Soldaten, von der göttlichen Macht des Pendragon, von jener Kriegsbegeisterung, die er selbst verkörpert und die gleich einer Woge das ganze Land erfasst hatte. Diese Hand voll schweigender Männer, die da schlotternd in ihren Bettelkutten standen, hatten die Menge zum Verstummen gebracht.

Mit langsamen Schritten geleiteten die Ordensbrüder die zum Teil noch geschwächten jungen Mütter die wenigen Stufen zu dem kleinen Platz vor dem Kirchenportal hinauf. Dann luden sie sie ein, um eine Gruppe Novizen niederzuknien, die eine Art großen Käfig aus Weidenruten verdeckten. So fest in ihre Windeln eingewickelt, dass sie sich kein bisschen mehr rühren konnten, weinten jetzt mehrere Babys zum Herzerweichen, und ihre kläglichen Schreie, unter denen Uther die seines Sohnes herauszuhören meinte, hatten es zur Erleichterung der Anwesenden vermocht, die durch die Zerknirschung der mönchischen Herzen entstandene Feierlichkeit ein wenig aufzulockern.

»Hört das Wort Gottes!«, rief plötzlich einer von ihnen mit lauter, beinahe gellender Stimme. »Auf die Knie, um das Wort Gottes zu vernehmen!«

Uther zögerte ebenso wie der Großteil der Zuschauer einen Moment, umso mehr, als für die Patres keinerlei Tribüne vorbereitet worden war und der Vorplatz nur noch eine einzige Schlammpfütze war. Dennoch kniete er nieder und beschmutzte sich dabei seine Beinlinge und seinen Mantel wie ein Bürgerlicher. Alle folgten seinem Beispiel und bewiesen Demut vor Gott. Mit Ausnahme der Elfen und Zwerge natürlich.

Der Prior trat zu einem Novizen hin, der ihm mit ausgestreckten Armen eine Bibel entgegenhielt, kniete nieder, um das heilige Buch zu küssen, und verlas den Text in der Alltagssprache:

»Wenn eine Frau niederkommt und einem Knaben das Leben schenkt, so bleibt sie sieben Tage unrein. Sie bleibt ebenso lange unrein wie in der Zeit ihrer Unreinheit infolge ihrer monatlichen Regel. Am achten Tag muss seine Vorhaut beschnitten werden. Dann bleibe sie noch dreiunddreißig Tage über die Zeit ihrer Reinigung zu Hause. Sie darf nichts Heiliges berühren und nicht zum Heiligtum kommen, bis die Tage ihrer Reinigung erfüllt sind.

Schenkt sie einem Mädchen das Leben, dann bleibt sie zwei Wochen unrein wie bei der monatlichen Unreinheit, und sie bleibe sechsundsechzig Tage über die Zeit ihrer Reinigung zu Hause.«[8]

Er verstummte und klappte das Buch zu, ringsum herrschte bedrückende Stille, die nur durch einige erstickte Hustenanfälle oder das Weinen der Kinder gestört wurde.

»Im Gesetz des Herrn steht geschrieben: › *Jedes Männliche, das den Mutterleib öffnet, soll dem Herrn heilig heißen!«*[9], rief Illtud mit einem Mal derart unvermittelt und laut, dass Uther zusammenzuckte. »Wenn die Tage der Reinigung vorüber sind‹, so heißt es in der Schrift, ›wird eine junge Taube oder eine Turteltaube im Namen jeder Mutter dargebracht werden, als Opfer für ihre Sünde!‹«

Sein Ton wurde milder, und diejenigen, die nahe genug am Portal standen, um ihn zu sehen, hatten sogar den Eindruck, dass er den zitternden, angsterfüllten jungen Frauen, die da vor ihm knieten, ein Lächeln schenkte.

»Ein Kind zu gebären ist sicherlich keine Sünde, aber das Blut, das dabei fließt, ist eine Befleckung, und hier liegt der Sinn dieser Zeremonie«, fuhr er fort. *»Dieses Gesetz gilt für die Wöchnerinnen, ob es sich um einen Knaben oder ein Mädchen handelt ... und der Priester entsündigt sie, und sie wird rein.*[10] Maria selbst, Mutter Gottes, hat das Gebot des Herrn befolgt, so schreibt Lukas, indem sie Jesus Christus, unseren Herrn zum Tempel gebracht hat.[11] Und so kommt es, dass ihr wie sie dem Allerhöchsten die Tauben für euer Seelenheil darbringt!«

Bei diesen Worten öffneten die Novizen den Käfig und ließen einen ganzen Schwarm Tauben frei, die so geschlossen aufflogen, dass die Menge vor Bewunderung wie aus einem Munde aufschrie. Illtud nahm Artus aus Igraines Armen in die

---

8 Leviticus 12, 2–5, zitiert aus der Jerusalemer Bibel
9 Lukas, 2, 23, zitiert aus der Jerusalemer Bibel
10 Leviticus 12, 7 f., zitiert aus der Jerusalemer Bibel
11 Siehe dazu Lukas 2, 22 f.

seinen und hob ihn über sein Haupt empor, damit jeder das Kind sehen konnte, das daraufhin noch heftiger weinte. Dann hatte Uther den Eindruck, als blicke der Abt ihn persönlich an, ihn und jeden anderen in der Menge, während er aus den Evangelien las:

»Siehe, dieser ist gesetzt zum Falle und zum Aufstehen vieler in Israel und zu einem Zeichen, dem widersprochen wird; aber auch deine eigene Seele wird ein Schwert durchdringen, auf dass die Gedanken aus vielen Herzen offenbar werden.«[12]

Uther runzelte die Brauen, während er über den Sinn dieser Worte rätselte. Der Abt reichte Igraine das Kind zurück und zog sie, gefolgt von den anderen Müttern, die nun von ihrer Befleckung reingewaschen waren, ins Innere der Kirche.

Es blieb ihm keine andere Wahl, als ihnen nachzugehen.

12 Lukas 2, 34 f., Die Weissagung des Simeon, zitiert aus der Jerusalemer Bibel

IV

Die Tafelrunde

Bei Einbruch der Dämmerung hatte man trotz der mit gewachsten Tüchern bespannten Fenster, die ringsum die Wände des Saales zierten, Fackeln entzünden müssen. Doch das Schauspiel war dadurch nur umso majestätischer. Im flackernden Schein der Flammen killten die riesigen golddurchwirkten Banner, die sämtliche Wände bedeckten, wie Segel, und ein einheitlicher rötlicher Schein brachte die eisernen Rüstungen der Recken zum Schillern. Reglos und schweigend standen alle zwölf hinter je einem Stuhl, die Hände über dem Knauf ihrer Schwerter gekreuzt, starr wie Statuen, als stellten sie nur einen Teil der Dekoration dar. Zwischen den Deckenbalken, die nach elfischer Manier mit geschnitzten Pflanzenmotiven und phantastischen Vögeln versehen waren, hingen die Oriflammen der Zwergenhäuser und die Paniere der großen, dem Hofe nahe stehenden Barone. Was jedoch sämtliche Blicke auf sich zog, war der Tisch selbst. Eine bronzene Tafel, in die verschlungene Ornamente eingraviert waren und die im Schein der Fackeln dunkel schimmerte; sie besaß solch ungeheure Maße, dass es wirkte, als sei der Raum um sie herum erbaut worden (was der Wahrheit tatsächlich ziemlich nahe kam). In ihre Mitte war der Fal Lia eingelassen, der Heilige Stein und Talisman, der den Menschen von den Göttern geschenkt worden war und beim Herannahen eines echten Königs ächzte. Uther betrachtete voller Verlangen diese mächtige, ungeschlachte

59

Platte, die ihn zum Herrscher des Königreichs von Logres gemacht hatte und dabei so unbedeutend, grau und stumpf aussah und die nun, da er sich gesetzt hatte, keinen Laut mehr von sich gab. Konnte sie dem Vergleich mit dem Talisman der Zwerge standhalten, der vor ihm lag? Mit Sicherheit nicht. Wenn er nicht gerade erzitterte, war der Fal Lia nur ein grob behauener Felsbrocken, wohingegen Excalibur, das von Nuada Airgetlám, dem Gott Nudd mit dem silbernen Arm, geschmiedete Schwert ein wahres Kunstwerk darstellte, das von Generation zu Generation von den versiertesten Goldschmieden unter dem Berg immer reicher verziert worden war. Jeder Zoll seiner schweren und scharfen goldenen Klinge war mit feinen Ziselierungen geschmückt, auf Stichblatt und Knauf funkelten wertvolle Edelsteine, ja selbst der Fingerbügel war aus geflochtenen Goldfäden geformt. Und diesen Schatz sollte er ihnen zurückgeben, nach all dem, was Frehir ihm am Morgen erzählt hatte?

Léo de Grand, der an seiner Seite saß, tauschte unschlüssige Blicke mit dem Kammerherrn. Er wagte es nicht, seinen Schwager aus seiner Versunkenheit aufzustören. Uther spürte, wie der Herzog auf seinem Stuhl saß und mit den Füßen scharrte, hörte sein häufiges Räuspern und riss sich endlich widerstrebend von seinen trübsinnigen Überlegungen los.

»Einverstanden«, sagte er und erhob sich. »Sie mögen hereinkommen ...«

Der Kämmerling, dem dieses endlose Ausharren ein Gräuel war, wartete das Kopfnicken des Herzogs von Carmelide gar nicht erst ab, sondern klopfte kurz und kräftig mit seinem eisenbeschlagenen Stab auf die Steinplatten.

Umgehend öffnete sich die Türe und gab den Blick auf die lang aufgeschossene, zerbrechliche Gestalt eines Elfen frei, der ein funkelndes silbernes Kettenhemd und einen Waffenrock aus schillerndem Moiré trug.

»Dorian, Prinz der Hohen Elfen, Bruder von Lliane, Königin unter dem Wald von Eliande!«, verkündete ein Herold im Gang draußen so laut, dass man es bis in die Küchen hören musste.

Uther ging auf den jungen Elfen zu, um ihn zu umarmen, doch als er dessen Gesicht gewahr wurde, das dem von Lliane so ähnlich war, hielt er für einen Moment inne. Der Prinz war genau wie sie groß und außergewöhnlich schlank, was durch seine bläuliche Blässe und sein langes schwarzes Haar noch betont wurde. Seine Augen waren jedoch anders als die der Königin. Düster blickende Augen, die trotz seiner Jugend schon von so vielen schweren Prüfungen gezeichnet waren. War darin ein Vorwurf zu lesen? Dorian wusste sehr wohl, dass Uther seine Schwester geliebt hatte, dass sie dieses Kind zusammen hatten, dessentwegen die Königin in Ungnade gefallen war, und dass Uther die Schuld daran trug, dass König Llandon nur noch ein in seiner Ehre gekränkter und von den Trouvères in ihren Liedern verspotteter Monarch war, ein armseliger blinder Mann, aufgenommen von den Hexen im Walde. Wir haben alle gelitten, dachte er. Ebenjener Llandon hatte Cystennin, seinen eigenen Vater, getötet, und dies Verbrechen war ungesühnt geblieben. Bis heute ...

Uther fasste sich wieder und drückte Dorian an sich, dann wandte er den Blick ab, um mit einem ehrerbietigen Kopfnicken den großen Druiden Gwydion zu begrüßen, einen alten Elfen, der nach dem Dafürhalten Léo de Grands eher einem abgestorbenen Baum als einem lebenden Wesen glich.

»Der Himmel behüte dich«, sagte Dorian.

Das war die geweihte Formel, doch Uther nahm sie überrascht, ja beinahe dankbar auf. Er wusste nicht, was er antworten sollte, und versetzte dem jungen Elfen einen liebevollen Klaps auf die Schulter, während der Kammerherr bereits erneut auf den Boden klopfte.

»Bran, Sohn des Iubdan, Neffe Troïns, Herr unter dem Schwarzen Berg! Bran, Thronerbe des Geschlechts von Dwalin, Prinz der eingestürzten Hügel und Berge! Langes Leben, langer Bart, gewaltige Reichtümer!«

Uther verkniff sich ein spöttisches Lächeln, so wenig schien die Pathetik der traditionellen protokollarischen Formeln der großen Zwergenhäuser mit der Erscheinung ihres Regenten im Einklang zu stehen.

Bran war nicht zum König geboren. Er war lediglich der jüngere Sohn von Prinz Iubdan, welcher seinerseits der jüngere Bruder des alten Königs Troïn war, und wenn auch ganz ohne Zweifel das königliche Blut der Linie Dwalins in den Adern des Zwerges floss, hätte doch das Besteigen des Throns unter dem Schwarzen Berg im Grunde nicht einmal Gegenstand seiner Träume sein dürfen. Seine Situation behagte ihm im Übrigen vollkommen, denn das Leben eines Prinzen unter dem Berg war in jeder Hinsicht äußerst annehmlich: Seine ganze unbeschwerte Jugend über hatte Bran den Großteil seiner Zeit damit zugebracht, zu essen, zu trinken, in den Hügeln zu jagen sowie einer rekordverdächtigen Zahl zwergischer Dienerinnen und Kurtisanen in ihrem Palast in Ghâzar-Run nachzustellen, während sein älterer Bruder Rogor vom alten Troïn und ihrem Vater in die Geheimnisse des Herrschens eingeweiht worden war. Als Iubdan Opfer eines Jagdunfalls wurde und starb, war Bran tief bekümmert, seine Lebensweise änderte er gleichwohl nicht. Von dem Moment an war Rogor der Erbe des Königstitels, und *seinen* Segen hatte er.

Doch dann war der schreckliche Tag gekommen, an dem der Elf Gael den alten Troïn Langbart tötete und das Heilige Schwert raubte, mit dessen Verwahrung das Zwergenvolk sein Haus betraut hatte. Mit einem einfachen Dolchstoß hatte der Elf Chaos und Schande über das Königreich unter dem Berg gebracht. Während Rogor sich an der Suche nach dem Mörder beteiligt hatte (und man weiß ja, wie Gael den Tod fand), war Bran die Pflicht zugefallen, die Regentschaft zu übernehmen. Das erforderte zwar in den meisten Fällen lediglich eine vorübergehende Machtausübung und brachte durchaus einige Vorteile mit sich. Doch jetzt war Rogor verschollen, und wahrscheinlich war er in der Schlacht unter dem Roten Berg ums Leben gekommen. Nun blieb nur noch er selbst, Bran, zurück, der eine äußerst geringe Neigung verspürte, sich eine solche

Bürde aufzuhalsen, um die Ehre des Geschlechts von Dwalin wiederherzustellen und dem Zwergenvolk wieder zu neuer Lebenskraft zu verhelfen ...

Ulfin, der reglos hinter dem Sitz des Königs stand, lächelte ebenfalls unter dem heruntergeklappten Visier seines Helmes, als er den Aufzug des jungen Prinzen sah. Einige Monate zuvor hatte der Zwerg Uther und ihm noch als Lastesel gedient, und siehe da, nun war er mit Pelzen, Schmuck und Gold beladen, und selbst seine Haare und sein langer roter Bart waren geschmückt! Bran trug einen Kinnbart, der in zwei dicken, eindrucksvoll mit goldenen Bändern durchflochtenen Zöpfen über seinen Bauch herabfiel – eine Zierde, die die Menschen mit ihren räudigen Ziegenbärten, welche kaum übers Kinn reichten, kaum zu verstehen vermochten (ganz zu schweigen von den Elfen, deren unbehaarte Gesichter glatt wie Kiesel waren!). Bran legte trotz des Goldes, trotz seiner Pelze und kostbaren Tücher nach wie vor seine gutmütige Miene und seine altgewohnten Manieren eines Wachpostens an den Tag. Und so lief er in Missachtung des Protokolls mit weit ausgebreiteten Armen auf den König zu.

»Uther, mein Freund!«, sagte er und schlang ihm die Arme um die Taille. »Was für ein großer Tag! Ein wahrhaft großer Tag!«

Zum ersten Mal seit dem Gespräch mit Frehir zeigte der König ein Lächeln, bezwungen von der Herzlichkeit seines Freundes; als würde er es bereuen, löste er sich jedoch ein wenig zu brüsk aus dessen Umarmung und machte ihm ein Zeichen, sich zu setzen, ohne die zwei Zwerge, die seine Gefolgschaft stellten, auch nur eines Blickes zu würdigen. Es war schwer zu sagen, ob sie Anstoß daran nahmen, so gleichgültig wirkten sie gegenüber allem außer dem goldenen Schwert, das funkelnd auf der bronzenen Tafel lag; sie trugen wie erwartet die gelangweilte, herablassende Miene zur Schau, die man von den zwergischen Würdenträgern gewohnt war. Ihr Alter dagegen war absolut ungewöhnlich. Der Ältere von beiden konnte nur knapp über die hundert sein, was jung war im Vergleich zu den gut dreihundert Jahren des alten Baldwin, des einstigen Königs unter dem Roten Berg, und wahrlich reichlich jung, um die Insignien eines Meisters der Steine zu tragen, wie die Zwerge ihre zauberkundigen Männer nannten. Sudri war in der Tat erst Novize, aber er war der einzige in die Magie der Minerale Eingeweihte, der dem Einsturz des Roten Berges entronnen war. Ebenso verhielt es sich mit dem dritten Zwerg, Onar, einem jungen Krieger mit einem kohlrabenschwarzen Bart und blitzenden Augen, der sich große Mühe gab, Schrecken erregend dreinzublicken.

»Abt Illtud von Brennock!«, verkündete der Kämmerling.

Einen vollkommeneren Kontrast hätte man sich nicht vorstellen können: Der Abt hatte zwar ebenfalls einen Bart, von einem ins Rötliche spielenden hellen Braun, doch weitere Ähnlichkeiten zwischen ihm und dem Zwerg, der vor ihm den Saal des Großen Rates betreten hatte, waren nicht auszumachen. Mit der schlichten grauen Kutte der Minoriten bekleidet, war er hager und aufrecht wie eine Buche, trug Tonsur und Kreuz, ohne die geringste Anwandlung von Vornehmheit, durch die sich Priester und Bischöfe des weltlichen Klerus hervortaten. Illtud lächelte selten, sprach wenig, trank nicht, und im Gegensatz zu Bran hatte er im Krieg gekämpft und sich die Hände mit Blut befleckt, bevor er sich aus dem weltlichen Leben zurückgezogen hatte.

Scheinbar ohne das Erstaunen der Elfen über seine Anwesenheit an diesem Ort zu bemerken, begrüßte Illtud den König und jedes einzelne Mitglied des Rates mit undurchdringlicher und demutsvoller Miene, um dann ohne ein weiteres Wort seinen Platz einzunehmen. Mit gesenktem Haupt und gefalteten Händen schien er alsbald in Gedanken versunken zu sein.

»Gut«, sagte Uther. »Man schließe die Türe, und dass keiner ohne meine Anweisung hier hereinkommt. Die Ratssitzung ...«

Er hielt inne, denn erst jetzt bemerkte er, dass sich Merlin unter ihnen befand und seelenruhig neben Léo de Grand saß, ohne dass er ihn zu irgendeinem Zeitpunkt hätte eintreten sehen. Als ihre Blicke sich begegneten, lächelte der Kindmann und zog fragend die Brauen hoch.

»... Die Ratssitzung ist eröffnet«, knurrte Uther und nahm seinen Platz ein.

Als er die Königin eintreten sah, wollte Frehir aufstehen, aber ihm wurde rechtzeitig bewusst, dass er unter den linnenen Laken und der Wolldecke, die über seine Bettstelle gebreitet lagen, nichts weiter trug. Im Übrigen kam Igraine ihm zuvor, indem sie sich mit einem Ausdruck unendlicher Erleichterung auf einen Stuhl neben sein Lager setzte, oder eher fallen ließ, als sei sie in der Tat keines einzigen weiteren Schrittes mehr fähig. Während Antor die Türe schloss, schöpfte sie Atem, die Augen geschlossen, von einem Schwindel ergriffen. Obschon ihr eng eingeschnürter Leib eiskalt war, war er von einem dünnen Schweißfilm überzogen, und von der bloßen Anstrengung, die Treppe zum Siechensaal des Schlosses hinaufzusteigen, schlug ihr das Herz bis zum Hals. Bei Artus' Geburt war der Muttermund eingerissen, und es schien ihr, als sei die Wunde im Laufe des Tages wieder aufgeplatzt und blutete. Zudem hatte sie stechende Schmerzen, die ihr schier die Eingeweide durchbohrten. Ihr Antlitz unter der Guimpe aus weißem Tüll, die das Oval ihres Gesichtes betonte, war bleicher denn je, trotz der Schminke. Als sie schließlich die Augen aufschlug, entlockte ihr die von panischer Angst erfüllte Miene des Barbaren trotz allem ein Lächeln.

»Habt keine Angst, Messire Frehir, ich werde schon noch einige Stunden überleben ...«

Frehir runzelte die Brauen, und sie lachte offen heraus und ergriff dabei seine Hand.

»Wie glücklich ich bin, Euch am Leben zu sehen ...«

Trotz des Schweißes, von dem ihr die Guimpe an den Wangen klebte, und trotz der Augenringe und des matten Teints war sie in dem Moment so hübsch, dass der Barbar spürte, wie er errötete und nur noch stotternd einen Dank hervorbrachte, der umso undeutlicher war, als er die gemeinsame Sprache nur unzureichend beherrschte, war er doch kaum etwas anderes als den unverständlichen Dialekt in den Marken gewohnt. Er hatte sich in seinem Bett aufgerichtet und die Bandagen, die seinen Bauch einschnürten, entfernt, wodurch die unzähligen blauen Flecken und Narben sichtbar wurden, die seinen massigen Leib übersäten, platziert zwischen die eigentümlichen blauen Tätowierungen, welche ihn dauerhaft schmückten. Igraine war verstört, fasste sich aber sogleich wieder.

»Ihr habt Uther gesehen, nicht wahr?«

Frehir nickte.

»Er wirkte zutiefst schockiert von dem, was Ihr ihm erzählt habt. Frehir, was ist Euch widerfahren?«

»Die Dämonen ...«

Der Barbar suchte nach Worten.

»Die Dämonen haben die Grenzen der Marken überschritten ... Frehir hat sie gesehen, Frehir hat sich mit ihnen geschlagen, aber sie haben Galaad mitgenommen, meinen ... meinen Sohn.«

Igraine musste an Artus denken, und sie war zutiefst erschüttert von der unverstellten Verzweiflung des Riesen. Zu jener Zeit starben täglich eine Unzahl von Kindern beim kleinsten Kälteeinbruch oder unglücklichen Zufall, doch das wollte nicht heißen, dass ihre Mütter darüber keinen Schmerz empfanden. Sie stellte sich Artus vor, so klein, in den Händen der abscheulichen Kreaturen aus den Schwarzen Landen, und diese unerträgliche Vorstellung trieb ihr das Wasser in die Augen.

»Ich verstehe«, sagte sie.

Frehir nickte, dann schenkte er ihr ein flüchtiges Lächeln, das rasch wieder erlosch. Die Augen der Königin glänzten, und sie schien den Tränen nahe. Dieses ungewohnte Mitleid für ein derart raues Wesen brachte in seinem tiefsten Innern einen Damm zum Einbrechen, den er für solider gehalten hätte. Mit zusammengeschnürter Kehle wandte er eilig den Kopf zu dem schmalen Fenster des Krankensaals hin, doch das trübe Viereck grauen Himmels war ihm nicht der geringste Trost. Am anderen Ende des Raumes machten sich zwei Nonnen zwischen den Betten zu schaffen, beflissen, sie nicht zu stören. In dem Bemühen, sein Herz von der drückenden Last zu befreien, holte er tief Luft und rang sich erneut ein Lächeln ab.

»Ich habe versucht, ihn zu retten«, murmelte er in seiner ungelenken Sprache. »Er hat nach mir gerufen ... Hat die Hände nach mir ausgestreckt ... Ich habe es nicht einmal geschafft, mich ihm zu nähern ...«

Schließlich war es um Frehirs Beherrschung geschehen, und er vergrub sein Gesicht in den Händen; seine langen Haare fielen wie ein Vorhang herunter und verhüllten sein Antlitz, doch die Königin sah, dass seine breiten Schultern unter Weinkrämpfen zuckten. Zum ersten Mal in seinem Leben vergoss Frehir Tränen – das erstickte Schluchzen eines verwundeten Tieres, das Antor und der Königin schier das Herz zerriss.

Igraine ergriff eine seiner Hände, die neben ihren eigenen so mächtig und dunkel waren, und presste sie an ihre Lippen. Die schmalen Stoffstreifen, die ihr Brust und Bauch einengten, nahmen ihr den Atem, und ihre Guimpe würgte sie am Hals. Hastig befreite sie sich davon, riss die goldenen Haken auf, zerfetzte die kostbaren Stoffe und löste die Verschnürung ihres Obergewandes, bis sie sich endlich aller Fesseln entledigt hatte. Dann trocknete sie mit Hilfe ihres Schleiers Frehirs tränennasses Gesicht.

»Uther wird ihn wiederfinden«, sagte sie. »Wenn er lebt, wird Uther ihn finden.«

Der Barbar nickte stumm. Nach einer Weile schien er sich innerlich wieder gesammelt zu haben und sah sich verstohlen nach Antor um, verlegen, weil er sich vor einem Ritter des Königs so hatte gehen lassen. Der Kronvasall der Königin hatte sich jedoch ebenso diskret wie die Nonnen entfernt.

»Die Dämonen«, nahm Igraine in sanftem Ton den Faden wieder auf, »zu wie vielen sind sie?«

67

Frehir schüttelte betrübt den Kopf.

»Zu viele, als dass man sie zählen könnte«, erwiderte er. »Mehr, als es Zwerge unter dem Berg gibt ... Mehr, als Bäume im Wald stehen ...«

Die junge Königin sank langsam in ihren Stuhl zurück, zitternd vor Entsetzen.

»Das also ist der Grund ...«

Ja, das war es, was Uther den ganzen Tag über umgetrieben hatte ... Ein namenloses Grauen breitete sich über der Ebene der Menschen aus, und sie würden erneut zu den Waffen greifen müssen, wo doch das Königreich gerade erst von den Wunden des letzten Krieges genas. Sie sah wieder ihren Gemahl vor sich, wie er sich den lieben langen Tag den vorbeidefilierenden Vasallen gestellt hatte, den endlosen Reden beim Bankett und Illtuds Predigten, mit verschlossener Miene, aber nichtsdestoweniger Haltung wahrend, während die Gefahr womöglich schon auf ihrer Schwelle lauerte.

»Frehir hat sie gesehen«, hob der Barbar wieder an. »Frehir hat Den-der-keinen-Namen-haben-darf gesehen ...« (Er blickte flüchtig zu ihr hinüber und hob zögernd die Hand.) »Sein Gesicht war ... Er war ...«

Igraine wartete, doch ihr Gegenüber schien von seinen schrecklichen Erinnerungen wie gelähmt. Vermutlich wäre es christlicher gewesen, bei ihm zu bleiben, für sein Seelenheil zu beten und dafür, dass sein geschundener Körper Ruhe fand, aber der Wunsch, Uther aufzusuchen, ihm nahe zu sein, mit ihm zu sprechen, ihn – vielleicht sogar durch ihre bloße Anwesenheit – zu unterstützen, war mächtiger als alles andere. Sie erhob sich und ging hinaus, ohne dass Frehir es zu bemerken schien.

Noch ungehobelter als jeder andere Zwerg, hatte Bran nicht das Geringste von einem Diplomaten an sich. Sein Lächeln war bereits bei Uthers ersten Worten gefroren, und die Entrüstung hatte ihn zur Stunde völlig übermannt. Nervös nestelte er unter seinem Bart herum, knotete die Verschnürung seines Pelzmantels auf, die ihn halb erdrosselte, und als er merkte, dass sämtliche Blicke auf ihn gerichtet waren, rang er nach Worten, wobei es ihn beträchtliche Mühe kostete, etwas anderes herauszubringen als die Beschimpfungen, die ihm auf der Zunge lagen.

»Der Rat ...«

Auf seiner Stirn standen Schweißperlen. Sudri beugte sich zum ihm hinüber, um ihm etwas ins Ohr zu flüstern, doch er fauchte in dem kehligen Dialekt der Zwerge unter dem Berg zurück, dessen nur wenige der um die Tafel Versammelten mächtig waren.

»... Der Rat wurde aus einem konkreten Grund einberufen«, fuhr er in der gemeinsamen Sprache fort, die alle Stämme der Göttin benutzten, einschließlich der Dämonen aus den Schwarzen Landen. »Du musst uns das Schwert zurückgeben, das ist alles.«

»Bran, du kennst Frehir, er ist unfähig zu lügen«, erwiderte Uther, der sich ebenfalls bemühte, Ruhe zu bewahren. »Und der Zustand, in dem er gefunden wurde, ist im Übrigen der schlagendste aller Beweise ... Wenn er sagt, dass die Dämonen die Grenzen der Schwarzen Lande überschritten haben, so entspricht das der Wahrheit. Dies ist also nicht der rechte Moment für uns, uns zu entzweien. Wir müssen uns im Gegenteil zusammenschließen und erneut die Armee des Pendragon aufbauen, um ihnen den Weg zu versperren und sie für immer zu vernichten. Und dafür brauchen wir Excalibur.«

»So ist das also!«, brüllte der Zwerg, und seine Faust sauste auf die Bronzetafel nieder, die lange widerhallte. »Du triffst Entscheidungen, und wir müssen nur noch gehorchen, stimmt's? Frehir ist doch dumm wie Bohnenstroh! Was sagt das alles schon aus? Er hat drei Wölfe gesehen, und schon verliert er den Verstand!«

Uther setzte zu einer Erwiderung an, doch in dem Moment

klopfte der Herold mit seinem eisenbeschlagenen Stab an, und Königin Igraine erschien im Türrahmen, während sie den Ritter Antor draußen stehen ließ. Sie verharrte auf der Schwelle, eingeschüchtert von dieser Versammlung, erstaunt über Brans Ton und das wütende Gesicht ihres Gemahls. Und doch sorgte ihr unerwartetes Auftauchen, zumindest kurzfristig, wieder für Ruhe.

Auch wenn sie Königin war, stand es ihr nicht an, an der Ratsversammlung teilzunehmen (in diesem Punkt wichen die Gepflogenheiten der Menschen deutlich von denen der Elfen ab). Igraine war dies sehr wohl bewusst. Man hatte es nicht versäumt, ihr das gleich bei ihrer Ankunft im Palast beizubringen, damals, als sie, kaum zwölf Jahre alt, König Pellehun versprochen worden war. Errötend und mit gesenktem Haupt nahm sie in gebührendem Abstand hinter Uther Platz, wagte es aber nicht, ihn anzusprechen – nur ein flüchtiger Blick, um ihm ein wenig von der Liebe zu übermitteln, die sie in jenem Moment empfand. Kaum hatte sie sich gesetzt, sah sie über seine Schulter in die Augen des Abtes Illtud, der direkt gegenüber dem König saß, und bemerkte, wie er sich unmerklich vor ihr verneigte, mit einem Lächeln, das ihr leichte Missbilligung zu verraten schien. Verärgert wandte sie den Blick ab und zog instinktiv den Schleier ihrer Guimpe enger um sich zurecht, um ihr unordentliches Gewand zu verdecken. Aber was spielte ihre Aufmachung schon für eine Rolle! Was wusste er denn von der Bedrohung, die auf dem Königreich von Logres lastete? Hatten sie die Frage überhaupt schon angesprochen, oder redeten sie immer noch über dieses vermaledeite Schwert? Doch gleich bei den ersten Worten Merlins begriff sie, dass die beiden Themen fortan miteinander verbunden wären.

»Uther sagt die Wahrheit, Bran«, murmelte er, nachdem er sich geräuspert hatte, um die Aufmerksamkeit auf sich zu lenken. »Die Königin ...« (Er schaute zu Igraine hinüber und befand es für angebracht, sich genauer auszudrücken.) »Die Königin Lliane hat sie ebenfalls gesehen ... Frag mich nicht, wie, aber sie hat sie gesehen, in einer Brise. Ich glaube, dass sie sich des Sturms bedient hat, um Frehir zu schützen. Er erzählte mir, dass selbst die Bäume ...«

»Die Wahrheit«, fiel ihm Bran ins Wort, »ist, dass ihr eher bereit seid, alles Erdenkliche zu erfinden, als uns den Talisman zurückzugeben!«

Der Zwerg wandte sich erneut an Uther und sah dabei so grimmig drein, dass er beinahe seinem Bruder Rogor ähnelte, und die Elfen erschauderten unwillkürlich bei diesem Grauen erregenden Anblick.

»Du bist wie Gorlois und wie Pellehun geworden!«, sagte Bran und streckte drohend den Zeigefinger nach ihm aus. »Du gierst nach Macht, selbst wenn der Preis dafür unser aller Leben ist! Und das ist *ihre* Schuld!«

Unvermittelt richtete er den Finger anklagend auf Illtud, den Abt.

»Diese verflixten Mönche sind es, die dir diesen Unsinn in den Kopf gesetzt haben, genau wie damals dem alten Pellehun und Gorlois!«

Merlin unterdrückte ein Lächeln und schielte zu Illtud hinüber, der seinerseits nicht im Geringsten lachte. Der Abt enthielt sich einer Antwort, und sein untätiges Schweigen brachte Igraine zur Verzweiflung.

»König Pellehun hat nicht an Gott geglaubt«, stieß sie hervor. »Und Gorlois erst recht nicht!«

Alle wandten die Köpfe, um sie anzustarren, aber sie hielt ihren Blicken stand – dem wütenden Blick Brans, dem spöttisch-herablassenden Blick Merlins und dem verblüfften Blick ihres Gemahls.

»Unser Gott ist ein Gott der Liebe«, fuhr sie fort. »Wir wollen nur Frieden, Sire Bran ...«

»Ja«, knurrte der Zwerg. »Den Frieden für die Menschen. Die Liebe für die Menschen ... Eine einzige Erde, ein einziger König, ein einziger Gott, so war es doch, nicht?«

»Sire ...«

Die bedächtig vorgetragenen Worte Gwydions, des großen Druiden der Elfen aus dem Wald, enthoben die Königin einer Antwort.

»In einem Punkt hat Sire Bran vielleicht Recht«, sagte er.

»Ha!«

»Der Barbar war verletzt, geschwächt ... Hat man über das, was er gesehen hat, Gewissheit?«

Uther seufzte und wischte sich mit der Hand übers Gesicht. Das Gebrüll des Zwerges und dann der verächtliche Ton, den dieser der Königin gegenüber an den Tag gelegt hatte, hatten seine Nerven blank gelegt, und er verspürte den Drang, ihm an die Gurgel zu springen und ihm seinen verdammten Bart in den Mund zu stopfen.

»Wir werden es bald erfahren«, sagte er mit einem dankbaren Lächeln zu dem alten Elfen hin. »Die Herzogin Helled de Sorgalles hat Frehir aufgelesen und ihn bis hierher begleiten lassen. Ich weiß, dass sie bereits vor mehreren Tagen einen Spähtrupp in die Marken ausgesandt hat, und sie hätte eigentlich heute unter uns weilen sollen, um uns über die Angelegenheit Bericht zu erstatten ... Ich habe ihr höchstpersönlich Reiter entgegengeschickt, habe bisher aber keinerlei Nachricht.«

»Es sind über zwei Wochen Weges bis in die Marken«, grummelte Léo de Grand neben ihm, als müsse er sich rechtfertigen. »Selbst wenn man mehrere Pferde zu Schanden reitet, muss man mindestens noch drei, vielleicht sogar vier Tage bis zu ihrer Rückkehr rechnen.«

»Nicht, wenn man freie Pferde nimmt«, bemerkte Dorian. Der junge Prinz lächelte, zufrieden, dass es endlich um ein Gebiet ging, auf dem er Bescheid wusste.

»Ich kann dorthin«, schlug er vor. »Mit Lame und seiner Herde, wir wären schneller als jeder eurer Boten.«

»Lame ...« Uther sah wieder den weißen Hengst Llandons vor sich, ein Ross von beeindruckender Größe, dessen strahlend helle Mähne fast bis zum Boden hinabreichte. Und er sah auch Lliane auf ihm reiten, ohne Zaumzeug und Sattel, ihre langen Beine in den Wildlederstiefeln an den Bauch des Pferdes gepresst. Dann spürte er die Anwesenheit Igraines hinter sich und verscheuchte diesen sündigen Gedanken.

»Das wäre eine Idee«, gab er zurück.

»Ist denn das zu glauben?«, polterte Bran. »Jetzt kommt man uns auch noch mit den Elfen! Man möchte, dass wir irgendwelchen Elfen vertrauen! Verflucht noch mal, man hält uns hier zum Narren!«

»Verflucht auch, nun sei endlich still!«, brüllte Uther zurück. »Wenn du die volle Wahrheit wissen willst: Frehir hat noch anderes als Dämonen gesehen!«

Er verstummte, doch die bohrenden Blicke der Versammelten erlaubten es ihm nicht, länger zu verschweigen, was der Barbar in dem Hohlweg gewahr geworden war. Hilfe suchend sah er zu Merlin hinüber, aber der Kindmann senkte den Kopf und blickte plötzlich so traurig drein, dass Uther schlagartig ernüchtert war – zu spät ermaß er die Tragweite seiner Worte. Igraine saß bleich und schmal in ihrem zerknitterten Gewand und sah ihn bestürzt an, und einen kurzen Moment lang wandte Uther sich zu ihr um und schöpfte aus dem Blick seiner Gemahlin immerhin so viel Kraft, dass er fortfahren konnte.

»Bran, ich bitte dich inständig, mir zu glauben ... Mir wäre wahrhaftig nichts lieber, als wenn Frehir sich täuschte, wenn er einer optischen Illusion erlegen wäre. Und sollte dies der Fall sein, so schwöre ich dir, dass ich dem Volk der Zwerge Excalibur zurückgeben werde ...«

Der Prinz unter dem Berg erwiderte nichts, wie jeder der Anwesenden von Angst übermannt angesichts dessen, was Uther enthüllen würde.

»Dein Bruder ... Dein Bruder sowie zwergische Krieger vom Schwarzen Berg befanden sich an der Seite Dessen-der-keinen-Namen-haben-darf.«

Im Saal wurde es totenstill. Bran starrte Uther mit vor Entsetzen geweiteten Augen an, während seine Gefährten, die beide dem Clan vom Roten Berg entstammten, die Augen niederschlugen und den Atem anhielten. Über Brans Lippen kam nur zusammenhangloses Gestammel, und sein bärtiges Kinn zitterte vor Entrüstung, bis es schließlich völlig unvermittelt aus ihm herausbrach:

»Du Lügner!«, brüllte er. »Wie kannst du so etwas sagen!«

»Es ist die Wahrheit«, murmelte Merlin, und alle drehten sich zu ihm um. »Ich war zugegen, als Sire Frehir wieder aus der Ohnmacht erwachte, und das ist das Erste, was er mir berichtet hat ...«

»Nichts als Lügen!«

Noch bevor Uther seinen Blick wieder dem Zwerg zugewandt hatte, war Bran von seinem Stuhl aufgesprungen und stürzte auf ihn zu. Er hob die Hand, um den Schlag abzuwehren, doch der Prinz rannte in ihn hinein wie ein Rammbock, und Uther rollte zu Boden. Er schlug um sich, war jedoch in seinem unter dem umgestürzten Stuhl eingeklemmten Gewand gefangen. Er sah das plötzliche Aufblitzen einer Klinge in der Faust des Zwerges und dessen zu einer grässlichen Fratze verzerrtes Gesicht; Bran war bereit zuzustechen. Uther schlug blindlings zu und zog sich dabei an der Klinge des Dolches einen tiefen Schnitt an der Hand zu, schaffte es aber, Bran an der Gurgel zu packen. Igraine stieß einen Schrei aus, und Uther nahm flüchtig ihr Samtgewand direkt vor seinen Augen und die Spritzer seines eigenen Blutes auf ihrer weißen Haut wahr. Kurz darauf fuhr ein eisengepanzerter Arm zwischen ihnen herab wie ein Blitz. Ein Hagel von Hieben ging dennoch auf Uther nieder, so wild schlug der Zwerg, den Recken ergriffen hatten, um sich. Uther sprang auf die Füße, trunken vor Zorn. Der Raum war erfüllt von Gebrüll. Onar, der jüngste Zwergenkrieger, hatte es geschafft, einen der Recken zu Boden zu werfen, und prügelte wie ein Wahnsinniger auf ihn ein. Sudri war überwältigt worden, bevor er eine Zauberformel ausstoßen konnte; auch er schlug um sich wie ein Besessener. Igraine war von einem Ritter zur Seite gezogen worden, der sich schützend vor sie stellte, und streckte die Arme nach ihrem Gemahl aus, ohne dass dieser im Tumult verstanden hätte, was sie rief. Die Elfen betrachteten ihn voll Entsetzen, wie er da besudelt von seinem eigenen Blut vor ihnen stand. Ulfin hielt Bran eng umklammert, und die übrigen Recken hatten sich wie ein eiserner Vorhang um ihn herumgestellt, wobei sie der Raserei der Zwerge nur mit Mühe Herr wurden. Als habe er sich zu rasch aufgerichtet, tanzten blendend helle Sternchen vor Uthers Augen. Als er wankte, fing Léo de Grand ihn gerade noch auf. Aus dem tiefen Schnitt in seiner Hand schoss das Blut heraus, er bekam kaum noch Luft und war unfähig, einen klaren Gedanken zu fassen.

Mit einem Mal tauchte Merlins Gesicht vor ihm auf, der in panischer Angst Worte schrie, die er nicht begriff, die ihm aber schier das Trommelfell zerrissen. Er holte aus und versetzte ihm mit seiner gesunden Faust einen derart gewaltigen Hieb, dass der Kindmann wie eine Strohpuppe mehrere Ellen weit fortgeschleudert wurde und vor den Füßen der Königin landete.

»So hört doch auf, in Gottes Namen, alle!«

Wieder einmal übertönte die klangvolle Stimme des Abtes den Tumult. Alle standen sprachlos, ja beschämt. Selbst Bran hörte auf, um sich zu hauen. Als Ulfin seinen Griff ein wenig lockerte, riss er sich wütend von ihm los.

»Raus hier!«, wetterte Uther. »Lasst euch hier nie wieder blicken, du und die Deinen! Ihr habt im Rat nichts mehr zu suchen!«

Bran, der noch immer vor Zorn bebte, wirkte sichtlich getroffen. Die Recken bildeten ein unüberwindliches Spalier zwischen Uther und den Zwergen, das so hoch und so undurchdringlich war, dass Bran den König nicht einmal mehr sehen konnte. Für einen kurzen Augenblick begegnete sein Blick dem von Merlin, der noch immer auf der Erde lag, mit verstörter Miene und geschwollener Wange.

»Ist auch meine Meinung«, brummelte der Zwerg. »Und im

Übrigen gibt es keinen Rat mehr … Ich sehe hier nur Menschen und Feiglinge.«

Er spuckte auf den Boden, dann machte die Gruppe Zwerge auf dem Absatz kehrt und stürmte geschlossen aus dem Ratssaal.

Kaum waren sie zur Türe hinaus, geriet Uther ins Taumeln, hielt sich jedoch an der Tafel fest, noch ehe der Konnetabel oder die Königin bei ihm waren.

»Ich behalte das Schwert Excalibur«, erklärte er stockend. »Und wenn mich jemand daran zu hindern sucht, wird sich der Zorn des Pendragon über ihm entladen.«

Unter den Elfen, die bleicher waren denn je, wurde gedämpftes Protestgemurmel laut, doch sie verstummten umgehend, als der König ihnen einen finsteren Blick zuwarf.

»Sire, das geht nicht«, ließ sich schließlich Gwydion mit zitternder Stimme vernehmen.

»Ach, wirklich?«

Uther hielt ihm seine blutüberströmte Handfläche entgegen, und alle sahen die dunkle Lache, die sich auf der Bronzetafel gebildet hatte.

»Keiner außer den Recken hat das Recht, bewaffnet zum Rat zu erscheinen. So lautet das Gesetz, das weißt du doch, und er wusste es auch! Schau doch nur, was er angerichtet hat! Willst du mir nach all dem etwa erzählen, dass man den Zwergen trauen kann?«

Der alte Druide schien unter dem Geschrei des Königs in sich zusammenzusinken und wandte den Blick von der verletzten Hand ab, mit der dieser vor ihm herumwedelte.

»Es kann kein Friede auf dieser Erde einkehren, solange den Zwergen ihr Talisman nicht zurückgegeben wird«, grunzte er trotzig. »Keiner kann gegen den Willen der Götter an.«

»Welcher Götter«, erkundigte Illtud sich. »Der einzige Gott, dessen Wort hier zählt, ist Unser Herr im Himmel, und sein Wille ist der des Königs!«

Gwydion starrte den Abt lange an, dann schüttelte er den

Kopf, und ohne ein weiteres Wort verließ der alte Druide, gefolgt von Prinz Dorian, den Raum.

»Wunderbar!«, brüllte Uther, nachdem sie die Schwelle überschritten hatten. »Verschwindet ihr nur ebenfalls! Und sagt eurer Königin, dass wir den Dämonen allein die Stirn bieten werden, zur größeren Ehre Gottes! Diese Erde gehört den Menschen, versteht ihr mich? Diese Erde gehört auf immer den Menschen!«

Seine Worte hallten noch lange im Gang draußen nach, wo die immer leiser werdenden Schritte der Elfen verklangen. Uther drehte sich um und hielt Ausschau nach Merlin, aber der Kindmann war verschwunden, unbemerkt wie gewohnt. Da überkamen Uther Gewissensbisse.

Genau wie Bran gesagt hatte, waren zur Stunde nur noch Menschen im Ratssaal; Männer und eine Königin, die reglos und stumm um eine bronzene Tafel herumstanden, von allen möglichen Gedanken umgetrieben, verstört oder aufgebracht, allesamt erschrocken über das, was sich soeben abgespielt hatte. Dann erhob sich schließlich Illtud, der als Einziger inmitten dieser ganzen Aufregung sitzen geblieben gewesen war, ging bedächtig zur Tür, um sie dem Herold vor der Nase zuzumachen, und kehrte wieder an seinen Platz zurück.

»Auf die Knie, Brüder, denn das ist Gott, der da durch den Mund des Königs zu euch gesprochen hat.«

Er kniete als Erster nieder, neigte sein Haupt mit der Tonsur vor Uther und faltete die Hände, worauf die Königin es ihm alsbald nachtat. Da gingen die Recken ebenfalls einer nach dem anderen mit metallisch klirrenden Rüstungen auf die Knie und kreuzten ihre Hände in den Kettenhandschuhen über dem Knauf ihrer Schwerter.

Uther verharrte eine ganze Weile lang sprachlos und ließ seinen Blick über die vor ihm niedergebeugte Versammlung schweifen. Von diesen knienden eisernen Riesen ging ein stummer Appell aus, eine Hoffnung, als wollten sie sich allesamt überzeugen, dass das gerade Geschehene nicht Ausgeburt des

Zornes oder des Stolzes gewesen sei, sondern wirklich Ausdruck eines göttlichen Willens, wie es der Abt behauptet hatte.

Sie waren ja trotz allem keine Dummköpfe, einfach nur Menschen, die so stark gewillt waren zu glauben, dass sie bereit waren, an alles zu glauben, an ihn, an Illtud, an Gott und – warum auch nicht – an sich selbst. Uther war erschüttert von dieser Inbrunst, und zwar noch viel tiefer als von Brans Wut oder der trübsinnigen Resignation der Elfen. So sehnten sich die Menschen nach nichts anderem, als einfach Menschen zu sein ... Alleine zu kämpfen. Allein zu siegen. Sich einem einzigen Gott zu unterwerfen und nichts zu teilen, nie wieder ... Die Träume des Pendragon schienen ihm plötzlich so anders als das, was er im Grunde seines Herzens dachte, anders auch als das, was sie alle dachten.

Uther schloss die Augen und kostete diesen Augenblick der Zusammengehörigkeit aus, der seinen Zorn linderte und seine Angst fortwusch wie eine Welle, die das Ufer überspült. Er tastete instinktiv nach der Schwerthülle an seiner Seite, und als er feststellte, dass er ohne Waffe war, bemächtigte er sich Excaliburs, das vor ihm auf der Tafel lag, und zog es mit einem lang gezogenen metallischen Knirschen, von dem alle eine Gänsehaut bekamen, aus der Scheide. Dann kniete er wie die anderen nieder und legte die Hände über die Parierstange des Heiligen Schwertes.

»Meine Brüder, vergesst nicht diesen Moment«, murmelte Illtud. »Zwölf Recken, ähnlich den Aposteln unseres Herrn Jesus Christus, auf immer Zeugen von Gottes Willen. Lasst uns vor Gott, dem König und der Königin einen Eid ablegen, dass wir dessen stets würdig sein werden ... dass diese brüderliche Gemeinschaft, die um die Tafel vor uns versammelt ist, das Werkzeug Gottes werde, in Worten und Taten! Nehmt eure Helme ab, Messires, auf dass keiner euer Gesicht vergesse.«

Einer nach dem anderen kam dem Befehl nach. Der Erste war Adragai der Braune, alsbald gefolgt von seinem Bruder Madoc dem Schwarzen. Beiden hatte ihr langes Haar zu ihren

Namen verholfen; es folgten Ulfin, Nut, Urien, der spätere König, Kanet de Caerc, Do und all die anderen … Vor der ganzen
Schar dieser unbehelmten Recken sowie vor dem König und
der Königin, die die Anwesenden in ihrem blassen Samtgewand mit ihrem eigenen Licht zu erleuchten schien, hielt Illtud eine erbauliche Ansprache über das Rittertum:

*»Ihr mögt wissen, dass zu Beginn, wie die Schrift es belegt, keiner
wacker genug war, ein Pferd zu besteigen, der nicht zuvor ein Ritter war. Die Waffen, die keiner trägt, es sei denn, er wäre ein Ritter, wurden ihnen nicht ohne Grund ausgehändigt.*

*Der Wappenschild, den er vor sich hält, um sich zu schützen,
bedeutet, dass der Ritter, ebenso wie er den Schild zwischen sich
und die Schläge hält, sich selbst schützend vor die heilige Kirche
stellen muss, allen Übeltätern trotzen, ob es nun Schächer seien
oder Ungläubige.*

*Den Kettenpanzer, der den Ritter umgibt und ihn nach allen Sei-
ten schützt, zeigt an, dass die heilige Kirche von der Wachsamkeit
des Ritters umschlossen und eingehüllt werden muss.*

*Der Helm, den der Ritter auf dem Kopfe trägt und der besser als
alle anderen Rüstungsteile zu sehen ist, lehrt uns, dass der Ritter
zwischen allen anderen Leuten hervorstechen muss, um jene zu be-
kämpfen, denen es einfallen sollte, der Kirche zu schaden und sich
ihr gegenüber schuldig zu machen.*

*Die Lanze, die so lang ist, dass sie zusticht, noch bevor einer den
Ritter berühren könnte, lehrt uns Folgendes: Genau wie die Furcht
vor der Lanze mit ihrem festen hölzernen Schaft und ihrer schar-
fen Spitze den unbewaffneten Räuber in die Flucht schlägt, soll der
Ritter kühn genug sein, weithin Furcht zu verbreiten, auf dass kein
Dieb oder Übeltäter es wage, sich der heiligen Kirche zu nähern.*

*Das Schwert, das ein jeder Ritter an seinem Gürtel trägt, ist auf
beiden Seiten geschliffen; das hat durchaus seinen Grund. Das
Schwert ist unter allen Waffen die am meisten verehrte und die an-
gesehenste, weil man sich seiner in dreierlei Weise bedienen kann.*

Man kann zustoßen und mit seiner Spitze töten. Zudem kann man mit beiden Schneiden, rechts und links, zuhauen. Die zwei Schneiden bedeuten dem Ritter, dass er der Diener Unseres Herrn Jesus Christus wie auch seines Volkes sein soll. Die eine Schneide soll die Feinde Unseres Herrn treffen; die andere diejenigen, die die menschliche Gesellschaft zerstören. Doch mit der Spitze hat es eine eigene Bewandtnis: Die Spitze steht für Gehorsam, den alle Leute dem Ritter schulden. Die zu Gehorsam gemahnende Spitze des ritterlichen Schwertes weist uns ebenso stechend klar den Weg wie unser Herz, dessen Macht uns Gehorsam auferlegt. Solcher Art ist die Bedeutung des Schwertes.

Das Pferd schließlich, auf dem der Ritter sitzt und das ihn in jeder Lebenslage trägt, verkörpert das Volk, denn das Volk muss den Ritter in jeder Lebenslage tragen. Derjenige, der auf dem Pferd sitzt, gibt ihm die Sporen und lenkt seine Schritte nach seinem Willen; und in eben der Weise soll der Ritter das Volk leiten, durch ein rechtes Maß an Unterwerfung, weil das Volk unter ihm steht und stehen muss. So wisset, dass der Ritter Herr über das Volk und Diener Gottes sein soll.«[1]

Und so geschah es, dass zum ersten Mal zwölf Ritter vor der Tafel, in die der Stein von Fal eingelassen war, und dem Schwert Excalibur, das der König schwang, den Eid der Tafelrunde ablegten.

---

1 Lancelot du Lac, hier übersetzt nach der von Jean-Louis Fetjaine zitierten Ausgabe: ›Lancelot du Lac‹, in der Übertragung von François Mosès: Lettres gothiques – Le Livre de Poche

V

Der Regen und das Feuer

Das Gras auf den Wiesen war triefend nass und die Erde auf dem als Weg dienenden Damm aufgeweicht vom Regen. Seit ihrem Aufbruch aus Loth watete die Armee durch schlüpfrigen Schlamm, in dem die Pferde bis zu den Zotten einsanken, so dass die Ritter allesamt hatten absteigen müssen, ihre Harnische und Helme an den Packsatteln der Zelter[1] festschnallen und lediglich ihre Kettenhemden und Waffenröcke unter ihren Regenumhängen anbehalten hatten. Seither marschierten sie missmutig und nass bis auf die Knochen zwischen ihren Knappen. Am frühen Morgen hatten sie den Boden von Sorgalles betreten, waren allerdings keiner Menschenseele begegnet. Es war ein wildes und kaum gerodetes Land, das aus bewaldeten Hügeln und tief eingeschnittenen Tälern bestand, ein Land ohne Horizont, im Süden durch den Saum des großen Waldes begrenzt und gänzlich verschieden von der riesigen Ebene, die sich rund um Loth erstreckte. Ein Land voller Hinterhalte, wo man sich bei einer Schlacht weder weiträu-

---

1 Ein Zelter oder Zeltross war früher ein weniger kostbares Pferd, das die Lasten trug. Im Mittelalter unterschied man die Pferde noch nicht nach der Rasse, sondern nach ihrem Verwendungszweck. Es gab Streitrösser für die Schlachten, Paradepferde, Packpferde und Klepper, die für alle möglichen Zwecke verwendet wurden – wobei sich die Tiere auch im Wert deutlich unterschieden. Ein Streitross kostete ungefähr das Acht- bis Zehnfache eines normalen Ackergauls. [Anm. d. Übs.]

mig verteilen noch seinen Weg verlässlich erkunden konnte, was den Herzog von Carmelide mit Unruhe erfüllte.

Und doch war Léo de Grand ein Kind des Krieges, und wenn man den stattlichen Hünen so dahinreiten sah, eine würdevolle Erscheinung in seinem Waffenrock, auf den das Wappen des Hauses Carmelide aufgebracht war (ein aufgerichteter schwarzer Löwe mit herausgestreckter Zunge auf weißem Grund), mit seiner wehenden Mähne, dem buschigen, braunen Bart und dem zerfurchten Gesicht, so hätte sich keiner vorstellen können, was er empfand.

Bereits als junger Schildknappe hatte er zu einer Zeit, da Uther noch nicht einmal geboren war, den Zehnjährigen Krieg mitgemacht. Den Krieg und den anschließenden Sieg, als die freien Völker der Menschen, Zwerge und Elfen Den-der-keinen-Namen-haben-darf und seine Legionen des Grauens bis hinter die Marken zurückgetrieben hatten. Doch die Aussicht darauf, erneut gegen sie ins Feld zu ziehen, rief in den Tiefen seiner Seele albtraumhafte Visionen wach. Die Furcht hatte sich wie bei allen, die gegen die Dämonen gekämpft hatten, wie Gift in seinen Adern ausgebreitet. Es gab bestimmte Dinge, die die Menschen nicht verkraften konnten. Unsägliche Dinge, Horrorvisionen, Ekel erregende Gerüche und entsetzliches Geheul, die einen um den Verstand brachten oder einen für immer seelisch versteinern ließen. Mit der Zeit war man zwar wieder im Stande, ganze Nächte durchzuschlafen, ohne davon zu träumen, aber vergessen konnte man all das nicht. Léo de Grand hatte über zwanzig Jahre gebraucht, um die Erinnerung an jenes Grauen zu begraben, das gegenwärtig wie ein Fieberschub in ihm aufwallte.

Beim Tode seines Vaters waren auf Léo de Grand der Titel, das Herzogtum von Carmelide, die Burg von Carohaise sowie die Verantwortung für die gesamte Hausgemeinschaft übergegangen. Wenn der Zufall es gewollt und irgendjemand auf die Idee gekommen wäre, ihn danach zu fragen, so hätte er ohne Zweifel geschworen, dass er sich alleine um die Erziehung seiner jüngeren Schwester Igraine gekümmert habe, denn das glaubte er tatsächlich. In Wirklichkeit war Igraine von Bruder Blaise, einem grauen Mönch, sowie den Dienerinnen auf der Burg erzogen worden, während Léo im Zuge endloser und nutzloser Ausritte über die großen Ebenen jagte und dabei sein Banner mit dem schwarzen Löwen der Carmelide im Wind schwenkte. Selbst seine Frau bekam ihn nur selten zu Gesicht.

Léo de Grand war gegen die Zwerge in die Schlacht gezogen, gegen die Grauen Elfen aus den Sümpfen und gegen die Truppen Gorlois', ohne je diese tückische Furcht zu verspüren, die ihm an diesem Tag das Herz bedrückte. Doch es wäre undenkbar gewesen, auch nur einem Menschen von diesem dumpfen, lähmenden Entsetzen zu erzählen oder gar die Befehlsgewalt über das Heer abzulehnen. Uther hatte zu viel Blut verloren, um die Führung seiner Truppen zu übernehmen, und diese Ehre kam nun ihm als Konnetabel des Reiches von Rechts wegen zu.

Léo de Grand schüttelte sich, ließ die Zügel schnalzen und trieb sein Streitross zu leichtem Trab an. Uther hatte nicht einmal die Kraft gehabt, ihnen beim Aufbruch nachzublicken. Möglicherweise hatte sich seine Wunde entzündet. Oder vielleicht war die Klinge des Zwerges sogar mit Gift bestrichen gewesen, wer wusste schon zu sagen, was diesen unheimlichen Steinbeißern einfiel ... Wie dem auch war, Uther hatte Fieber bekommen, und einige Leute hatten darin die Folge einer Verwünschung gesehen. Kaum in der Lage, sich auf den Beinen zu halten, hatte der König gerade noch die Energie gehabt, den Heerbann[2] zusammenzurufen und den Herzog mit der Leitung des königlichen Heers zu betrauen, bevor er das Bewusstsein verloren hatte und in einen Dämmerzustand gefallen war. Seine Anweisungen waren nicht so klar gewesen, wie Léo de Grand es sich gewünscht hätte, doch der König war nicht mehr

---

2 Das aufgebotene Heer aus Vasallen und ihren Truppen, die unter einem Banner aufgestellt wurden

in der Lage gewesen, seine Befürchtungen zu präzisieren. Sie mussten sich in die Lande von Sorgalles begeben, der Herzogin Helled entgegenmarschieren und dann bis zu den Marken vorstoßen … Es handelte sich um einen Erkundungseinsatz, aber Léo befand sich an der Spitze eines echten Heeres, in dem die wichtigsten Kräfte des Königreiches versammelt waren. Uther schenkte dem Bericht dieses Frehir ganz offensichtlich Glauben …

In dieser unwegsamen Landschaft hatte sich die Truppe binnen Stunden auf dem engen und rutschigen Weg zu einer gefährlich langen Schlange auseinander gezogen. Carmelide hatte sehr wohl versucht, Gruppen von Bogenschützen und Fußsoldaten als Flankenschutz auf die Anhöhen zu beiden Seiten hinaufzuschicken, doch die Männer waren rasch derart erschöpft davon gewesen, sich einen Weg durch die Hügel zu bahnen, die steil waren wie Berge, überströmt von Regenwasser und zu weiten Teilen dicht von Tannen bewachsen, dass er es schließlich aufgegeben hatte.

Aber was sollte es schon, es konnte eigentlich nicht mehr weit sein. Vermutlich hätten sie noch vor der Mittagsstunde den Hügel mit der ersten vorgelagerten Befestigungsanlage des Herzogtums von Sorgalles erreicht und hätten endlich Nachricht von der Herzogin Helled wie auch von den Truppen, die diese in Richtung Marken gesandt hatte.

Léo de Grand schauderte. Sein wetterfester Umhang, seine Stiefel und selbst seine Bruch waren völlig durchweicht, bei jedem Schritt liefen ihm kalte Rinnsale den Rücken hinunter, und aus seinen Haaren und seinem Bart troff das Wasser. Die Feuchtigkeit drang überall ein, selbst in die Maschen seines Kettenhemdes und das dicke Lederfutter darunter. Und außerdem hatte er Hunger, denn er hatte seit drei Tagen nur rohen Schinken und Schwarzbrot zu Abend gegessen, ohne dass es ihm beschieden gewesen wäre, irgendetwas Warmes in den Bauch zu bekommen. Wie all seine Männer fühlte er sich erschöpft, krank und fiebrig und hatte unerträgliche Laune. Sie waren drei Tage lang marschiert, was nicht wirklich schlimm gewesen wäre, doch die Moral der Truppe war rapide gesunken, und der Regen trug auch nicht zu ihrer Aufmunterung bei. War es möglich, dass sie alle Angst hatten?

Plötzlich schwappte eine Woge von Schreien und Jubelrufen zu ihm herüber. Ein Kavallerist in einer ledernen Brünne, auf die das Wappen Erbins aufgemalt war, ein roter Drache auf blauem, ausgezacktem Grund, galoppierte auf ihn zu und fuchtelte wild mit den Armen. Carmelide lächelte, als er ihn erkannte. Es war der junge Geoffroy, einer von denen, die sich damals, vor langer Zeit, während des Turniers in Loth auf seine Seite gestellt hatten.

»Nun?«, brüllte der Herzog. »Was gibt's?«

»Die erste Befestigungsanlage, Messire! Die erste Befestigungsanlage ist in Sicht!«

»Potzblitz, das ist die beste Nachricht des Tages!«

Der Konnetabel gab seinem Pferd die Sporen und ritt, eskortiert von dem Ritter, in leichtem Trab die lange Reihe der Fußsoldaten entlang. An einer Biegung erblickten sie das kleine Fort, das keine halbe Meile[3] mehr entfernt war und auf einer hoch über dem Weg aufragenden, gerodeten Anhöhe lag. Es war nur ein Vorposten, errichtet aus Pfählen und Strohlehm, dessen einziger steinerner Schutzbau in einem dicken viereckigen Turm bestand, der als Bergfried fungierte; doch dort hätten sie wenigstens für die Nacht ein Dach über dem Kopf und könnten eine warme Mahlzeit zu sich nehmen. Binnen weniger Minuten verbreitete sich die Kunde bis zur Nachhut und verlieh den ermatteten Soldaten frische Kraft. Ihr Schritt wurde schneller, und in dem langen Zug wurde von der Spitze bis zum Ende Stimmengemurmel laut, ohne dass die Sergeants auf die Idee gekommen wären, die Gespräche zu unterbinden und Ruhe zu fordern.

Léo de Grand, der sich nach wie vor in Begleitung des jun-

3 Etwa zwei Kilometer

gen Geoffroy d'Erbin befand, war bis zu den Kundschaftern vorgaloppiert. Die beiden hätten diese, ohne sie zu sehen, überholt, wenn nicht einer von ihnen, ein zotteliges langes Elend, dessen Haar so starr vor Schmutz war, dass er aussah wie ein Igel, ihnen direkt vor die Füße gesprungen wäre, um sie aufzuhalten. Die restlichen hatten sich in den Graben unterhalb des Damms gekauert, den Blick unverwandt auf das kleine Fort gerichtet.

»Was ist los?«, stieß der Herzog hervor.

Der Igel legte den Finger auf die Lippen und deutete auf die Befestigungsanlage.

»Kein Rauch«, sagte er. »Keine Standarte. Nichts rührt sich ...«

Die Begeisterung Léo de Grands verpuffte wie ein Soufflé, das in sich zusammenfällt, und sein Herz fing zu rasen an. Die Soldaten hinter ihnen näherten sich in einem ungeordneten und unbekümmerten Haufen. Mit einem Wink wies er Erbin an, zu ihnen zu reiten, dann saß er vom Pferd ab und duckte sich zwischen die Kundschafter nieder. Sie stammten alle aus den Wäldern, wilde Gesellen, die schweigsam waren wie Elfen und stanken wie die Bären, in Fetzen gehüllt, die selbst ein Bettler nicht hätte tragen mögen. Zu ihrem Schutz führten sie nichts als hölzerne Schilde bei sich; sie waren jedoch mit allerlei Waffen behängt: Bogen, Hirschfängern und Äxten ... Bei ihrem Anblick wären wahrscheinlich sämtliche Jungfrauen im Palast in Ohnmacht gefallen. Aber auf diesem Terrain waren sie zu Hause. Und sie verstanden ihr Handwerk.

Ohne das kleine Fort aus den Augen zu lassen, lauschte Léo de Grand mit halbem Ohr, wie der junge Geoffroy d'Erbin den Zug mit wenigen energischen Befehlen zum Stehen brachte und dafür sorgte, dass nach und nach Ruhe einkehrte. In dem kleinen Fort regte sich in der Tat keinerlei Leben. Dies war vor allem ein Spähposten, und das Herannahen einer solchen Armee auf dem Damm konnte den Leuten dort nicht entgehen. Warum also machten sie sich nicht bemerkbar? Die Befesti-

86

gungsanlage schien intakt und wirkte nicht, als habe sie einen Angriff hinter sich. Vielleicht war sie verlassen ... Das laute Scheppern einer Truppe Reisiger, die bis zu ihm herankamen, riss ihn aus seinen Überlegungen.

»Was ist los, Euer Gnaden?«

Léo de Grand de Carmelide blickte flüchtig zur Seite; er erkannte unter Tausenden die krächzende Stimme des alten Meylir de Tribuit. Er war ebenfalls damals bei dem Turnier zugegen gewesen, doch im Gegensatz zu Geoffroy, der mit der ganzen Herablassung seiner fünfzehn Jahre wie ein junger Gockel wirkte, war Meylir ein erfahrener Mann, und es erfüllte ihn mit Beruhigung, ihn bei sich zu haben.

»Such dir zehn Ritter«, sagte er, während er mit dem Kinn zu dem Fort hinüberwies. »Und Bogenschützen, die euch decken sollen, man kann nie wissen ... «

Der Baron kniff angestrengt die Augen zusammen, forschend, ob er nicht irgendetwas in dem geheimnisvollen Fort erspähen könnte, dann erhob er sich unvermittelt und trabte eilig davon. Wenige Minuten später hallte der Weg vom donnernden Hufgetrappel der von ihm ausgehobenen Truppe wider.

In dieser verfluchten Landschaft aus Hügeln und Schluchten vermochte man nicht weit zu sehen, aber Carmelide nahm die Bewegungen der restlichen Truppe wahr, die den Weg verließ, um am Rand in Deckung zu gehen. Schon verteilten sich die Bogenschützen in einer Linie, und die Ritter legten hastig ihre Rüstungen an, Helme und eiserne Brustharnische, um sich sodann auf ihre Streitrösser zu schwingen. Dies wäre nicht das beste Schlachtfeld, doch zumindest wären sie bereit, falls je ... Einer der Wäldler zog ihn am Ärmel seines Kettenhemdes, und er begab sich ebenfalls von dem Weg oben herunter in den Schutz des Gestrüpps.

Es hatte aufgehört zu regnen, und jetzt zeigte sich sogar ein hauchfeiner Sonnenstrahl, der die nassen Blätter und Dornenranken zum Schimmern brachte. Unmittelbar vor sich, beinahe vor seiner Nase, entdeckte er herrlich saftige, dicke Brombeeren und begann, einige zu pflücken. Da der Kettenpanzer über seinen Beinen ihn drückte, sobald er in die Knie ging, setzte er sich bequemer hin, ein Häufchen dunkler Beeren in der Hand, und in dieser Stellung sah er zu, wie das Streitkorps von Meylir in leichtem Trab den Pfad zu dem kleinen Fort hinaufritt. Sie verschwanden für etliche Minuten aus dem Blickfeld, und obwohl alle in der Truppe sich still hielten, hörte man nichts, weder Schreie noch Tumult. Und dann tauchten sie wieder auf und schwenkten dreimal hintereinander eine leuchtend rote Fahne – das vereinbarte Signal.

Erneut setzte sich die gesamte Armee in Bewegung. Die Wolken hatten sich nach und nach verzogen, und die Pfützen auf dem Weg glitzerten im strahlenden Sonnenschein. Dennoch krampfte sich den Menschen mit jedem Schritt das Herz ein wenig stärker zusammen. Als sie sich dem kleinen Fort näherten, wurden Spuren eines Kampfes sichtbar, immer deutlicher und immer zahlreicher. In der Erde steckende Pfeile, geschwärzte Balken; das Haupttor war eingerammt, seine Bohlen wie Reiser umgeknickt, und die Schanzpfähle der äußeren Palisadenwand klebrig vom Blut. Doch weder eine einzige Leiche noch ein Überlebender, nicht einmal ein Rabe am Himmel, der sich an den menschlichen Überresten hätte gütlich tun können ...

Carmelide galoppierte los und stürmte alsbald in die Festung hinein. Nicht ein Tier im Hof, weder Hunde noch Geflügel noch Vieh – nichts. Die Stille hier war noch grauenerregender als draußen. Meylirs Mannen hielten die Waffen in der Hand und inspizierten alles bis auf den kleinsten Winkel, doch vergebens. Hier war niemand mehr. Keine einzige Waffe, kein Bund Heu, nicht die geringste Spur von etwas Essbarem. Das Fort war nur noch ein ausgehöhltes Gehäuse, innerlich völlig verwüstet, ohne jeden Hauch von Leben ...

»Dort ist nichts, Euer Gnaden«, erklärte Meylir de Tribuit, der ihn einholte. »Etwas Derartiges habe ich noch nie gesehen ...«

Léo de Grand nickte. Sein Blick schweifte nach Norden, und der alte Ritter erriet seine Gedanken.

»Sorgalles kann allerhöchstens vier bis fünf Meilen entfernt sein«, sagte er. »Zwei bis drei Stunden zu Pferd ... Das Doppelte für die Armee. Wir könnten vor Einbruch der Dunkelheit dort sein.«

Der Herzog nickte erneut. Sie mussten sich Klarheit verschaffen.

»Mach dich schon auf den Weg. Nimm die Kundschafter und die gesamte Kavallerie mit. Ich bleibe bei der Truppe, und wir werden noch vor der Vesper nachkommen.«

Meylir riss erstaunt die Augen auf und brummelte irgendeinen Protest in seinen Bart, aber Léo de Grand gebot ihm mit einer Handbewegung Einhalt, bevor er seine Einwände deutlich äußern konnte. Wie alle Ritter vermochte Meylir sich nicht auszumalen, dass eine Armee auf ihre Kavallerie verzichtet, und wahrscheinlich war er zwangsläufig der Ansicht, dass ihr Anführer hier ein unüberlegtes Risiko auf sich nahm. Doch das Herzogtum von Sorgalles war zu unwegsam für die Pferde, und sie mussten so schnell wie möglich vorankommen, das war in den Augen des Konnetabels ihr einziger verbleibender Trumpf.

»Los, mach dich auf den Weg«, forderte er ein weiteres Mal. »Und pass auf dich auf.«

Uther war bereits seit drei Tagen bewusstlos. Die Verwundung war jedoch ungefährlich – ernst, aber auf keinen Fall lebensbedrohlich – und rechtfertigte schwerlich den Zustand des Königs. Die Ärzte, die sich um sein Kopfende drängten, vermochten lediglich ihre Machtlosigkeit einzugestehen. Im Übrigen schien er nicht zu leiden, er atmete ruhig und lag reglos in seinem Bett, an dem die Königin und Bruder Blaise, ihr Beichtvater, Wache hielten, um mit ihren Gebeten den bösen Geist auszutreiben.

Es war bereits tiefste Nacht, und die zweite Kerze nach

Matutin[4] brannte, als der König sich zu regen begann. Igraine war eingeschlafen, und selbst Blaise war eingenickt, einer wie der andere erschöpft von den langen Stunden des Wachens. Uther begann zu stöhnen, sich unvermittelt umzudrehen, wie wild mit den Armen zu rudern, als wolle er einen unsichtbaren Feind in die Flucht schlagen, und als er aufschrie, fuhren die Königin und der Mönch aus ihrem Schlummer hoch. Er hatte seine Laken fast vollständig herausgerissen. Sein zitternder Leib war von oben bis unten mit Schweiß bedeckt. Seine Lider flatterten, und seine halboffenen Lippen schienen sich abzumühen, irgendwelche Worte zu formen. Schon hatte sich die Königin auf ihn gestürzt und versuchte, seine unkoordinierten Zuckungen zu bändigen.

»Bruder Blaise, so helft mir doch!«, kreischte sie.

»Wir brauchen Wasser«, stammelte der alte Mönch noch ganz benommen. »Wir müssen das Fieber senken ... «

Auf einmal bäumte Uther sich unter einem so jähen und heftigen Krampf auf, dass Igraine zu Boden geschleudert wurde. Im selben Moment brüllte er los, und der ganze Palast hallte von seinen irren Schreien wider.

»*Feothan beorn gebedda!*«

»Was ruft er da?«

»Ich ... Ich weiß nicht.«

Doch Blaise war erbleicht, und Igraine wusste, dass er gelogen hatte.

»Ich möchte wissen, was er gerufen hat.«

»Das ist die heilige Sprache der Elfen ... Ich glaube, dass er gerade träumt. Nein ... Es ist mehr als das. Ich glaube, dass er erneut in ihr ist ... Ich glaube, er ist ein weiteres Mal zum Pendragon geworden.«

---

4   Erstes Stundengebet um Mitternacht. Kerzen dienten im Mittelalter nicht allein der Beleuchtung, sondern auch dazu, die Zeit zu messen, und wurden insbesondere im Rahmen des Frühgottesdienstes nach festen Regeln entzündet bzw. nach und nach gelöscht (Finstermetten, in denen es immer dunkler wurde). [Anm. d. Autors und d. Übs.]

Schatten unter Schatten, im Dunkel des Unterholzes quer durch Dornenranken und Geäst laufend wie ein Rudel Hirsche, strebten die Elfen dem Saum von Brocéliande zu. Die meisten von ihnen trugen Bogen und jene langen, spitz zulaufenden Dolche, die das Volk der Bäume so liebt. Andere hatten sich mit Spießen gewappnet, und einige waren mit leeren Händen unterwegs, alle von demselben Gefühl der Dringlichkeit getrieben, demselben stummen, unbewusst empfundenen Appell, von dem sie mitten in der Nacht erwacht waren, schweißgebadet und mit pochendem Herzen.

Der Wald brannte lichterloh. Die Bäume krümmten sich unter den Flammen, ihr ganzes Geäst ächzte, und mit krachender Rinde stießen sie markerschütternde Hilferufe aus.

Lliane, die sich unter ihnen befand, rannte wie eine Wahnsinnige und erblickte bereits den schauerlichen rötlichen Schein, der auf gespenstische Weise die Nacht erhellte. Genau wie die anderen hatte sie die Klage der Bäume vernommen, genau wie sie war sie losgestürzt, um dem Wald zu Hilfe zu eilen, hatte, ohne es überhaupt zu merken, ihre Insel verlassen, ihre Gefährtinnen und ihre Tochter. Genau wie sie empfand sie die Bereitschaft, zu töten und gegebenenfalls auch selbst ihr Leben zu opfern, um das Land von Eliande zu verteidigen. Doch das Grauen dieser Schändung hatte noch etwas anderes als Hass oder Schrecken in ihr wachgerufen. Eine neuartige, unermessliche Kraft durchpulste sie, und sie bebte angesichts dieser Stärke. Die Elfen vermögen alle zu sehen bei Nacht, doch Llianes Blick durchdrang nicht nur die Finsternis: Sie sah noch weiter, bis unter die brennende Rinde selbst hinein und bis in die Adern der von den hoch züngelnden Lohen gekräuselten Blätter. Sie erahnte das Kochen des Saftes und das Glühen der dornigen Zweige. Sah die krallenbewehrte Hand und die lodernden Fackeln, die hässlich grinsenden Fratzen der Brandstifter und ihre pechschwarzen Waffen, die im Flammenschein glänzten. Sie sah das schmierige Gift, mit dem sie ihre Klingen bestrichen, ihre zerfransten Standarten, die Wölfe und

91

die dunklen Rüstungen einer am Waldsaum verteilten Truppe, die lachend das Feuer betrachtete. Die Elfen rennen alle schnell, doch sie flog wie der Wind dahin, wobei sie die dornigen Sträucher zerteilte, ohne ihre Stiche zu spüren, mühelos, ja, ohne auch nur im Geringsten außer Atem zu geraten.

Einige Klafter vom Waldrand entfernt sprang sie mit einem Satz über die verrenkte Leiche eines Goblins, der sich mit den Beinen in einem Gewirr aus Dornenranken verfangen und sich beim Aufprall auf eine Eichenwurzel das Genick gebrochen hatte. Bisweilen wussten die Bäume sich selbst zu verteidigen ...

Sie war die Erste, die am Saum von Brocéliande aus dem Dickicht herausbrach: Sie durchkreuzte die Flammen und lief über die Glut, um dann aus dem Feuer herauszuschnellen wie eine aus der Unterwelt aufgetauchte Göttin und ihren langen Dolch zu schwenken. Ohne auch nur eine Sekunde innezuhalten, enthauptete sie mit einem kräftigen Schlag einen Goblin, worauf dessen schwarzes Blut herausspritzte. Ihre Kleider hatten Feuer gefangen, doch sie spürte nichts. Die düsteren Silhouetten der Monster, die von ihren Fackeln und dem rötlichen Schein der Feuersbrunst erleuchtet wurden, wirbelten heulend vor Wut um sie herum, und ihr Dolch fuhr wie ein silberner Blitz in ihre scheußlichen Reihen, um sie zu spalten, ohne dass es einem von ihnen gelungen wäre, sich ihr zu nähern.

Ein schwirrendes Summen war zu vernehmen, wie von einem plötzlichen Windstoß oder einem vorbeifliegenden Bienenschwarm, und Dutzende von Goblins brachen von Pfeilen durchbohrt zusammen. Die Elfen hinter ihr sprangen nun ebenfalls mit schrillen Schreien durchs Feuer. Sie waren kaum auf die Feinde geprallt, schon ließen sie zuhauf ihr Leben, niedergemäht von den Krummsäbeln der Goblins oder zerfetzt von den Reißzähnen ihrer Wölfe. Einige fanden in den Flammen den Tod, da sie das Feuer nicht schnell genug durchquert hatten. Doch der Ansturm war zu gewaltig, um gebrochen zu werden, und die Dämonen waren nicht zahlreich genug. Es genügten wenige Minuten, um sie zu zerstreuen.

Lliane blieb sprachlos stehen, außer Atem, während die Elfen sich um sie herum zu schaffen machten, ihr die brennenden Kleider vom Leib rissen und sie von diesem blutigen Schlachtfeld wegzogen, während sie bereits aus Moos gefertigte Pflaster auf ihre Verbrennungen pressten. Sie sah das Gesicht des alten Gwydion über sich gebeugt, dann das von Blodeuwez, und sie fühlte, wie deren weiße Hände lindernd über ihre glühende Haut glitten. Ihr Geist war jedoch an einem andern Ort; sie nahm zum einen die überstürzte Flucht der Dämonen in die Nacht hinaus wahr, ihre animalische Furcht, aber zugleich auch die Präsenz von etwas anderem, eine anders geartete Furcht, von Menschen, auf der gegenüberliegenden Seite der Flammen.

So erhob sie sich, mit nicht viel mehr als ihren vom Rauch geschwärzten hohen Wildlederstiefeln bekleidet, den Körper glänzend vom Blut der Dämonen, und war in diesem Moment so schön und so begehrenswert, dass sämtliche Elfen, Männer wie Frauen, einschließlich des alten Gwydion, ja einschließlich Blodeuwez selbst, fühlten, wie ihr Puls bei ihrem Anblick zu fliegen begann. Die Geburt Rhiannons hatte ihrer Figur ungewohnte Formen verliehen, denn die Elfen waren gemeinhin so schmal wie Reiser. Ihre langen Beine waren fülliger geworden, ihre Hüften breiter, und das sanfte Spiel der Flammen brachte ihre Schenkel und ihre Brust aufs Herrlichste zum Leuchten. Dennoch hatte sie nichts von einer Menschenfrau an sich. Welche Frau hatte schon einen derart schlanken Hals, einen so raschen Gang – und war so schamlos? Doch Lliane war seit geraumer Zeit auch nicht mehr so wie die anderen Elfen …

Lliane, die die auf sich gehefteten Blicke gar nicht bemerkte, erspähte jenseits der prasselnden Flammen ein Indiz. Diejenigen, die ganz in ihrer Nähe standen, nahmen die Bewegung ihrer Ohren wahr und hoben ebenfalls ihr Haar hoch, um ihre spitz zulaufenden Ohrmuscheln besser ausrichten zu können. Man hörte Schreie und schwache Gesprächsfetzen hinter dem brennenden Waldrand, aber keiner von ihnen vermochte sie zu identifizieren.

Lliane jedoch hatte begriffen. Sie holte tief Luft und brüllte einen Befehl:

»Bettacan ar aeghwylc nith, hael hlystan!«

Verblüfft trat Gwydion auf sie zu.

»Was hast du da gerufen?«

Sie drehte sich abrupt um, was den alten Elfen unwillkürlich zum Zurückweichen veranlasste. Ihre Augen wirkten in jenem Moment wahrhaftig wie von sämtlichen Feuern der Hölle erleuchtet.

Dann drehte sie den Kopf zur Seite, und ihr Körper schien in sich zusammenzusacken.

»Verzeih«, sagte sie.

Sie schlang fröstelnd die Arme um den Körper und nahm mit einem dankbaren Lächeln den langen Überwurf, den Gwydion ihr über die Schultern breitete. Ihr ganzer Leib schmerzte, und ihre Beine vermochten sie kaum noch zu tragen. Sie spürte, wie ihre Kräfte sie verließen, wie Korn, das aus einem löchrigen Sack herausrieselt, und klammerte sich noch an die letzten Reste der phantastischen Stärke, die sie erfüllt hatte.

»Du hast von Menschen gesprochen«, beharrte Gwydion. »Du hast den Unseren geboten, die Menschen mit Respekt zu behandeln ... Weshalb? Was hast du gesehen?«

»Es sind ... Es sind Soldaten im Wald«, erwiderte sie. »Bewaffnete Männer ... Sie haben Angst, sind verletzt. Einige liegen im Sterben.«

VI

Der Weidenriese

Einige liegen im Sterben«, sagte Uther.

Blaise ließ vor Schreck beinahe die mit Wasser und blutigen Tüchern gefüllte Zinnschüssel fallen, die er gerade hinaustragen wollte, nachdem er die Verbände des Verwundeten erneuert hatte. Dies waren seit Tagen die ersten verständlichen Worte aus dem Munde des Königs – wenn man einmal von den seltsamen elfischen Rufen absah, die er gelegentlich ausgestoßen hatte und die in den Korridoren der Burg widergehallt waren wie die Schreie eines Wahnsinnigen.

Diesmal hatte Uther so leise gesprochen, dass Igraine, die schlummernd am Kopfende ihres Gemahls saß, nicht einmal erwacht war. Der Mönch zögerte, doch sie schlief tief und fest, erschöpft von all den Tagen und Nächten des Wachens, und er weckte sie nicht, um ihr die Neuigkeit mitzuteilen, zumindest noch nicht, solange der Zustand des Königs es nicht erforderte. An der Flamme einer einfachen Funzel, die aus einer mit Öl gefüllten Tasse und einem schlichten Docht bestand, steckte er eine Kerze an und hielt sie ans Bett. Der König hatte die Augen geöffnet, doch sein Blick war leer und verriet keinerlei Reaktion auf das Licht.

»Wer liegt im Sterben?«, flüsterte der Mönch.

»Die Armee«, erwiderte Uther (und seine Stimme, die so ruhig klang und von so weit her zu kommen schien, jagte dem Gottesmann einen Schauder über den Rücken) ... »Die Armee oder das, was von ihr noch übrig ist. Es sieht aus, als seien sie nur noch eine Hand voll ...«

Blaise schüttelte den Kopf, ohne recht zu begreifen, wovon der König da sprach. Uther lag vollkommen reglos da, sein Atem ging gleichmäßig, der Körper war entspannt und sein Blick so starr auf die Decke geheftet, dass der Mönch unwillkürlich hinauflinste. Natürlich war nichts zu sehen als in nächtliches Dunkel getauchte Balken.

»Was habt Ihr soeben gesagt, Sire?«, forschte er weiter. »Ihr habt von der Armee gesprochen ...«

»Es gibt keine Armee mehr ... Es sind vielleicht noch hundert Mann, oder weniger.«

Blaise musste an sich halten, um nicht aufzuschreien, den König an der Gurgel zu packen und ihn aus dieser furchtbaren Lethargie zu reißen. Weniger als hundert Mann von mehreren Tausend, die hinter dem Konnetabel Léo de Grand in die Schlacht gezogen waren.

»Das kann doch nicht sein«, sagte er leise.

»Weniger als hundert, und einige liegen im Sterben«, wiederholte Uther.

Immer noch diese entrückte Stimme und die geöffneten Augen, die seelenruhig das schreckliche Schauspiel einer noch nie da gewesenen Niederlage in der Ferne, weit außerhalb dieses Raumes betrachteten.

»Seht Ihr sie gegenwärtig?«

»Da sind sie, schau ... Sie haben Angst, sie verstecken sich, haben ihre Waffen verloren. Doch das Feuer erlischt. Der Wald war vermutlich zu nass ...«

»Welcher Wald?«

Uther antwortete nicht. Bruder Blaise reckte den Hals ein Stück weiter und sah, wie die Lider des Königs allmählich herabsanken und der König erneut in tiefen Schlaf fiel.

»Welcher Wald, Sire?«, fragte er noch einmal, in drängenderem Ton, wobei er es sogar wagte, ihn an der Schulter zu rütteln.

»Es steht nichts mehr zu befürchten«, murmelte Uther. »Die
Dämonen haben die Flucht ergriffen und werden heute Nacht
nicht mehr wiederkommen. Und wir haben den heiligen Wald
gerettet. Dagda hätte es nicht zugelassen ...«

Der Mönch schlug das Kreuz und zog sich unwillkürlich von
der königlichen Bettstatt zurück, als fürchte er, sich daran zu
verbrennen. Dagda war der Gottdruide, den die Elfen auch
Eochu oder Elochaid Ollathair nannten – Allvater – oder Ruad
Rofessa – Roter Mann mit vollkommenem Wissen; er war
Kriegsgott und Eigentümer des Kessels, den er ihnen als Talisman anvertraut hatte. Bei dem heiligen Wald, von dem Uther
gesprochen hatte, konnte es sich also nur um Eliande handeln,
der in seinem Herzen den Hain aus den sieben Bäumen barg
und den Kessel des Wissens ... Eliande, das Land der Elfen ...
Das Land Llianes.

Bruder Blaise setzte sich, stellte die Kerze ab und stützte den
Kopf in die Hände, vom Schwindel ergriffen angesichts dessen,
was sich da verschwommen vor seinem inneren Auge abzeich-
nete, während sich sein fieberndes Hirn immer weiter in Mut-
maßungen verlor. Der König war erneut besessen vom Geist
der Elfe, seiner Seele beraubt, und sein Körper leichenstarr wie
eine leere Hülse. Die Armee war besiegt. Die Dämonen waren
vor Brocéliande angelangt. Dies konnte nur eines bedeuten: Das
gesamte Herzogtum von Sorgalles war in feindlicher Hand. Was
war inzwischen aus der Herzogin Helled geworden? Und die
Armee, was war von ihr noch übrig? Wie viele Truppen könnte
man noch ausheben, um Loth zu verteidigen, und wer über-
nähme ihre Führung, wenn der König nicht wieder zu sich kam?
Wie lange würde es dauern, bis die Horden des Unnennbaren
bis zu ihnen vordrangen? Und wann wäre der Tag gekommen,
da die Truppen des Satans den Odem Gottes auf immer aus
diesem irdischen Jammertal vertreiben würden?

Der Mönch hob den Kopf und stierte mit entsetzter Miene
auf Uthers unbewegtes Profil. Welcher Bann, der stärker war
als all seine Gebete und die ganze Medizin der Ärzte, hielt ihn

bloß in diesem fürchterlichen Trancezustand gefangen, während sein Reich um ihn herum zusammenbrach? Wieder einmal kam ihm Illtud in den Sinn – und das war weiß Gott nicht das erste Mal. Der Abt, ja der wüsste ihn von seinem bösen Zauber zu erlösen … Von einer plötzlichen Eingebung gepackt, näherte er sich dem königlichen Lager und wisperte Uther mit pochendem Herzen die Beschwörungsformel aus der Heiligen Schrift ins Ohr.

»Du stummer und tauber Geist, ich befehle dir, fahre aus von ihm, und kehre nie mehr in ihn zurück!«[1]

Noch im selben Moment stöhnte Uther heiser, während sein Körper sich jäh unter heftigen Krämpfen aufbäumte. Der Mönch wich so rasch zurück, dass er zu Boden stürzte und dabei ein Lesepult umriss, dessen Aufprall wie ein Donnerschlag durch die Nacht hallte.

»Was ist los?«, stammelte Igraine im Erwachen.

Beim Anblick von Uthers im Krampf erstarrtem Körper entfuhr ihr ein Schreckensschrei. Blaise sah mit schweißglänzendem Gesicht und irrem Blick zu der Königin auf, in den Händen das von dem Pult herabgefallene Buch, das ihm wie vom Himmel gesandt erschien. Es war ein bescheidenes, in billiges Leder gebundenes Brevier, eine ungelenke Abschrift des ›Enchiridion‹, der hochheiligen Sammlung von Anrufungen, die angeblich der Papst Leo III. für Karl den Großen verfasst hatte[2], ein Werk, das sie nicht kennen konnte, in dem er jedoch fieberhaft, wie ein Wahnsinniger zu blättern begann. Als er endlich fand, was er suchte, wurde seine Miene von einem unheimlichen Lächeln erhellt.

»Qui Verbum cara factum est …«, raunte er in eindringlichem Ton. »Das Fleisch gewordene Wort, gekreuzigt und am dritten Tage auferstanden von den Toten, sitzend zur Rechten

---

1 Markus, 9, 25, zitiert aus der Jerusalemer Bibel
2 Der vollständige Titel lautet ›Enchiridion Leonis Papae‹. Das Werk wird Papst Leo III. zugeschrieben, der es gegen 800 nach Christus verfasst und dieses »Handbuch« Karl dem Großen geschenkt haben soll.

des Vaters, um die Bitten derer zu erhören, die an ihn glauben, ihn, vor dessen heiligem Namen ein jeder niederkniet … Erbarme dich und beschütze dieses Geschöpf hier, Uther, vor allen, die ihm Schaden zufügen könnten, sowie vor den Angriffen der Dämonen, du, der du lebst und regierst in vollkommener Einheit …«

Igraine betrachtete den Mönch voller Abscheu, denn sein entrückter Gesichtsausdruck schien ihr eher von Teufelsbesessenheit als von göttlicher Inspiration zu künden. Und doch sah es aus, als würde Uther auf die vom Papst verfasste Anrufung reagieren. Durch sein wildes Aufbäumen hatte er die Laken von seinem schweißgebadeten Körper abgeschüttelt und wurde gegenwärtig von Schaudern gebeutelt, mit halb geschlossenen Augen und stoßweise gehendem Atem.

»Er kommt wieder zu sich«, murmelte sie.

»Dies ist das Kreuz Unseres Herrn Jesus Christus, in ihm liegt das Heil, unser Leben und unsere Auferstehung, und die Wirrsal all jener, die uns zu schaden suchen, sowie der bösen Geister«, fuhr Blaise fort, ohne sie anzusehen. »Flieht also, widrig gesinnte Mächte; denn ich beschwöre euch, Höllenteufel und all ihr bösen Geister, dass ihr von eurem trügerischen, diabolischen Spiel ablasst und unverzüglich verschwindet, im Namen des lebendigen, wahren und heiligen Gottes, Vater, Sohn und Heiliger Geist.«

Uther schlug die Augen auf, wandte mühsam den Kopf, und sein Blick begegnete dem des Mönchs.

»Im Namen dessen, der als Mensch gekreuzigt wurde und euch in dem Maße, in dem ihr euch genähert habt, zum Rückzug gezwungen hat, möget ihr dieses Geschöpf weder in seinem Körper noch außerhalb seines Körpers heimsuchen oder ihm Kummer bereiten, weder durch euren Anblick noch durch euer Furcht erregendes Wirken, weder bei Tage noch bei Nacht; andernfalls werde ich sämtliche Flüche auf euch herabsenden sowie alle erdenklichen Folterqualen, im Namen der Heiligen Dreifaltigkeit.«

Uther erwachte. Und im selben Moment schrie Lliane im Wald von Eliande im Schlaf auf, ein markerschütternder Schrei, so schrill und so unvermittelt, dass den Elfen das Blut in den Adern gefror.

Léo de Grand kam kurz vor Einbruch der Morgendämmerung wieder zu Bewusstsein. Die Kälte hatte ihn aufgeweckt. Die Kälte und die Feuchtigkeit. Als er bemerkte, dass er nackt war, hingestreckt auf ein Lager aus Farnkraut, wollte er sich aufrichten, doch sogleich durchfuhr ihn ein heftiger Schmerz, und er schrie auf. Dort, wo sein Schulterblech befestigt war, hatte ihm der Krummsäbel eines Goblins beinahe den Arm abgetrennt. Als er sich instinktiv an die Stelle fasste, entdeckte er einen dicken Salbenverband aus Blättern, die zu einer wohlriechenden Masse verknetet waren.

»Nicht bewegen ...«

Es war eine Frauenstimme, ja beinahe die eines Kindes, säuselnd und fast schon unnatürlich hoch.

Er riss die Augen auf, in dem Versuch, das Wesen zu erkennen, das da soeben zu ihm gesprochen hatte, doch die Dunkelheit ließ ihn lediglich eine helle Gestalt erahnen, die an seiner Seite kniete. Dann fühlte er eine sanfte Hand auf seiner glühenden Stirn, leicht wie ein Blütenhauch.

»Sei beruhigt, großer, großer Mann«, raunte die Gestalt mit leiser Stimme. »Deine Verletzung ist schwer, aber du wirst genesen. Diese Pflanzen hier werden helfen, dass die Wunde sich schließt.«

»Was hast du mir auf die Schulter geschmiert, du Hexe, es brennt!«

Er versuchte erneut, den Verband herunterzureißen, aber ihre Hand war schneller; sie packte ihn und drückte ihn mit einer Kraft, die er ihr nicht zugetraut hätte, auf den Boden.

»Das ist das Gift, das brennt. Sie reiben stets ihre Klingen damit ein, das solltest du eigentlich wissen ... Vertrau mir, Konnetabel. Wenn ich dich hätte töten wollen, wärest du nicht mehr hier, in meiner Hütte, sondern würdest da draußen mit den anderen verwesen … Und damit du weißt, worum es sich handelt: Es sind nur Kiefernharz, Efeu- und Erdbeerblätter, Rainfarn und Mohn darin … sowie einige Pflanzen, die du vermutlich nicht kennst.«

Léo de Grand ließ sich nach hinten sinken. Urplötzlich blitzten unzählige Erinnerungen an die Schlacht vor seinen Augen auf. Der Hinterhalt, die Flammen, die vom Himmel zu regnen schienen, die albtraumhaften Fratzen der Krieger aus den Horden des Schwarzen Herrn, die, gleich Teufeln, direkt aus den Eingeweiden der Erde emporschossen, seine Männer, die rund um ihn fielen, manche, ohne überhaupt nur das Schwert aus der Scheide gezogen zu haben; dann ihre überstürzte Flucht bis zum Saum des großen Waldes … Mit Ausnahme seines Armes, der entsetzlich brannte, schlotterte er am ganzen Leib vor Kälte auf seinem Blätterbett und schämte sich, in dieser Weise nackt vor einer Frau zu liegen, selbst wenn es eine Elfe war.

»Wer bist du?«, wisperte er.

Blodeuwez antwortete nicht sofort. Wie bei allen Angehörigen vom Volke der Lüfte war ihr Sehvermögen durch die Finsternis in diesen letzten Nachtstunden nicht beeinträchtigt, und sie weidete sich in aller Ruhe an diesem kräftigen Körper, der so stattlich und weiß war. Die Menschen waren brutal, ungehobelt und lärmend wie ein Rudel Wildschweine, doch die Aura von Kraft, die sie umgab und die sich so sehr von allem unterschied, was ein Elf hätte bieten können, übte eine gewisse Anziehungskraft aus. Die Heilerin hatte sich auch häufig gefragt, was Lliane in Uthers Armen erlebt haben mochte … Zum Spaß strich sie mit den Fingerspitzen ganz sachte über den Schenkel, den Bauch und den Oberkörper des Herzogs, um sie dann, lächelnd über jeden Schauder, den sie bei ihm auslöste, bis zu seinem Geschlecht hinabgleiten zu lassen, das umgehend auf ihre Zärtlichkeit zu reagieren schien – ungeachtet der Kälte und der Schmerzen.

»Ich werde wieder nach dir sehen«, murmelte sie und unterdrückte ein Schmunzeln.

Und schon war sie aufgestanden, doch Leó de Grand gelang es, ihre Hand mit seinem gesunden Arm festzuhalten.

»Warte! Was ist aus meinen Männern geworden?«

»Deine Männer sind tot!«, stieß Blodeuwez schroff hervor. »Diejenigen, die noch leben, werden genau wie du von den Meinen gepflegt. Jetzt lass mich gehen, und sieh zu, dass du schläfst!«

Sie riss sich von ihm los und lief aus ihrer Hütte, die Wangen heftig gerötet von diesem plötzlichen Wutanfall, der sie selbst erstaunte. Das Gehölz draußen lag noch immer im Dunkeln und erzitterte unter dem Stöhnen Dutzender und Aberdutzender Verletzter, um die herum sich die bleichen Gestalten der Bandrui[3] zu schaffen machten. Nie zuvor hatte der Wald von Eliande so viele Menschen gesehen, Ritter, Bogenschützen und Fußsoldaten, die, schwer verwundet und von unzähligen Hieben gezeichnet, ihr Blut auf dem geweihten Boden vergossen. Die Überlebenden hielten sich in Gruppen zusammen, vermutlich zutiefst verängstigt vom Gesäusel der Elfen ringsum, in der undurchdringlichen Finsternis. Sie schwiegen, eng aneinander gedrängt wie Kinder, mit gesenkten Köpfen und schwer atmend, jeder für sich hilflos dem Schrecken dessen ausgeliefert, was sie gerade durchlebt hatten. Blodeuwez ging zwischen ihnen hindurch, so bleich, dass einige wohl ein Gespenst vorbeigehen zu sehen meinten, und ihr Herz krampfte sich bei jedem Schritt ein wenig stärker zusammen. Die Angst und die Verzweiflung, die sie ausstrahlten, war förmlich mit Händen zu greifen. Manche weinten still vor sich hin, andere sprachen ganz leise, wie zu sich selbst (oder vielleicht war das auch das, was die Mönche als Gebete bezeichneten), und einige schliefen sogar, hingesunken aufs Moos, wie Tote. Wohin Blodeuwez' Blick auch fiel, sie sah nur Besiegte, gebrochene Männer, nichts, was noch an eine Armee gemahnt hätte.[3]

3 Druidinnen

102

Da ließ ihr plötzlich eine entsetzliche Vision das Blut in den Adern gefrieren. All diese Liegenden, all die Furcht und das Leiden verliehen dem heiligen Wald den Anstrich des Sidh, der Anderswelt, wo die Seelen der Verstorbenen wohnten. Selbst die bleichen Schatten der Bandrui weckten Assoziationen an die Banshees aus den alten Legenden.[4] Es war ein unerträgliches Bild, doch die Elfen glaubten an Traumbilder, und sie sah sich daher suchend nach jemandem um, mit dem sie darüber sprechen könnte, so wie der Brauch es wollte. Da war jedoch niemand. Abgesehen von den Druidinnen aus dem Wald war nicht ein Elf, Druide, Dichter oder Krieger zu sehen, so als hätte sich das gesamte Volk von Eliande zurückgezogen, weit weg von den Menschen, und sie und die Heilerinnen mit dieser erbärmlichen Armee hier alleine gelassen.

Von Angst gepackt, hielt sie inne, und ihr Blick blieb an einem blutjungen Soldaten haften, der mit dem Rücken an einer Esche lehnte, ein Stück abseits der anderen. Er war unbehelmt und trug noch die Überreste eines Waffenrocks am Leib, der so tief aufgeschlitzt war, dass sogar sein wattiertes Ledergambeson zertrennt war und den Blick auf seine Haut freigab. Der Junge zuckte zusammen, als sie die Teile seines Gewandes entfernte, doch er ließ es sich gefallen. Er war so ermattet, dass er nicht einmal beruhigt werden musste. Drei parallele Risse zeichneten den zerfetzten Stoff und das Leder, vermutlich von den Klauen eines Wolfes, doch die Haut war unversehrt.

»Es ist alles gut«, sagte sie. »Dir fehlt nichts ...«

Sie strich ihm sanft über die Wange und war schon im Begriff, sich zu erheben, als das Kind sich an ihr festklammerte.

»Lasst mich nicht allein! Edle Dame, ich bitte Euch, lasst mich nicht allein!«

---

4 Um die Banshees, wörtlich »Frauen vom Feenhügel«, ranken sich eine Reihe von Legenden. Sie können mit ihrem Wehklagen einen bevorstehenden Tod oder Verderben ankündigen, aber auch den Verstorbenen in die Unterwelt begleiten sowie Ungeborene beschützen [Anm. d. Übs.].

Er krallte sich an ihre Beine und hielt sie so fest umschlungen, dass Blodeuwez um ein Haar das Gleichgewicht verloren hätte. Es gelang ihr mit Mühe, sich loszumachen. Sie setzte sich neben ihn, und sofort warf er sich ihr in die Arme. Die Elfen kannten diese Hingabe nicht, dieses Kontaktbedürfnis, das für die Menschen so charakteristisch war. Fühlten die Menschen sich derart allein, dass sie diesen ausgeprägten Drang hatten, umarmt zu werden? Dieser hier zählte kaum mehr als zehn Jahre und wirkte bereits so groß wie etliche erwachsene Elfen; doch kein Elf seines Alters hätte eine solche Verzweiflung zeigen können. Wie war es nur möglich, dass diese Rasse so stark und so zerbrechlich zugleich war?

»Es ist überstanden«, raunte sie ihm ins Ohr. »Die Dämonen sind zurückgedrängt, und die Königin ist unter uns. Sie werden nicht wiederkommen ...«

Sie lächelte, ergriffen von ihren eigenen Worten. Es stimmte, Lliane war da, irgendwo, und sie selbst war ihr gefolgt, wie all die anderen, die sämtlich demselben Impuls gehorchend ihre sichere Zuflucht auf Avalon verlassen hatten, ohne dass sie sich abgesprochen hätten.

Blodeuwez rechnete nicht damit, dass der Junge antworten würde, und beim Klang seiner Stimme fuhr sie unmerklich zusammen.

»Nichts kann sie aufhalten«, bemerkte er. »Wir waren eine ganze Armee, vielleicht zwei- oder dreitausend Soldaten, aber so etwas habe ich noch nie gesehen ... Sie haben bei Nacht angegriffen. Mit einem Mal waren sie überall und heulten. Flammen loderten auf, das ganze Lager brannte lichterloh ... Messire Hugues bildete die Vorhut mit beinahe all den übrigen Rittern. Ich sollte auf sein Lastpferd und das Gepäck Acht geben, doch ich habe alles verloren ... Ich hatte Angst, versteht Ihr? Es waren Wölfe dabei, und einer meiner Brüder ist von den Wölfen gefressen worden, bei mir zu Hause, im Dorf, in dem Winter, als die große Hungersnot herrschte ... Also bin ich geflohen ... Und ich habe alles verloren.«

104

Blodeuwez musste ein Lächeln unterdrücken, doch die Verzweiflung des jungen Knappen war, auch wenn sie in Anbetracht des Blutbads, das er überlebt hatte, lächerlich erscheinen mochte, durchaus real. Der Verlust des Pferdes, von etwas Proviant und ein paar Mänteln degradierten ihn zum feigen, ehrlosen Versager, der gegenüber seinem Herrn eidbrüchig geworden war, seines Vertrauens unwürdig, und diese Aussicht schmetterte ihn nieder.

»Vielleicht ist er ja gar nicht mehr am Leben, dein Messire Hugues?«, meinte sie.

Das Kind wandte sich zu ihr um und starrte sie im Halbdämmer der aufkommenden Morgenröte mit einer Mischung aus Abscheu und Verblüffung an.

»Das kann nicht sein«, stammelte es. »Ritter können nicht einfach so sterben! Das wäre ... Das wäre zu schrecklich.«

Blodeuwez lächelte, strich ihm liebevoll über die Wange und legte ihn behutsam am Fuß des Baumes nieder.

»Natürlich«, sagte sie. »Ritter können nicht sterben ... Schlaf jetzt, ruh dich aus.«

Zaudernd zog ein blasser, grauer Tag herauf, der die nächtlichen Schatten zerdehnte, und die von dem fahlen Licht munter gewordenen Menschen standen nun auf und wagten sich einige Schritte von ihrem Schlafplatz fort, fast als schämten sie sich, einander so nahe gewesen zu sein. Sie waren ein gutes Stück von der Elfe entfernt, durch das wirr wuchernde Unterholz von ihr getrennt, und sahen vermutlich nicht genug, um sie zu bemerken, doch Blodeuwez floh, mit einem Mal von panischer Angst überwältigt, die sich bei jedem Schritt noch steigerte, und hier und da stoben genau wie sie selbst die Bandrui mit den letzten nächtlichen Dunstschleiern davon und ließen den Wald mit der besiegten Horde wilder Krieger hinter sich zurück. Sie rannte, so schnell sie konnte, zunächst ziellos, dann zu ihrer Hütte, wo sie sich Zuflucht suchend wie ein Kind an den riesenhaften Körper Léo de Grands hindrückte.

»Du bist zurückgekommen ...«

Die Elfe antwortete nicht, schmiegte sich aber noch enger an den Fremden hin. Durch die geflochtenen Zweige ihrer Behausung drang ein schwacher Lichtschimmer, genug, dass er verschwommen ihr blondes Haar erkennen konnte – eine ausgesprochene Seltenheit bei dem Volk der Wälder. Vielleicht veranlasste ihn dies zu der Annahme, er habe es mit einer Frau zu tun, oder vielleicht hatte es in seinen Augen auch gar keine Bedeutung. Blodeuwez wehrte sich nicht, als seine schweren Hände ihre Beine hinaufglitten und ihr Moirégewand bis zu ihrer zerbrechlichen Taille hochschoben. Und sie war diejenige, die sich rittlings auf ihn setzte und sich auf seinem mächtigen Oberkörper abstützte.

Am Waldesrand waren die Elfen nicht mehr von dem Dorngestrüpp und dem Niederwald aus jungen Schösslingen zu unterscheiden. Reglos wie Baumstrünke standen sie dort zu Tausenden, Hohe Elfen aus Brocéliande, Grüne Elfen aus den Wäldern und Ebenen, junge und alte, Männer und Frauen, Krieger, Druiden und das Volk des Waldes, womit die drei Ordnungen der elfischen Gesellschaft vertreten waren – und sie verhielten sich so vollkommen still, über Meilen verteilt, in einer dichten Reihe zwei Schritt vom Saum des Waldes entfernt, dass selbst die Vögel ihre Anwesenheit vergaßen. Auch Lliane war unter ihnen.

Bei Tagesanbruch hatte ein Geruch von Asche und Rauch die Luft erfüllt, und die ersten Morgenstunden über hing ein zäher Nebel über der Ebene. Dann lösten sich die Dunstschwaden allmählich auf, und es war kein Zweifel mehr möglich: Die Dämonen waren immer noch da.

Die Horden Dessen-der-keinen-Namen-haben-darf hatten sich zurückgezogen und befanden sich nun außer Reichweite der Pfeile, in so weiter Ferne, dass sie nur noch eine düstere, wogende Linie bildeten, die den gesamten Horizont verdunkelte, gespickt mit blutroten, im Wind killenden Bannern. Ihre

Zahl überstieg wahrhaftig das Vorstellungsvermögen. Die Armeen, die man für immer geschlagen zu haben meinte, hatten sich neu formiert, und diese ganzen abscheulichen Heerscharen von Orks und Trollen, Leichen fressenden Ghouls und Faunen, verstärkt von allem, was die Lande von Logres an Söldnern, abtrünnigen Elfen, überlebenden Zwergen vom Schwarzen Berg und kleineren Völkern beherbergten, drängten sich dort wie brodelndes Magma. Von Zeit zu Zeit lösten sich Wolfsrudel aus der Menge und schossen in Richtung Wald los, wie von einem plötzlichen Furor gepackt. Einige kamen nahe genug heran, um den Geruch der Elfen zu erschnuppern, und zogen gierig die Lefzen hoch, mit gesträubtem Fell und wutbebendem Brustkorb. Doch die Elfen rührten sich nicht.

Meuten von Hundemenschen, die die Zwerge Kobolde nannten und deren einziger Daseinszweck es war, den Aasgeiern ihre Nahrung streitig zu machen, sprangen wie von Sinnen vor den Truppen herum, stießen schrille Kläfflaute aus, die über die ganze Wiese hallten, und hielten mit ihrem irren Tollen eine Art Raserei vor den dichten und disziplinierten Reihen der Goblins im Gange, der einzigen Truppe in dieser ganzen Horde, die etwas von einer Armee an sich hatte. Von Zeit zu Zeit – bisweilen in einem Abstand von einigen Minuten, bisweilen nach einer Stunde oder mehr – huben die Dämonen an, auf ihre bronzenen Schilde einzudreschen, *bumm, bumm, bumm* … in einem trägen, marternden Rhythmus, und sie rückten gegen den Waldsaum vor, während sie bei jedem Tritt mit den Füßen auf den Boden stampften, immer lauter, bis der Widerhall ihres hämmernden Schlagens und Trampelns zu einem ohrenbetäubenden Getöse anschwoll. Auf diese Weise marschierten sie einige Zoll, mit einer nervenaufreibenden Langsamkeit, Schritt auf Schritt, untermalt von dem gleichmäßigen Dröhnen der Klingen auf den Schildern, und blieben dann wieder unvermittelt stehen, wodurch eine noch Furcht erregendere Stille eintrat; und so ging es den ganzen Tag über, während sie stetig näher kamen.

So verharrten die Elfen von der Morgendämmerung bis zum Einbruch der Nacht reglos und schweigend, ohne zu essen, zu trinken oder zu reden – sie sprachen nicht eine Silbe. Nach und nach hatten sich ihnen Reisige angeschlossen, und zur Stunde kauerten mehrere Dutzend neben die Elfen hingeduckt, um voll Entsetzen diese Myriaden zu beobachten, die da vor dem Wald verteilt waren.

Als bereits schwarze Nachtwolken den Himmel verdunkelten, preschte eine Gruppe Kavalleristen zwischen die geordneten Reihen der Goblins, und wer nicht rasch genug auswich, wurde einfach von ihren Hufen zermalmt. Hinter ihnen fuhr, gezogen von einem langen Ochsengespann, ein riesiger Karren von der Größe eines Bauernhofes bis an die vorderste Linie der Truppen vor, auf dem eine gigantische Figur befestigt war. Es handelte sich um einen Riesen aus Holz und geflochtenem Stroh, der einem titanischen Käfig in Menschengestalt glich. Seine Gliedmaßen und sein grotesker Rumpf waren so breit und so hoch wie der Hauptturm einer Burg. Unter den Überlebenden des königlichen Heers gab es nur wenige, die begriffen, was da nahte, doch die Veteranen aus dem Zehnjährigen Krieg begannen vor Verzweiflung zu stöhnen, und die Jüngeren erschauerten vor Entsetzen, als sie deren verzerrte Gesichter sahen. Selbst die Elfen brachen ihr langes Schweigen, und ein erschrockenes Gemurmel erhob sich vom Waldrand her. Ein Name begann von Mund zu Mund zu gehen, bei dessen bloßer Erwähnung eine Woge der Angst ihre Reihen überflutete: *wicker nith*, der Weidenriese.

Eine lähmende Stille hatte sich auf die große Ebene herabgesenkt, welche bald schon vom entfernten Echo verzweifelter Schreie gestört wurde, die die Elfen und die Reisigen vor Grauen lähmte. Die Monster eilten aufgeregt zu Füßen des hölzernen Hünen hin und her, ein ungeordnetes Durcheinander, dessen Sinn und Zweck sie aus der Entfernung schwer ausmachen konnten. Doch dann wurden Leitern an seinen Beinen aufgestellt, an seinen Armen, am Körper, und sie waren bald beladen mit ganzen Trauben menschlicher Wesen. Unter den entgeisterten Blicken all derer, die am Waldrand versammelt waren, erklommen sie die Sprossen, angetrieben von den Lanzenstichen der Dämonen, die um den unteren Teil des Hünen versammelt waren, und stürzten sich einer nach dem anderen in den hölzernen Käfig. Das Schreckenerregendste war ihre Passivität. Natürlich brüllten die Unglücklichen vor Angst, als begriffen sie durchaus das grausame Los, das sie erwartete, doch kein Einziger von ihnen machte auch nur die geringsten Anstalten, sich zu verteidigen oder zu fliehen. Ihre Körper gehorchten ihnen, wahrscheinlich auf Grund irgendeiner List Dessen-der-keinen-Namen-haben-darf, nicht mehr länger. Auch einige Elfen befanden sich unter ihnen, vermutlich Jäger, die außerhalb des großen Waldes überrascht worden waren, doch die Mehrzahl waren Menschen: Soldaten, die noch die Farben des Königs oder auch der Herzogin Helled trugen, Bauern, Frauen und Kinder, die im Herzogtum von Sorgalles gefangen genommen worden waren. Ein schauriges Konzert markerschütternden Geheuls war zu hören, während sie einer auf den anderen fielen, auf diese Weise Gliedmaßen und Rumpf des Riesen füllten und diejenigen zerquetschten, die am Grund lagen. Und als der Letzte von ihnen in dem Gefängnis aus Weidenruten gelandet war, schlossen die Monster die Luken, um daraufhin zu den Füßen des Giganten einen Berg aus Reisigbündeln und Strohballen aufzuhäufen, den sie unter irren Freudenschreien in Brand steckten.[5]

5 Dieses grässliche Opfer hat es in den keltischen Gesellschaften wirklich gegeben. Es wird von Julius Caesar in seinem Kommentar zum Gallischen Krieg (VI, 16, 4) erwähnt. Er beschreibt dort, dass einige Stämme riesige Gebilde aus miteinander verflochtenen Zweigen errichteten, die sie mit lebenden Wesen füllten. Diese Gebilde seien in Brand gesteckt worden und die Menschen in einem Flammenmeer gestorben. Ähnliches schildert Strabon, der von einem Riesen aus Stroh und Holz berichtet, in den die Erbauer Vieh hineinwarfen, wilde Tiere aller Rassen und menschliche Wesen. Dann hätten sie das Ganze angezündet, gleichsam als Opfergabe. (Geographica, IV, 4, 5)

109

Keiner von denen, die diesem widerwärtigen Schauspiel beiwohnten, würde jemals das Schreckensgeheul und die Schmerzensschreie der Gefangenen vergessen können, die bei diesem entsetzlichen Ereignis bei lebendigem Leibe verbrannten, ebenso wenig wie den Schein der Flammen, der den Himmel bis weit hinauf erhellte, oder das Freudengejohle des Dämonenheers, das diesen makabren Scheiterhaufen mit Kriegsgesängen und wahnsinnigem Gebaren bejubelte.

Einige der Elfen entkamen, indem sie sich mit zugehaltenen Ohren in den Schutz des Waldes flüchteten. Andere pressten sich auf den Boden und vergruben ihr Gesicht in der Erde, um nichts mehr zu sehen und zu hören. Die Angst breitete sich in jedem von ihnen wie ein Gift aus, um ihren Körper und ihre Seele für immer zu zeichnen. Selbst Lliane fühlte sich bis ins Mark erstarren, und Tränen liefen ihr über die Wangen, ohne dass sie es überhaupt merkte. Vor allem die Schreie waren unerträglich. Diejenigen, die ganz zuletzt in dieses schauderhafte, glühende Gefängnis geworfen worden waren, flehten, man möge sie verschonen, und mühten sich verzweifelt, durch das Flechtwerk aus Zweigen zu entschlüpfen, doch sie schürften sich nur blutig bei dem Versuch, den Flammen zu entrinnen, während die Unglücklichen weiter unten sich unter den Höllenqualen krümmten. Ein solcher Horror war nicht auszuhalten. Man musste …

»Das Grauen ist ihre Waffe. Die Verbreitung von Furcht ihre Stärke …«

Lliane riss sich brüsk los von dem Arm, der sie festhielt, doch als sie den alten Gwydion erkannte, beruhigte sie sich. Sie hatte bereits Orcomhiela aus seiner Hülle gezogen, die Dämonengeißel, ihren sagenumwobenen Dolch, und wäre vermutlich Hals über Kopf zum Angriff übergegangen, um auf diese Weise das gesamte Volk aus den Wäldern in einen sicheren Tod mitzureißen, wenn er sie nicht aufgehalten hätte.

Der alte Druide ergriff ihre Hand, dann nahm er mit der anderen die des jungen Lleu LLaw Gyffes, seines Lehrlings, der wiederum einer jungen elfischen Kriegerin mit schreckgeweitetem Blick die andere Hand reichte. Und so entstand eine riesige Kette entlang des Waldrains. Dann schloss Gwydion die Augen, um das ›Teinm laeda‹ zu vollziehen, und stimmte nach dem rituellen Kauen des Baummarks den ›Gesang der Erleuchtung‹ an, eine der mächtigsten druidischen Beschwörungsformeln, worauf alle mit ihm in das Lied des Sidh einfielen, um den Seelen der Gemarterten zum Frieden zu verhelfen.

Komm mit mir
Ins phantastische Land der Musik.
Dort gleicht das Haar der Blütenkrone der Schlüsselblume;
Und der glatte Körper besitzt die Farbe von Schnee.
Dort ist uns nichts mehr zu Eigen,
Die Zähne sind weiß und die Brauen schwarz;
Eine Augenweide sind die Myriaden,
Jede Wange hat die Farbe von Fingerhut,
Die Hälse sind vom Purpur des Goldlacks;
Von einem wunderbaren Land erzähl ich dir hier.
Die Jugend weicht nicht vor dem Alter.
Lauwarme Flüsse durchströmen das Land,
Aus Met und den erlesensten Weinen.
Schön und makellos ist das Dasein in jenen Gefilden:
Man empfängt ohne Sünde noch Fehltritt.
Wir sehen jeden, überall,
Und keiner vermag uns zu sehen.[6]

Sie sangen so bis zum Einbruch der Nacht, bis der Riese aus Weidenruten schon längst in einem Meer aus Flammen zu Asche zerfallen war. Und als nur noch Glut übrig war, die einen unheilvollen Schein auf den finster gewordenen Himmel warf, trat das Heer der Dämonen den Rückzug an und ließ einzig die schauerlichen Spuren seiner bestialischen Tat zurück.

6 Mythologischer irischer Text, vom Autor zitiert nach F. Le Roux und C.-J. Guyonvarc'h

VII

»Eine einzige Erde ...«

Sie saß am Rande des Wassers, das Kinn in die Hände gestützt, und war so tief in Gedanken versunken, dass sie Myrrdin scheinbar nicht kommen hörte.

»Du träumst, kleines Blatt«, murmelte er.

Doch Morgane zuckte nicht etwa zusammen, ja, sie drehte sich nicht einmal nach ihm um. Falls er geglaubt hatte, sie zu überraschen, so war dies misslungen ...

»Nein«, sagte sie. »Ich dachte an dich ... Und das hatte nichts von einem Traum.«

»Vielen Dank ...«

»Ich fragte mich, ob auch ich einen derartigen Lärm verursache beim Gehen, da wir immerhin derselben Rasse angehören.«

Der Kindmann schmunzelte, dann zog er schicksalsergeben die Brauen hoch und ließ sich neben ihr nieder, allerdings ein Stück weiter vom Ufer entfernt, um seine Beinlinge nicht nass zu machen.

»Die Menschen behaupten aber, dass man mich niemals kommen höre und auch nie wisse, wo ich mich gerade aufhalte ...«

»Dann müssen die Menschen taub sein. Ich werde das künftig zu bedenken haben ...«

Das kleine Mädchen sah schelmisch zu ihm hinüber, das Gesicht eingerahmt von leicht gewelltem, kastanienbraunem Haar. Ihre grünen Augen funkelten im Sonnenschein wie Sma-

112

ragde und stachen scharf von ihrem bleichen Teint ab. Abgesehen von dieser eigentümlichen Augenfarbe, ihrer übernatürlichen Blässe und ihren spitz zulaufenden Ohren, die sie nach Belieben ausrichten konnte, ähnelte sie mehr einem menschlichen Wesen als einer Elfe. Eher Uther als Lliane ...

»Myrrdin, ich möchte, dass du mir all deine Zaubertricks beibringst«, bat sie mit einem betörenden Lächeln.

»Meine Zaubertricks? ... Nun bist du es aber, die wie ein Mensch spricht, Morgane. Es gibt keine Magie, weißt du. Was du als Zaubertricks bezeichnest, ist reine Augenwischerei, und für die Menschen reicht das vollkommen. Doch die Kunde von Bäumen, Wind und Steinen bedeutet eine unermessliche Macht, die auch du dir noch aneignen wirst, wenn du groß bist.«

»Aber ich bin groß.«

Myrrdin betrachtete sie erneut. Sie war binnen weniger Wochen noch weiter in die Höhe geschossen und hatte nun bereits beinahe ihre endgültige Gestalt. Zumindest in diesem Punkt waren sie verschieden. Trotz seines Alters – und er war bedeutend älter, als selbst seine nächsten Freunde vermutet hätten – hatte Merlin nach wie vor die Statur und das Gesicht eines Kindes.

»Nun gut, wenn du wirklich schon groß bist, dann werde ich dich einen Zaubertrick lehren ...«

Er wühlte in seiner Tasche nach einer Münze, und als er keine fand, holte er einen kleinen weißen Kiesel aus dem Wasser, flach wie ein Taler.

»Schau ...«

Er schwenkte den Stein vor Morganes Augen herum, hob die linke Hand und schnalzte mit den Fingern. Als sie ihre Aufmerksamkeit wieder seiner Rechten zuwandte, war der Kiesel verschwunden.

»Magie!«, erklärte Merlin.

Er hielt ihr die geöffnete Handfläche hin, und der kleine weiße Kiesel hatte sich in einen schwarzen verwandelt.

»Wie machst du das?«

»Warte ...«

Er streckte die Hand nach ihr aus, strich ihr durchs Haar und über den Nacken, um daraufhin den kleinen weißen Stein herauszuholen, den er ihr nicht ohne einen gewissen Stolz unter die Nase hielt.

»Siehst du? Er war gar nicht weit. Deine Mutter hat mir diesen Trick beigebracht. Übe, Morgane. Wenn du ihn beherrschst, lehre ich dich den Rest ...«

Das kleine Mädchen packte den Stein, den er ihr reichte, und schleuderte ihn in den See.

»Warum nennst du mich Morgane? Mein Name ist Rhiannon, weil ich die Tochter der Königin bin!«

»Doch du bist auch Muirgen, die Meergeborene, da du Tochter eines Menschenmannes bist!«

»Und du, du bist der Sohn eines Teufels!«

»Ja, das ist es, was die Mönche erzählen ... Doch Teufel gibt es nicht, außer in ihrer Einbildung ... Daran musst du dich gewöhnen. Die Menschen werden sich vor dir fürchten, Morgane. Sie werden dich wie eine Hexe behandeln, den Blick abwenden und dir aus dem Wege gehen. Selbst die Elfen ...«

Myrrdin hielt inne, denn auf einmal hatte ihn eine Woge der Traurigkeit überkommen, und das Herz war ihm schwer. Daher breitete er die Arme aus, und Morgane warf sich hinein, um sich eng an ihn zu schmiegen.

»Wir sind dazu bestimmt, allein zu leben«, murmelte er. »So steht es in den Runen geschrieben ... Doch die Zeiten ändern sich, und eines Tages werden die vier Stämme von Dana nur noch einen einzigen bilden. Das ist mein ganzer Wunsch ... Bran ... Du kennst Bran nicht, oder? Das ist kein Versäumnis. Er ist kleiner als du und viermal so dick. Und obendrein auch noch ein richtiger Widerling ... Aber er ist trotzdem mein Freund. Das ungehobeltste und zugleich treueste Geschöpf, das ich kenne. Er hat mir vor einiger Zeit etwas gesagt, das mir sehr zu denken gegeben hat. Es werden kaum noch Kinder

114

geboren bei den Zwergen, seit sie ihren Talisman nicht mehr haben. Begreifst du, was das bedeutet?«

»Dass es bald keine Zwerge mehr geben wird, und das ist nur gut so«, erwiderte Morgane. »Blodeuwez hat mir jede Menge scheußliche Geschichten über die Zwerge erzählt.«

»So einfach ist das nicht ... Die Königreiche unter den Bergen verschwinden, doch die Menschen finden allmählich Gefallen am Gold und beginnen, Stollen zu graben. Und dann gab es da verschiedenen Orts diese merkwürdigen Geburten. Menschenbabys, die das Aussehen und die Größe von Zwergen hatten ... Ich glaube, dass die Menschen den Zwergen ähnlich werden und dass die zwei Stämme zu einem verschmelzen.«

»Wegen des Talismans?«

Beeindruckt starrte Merlin das kleine Mädchen an.

»Genau das ist der Grund. Und gegenwärtig wollen die Menschen die Welt ohnehin beherrschen, alle anderen Völker unterwerfen und ihnen ihren alleinigen Gott aufzwingen, ihr Gesetz, ihre Art zu leben. ›Eine einzige Erde, ein einziges Volk, ein einziger Gott‹, sagen sie ... «

»Man muss sie daran hindern!«

»Meinst du?«

Der Kindmann schob Morgane sachte von sich fort und stand auf. Ohne sich darum zu kümmern, ob sie ihm folgte, entfernte er sich vom Ufer und verschwand zwischen den hohen Gräsern von Avalon.

»Dennoch bin ich zur Hälfte Mensch, und du auch ... Wie sieht der Weg aus, Morgane? Du, die du laut den Runen des alten Gwydion eines Tages über ein neues Volk herrschen wirst, das weder aus Menschen noch aus Elfen besteht, kannst du mir verraten, wie der Weg aussieht? Auf der einen Seite der Krieg ... Der Krieg, ja, ein endloser Krieg gegen die Dämonen, dann gegen die Menschen; die werden Excalibur niemals freiwillig hergeben. Der Krieg, um die Königreiche unter den Bergen neu aufzubauen und zu versuchen, das Gleichgewicht einer Welt wiederherzustellen, die es vielleicht schon gar nicht mehr gibt. Das ist natürlich die Variante, die sich auf den ersten Blick aufdrängt, doch ich sehe dabei so viele Tote, dass es mich schaudert ... Und in wessen Namen wird all das geschehen, hm? Im Namen der Göttin? Doch die Zwerge haben sich bereits seit langem von ihr abgewandt ...«

»Aus eben dem Grund sind sie auch besiegt worden«, stieß Morgane hervor, doch Myrrdin hörte nicht zu ...

»Die Dämonen gehorchen nur noch Dem-der-keinen-Namen-haben-darf, und ich bezweifle, dass sie den Göttern dafür danken, dass sie sie mit nichts als Hass und Angst gesegnet haben. Was die Menschen anlangt, so glauben die meisten von ihnen nicht mehr an Dana und auch an keinen der alten Götter. Sie glauben an ein einziges Wesen, einen Gott mit Menschengesicht, der ihnen ähnlich ist und ihnen ein irdisches Paradies verspricht ...«

»Das ist doch lächerlich!«

»Genau das habe ich auch gedacht ... Aber deine Mutter hat seine Macht gestern Abend zu spüren bekommen ... Als die Dämonen Brocéliande angegriffen haben, war sie der Pendragon, Uther war in ihr, und gemeinsam waren sie einem Gott ebenbürtig, stärker als die ganze Welt. Und dann hat eine unwiderstehliche Kraft sie, ohne dass sie es wollten, getrennt ... Auseinander gerissen, ja, das wäre das treffende Wort. Und nun sind sie einander ferner, als es je zwei Liebende waren; das macht mir Angst ...«

Er drang tiefer in das hohe Gras der heiligen Insel vor und sprach plötzlich zu sich allein, denn Morgane war stehen geblieben und sah mit tränenverschleiertem Blick zu, wie er sich entfernte.

»Und so sieht die andere Variante aus«, fuhr Myrrdin fort, der gar nicht bemerkte, dass sie ihm nicht mehr folgte. »Eines Tages wird ein einziges Volk alle vier Talismane in Händen halten. Und es wird schließlich Frieden dort herrschen, Harmonie, denn ein einziges Volk kann sich nicht selbst den Krieg erklären, nicht wahr? Die Menschen wissen es noch nicht, aber sie haben sich bereits geändert. Der Geist der Zwerge steckt in ihnen ... Sie glauben, sie sind siegreich als Menschen, und dabei sind sie zu einer anderen Rasse geworden, die vielleicht bald ebenso viel Zwergenhaftes wie Menschliches an sich hat. Ich sehe eine Welt, in der die vier Talismane an einem Ort versammelt sind, in der ein einziges Volk die Erde bevölkert, weder ein Volk von Menschen noch von Elfen noch Zwergen oder Monstern, sondern alles zugleich ... Ein Volk, das ebenso hochmütig und ebenso stur ist wie die Menschen, mächtig und grausam wie die Dämonen, fleißig, aber goldgierig wie die Zwerge und die Anmut und Frostigkeit der Elfen besitzt ... Sämtliche Fehler und sämtliche Qualitäten von jedem der vier Tuatha Dê Dannan[1] ... Und du wirst ihre Königin sein, genau wie Gwydion es prophezeit hat.«

Er drehte sich nach Morgane um, konnte sie nicht entdecken und verzichtete darauf, sie zu suchen, völlig in den Bann geschlagen von seiner Vision. »Eine einzige Erde, ein einziges Volk, ein einziger Gott ...« Das von der Kirche der Mönche verkündete Kredo erhielt auf diese Weise eine neue Bedeutung, die vermutlich ziemlich weit von ihrer anfänglichen Vorstellung entfernt war, aber mit einem Mal so offensichtlich schien, dass sich Merlin, zum ersten Mal in seinem Leben, von Freude überwältigt fühlte und zu lachen begann, offen heraus und aus vollem Halse. Und von einer plötzlichen Eingebung getrieben, begann er, in Richtung Ufer zu laufen, zu der Barke, die ihn zu Lliane bringen würde.

Im Herzen des Waldes waren die Bäume so hoch, dass ihr Blätterdach das Unterholz in ein bedrückendes Halbdunkel tauchte, besonders wenn die Sonne sich nicht zeigte. Eben dort waren die mächtigsten Eichen des Königreichs von Eliande ge-

---

1 Die vier Stämme der Göttin Dana

wachsen, von denen viele schon mehrere hundert Jahre alt waren und stolz in der Mitte einer Lichtung aufragten, die sie mit ihrem ausladenden Geäst überschatteten, so dass um sie herum die jungen Eichen- oder Kastanienschösslinge nicht über die Höhe eines Jungwaldes hinaus gediehen. Diese Bäume waren hart wie Eisen, hoch wie die Berge der Zwerge, und ihre Laubkronen formten eine gigantische Kuppel, unter der ganze Familien Unterschlupf finden konnten. Die Elfen verehrten sie ebenso wie die Götter, kamen, um mit ihnen zu reden, und schmückten sie mit Blumenketten, als Dankopfer dafür, dass die Bäume sie schützten. Einige hatten mehrere Klafter über dem Boden Hütten in ihre Zweige hineingebaut und ernährten sich wie die wilden Schweine von ihren Eicheln. Eben dort lag auch, eingebettet in das jahrhundertealte Dunkel des alten Hochwaldes, der Hain aus den sieben Bäumen versteckt: *quert*, der Apfelbaum, der von allen am meisten verehrt wurde, Symbol der Unsterblichkeit; *beth*, die höchst edle Birke, mit der das keltische Jahr begann; *saille*, die Weide, Baum der Weisheit; *coll*, der Haselnussstrauch, dessen Ruten den Druiden als Stäbe dienten; *tinne*, die Stechpalme, die sich beim jährlichen Beltaine-Fest einen Kampf mit der Eiche lieferte; *duir*, der älteste Baum, und *fearn*, die Erle mit dem blutroten Kern, die alleine die vier Elemente – Erde, Luft, Feuer und Wasser – symbolisierte ... Im Herzen des heiligen Haines hatten die Elfen ihren Talisman verborgen, den Kessel von Dagda, dessen Anblick nur wenigen Lebewesen beschieden gewesen war und aus dem eine noch kleinere Zahl hatte trinken dürfen.

Auf einer Lichtung um eine der gewaltigen Eichen herum hatten sich die Elfen zu Tausenden versammelt und saßen auf der Erde, Männer und Frauen, Greise und Kinder, um dem Rat beizuwohnen. Wahrscheinlich waren sämtliche Elfen aus dem Land Eliande anwesend, außer denen, die am Rande des Waldes zusammen mit der Hand voll Soldaten des Königs, welche das Massaker überlebt hatten, Wache hielten und aufpassten, dass sich keiner von ihnen dem Hain näherte. Jeder hier konnte das Wort ergreifen, ungeachtet des Alters und des gesellschaftlichen Ranges (was erklärt, warum sich die Ratsversammlung der Elfen bisweilen über Tage hinziehen konnte), und Entscheidungen bedurften einer eindeutigen Mehrheit. Am zahlreichsten waren die Aes Dana vertreten – die Künstler, wie die Elfen ihre Handwerker, Jäger und Sammler nannten, deren Arbeit das Leben aller sicherte. Jene waren selten aus dem Schatten der Bäume herausgekommen und hatten es nicht gelernt, sich zu schlagen (wenn auch alle Elfen einen Bogen zu gebrauchen wussten). Die Feuersbrunst am Waldsaum und das plötzliche Auftauchen der Dämonen hatten sie in Angst und Schrecken versetzt, als drohe ihre Welt auf einen Schlag einzustürzen, was womöglich tatsächlich der Fall war.

Weniger zahlreich und in Gruppen in der Menge zerstreut, bewaffnet mit Bogen und Dolchen, teilweise mit silbernen Kettenhemden geschützt, die geschmeidig wie Leder und hart wie Eisen waren und für die sie selbst von den Zwergen beneidet wurden, waren die Krieger vertreten, die zweite Untergruppe der elfischen Gemeinschaften, die Flaith genannt wurden. In noch geringerer Zahl, zu erkennen an ihren roten Gewändern in der Farbe Dagdas, waren die Angehörigen der dritten Sorte elfischer Clans erschienen: die Dru Wid, Baumkundige, Priester oder Ärzte, Wahrsager oder Barden, die sich um den alten Gwydion herum geschart hatten und den innersten Kreis um den Baumstamm bildeten.

König Llandon saß in einiger Entfernung, auf seinen Blindenstock gestützt, auf einem Baumstumpf, umringt von einem bewaffneten Trupp und mehreren Druiden, und lauschte aufmerksam dem säuselnden Klang der Unterhaltungen überall um sich herum. Und alle hielten nach Lliane Ausschau, die endlich aus dem Wald zurückkehrt war, doch sie war nirgends zu sehen.

Als die letzten zu spät Gekommenen mehr schlecht als recht auf der überfüllten Lichtung Platz nahmen und der Tag sich bereits seinem Ende zuneigte, ebenso grau, fahl und feucht, wie er begonnen hatte, erhob sich eine blutjunge Banfile[2] aus dem Kreis der Druiden und stimmte einen weiteren › Gesang der Erleuchtung‹ an:

Bin eine Tochter der Poesie,
Poesie, Tochter des Gedankens,
Gedanke, Tochter der geistigen Versenkung,
Geistige Versenkung, Tochter der Gelehrsamkeit,
Streben nach Erkenntnis, Tochter des großen Wissens,
Großes Wissen, Tochter der höheren Einsicht,
Höhere Einsicht, Tochter des umfassenden Verständnisses,
Umfassendes Verständnis, Tochter der Weisheit,
Weisheit, Tochter der drei Götter Danas.

Auf die letzten Verse der jungen Elfe folgte vollkommene Stille, dann war die bewegte Stimme des alten Gwydion in der Dämmerung zu vernehmen.

»Volk der Bäume, höre meine Worte! Große Umwälzungen erschüttern die Welt, und die Runen bleiben stumm! Verleumdung und Verrat haben die Stämme der Göttin gegeneinander aufgehetzt, und ein weiteres Mal hat der Unnennbare die Schwarzen Lande verlassen, um Verzweiflung über die ganze Welt zu bringen. Das Volk unter dem Schwarzen Berg wurde besiegt, das Schwert von Nudd ist in den Händen der Menschen, und, ihres Talismans beraubt, sind die Zwerge zum Untergang verurteilt ...«

Stimmengewirr erhob sich, aus dem hier und da ein Lachen heraustach, das der alte Druide geflissentlich überhörte.

»Heute sind es die Menschen, die – durch ihr eigenes Verschulden – von der Katastrophe bedroht sind. Sie haben sich von der Göttin abgewandt, verehren einen neuen Gott und sind blind für ihre unvorstellbare Selbstgefälligkeit. Der Rat, Volk der Bäume, ist versammelt, um eine einzige Frage zu klä-

2 Dichterin

ren, doch die Entscheidung, die wir treffen, wird schwer wiegende Folgen haben, wie sie auch immer ausfällt! Es geht um Folgendes: Sollen wir uns ein weiteres Mal auf die Seite der Menschen stellen, uns mit ihnen verbünden, um Den-der-keinen-Namen-haben-darf zu bezwingen, oder sollen wir uns, auf die Gefahr hin, dass die Welt für immer aus dem Lot gerät, aus diesem Krieg heraushalten?«

Ein Hustenanfall setzte der langen Rede des alten Elfen ein trauriges Ende, und jene, die unmittelbar in seiner Nähe standen, sahen seinen jungen Ollamh, Lleu Llaw Gyffes, zu ihm hinstürzen, um ihm zu helfen. Gwydion war wahrlich ziemlich alt. Der Winter, der sich diesmal so vorzeitig ankündigte, könnte der letzte sein, den er durchzustehen hatte ...

Erneut trat eine ausgedehnte Stille ein, die nur vom vorwitzigen Zwitschern der Vögel hoch oben in den Zweigen durchbrochen wurde. Dann schwoll das dumpfe Gemurmel der leisen Wortwechsel immer weiter an, bis die Unterhaltung ihr Tirilieren übertönte.

»Ich sage, dass den Menschen nur das widerfährt, was sie verdient haben!«, rief auf einmal einer mit lauter Stimme.

Llandon erhob sich, auf seinen Stock gestützt, so dass ein jeder ihn sehen konnte. Ungeachtet seiner leeren Augenhöhlen, die noch die grausigen Spuren des Schicksalsschlages trugen, der ihm die Augen herausgebrannt hatte, war der König der Hohen Elfen nach wie vor eine stattliche Erscheinung. Seine schwerste Verletzung war nicht auf seinem Gesicht zu lesen ...

»Gwydion hat von Verrat und Verleumdung gesprochen, und er hat viel Wahres gesagt«, erklärte er. »Der Machthunger der Menschen, ihr törichter Wunsch, über die Welt zu herrschen, der uns ins Chaos gestürzt hat, die Raserei und die Verblendung! Wie blind ich damals war, als ich neben König Pellehun und dem Herzog von Gorlois saß, ohne etwas von ihren Machenschaften zu ahnen, viel blinder als jetzt. Jetzt sehe ich klar. Nichts wird die Menschen je wieder zur Weisheit der Götter hinführen. Das Schwert von Nudd, das sie Excalibur nennen, versetzt sie in einen regelrechten Machtrausch, und sie machen sich auf der ganzen Welt breit, pflügen die Erde um und fackeln die Bäume nieder, in weit größerem Ausmaß, als dies die Ungeheuer des Schwarzen Herrn je getan haben! Als ich ein Kind war, erstreckte sich der Wald unendlich weit, und schaut nur, was sie daraus gemacht haben!«

Llandon wies mit dem Finger in Richtung der untergehenden Sonne.

»Weniger als drei Meilen von hier beginnt die Ebene«, fuhr er fort. »Unser Reich ist nur noch eine Insel, umschlossen von kahler Fläche, und man muss bis in die Marken und die Lande der Barbaren gehen, um wieder einen Wald zu sehen, der dieses Namens würdig ist. Überall fällen die Menschen in einem fort Bäume, mit Äxten und Sägen, für nichts und wieder nichts, um sich zu wärmen, um den Boden zu bebauen, sagen sie, als böte die Erde nicht Raum genug für alle!«

Ein Beifallssturm erhob sich unter den Elfen. Keiner hätte bestreiten können, was sie seit so vielen Jahren mit eigenen Augen gesehen hatten.

»Ich bin während des Zehnjährigen Krieges in die Schlacht gezogen, mit euch und mit ihnen. Zehn Jahre unendlichen Leidens, um die Dämonen in die Schwarzen Lande zurückzudrängen. Zehn Jahre, in denen Tausende von uns ihr Leben gelassen haben. Und was ist heute noch davon übrig? Einzig wir, Volk der Bäume, Hohe Elfen von Brocéliande. Die Grünen Elfen bilden gar keinen Clan mehr, sondern bestehen nur noch aus versprengten Gruppen, die in irgendwelchen Gestrüppansammlungen leben, die den Namen Wald gar nicht verdienen. Die Elfen aus den Sümpfen sind zu wilden Tieren mutiert, König Rassul ist tot, ihr Clan existiert nicht mehr. Das also ist es, was wir erreicht haben! Und das ist das, was uns erwartet, wenn wir Eliande verlassen! Hier kommt keiner an uns heran, weder Menschen noch Dämonen. Seht nur, wie leicht es war, sie zum Rückzug zu zwingen. Sie werden es niemals wagen, in den Wald vorzudringen, und falls doch, so werden wir sie erneut abwehren, wie gestern, denn das Einzige, was augenblicklich zählt, ist, das Land von Eliande zu retten, durch die Kraft der Bäume und die Magie der Königin!«

Lliane, die gegen die Rinde einer gigantischen Eiche gelehnt stand, zuckte zusammen, als sie sich so unvermittelt von dem angesprochen hörte, der einst ihr Gemahl gewesen war. Sie reckte den Hals, um ihn zu sehen, aber Llandon hatte sich wieder auf seinen Baumstumpf gesetzt, überschüttet von Beifallsbekundungen, in die sich Hurrarufe mischten, die niemand anderem als ihr selbst galten. Mit einem raschen Blick streifte die Königin die kleine Gruppe seiner Begleiter, die teilweise im Halbschatten des Baumes verborgen standen. Als ihre Blicke sich begegneten, wandte Dorian wie immer für einen kurzen Moment die Augen ab, bevor er sich wieder fasste. Hinter ihm die kleine Schar seiner Getreuen, Kevin, der Bogenschütze, Hamlin, der Minnesänger, Lilian, der Jongleur, und sogar Till, der Spurensucher, ein Grüner Elf von geringem Wuchs, dessen weißer Falke sich auf die unteren Zweige der Eiche gesetzt hatte. Der geschwächte Gwydion wurde noch immer von diesem jungen Wilden gestützt, den er zu seinem Ollamh gemacht hatte und der ihr einen schneidenden Blick zuwarf, dessen Bedeutung sie nicht verstand. Myrrdin, der sein übliches Lächeln zur Schau trug, stand, den Blick in unbestimmte Ferne gerichtet, an einen Baumstamm gelehnt, in seinem dunkelblauen Gewand, das kaum von der schwarzen Rinde zu unterscheiden war, so dass sein Gesicht frei im Raum zu schweben schien. Und neben ihm schließlich, wie immer von seinen zwei Ratgebern begleitet, das Wesen, das am wenigsten in diese Versammlung passte und dessen Anwesenheit unter dem Wald an sich schon ein Sakrileg war. Einem plötzlichen Entschluss folgend, ging sie zu ihm hinüber, packte ihn am Arm und riss ihn trotz seines Widerstandes von seinen Gefährten fort, um ihn mitten ins Licht zu zerren, bis in das Zentrum des von den Elfen gebildeten Kreises.

Auf Grund seiner geringen Größe und weil zahlreiche Elfen

aufgesprungen waren, sobald sie ihn erblickt hatten, bedurfte
es einer gewissen Zeit, bis jeder begriffen hatte, was vor sich
ging. Die Königin war da. Sie würde sprechen. Und es befand
sich jemand an ihrer Seite. Klein, so rund wie ein Fass. Ein Zwerg,
bärtig und mit flammend rotem Haar wie Herbstlaub. Bran.

Als die Elfen begriffen, dass ein Zwerg, und obendrein noch
ein Prinz, es gewagt hatte, in den ältesten Teil des Hochwaldes
von Brocéliande vorzudringen, lief eine Woge mörderischen
Zorns durch die Anwesenden, die so heftig war, dass selbst Lliane in dem Gedränge angerempelt wurde. Sie erhob ihre
Stimme, bis sie den Tumult übertönte.

»Aeghwylc aelf seon mid ar gorr aetheling! Hael hlystan!«

Sie wichen zurück, verblüfft und kleinlaut, so dass um die
Königin und den zu Boden geworfenen Zwerg, der halb bewusstlos war von den Schlägen, ein freier Platz entstand.

»Schande über euch, die ihr das Gesetz der Gastfreund-
schaft missachtet!«, brüllte sie in gebieterischem Ton. »Prinz
Bran und sein Gefolge sind von Gwydion und meinem Bruder,
dem Prinzen Dorian, hierher geführt worden! Behandelt ihn
mit Respekt, und dass sich fortan keiner mehr unterstehe, die
Hand gegen ihn zu erheben!«

»Schenkt der Königin Gehör!«, ertönte die Stimme des alten
Druiden hinter ihr. »Setzt euch, alle!«

Da zogen sich die Elfen zurück, schlugen die Augen nieder,
nach wie vor schäumend vor Entrüstung, doch sie wagten es
nicht länger, gegen ihre Herrscherin aufzubegehren.

»Zahmes Volk der Bäume, leiht mir euer Ohr«, hob sie an.
»Prinz Bran ist der letzte Regent in den Königreichen unter
dem Berg. Genau wie wir hat er unter der Selbstgefälligkeit der
Menschen zu leiden gehabt, und das ist der Grund dafür, dass
wir ihn im Wald aufgenommen haben. Welches Unrecht uns
die Zwerge in der Vergangenheit auch immer angetan haben
mögen, diesen Krieg haben sie nicht gewollt, und sie sind seine
ersten Opfer. Im Namen des Zwerges Credne, der nach der
Schlacht von Mag Tured den silbernen Arm des Gottes Nudd

geschmiedet hat, verschließt euer Herz nicht vor seinen Worten ...«

Bran war der Sprache der Elfen nicht mächtig und hatte nicht eine Silbe von dem verstanden, was sie da gesprochen hatten. Er hatte sich erhoben, verstört, Bart und Haare zerzaust, mit wütender Miene. Plötzlich waren alle Blicke auf ihn geheftet, und sie waren wahrlich nicht besonders freundlich, so dass sie ihm eher bedeuteten, diese albtraumhafte Versammlung Hals über Kopf zu fliehen, als sich auf das Abenteuer einer Rede einzulassen, wo er doch ohnehin Mühe hatte, drei zusammenhängende Worte ohne einen Fluch dazwischen herauszubringen. Kein Zwerg, der etwas auf sich hielt, war je so behandelt worden, gerempelt und beschimpft, ohne den Affront durch Axthiebe zu vergelten. Vermutlich würde er dabei sein Leben lassen, doch wäre dies nicht ein schöner Tod, ein würdevoller Heldentod wie in den alten Legenden, wenn er hier im Herzen ihres vermaledeiten Waldes der Überzahl seiner Gegner unterläge? Bran lächelte traurig und schüttelte den Kopf. Wenn er nicht das Wort ergriffe, gäbe es bald keine Seele mehr, die den alten Legenden lauschen könnte ...

»Ich will eure Hilfe nicht!«, erklärte er und reckte das Kinn. »Ich will sie nicht, und ich bin auch nicht gekommen, um darum zu bitten, zum Teufel noch mal! Mir ist euer Lachen vorhin nicht entgangen, als euer alter Hexenmeister unseren Untergang prophezeit hat. Mag sein, dass es in der künftigen Welt keine Zwerge mehr gibt, aber freut euch nicht zu früh. In jener Welt wird es auch keine Elfen mehr geben, keinen Wald, kein Gebirge, nichts mehr, was das Leben dort lebenswert machen würde! Ihr seid kaum besser als die Menschen, feige Meute, die ihr da hinter euren Bäumen lauert! Was meint ihr denn? Dass man euch nicht sieht?«

Wieder bebten die versammelten Elfen vor Zorn. Die vordersten Reihen trieben sie, geschoben von der nachdrückenden Menge, so sehr in die Enge, dass Bran, um sich zu befreien, auf einen Baumstrunk sprang.

125

»Ich bitte euch nicht um Hilfe!«, brüllte er erneut. »Ich werde allein losziehen, wenn es sein muss, doch ich werde das Schwert wiederbekommen, auf dass das Volk unter dem Berg bis in alle Ewigkeit fortbestehe!«

»Nun gut, ich hingegen erbitte eure Hilfe!«, sagte Lliane. »Wenn wir nicht einschreiten, wenn Prinz Bran nicht das Schwert von Nudd zurückgegeben wird, wird die Welt für immer aus dem Gleichgewicht geraten, und wir selbst, Volk der Bäume, werden mit ins Chaos gerissen und dem Vergessen preisgegeben.«

»Aber die Menschen sind es doch, die das Schwert haben, und zugleich bittet man uns, ausgerechnet die Menschen zu unterstützen!«, stieß ein Elf am anderen Ende der Lichtung hervor.

»Das ist das einzige Mittel, um die völlige Katastrophe zu verhindern«, erwiderte die Königin. »Wenn die Menschen besiegt sind, wird es uns vielleicht gelingen, unseren Wald zu verteidigen, doch wir werden es niemals schaffen, die Dämonen aus dem Königreich von Logres zu vertreiben. Was auch immer aus den Talismanen wird, wir werden nie wieder in Frieden leben. Wenn wir uns hingegen zusammenschließen, um Den-der-keinen-Namen-haben-darf zu besiegen, werden wir die Menschen zwingen können, das Schwert zurückzugeben!«

Eine kleine Elfe, die allenfalls fünf oder sechs Jahre alt war (und folglich bereits ihre endgültige Größe erreicht hatte), erhob sich neben ihr.

»Du bittest uns, Uther zur Seite zu stehen, weil du ihn liebst«, sagte sie. »Mein Vater hat sich mit ihm geschlagen, als er Pendragon war, und er ist tot. Und ich habe jede Menge Freundinnen, deren Väter gefallen sind. Uther hatte geschworen, dass er das Schwert zurückgibt, und er hat es nicht getan. Ich selbst habe nie einen Menschen gesehen, aber ich glaube nicht, dass sie ehrlich sind!«

Bei den schlichten Worten des kleinen Mädchens hatte sich Llianes Kehle zusammengeschnürt, so dass sie nicht zu antworten vermochte. Im dämmrigen Abendlicht erschien ihr dessen zarte, gerade und schmale Gestalt, die da aufrecht im stummen Kreise des Volks von Eliande stand, als schlimmster aller Vorwürfe. Es war, als habe sich Rhiannon, ihre eigene Tochter, gegen sie erhoben, die als Bastard auf immer Opfer der unsinnigen Liebe ihrer Eltern war. Und das beipflichtende Schweigen der Elfen ringsum verlieh diesen so einfachen und wahren Worten ein noch viel stärkeres Gewicht, ja sogar etwas Bedrückendes. Jeder von ihnen hatte unter dem feindlichen Einfall des Pendragons liebe Wesen verloren, für das gleiche Kriegsziel, für das sie heute eintraten. Das, was man seinerzeit für einen Sieg gehalten hatte, war nichts anderes als ein vorübergehender Erfolg gewesen, und sie würden fast von vorne beginnen müssen. In diesem Moment hasste sie Uther für seine Unbeständigkeit, sie hasste Igraine, die Mönche und alle Menschen für ihre sinnlose Machtgier, die ihr heute die Klagen ihres Volkes einbrachte. Und was hätte sie anderes tun können, als ihnen Recht zu geben?

»Ich meinte, richtig zu handeln«, murmelte sie mit gebrochener Stimme, so schwach, dass keiner es hörte.

Myrrdin, der reglos im Schatten des Laubwerks stand, begann, ganz leise zu weinen. Die anderen blickten verstohlen zu ihm hinüber, besorgt und verlegen über seine Tränen. Die Elfen weinten nur, wenn sie Schmerzen hatten, körperliche Schmerzen, und keiner verstand, was ihm solchen Schmerz bereiten mochte. Lliane, die sich unter dem Blick ihres Volkes so aufrecht wie möglich hielt, kehrte unter das Blätterdach zurück, sah die Tränen des jungen Druiden und verspürte eine Beklemmung, ein bedrückendes Gefühl, das ihr fast den Atem nahm. Sie empfand nicht etwa Zorn, auch keine Müdigkeit, sondern ein neues, grauenvolles Gefühl, das sie völlig beherrschte, von dem sich ihr die Kehle zusammenschnürte und ihre Augen brannten. Und als Myrrdin sie so sah, den Tränen nahe wie eine Menschenfrau, fasste er sie sanft bei der Schulter und zog sie von der Lichtung fort.

Als sie sich, gefolgt von Bran und den Zwergen, die sie bis dorthin begleitet hatten, entfernten, stieg der Nebel auf, und die Elfen packte die Angst. Der Dunst war nicht von dieser Welt. Allein die Götter vermochten ihn über die Erdoberfläche zu breiten und Bäume, Gewässer und Lebewesen mit einem einheitlichen undurchsichtigen und eisigen Schleier zu überziehen. Dies war ein Zeichen, das keiner ignorieren konnte. Da sprang Dorian, aus Furcht, der Reif könne ihn für immer von seiner Schwester trennen, auf und rannte hinter ihr her. Kevin, der wie üblich nichts sagte und sich auch nie hetzte, hob seinen Bogen auf und folgte ihm, ohne diejenigen, die blieben, auch nur eines Blickes zu würdigen. Vermutlich zauderten sie alle, denn die Traurigkeit der Königin schlug ihnen schwer aufs Gemüt. Einige erhoben sich, doch Arme hielten sie zurück. Es hatte schon genug Tote gegeben ...

Nur Till nahm noch ihre Verfolgung auf.

VIII

Kab-Bag

Es schneite bereits seit einigen Tagen, und allmählich blieben die ersten Flocken auf dem vom Frost gehärteten Boden liegen. So weit das Auge reichte, war die gleiche graugrüne Landschaft zu sehen, die gleichen weiß getupften Hügel, deren Silhouette einzig hier und da von dürrem, verkrüppeltem Gehölz aufgelockert wurde, die gleiche winterliche Trostlosigkeit. Im Osten stiegen allerdings senkrechte blauschwarze Rauchfahnen in den grauen Himmel auf, die direkt aus der Erde zu entweichen schienen und eine bleierne Schicht über der Stadt bildeten. Wie ein Brunnenschacht auf freiem Feld ausgehoben, war die unterirdische Stadt der Gnomen unter gewöhnlichen Umständen schwer auszumachen, doch man hätte blind sein müssen, um in der verschneiten Landschaft eine solche Unzahl von Lagerfeuern zu übersehen. Die Dämonenarmee hatte ihre Winterlager in und um Kab-Bag herum aufgeschlagen und gab sich keinerlei Mühe, sich zu verstecken. Nicht einmal die, sich zu verteidigen, denn sie hatte lediglich eine düstere Schutzwand aus Brombeerranken und Gestrüpp am Rande ihres riesigen Feldlagers errichtet.

Wer hätte schon die Verrücktheit besessen, diese riesige Meute anzugreifen? Die Wölfe, die von ihrem Herrn vom Armeedienst freigestellt worden waren, streiften in Rudeln im Umkreis von Meilen herum, und die Menschen, die das Glück hatten, noch am Leben zu sein, hatten Höfe und Dörfer verlassen, um in den Schutz von Loth zu gelangen – wobei sie häufig ihr Vieh den Krallen und Reißzähnen der Bestien preisgegeben hatten.

Von den Trollen hatten ebenfalls die meisten der Armee den Rücken gekehrt, um sich wieder in die Marken zurückzubegeben, doch die restlichen Kontingente des Dämonenheers, Kobolde, Orks, Ghouls und Oger, waren ebenso wie eine unaufhörlich wachsende Schar von Söldnern aller Art – Straßenräuber, abtrünnige Graue Elfen und Zwerge vom Schwarzen Berg –, zu Tausenden dort geblieben und drängten sich rund um Kab-Bag. Gigantische Feuer waren entzündet worden, die ganze Schichten von Glut verschlangen, über der Rinder, Esel oder Lämmer gebraten wurden – all das, was das einstmals reiche Land an essbarem Fleisch zu bieten hatte.

Die gefrorene Erde hatte sich unter diesem riesigen Flammenherd rasch erwärmt, und das Lager war nur noch ein einziges, Ekel erregendes Schlammfeld, übersät von Unrat und stinkenden Gerippen, über denen finster die Raben schwebten. Sich selbst überlassen, hatten sich die Monster beim Aufschlagen ihrer Winterquartiere um keinerlei Plan geschert, jeder platzierte sein Zelt oder grub sein Schlupfloch, wo es ihm gerade in den Sinn kam, und es kam fortwährend zu irgendwelchen Schlägereien um einen Brocken Fleisch oder einige Ellen trockenen Bodens – selbst noch zu nachtschlafender Stunde. Und doch, je näher man dem gähnenden Loch kam, das da in die Erde gebohrt war, desto mehr wich dieses abstoßende, wüste Durcheinander einer scheinbaren Ordnung.

Die Zwerge von Prinz Rogor hatten eine natürliche Grotte an der Flanke eines Hügels mit Beschlag belegt und bereits damit angefangen, sie weiter auszuhöhlen. Die menschlichen und elfischen Söldner, die sich etwas abseits zusammengefunden hatten, standen auf Posten um ihr Zeltdorf herum und bewachten rund um die Uhr ihr Gold und ihre Verpflegung. Die Goblins schließlich hatten sich in der unmittelbaren Umgebung der unterirdischen Stadt niedergelassen, um ihren schauerlichen

Herrn zu beschützen, und hatten eine hohe Schutzwand aus Palisaden errichtet, um sich vor dem Bodensatz der Armee zu verschanzen. Eine Garde aus mageren, schmutzigen Kriegern, die mit langen, geschwärzten Krummsäbeln bewaffnet waren und bis zu den Füßen reichende Kettenhemden trugen, bildeten an den Haupttoren ein langes Spalier aus gehärtetem Eisen, wenn zu festen Zeiten Sklaven aus den Tiefen der Stadt heraufkamen und ganze Wagenladungen von Speisen, Wein und Pelzen brachten, auf die sich die armen Schlucker stürzten, die in der Nähe untergebracht waren. Jeden Tag nutzten bedauernswerte Karawanen von Flüchtlingen die Gelegenheit und versuchten, aus der umzingelten Stadt zu fliehen: Gnomen, Zwerge, Menschen oder Elfen, Händler oder Dirnen, Goldschmiede, die schier unter der Last ihrer Reichtümer, welche sie zu retten versuchten, zusammenbrachen, Bettler und Krüppel. Einige schafften es, lebendig hinauszugelangen, wobei sie alles bis aufs letzte Hemd zurückließen. Doch der Großteil endete im Schlamm der Feldlager, geschändet, gefoltert, bei lebendigem Leibe verschlungen, den Fangzähnen der Kobolde und ihrer wilden Hunde ausgeliefert.

Nichts, was sich in der unmittelbaren Umgebung von Kab-Bag oder in gleich welcher seiner Höhlen abspielte, blieb seinen Bewohnern lange verborgen, und doch fanden sich Tag für Tag weitere, die dieser Hölle, in die sich die Stadt verwandelt hatte, zu entrinnen trachteten, bisweilen unter dem Einsatz von Gewalt, mit Messer- und Lanzenstichen, bisweilen, indem sie aus vollen Händen mit Gold um sich warfen (was die Hunde nicht im Geringsten beeindruckte), und bisweilen sogar, indem sie Sklaven opferten, die sie den rasenden Monstern nackt vorwarfen, bevor sie einen Fluchtversuch wagten. Selbst wenn die Überlebenschancen noch so gering waren, schien doch alles besser, als in der unterirdischen Stadt auf den sicheren Tod zu warten.

Die Gnomen waren ein Volk von Händlern, opportunistisch und ohne das geringste moralische Empfinden, was ihnen zu einem gewissen Wohlstand verholfen hatte; doch sie waren keine Krieger. Die Wachen des Sheriffs Tarot, die gepanzert waren wie Schildkröten und unter ihren kunterbunt zusammengewürfelten Rüstungsteilen und den viel zu schweren Waffen fast zusammenbrachen, hätten nicht im Traum daran gedacht, den gigantischen Horden Dessen-der-keinen-Namen-haben-darf auch nur den geringsten Widerstand entgegenzusetzen, weder als diese sich über die Ebene verteilt hatten, noch als sie ihre Altstadt besetzt, ihre Läden geplündert, den Inhalt ihrer Schatztruhen an sich gerissen und ihre Wohnungen und Häuser beschlagnahmt hatten. Bereits in gewöhnlichen Zeiten hatte die Gnomenwehr ihre liebe Not, einfache Schlägereien zwischen Betrunkenen zu schlichten. Es war also kein Gedanke daran, zum Kriege gerüsteten Goblins und ihren Heerscharen von Dämonen Paroli zu bieten ... Kaum waren die ersten Wachtposten überwältigt worden, hatten sich die Gnomen in den hintersten Winkel ihrer Schlupflöcher zurückgezogen und in Tausende Verstecke alles beiseite geschafft, was noch zu retten war; dann hatten sie sich darauf vorbereitet, den eindringenden Feind zu empfangen, entschlossen zu zahlen, was fürs Überleben erforderlich war.

So war es schon immer gewesen. Klein, dickbäuchig und wenig stabil mit ihren zu kurzen Beinen, verfügten die Gnomen über keinerlei militärische Schlagkraft, beherrschten keine einzige Kunst, besaßen keinerlei Talent – und alles, womit sie aufwarten konnten, war der Umstand, dass sie nicht einmal für das schwächste Königreich eine Bedrohung darstellten. Streitlustige, aufgeplusterte Winzlinge, die meisten von ihnen dumm und verlogen, hatten sie sich zu Clans zusammengeschlossen, die sie Allianzen nannten, und da sie vom Bauhandwerk nichts verstanden, hatten sie mit der Verbissenheit von wilden Tieren begonnen, den Boden aufzugraben, wobei sie sich, wenn es nötig gewesen wäre, bis zur Mitte der Erde vorgearbeitet hätten. Im ganzen Königreich, von Bag-Mor im Westen bis nach Ha-Bag, Kab-Bag und den Höhlenbauten an der Nordküste, waren die gnomischen Allianzen zu Handelszentren geworden, die den gesamten illegalen Warenverkehr protegierten und die Kleinkrämer aus aller Welt anzogen; darüber hinaus hatten sie bald schon Dieben, Mördern und Hehlern aller Rassen Zuflucht geboten, die dort gänzlich unbehelligt lebten. Die Gnomenwehr paradierte in den kleinen Sträßchen und erhob Steuern auf alles, was auch nur ansatzweise einem Warentisch ähnelte, doch die wahre Macht war sicherlich nicht im Palast ihres Sheriffs angesiedelt. In Kab-Bag führte genau wie andernorts kein anderer als die Gilde, die mächtige Bruderschaft der Diebe und Mörder, das Regiment. Diejenigen, welche die ungeschriebenen Gesetze der Stadt durchschaut hatten, konnten dort florierende Geschäfte betreiben, ein neues Leben beginnen, untertauchen oder ein Vermögen in erdrückend prunkvollen Spielhöllen durchbringen – natürlich unter der Bedingung, ihren Anteil an die Gilde zu bezahlen, die im Gegenzug eine hinlänglich abschreckende Garde aus Söldnern Stellung beziehen ließ. Und die Gnomen, die rastlos wie die Ameisen in ihren unergründlichen Schächten umherwieselten, entfalteten darüber eine unaufhörliche hektische Betriebsamkeit, kauften alles, verkauften noch mehr, Spezereien, Sklaven, Waffen und Pferde, und horteten unnütze Reichtümer in ihren Käffern, die sie niemals verließen.

Kab-Bag war nicht ihre einzige Stadt, doch es war ohne jeden Zweifel die größte – das heißt die tiefste –, die nahezu eine Meile unter die Erdoberfläche hinabreichte – in einem Labyrinth aus Gängen und Tunneln, die rund um einen gigantischen Schacht in der Mitte in die Erde getrieben waren, welcher seinerseits von Brücken und Terrassen durchsetzt war, auf denen sich die prunkvollsten Paläste erhoben. Die Hauptstraße, die verstopft war von schmalen Stegen, Verkaufsständen und Tavernen, zwischen denen sich mit Waren beladene Karawanen hindurchschlängelten, schraubte sich wie eine Spirale in die Unterstadt hinab, bis an jenen Ort, an den nur selten Sonne und frische Luft vordrangen, zu einem Viertel, das so düster war, dass seine Bewohner es Scâth nannten – Schattenreich –, was auch die Bezeichnung für das Reich der Toten war. Eben dort hatte die Gilde ihr Heiligtum errichtet, so tief im stickigen Dunkel eines undurchdringlichen Gassengewirrs versenkt, dass selbst die Dämonen nicht bis dort hinabgestiegen waren.

Keine Mauer, keine Palisadenwand markierte den Eingang zur Schattenstadt. Es gab nur einen Pfosten, einen einfachen Pfahl, in den die Rune von Beorn – ein dreiarmiger Baum – geritzt war und der hinter einer Wegbiegung in die Erde gerammt war. Doch das genügte, um jedermann zum Rückzug zu bewegen, es sei denn, er hätte einen guten Grund, dort hineinzugehen.

Nach dem Tode des Seneschalls und Herzogs Gorlois, des Mannes, der die Gilde der Diebe und Mörder organisiert hatte, um daraus ein Machtinstrument zu machen, war die alte Mahault de Scâth zu ihrem Oberhaupt bestimmt worden. Doch die Folgen des Krieges, der schon seit zwei Jahren im Land von Logres wütete, hatten der Macht der Gilde weit mehr geschadet, als es eine ganze Armee königlicher Bogenschützen vermocht hätte. Es gab nicht mehr so viel Gold, seit die Zwerge ihre Berge zum Einsturz gebracht hatten, und auch keine Transporte mehr quer über die Ebenen, wo man doch jeden Augenblick Gefahr lief, von Elfen, Zwergen oder Gorlois' Männern überfallen zu werden; und es gab niemand mehr, den man hätte umbringen können, da so viele Leute schon von alleine starben.

Mit ihrem Hofstaat aus Eunuchen, Hofschranzen und Mördern in ihrem unterirdischen Palast verkrochen, umfangen von der stickigen Hitze der Glut und dem betäubenden Duft des Weihrauchs, den man dort unablässig verbrannte, um den muffigen Geruch der von der Unterstadt hereinsickernden Abwässer zu übertünchen, hatte Mahault Angst. Sie war so alt, so reich und so hässlich – von geradezu unsäglicher Hässlichkeit, weiß und aufgeschwemmt, fettleibig und mit Pusteln übersät –, dass sie abgesehen von regelmäßigen Mahlzeiten nicht mehr viel vom Leben erwartete. Doch in der unheilvollen Stille, die sich so jäh auf die Stadt herabgesenkt hatte, war der Gestank des Todes bis zu ihr vorgedrungen. In Kab-Bag war es ruhig geworden, seit die Dämonen die Stadt umzingelt hatten, und das gewohnte Stimmengewirr war einer lähmenden Stille gewichen, die nur dann und wann von entsetzlichen Schreien durchbrochen wurde, wenn ein Gnom als Spielzeug für ihre Gräuel herhalten musste. Von ihrem Turm, dem einzigen steinernen Bauwerk des ganzen Viertels, der einen Blick über gänzlich baufällige Hütten bot, die rundum zusammengepfercht standen, blickte sie durch eine dreckverschmierte Dachluke und suchte mit den Augen den unerreichbaren, grauen Himmel hoch oben ab. Und da, in eben jenem Moment, vernahm sie das Signal.

Mahault konnte schon seit langem nicht mehr laufen. Sie war derart fettleibig – ganz zu schweigen von dem Schmuck, den Pelzen und den schweren golddurchwirkten Brokatstoffen, von denen sie mehrere Schichten übereinander trug –, dass ihre Beine sie keinesfalls mehr zu tragen vermochten. Doch der Ruf war so dringlich, dass sie einige Schritte machte, bevor sie zusammenbrach. Vermutlich wäre sie gleich einer riesigen Schnecke weitergekrochen und hätte eine Spur von aus ihren Gewändern herausgerissenen Goldfäden hinterlassen, wenn ihre Diener sie nicht aufgehoben und auf ihren Stuhl gehievt hätten. Von dem Sturz war sie noch eine Weile benommen, immerhin so lange, dass ihre Höflinge um sie zusammenliefen und zutiefst erschütterte Gesichter machten, die durchaus nicht nur geheuchelt waren. Die Furcht hatte sich bis ins Schattenreich ausgebreitet, und dieser ganze erbärmliche Hofstaat aus Mördern und Dirnen klammerte sich verzweifelt an die Hoffnung, dass Mahault mächtig sei, ohne zu begreifen, dass die Gilde gegenüber dem Unnennbaren ein Nichts war. Endlich kam sie wieder zu sich, ein Bild des Jammers mit ihrer herabgerutschten bestickten Haube, die einen kahlen, von vereinzelten flachsblonden Haarsträhnen überzogenen Schädel enthüllte, und sie sah mit vollkommen ausdruckslosem Blick in die Runde.

»Der Meister ruft mich«, sagte sie schlicht.

Auf halber Höhe von Kab-Bag auf eine gigantische Plattform hingebaut, welche zu beiden Seiten des Schachtes von einem Bogenwerk aus Pfeilern getragen wurde, ähnelte der Palast des Sheriffs Tarot der Karikatur einer Burg, die überladen war mit unnützen Türmen, Zinnen und Hurden. Immerhin hatte man von dort einen guten Blick über die Stadt. Zudem war die Luft, die man an diesem Ort atmete, einigermaßen frisch. Binnen weniger Stunden hatte ein Trupp Goblins das Innere verwüstet und eine ausgehöhlte Ruine zurückgelassen, indem sie Vorhänge und Wandbespannungen heruntergerissen, Mauern herausgeschlagen sowie die Decken über eine Höhe von zwei Stockwerken hinweg zum Einsturz gebracht hatten, bis an der Stelle ein hinlänglich großer Saal entstanden war. Dort hatte der Schwarze Herr sein Quartier aufgeschlagen.

Irgendwo in der am Ende des Raumes zusammengepferchten Menschenmenge, hinter zwei reglosen Reihen von Elitesoldaten, stand Tarot zwischen den Trümmern seines Palasts und schluchzte still vor sich. Von seinen Samt- und Seidenstoffen, seinen erlesenen Skulpturen und bestickten Wandbehängen war nur noch ein Haufen Schutt und Asche zurückgeblieben. Der Saal war kahl und düster wie eine Grotte, erhellt von in die Mauer gerammten Fackeln, die einen flackernden Schein auf die Steinplatten warfen. Er, der einst – zumindest nach außen hin – über die reichste gnomische Allianz im Lande von Logres geherrscht hatte, war nun dazu verdammt, eingepfercht wie all die anderen lästigen Bittsteller dort zu warten, dass der Meister ihm Audienz gewährte. Doch zumindest war er am Leben, was in diesen Zeiten zu einem unschätzbaren Luxus geworden war.

Tarot war zu klein, um auch nur hoffen zu dürfen, ihn hinter den Reihen der Goblins zu erspähen, und doch fühlte er die Gegenwart Dessen-der-keinen-Namen-haben-darf. Während er mit Entsetzen Bilanz gezogen hatte, was von seinem Palast noch übrig war, hatte er mit Müh und Not einen von riesigen rot glühenden Kohlenbecken eingerahmten Thron erkennen können, der bewacht wurde von erschreckend großen Dämonen, die völlig unter ihren schwarzen Umhängen verschwanden ... Als er zur Stunde wieder daran dachte, hätte er kaum zu sagen vermocht, ob der Meister bereits da gewesen war, als er hereinkam, oder ob er gewartet hatte, bis sich die Türen – zwei gigantische Flügel, die aus der Hauptausfallspforte seines Palastes herausgebrochen worden waren – geschlossen hatten, um sie mit seiner Anwesenheit zu beehren.

Plötzlich begann einer der Gardisten, ein halb nackter Ork, wie von Sinnen auf eine bronzene Trommel einzuschlagen, bis schließlich der ganze Raum unter einem ohrenbetäubenden Lärm erbebte. Tarot hatte sich Schutz suchend an seine Nachbarn gedrückt, die Hände gegen die Schläfen gepresst, und er bemerkte erst im Nachhinein, dass das Grauen erregende Hämmern ausgesetzt hatte. Ein Offizier in einem langen roten Umhang bellte seine Befehle in der kehligen und abgehackten Sprache der Schwarzen Lande, dann wiederholte er sie in allgemein verständlichen Worten.

»Auf die Knie vor dem Herrn, Gebieter über die Marken und die Fernen Lande, König von Gorre und dem Ifern Yên[1], Herrscher im Namen von Lug, dem Leuchtenden, Lug mit der langen Hand, Lug Grianainech, Samildanach, Lug Lamfada[2], mächtig kraft der Lanze und des Feuers!«

Während seine Nachbarn gehorsam niederknieten, nutzte Tarot die Gelegenheit, um sich mit den Ellbogen einen Weg zu bahnen, und schaffte es, sich unauffällig in die erste Reihe vor-

1 »Kalte Hölle«
2 Lug mit »dem Sonnengesicht«, »vielfältig begabter Künstler«, »mit der langen Lanze« – Namen, die dem Gott in der keltischen Überlieferung gegeben wurden.

zuschieben, wo er zwischen zwei Gardisten ein menschlich aussehendes Wesen erblickte, schwarz gekleidet und blass wie ein Elf. Sein langes pechschwarzes Haar reichte ihm bis zur Mitte des Oberkörpers hinab und war zu langen Zöpfen geflochten, die sich auf seinem dunklen Harnisch ringelten. Der Mensch (denn es schien sich wahrhaftig um einen Menschen zu handeln) grüßte den Herrn ehrerbietig, dann bewegte er sich langsam nach vorne und trug dabei eine funkelnde goldene Lanze vor sich her, deren Metall im Schmelzen begriffen schien. Und hinter ihm wurde eine unendliche Prozession von Kindern aller Rassen sichtbar, die ihm mit gesenkten Häuptern folgten.

»Ehre dem Prinzen Maheloas!«, brüllte der Würdenträger. »Ehre der Lanze!«

Der Gnom war geblendet und vermochte den Blick nicht von dieser rötlich glühenden Spitze zu lösen, ebenso wenig wie von dem reglosen Wesen, das mit ausgestrecktem Arm das hielt, was nur der vierte Talisman, die Lanze von Lug, sein konnte, die so lebhaft funkelte, dass sie an einen Sonnenstrahl gemahnte. Dies war ein sagenumwobener Gegenstand, gleichbedeutend mit dem Kessel der Elfen, dem Stein von Fal oder dem Schwert Excalibur, das den Zwergen geraubt worden war. Und kein Gnom, nicht einmal ein Prinz oder ein Sheriff, war im Stande, sich der bewegenden Wirkung eines solchen Wunders zu verschließen ...

Schauderhafte Schreie rissen ihn jäh aus seiner Faszination. Orks hatten sich unvermittelt auf die Kinder gestürzt und zerrten sie trotz ihrer herzzerreißenden Rufe über einen Kessel. Dort wurde den Unglücklichen mit einem Säbelstreich der Bauch aufgeschlitzt, und sie wurden an Armen und Beinen gehalten, bis sie ihr ganzes Blut verloren hatten. Tarot schloss die Augen und hielt sich die Ohren zu, starr vor Entsetzen. Einer seiner Nachbarn übergab sich auf ihn, ohne dass er es überhaupt bemerkte, er selbst war der Ohnmacht nahe, so unerbittlich zog sich die fürchterliche Zeremonie in die Länge. Halb

138

bewusstlos, sich windend vor Ekel, sah er kaum, wie Prinz Maheloas die glühende Lanze in den von Blut und Eingeweiden überquellenden Kessel tauchte, gleichgültig gegen die ausgebluteten Leichen um sich herum. Ein schauerliches Zischen ertönte, als das heiße Metall bei der Berührung mit dieser widerwärtigen, breiigen Masse erkaltete; dann hob der Mann den heiligen Talisman der Dämonen in die Höhe und schwenkte die bluttriefende Waffe in hohem Bogen herum.

»Der Durst der Lanze ist gestillt!«, brüllte er. »Im Namen meines Herrn verkünde ich den winterlichen Waffenstillstand!«

Der Rest wurde in ihrer unverständlichen Sprache vorgetragen, während mit der Bronzetrommel erneut ein höllisches Spektakel veranstaltet wurde. Tarot war kaum noch im Stande, sich auf den Beinen zu halten. Sein erdverkrustetes und verschwollenes Kartoffelgesicht war feuerrot angelaufen, und sein gepolsterter Waffenrock schnürte ihm die Luft ab. Der Gestank der Eingeweide und des lauwarmen Blutes, der säuerliche Schweißgeruch der zu Tode verängstigten Wesen, die ihn von allen Seiten einkeilten, die Hitze der Fackeln und der riesigen Kohlenbecken, die vor dem Thron aufgestellt waren, all das verursachte ihm eine solche Übelkeit, dass seine gedrungenen Beine ihn nicht länger trugen und er einzig dank des dichten Gedrängels aufrecht stehen blieb, in dem sie alle eingezwängt waren.

Die Audienz begann jedoch, und sein Name wurde als erster aufgerufen.

Die Sinne vernebelt von dem Gräuel, dem er soeben beigewohnt hatte, hörte Tarot es gar nicht. Ein paar seiner Untergebenen mussten ihn nach vorne schieben, bis er gegen die Gobelinwachen stolperte und daraufhin endlich zur Besinnung kam. Als er schließlich begriff, dass er aufgerufen worden war, wäre er wiederum fast in Ohnmacht gefallen, doch die Gardisten traten zur Seite, packten ihn an seinem Überwurf und schleuderten ihn auf die Bodenplatten wie ein Bündel Schmutzwäsche. Der Gnom erhob sich umgehend wieder, von dieser Behandlung, wie sie allenfalls einem Bettler gebührte, zutiefst in seiner Ehre gekränkt. Seine Entrüstung verlieh ihm – zumindest zeitweilig – neuen Mut, und er wagte sich ein Stück vor.

Reglos wie eine Statue sah Der-der-keinen-Namen-haben-darf zu, wie der Sheriff Schritt für Schritt auf ihn zukam, und ergötzte sich an seiner wachsenden Angst. Kein anderer Herrscher hätte geduldet, dass sich ein Bittsteller so langsam näherte und so viel Zeit vergeudete, um die wenigen Klafter, die sie voneinander trennten, zu überwinden, doch die Monster nährten sich in weit höherem Maße von der Furcht als von Wasser oder Brot, und der Terror war fester Bestandteil ihrer höfischen Etikette. Tarot spürte, wie seine Kräfte mit jedem Schritt schwanden, doch er strebte unvermindert auf den Unnennbaren zu, fasziniert und zitternd zugleich, während er sich im Geiste wieder und wieder die einzige Frage vorsagte, die er stellen wollte. Seine Augen traten beinahe aus ihren Höhlen, und sein Blick wanderte immer wieder von den riesenhaften Wachen zu der hochmütigen Gestalt des Prinzen Maheloas, streifte, ohne dass er es gewagt hätte, diesen anzuschauen, den Thron des Herrn, und blieb schließlich an dem blutbespritzten Kessel und dem scheußlichen Haufen aus den erbärmlichen Opfern ihrer aberwitzigen Riten haften.

»Du bist nahe genug«, erklärte mit einem Mal der Prinz in dem düsteren Harnisch, ohne auch nur den Kopf zu ihm umzuwenden. »Stell deine Frage.«

Mit schweißüberströmtem Gesicht, außer Atem und am Rande einer Ohnmacht hob Tarot den Blick zu dem Schwarzen Herrn. Man sah von ihm einzig den düsteren Umriss seines Samtgewandes, das im Schein der Glut rötlich schimmerte, er hatte eine riesige Kapuze über den Kopf gezogen, reglos, unbewegt wie ein stehendes Gewässer. Allein die langen, grauen Hände waren zu sehen, die an jedem oder fast jedem Finger mit prunkvollen Ringen aller Art geschmückt waren. Doch in

140

diesen Händen pulste keinerlei Leben, nicht das geringste Beben ... Sie waren starr wie die eines Toten ...

»Herr, ich bin hier, da Ihr mich zu Euch gerufen habt«, stammelte er.

»Stell deine Frage!«, zeterte Maheloas.

»Mein Sohn ... «

Der Gnom konnte nicht umhin, ein weiteres Mal zu dem Kessel und den blutleeren Leichen hinüberzuschielen. Es war nun drei Jahre her, dass die Goblins den Palast gestürmt und seinen Erstgeborenen entführt hatten. Dann war ihm eine Nachricht zugekommen, die besagte, man würde ihn ihm gegen gewisse Gefälligkeiten zurückgeben. Er musste gegenwärtig in etwa das Alter der Kinder haben, denen man da gerade die Bäuche aufgeschlitzt hatte ... Er gab jegliche Haltung auf, fing unvermittelt an zu schluchzen und fiel auf die Knie.

»Mein Sohn ... Habt Ihr ihn ... «

»Das also war es?«, lachte der Prinz höhnisch. »Da sei unbesorgt, Sire Tarot. Dein Sohn ist noch immer am Leben.«

»Aber ... diese Kinder hier ... «

»Gab es irgendetwas, was dein Missfallen erregt hat, Gnom?«

»Herr, vergebt mir ... Doch Ihr habt nichts zu befürchten. Wir haben nicht die Waffen gegen Euch erhoben. Ich habe Euch sogar meinen eigenen Palast angeboten. Ihr wisst, dass wir nichts unternehmen werden, was Euch zum Schaden gereichen könnte ... Gebt mir meinen Sohn zurück, ich flehe Euch an.«

Prinz Maheloas ließ sich das erste Mal dazu herab, sich zu ihm umzuwenden. Sein bleiches Gesicht wurde von einem amüsierten Grinsen verzerrt.

»Du hast also nicht die Waffen gegen uns erhoben, was? Wie liebenswürdig von dir ... War das dein ganzes Gesuch, Gnom?«

Tarot schüttelte den Kopf. Neben den riesigen Kohlenbecken rann ihm inzwischen der Schweiß in Bächen herunter. Wie waren sie bloß in der Lage, solch eine Hitze auszuhalten?

»Tritt näher ... «

Der Gnom zuckte unwillkürlich zusammen. Die Stimme des Herrn war nur noch ein Murmeln gewesen, doch sie hatte sich ihm eingeprägt, durchdringend, als habe er ihm gerade etwas ins Ohr geflüstert. Er drehte sich zu Maheloas herum, doch der hatte sich erneut von ihm abgewandt und bot ihm nur ein verächtlich wirkendes Profil.

»Dein Sohn ist am Leben«, zischelte er. »Ich behalte ihn in meiner Obhut, bis du mir einen Dienst erwiesen hast, so wie wir es vereinbart haben ... Doch fürchte dich nicht, er fühlt sich wohl bei uns ... Sieh mich an.«

Sie waren nur noch einige Ellen voneinander entfernt. Die knochige Hand Dessen-der-keinen-Namen-haben-darf bedeutete ihm mit einem Wink weiterzugehen, und als Tarot nahe genug herangekommen war, beugte der Schwarze Herr sich vor, so dass er sein Gesicht im Schein der Glut sehen konnte.

Der Anblick traf den Gnom mit der unerwarteten Wucht eines Peitschenhiebes. Vor lauter Schreck geriet er ins Taumeln, stolperte rückwärts und brach schließlich auf den Steinplatten zusammen. Dieses Gesicht, das war ...

»Du hast mich erkannt«, murmelte die Stimme. »Dann weißt du ja, dass dein Sohn bei mir nichts zu befürchten hat.«

142

IX

Ein neuer Gast in Loth

Die Stadt glich einem riesigen Siechenhaus. Die Verwundeten und Kranken lagen trotz des Schnees bis auf die Straßen hinaus, ja selbst noch in den Ruinen der während der Belagerung niedergebrannten Häuser. Die Kirche und der Palast waren überfüllt, und überall wimmelte es von Soldaten, die sogar die Dachböden mit Beschlag belegten, um sich vor der Kälte zu schützen. Es war, als hätte sich das gesamte Königreich nach Loth geflüchtet. Die Fuhrwerke kamen kaum noch durch, und die Lebensmittel gingen zur Neige. Es war diese riesige Menge gewesen, die die Stadt vor der Katastrophe bewahrt hatte, als die Dämonen angegriffen hatten. Eine Nacht, einen Tag und noch eine weitere Nacht waren die Festungsmauern unter dem wütenden Ansturm der feindlichen Horden erzittert. Die Burggräben quollen über von den zerschmetterten Leibern der Monster, die Wehrmauern troffen von ihrem Blut. Sie verfügten über keinerlei Kriegsmaschinen, weder Ballisten noch Katapulte, nur über ihre Grauen erregende Raserei und ihren blinden Zorn. Und Loth hatte dem standgehalten. Dann war der Winter über die Ebene hereingebrochen, und eines schönen Morgens war die Belagerung zu Ende gegangen, ohne dass irgendwer dabei auch nur das leiseste Gefühl eines Triumphes gehabt hätte.

Nachdem die Dämonen abgezogen waren, hatte es Tage gedauert, bis sich der Erste aus den Burgmauern hinausgewagt hatte, und danach waren etliche weitere Tage ins Land gegangen, bis die gefrorenen Leichen eingesammelt und in gehöriger Entfernung zu einem schauerlichen Berg aufgehäuft worden waren, den man mit Pech, Schwefel und Öl übergoss, bevor man ihn in Brand steckte. Und Wochen verstrichen, bis der Ekel erregende Gestank nach verkohltem Fleisch endgültig vom Wind fortgeweht worden war.

Einige berittene Patrouillen waren in loser Formation nach Norden und Osten ausgeschwärmt, um die Umgebung der Stadt zu erkunden. Keine von ihnen war auf Spuren der Dämonen gestoßen. Es keimte wieder neue Hoffnung, Hoffnung und Selbstgefälligkeit, denn die Menschen meinten, sie hätten die Armee Dessen-der-keinen-Namen-haben-darf ganz alleine besiegt. Doch was sie nicht wussten: Zu dem Zeitpunkt hatten sich bereits die Wölfe über die Ebene verteilt.

Mitten in der Nacht fiel eine ganze Meute an einer Ausfallspforte ein, wo vor Müdigkeit trunkene Soldaten vor sich hin dösten, und verteilte sich dann über die schlafende Stadt. Es kam zu einem entsetzlichen Blutbad, von dem selbst die Kirche nicht ausgenommen war, in der etwa zehn wilde Tiere die Mönche um Mitternacht während des ersten Stundengebets überraschten. Die Stadt erwachte schlagartig von den Entsetzens- oder Todesschreien jener, die ihnen in die Fänge geraten waren. Mit einem Mal schienen sie überall, selbst im Inneren des Palastes, ja sogar in den Gängen, die zu den königlichen Gemächern führten ... Bewaffnete Männer liefen kreuz und quer durch die Stadt und leuchteten noch die kleinsten Winkel der winzigsten Gässchen mit einem Wald von Fackeln aus; in Tränen aufgelöste Frauen kreischten in panischer Angst, und die Wölfe verkrochen sich, um urplötzlich wieder irgendwo herauszuschießen, gleich direkt aus der Hölle emporschnellenden Bestien, und zerfetzten ganze Trupps, bevor sie unter deren Lanzen den Tod fanden. So ging es die ganze Nacht.

Seither war eine Woche verstrichen, doch die Bewohner von Loth wagten es noch immer nicht, nach Einbruch der Dunkel-

144

heit ihre Häuser zu verlassen. Niemand wusste, wie viele Wölfe in die Stadt eingedrungen, niemand wusste, ob sie alle getötet worden waren …

Wie jeden Morgen eilte Uther mit großen Schritten den Wehrgang entlang, in einen Pelzmantel eingemummt. Die eisige Luft und der Schnee, der in dicken Flocken fiel, taten ihm wohl, und so kehrte er erst nach Hause zurück, als seine Stiefel die ersten Risse zeigten und er die Kälte nicht länger auszuhalten vermochte. Die Landschaft rundum, die grau und platt unter dem Winterhimmel lag, bot dem Auge lediglich ein tristes Bild und der Seele nur schwachen Trost, doch alles war besser als die deprimierende Atmosphäre, die im Palast herrschte. Wohin man auch blickte, sah man nichts als Leiden und abgrundtiefe Verzweiflung. Was das Königreich an Kleinadel, freien Bauern und Klerus zählte, war ohne Ausnahme geflohen und hatte alles zurückgelassen, einschließlich der Tiere, der Toten und teilweise auch der Verletzten. Oder noch schlimmer … Manche hatten sich vom Grauen fortreißen lassen und sich selbst in Sicherheit gebracht, ohne sich überhaupt noch einmal umzudrehen, und hatten Frauen und Kinder im Stich gelassen. Sie hielten die Köpfe gesenkt, wagten keinem in die Augen zu sehen. Die Scham gesellte sich zu ihrem Kummer hinzu.

Uther war seit Beginn der Belagerung und der Auflösung des königlichen Heers ohne Nachricht von den großen Seigneurien. Gewiss, dass Sorgalles das Ziel der ersten feindlichen Attacke gewesen war, war einleuchtend – aber auch Lyonesse, Orcanie, Carmelide … Ja, genau, Carmelide … Keiner der Männer, die es geschafft hatten, in die Stadt zu gelangen, hatte ihm sagen können, ob der Herzog Léo de Grand noch am Leben war. Es war, als sei die Armee binnen Sekunden zerschlagen worden, als habe jeder seiner Krieger – Bogenschützen, Schildknappen und Ritter – für sich alleine gekämpft, um seine eigene Haut zu retten, ohne dass die Schlacht zu irgendeinem Moment nach einem geordneten Plan verlaufen wäre. In den Tagen darauf hatten sich etliche Truppen Loth angeschlossen, ebenso ganze Dörfer, die von ihrem Baron und dem Priester angeführt wurden; dennoch gab es in Loth nicht mehr genügend Männer, um einen Feldzug vorzubereiten, endlich diese Mauern hier zu verlassen und die Dämonen auf offener Flur anzugreifen, statt vor Kälte, Hunger und Angst zu vergehen und auf die alles besiegelnde Attacke zu warten. Zumindest waren nicht mehr genug *mutige* Männer vorhanden. Es mangelte an Hoffnung, und die Menschen hatten keine Willenskraft mehr. Lediglich Gestrandete waren noch übrig, die sich an die Trümmer ihres Lebens klammerten und einfach hofften, noch eine Zeit lang auf Erden zu weilen, den Winter zu überstehen.

Eine Bewegung in der Ferne riss Uther jäh aus seinen finsteren Gedanken. Mit klopfendem Herzen stützte er sich auf eine Zinne und lehnte sich halb darüber, um besser zu sehen, doch es gab keinen Zweifel: Ein kleiner Trupp Kavalleristen, die einige Wagen eskortierten, näherte sich der Stadt.

Der König machte einen Satz rückwärts, blickte sich suchend nach einem Wachtposten um und herrschte den ersten, der ihm unter die Augen kam, an, während im selben Moment von einem Eckturm her Hörnerklänge erschallten. Die Turmwächter waren glücklicherweise nicht eingeschlafen. Sie hatten sie ebenfalls erspäht ... Dutzende von Soldaten schossen daraufhin aus jedem Mauererker, verteilten sich auf dem verschneiten Wehrgang und beugten sich ebenso wie er über die Zinnen, um den Zug zu beobachten, der da auf dem erhöhten Fahrweg vorrückte. Als der erste Moment der Besorgnis vorüber war, wurden Freudenschreie unter den Posten laut. Dies war seit Tagen das erste Lebenszeichen außerhalb der Festungsanlage, das ihnen zu sehen beschieden war. Die Ritter waren allerdings nicht zahlreich genug, um eine wie auch immer geartete Verstärkung darzustellen; sie trugen weder Banner noch Oriflamme, nicht einmal Lanzen. Es waren zwei Fuhrwerke dabei, darunter ein seltsames Gespann, dessen Gefährt eher etwas von einer Sänfte auf Rädern als von einem Packwagen an sich hatte, doch es handelte sich um Menschen, daran bestand kein Zweifel; und wenn es ihnen gelungen war durchzukommen, so hieß das vielleicht, dass die Wölfe fort waren ...

Ein Sergeant, dessen Gesicht unter der schneebedeckten Kettenhaube blau vor Kälte war, eilte dienstfertig herbei, und Uther packte ihn freundschaftlich bei den Schultern, da er in ihm einen alten Waffenbruder erkannte (wenn er auch nicht in der Lage gewesen wäre, seinen Namen zu nennen).

»Lauf hinunter zur Barbakane«, sagte er. »Erteil Anweisung, die Zugbrücke herunterzuklappen, sie aber nicht hereinzulassen. Mach schnell ...«

Der Mann rannte Hals über Kopf davon und riskierte, der Länge nach auf dem vereisten Wehrgang hinzuschlagen, während der König sich erneut über die Zinne beugte. Die Reiter waren nur zu zehnt, wenn überhaupt, sie waren warm angezogen, gut bewaffnet und saßen auf kräftigen Rössern, doch es waren weder Soldaten noch Ritter. Direkt vor den Toren der Stadt angelangt, verlangsamten sie ihren Schritt, und einige saßen sogar vom Pferd ab, um ihren erschöpften Reittieren Erleichterung zu verschaffen. Als sie nur noch wenige Klafter von der Barbakane, die das Haupttor schützte, entfernt waren, ritt einer von denen, die im Sattel sitzen geblieben waren, bis auf das Glacis vor und hob die Hand zum Zeichen des Friedens.

»Gewährt uns Asyl, im Namen von Mahault de Scâth! Wir bringen Neuigkeiten für den König!«

Uther schluckte heftig vor Überraschung, dann trat er lächelnd von der Zinne zurück. Mahault ... Mahault de Scâth ... Das letzte Mal, dass sie sich gesehen hatten, war in ihrem Schlupfwinkel gewesen, im Herzen von Kab-Bag. Seither hatte sich so vieles ereignet ... Er hielt an sich, um nicht vor den Augen seiner Männer loszurennen, verließ jedoch den Wehrgang so schnell er konnte, verschwand im Eckturm und stürmte die Treppen bis auf die Höhe des Hofes hinunter, von

147

wo aus er mit einigen Sätzen bei dem Wachtposten an der Zugbrücke war.

Die Männer dort warfen ihm fragende Blicke zu, fiebernd und voller Hoffnung.

»Mir nach«, sagte er.

Noch ein paar Schritte, und er stand draußen, wo ihm erneut der eisige Wind um die Ohren pfiff und das Schneegestöber ihn zum Blinzeln nötigte. Er packte das Pferd des Boten am Zügel und tätschelte seinen Hals. Das arme Tier schien völlig entkräftet, es war trotz des Schnees schweißnass und stand dampfend in der eisigen Frühmorgenluft.

»Steig ab!«, befahl er seinem Reiter. »Man führe dieses Ross in den Stall, reibe es mit einem Strohwisch ab und gebe ihm frühestens in einer Stunde etwas zu trinken, sonst verreckt es!«

Der Mann kam dem Befehl mit aufreizender Langsamkeit nach. Er übergab den Wachen seine Zügel und stand reglos da, um Uther anzustarren. Diese Augen, dieses scheele Lächeln, diese düsteren Ledergewänder, die langen Dolche, die er im Gürtel trug, der Ring an seinem Finger, in den die Rune von Beorn eingeritzt war ... Dieser Mensch war ein gedungener Mörder, ein Mörder der Gilde, dessen einziger – wohlverdienter – Platz am Galgen war. Er gab Uther nur widerwillig den Weg frei, wobei er sich so respektlos wie möglich gebärdete, und der König spürte, wie die Gardisten hinter ihm vor Zorn bebten.

»Wie heißt du denn, hm?«, fragte Uther.

»Guerri ... Guerri le Fol«, antwortete der Mann und reckte hochmütig das Kinn.

»Der kampflustige Narr. Das passt gut zu dir ... Nehmt ihm die Waffen ab, und visitiert ihn gründlich! Keiner dieser Männer betritt diese Stadt bewaffnet!«

Dann ging er zu dem ersten Gefährt weiter, einer geräumigen Sänfte hinter einem Vierergespann aus zwei Deichsel- und zwei Vorderpferden, gelenkt von einem Kutscher, der halb unter einer Schneeschicht verschwand und bis auf die Knochen durchgefroren schien. Uther lief um das Gespann herum und zog den ledernen Vorhang, der den Wagenkasten verschloss, zur Seite. Sogleich schlug ihm ein Schwall heißer, parfumgeschwängerter Luft ins Gesicht. Und keine Sekunde später sprang ein junger, in Seide gehüllter Stutzer mit einem spitzen Schrei auf ihn zu und hielt ihm drohend einen Dolch an die Kehle. Uther wich rasch zur Seite aus, packte das Handgelenk des Angreifers und warf ihn mit einem Ruck in den Schnee. Der Geck fiel kopfüber hinein, und zwar so, dass jedermann sehen konnte, dass er unter seinen Gewändern nichts weiter trug, und rappelte sich mehr schlecht als recht unter den anzüglichen Bemerkungen seiner Kameraden wieder auf.

»Der König persönlich!«, ertönte eine glucksende, schnarrende Stimme irgendwo unter einem Berg von Kissen, Pelzen und Polsterwerk heraus. »Das ist aber eine hohe Ehre für die alte Mahault!«

Und sie tauchte, aufgeschwemmt und weiß, unter einem Wust von Stoff auf.

»Du hast dich nicht verändert, mein Süßer«, flötete sie affektiert. »Immer noch so schön, ja, ja, ja ...«

»Du hast dich ebenfalls nicht verändert, Mahault de Scâth. Abgesehen davon, dass du deinen Turm verlassen hast.«

Die alte Hehlerin schmunzelte, um sich dann fröstelnd in alles einzuwickeln, was sich in Griffweite fand.

»Willst du die alte Mahault dem Kältetod aussetzen, mein süßes Lämmchen? Steig zu mir ein, du wirst mich wärmen, ja, ja.«

Uther lächelte und warf dann einen amüsierten Blick zu dem völlig durchgefrorenen jungen Mann hinüber, der jetzt im Schnee stand und die Füße aneinander rieb, kleinlaut und lächerlich.

»Ich hätte zu viel Angst, dass du einen weiteren deiner Pagen unter dem Kissenberg versteckt hältst«, sagte er. »Wir sprechen uns später, wenn du dich aufgewärmt hast.«

Er zog den Vorhang wieder zu und schnitt damit der plap-

149

pernden Alten das Wort ab, dann klopfte er dem Pferd an der Deichsel auf die Kruppe.

»Lasst sie ein!«

Lliane hatte seit ihrer Rückkehr auf die Insel nicht gesprochen. Nicht ein Wort, außer zu Rhiannon. Dorian, Kevin, Till und Sire Bran waren am Ufer zurückgeblieben, ohne dass Merlin es überhaupt bemerkt hätte, und er allein war der Königin bis in ihr Refugium auf Avalon gefolgt. Während die Barke sich einen Weg durchs Schilf bahnte, hatte er mit ihr reden wollen, doch er hatte nicht die rechten Worte zu finden vermocht. Alles, wozu er schließlich den Mut aufgebracht hatte, war, ihre Hand zu ergreifen. Lliane hatte ihm ein flüchtiges Lächeln geschenkt, dann hatte sie sich abgewandt und war, kaum dass der Nachen das Land berührt hatte, spurlos verschwunden. Seither war er allein.

Jeden Morgen kam er, um sich auf den Felsen zu setzen, den die Königin so liebte, eine ausladende Steinplatte, die die Fluten überragte und hoch genug war, dass man von dort verschwommen die Wipfel der großen Bäume im Wald auf der anderen Seite des Nebels erkennen konnte. Der Winter war nicht wirklich bis zur Insel vorgedrungen, wie immer, doch die Kälte wehte mit den Dunstschwaden, die sich um Avalon herum auflösten, bis zu ihm herüber. Die ruhige Brandung des Sees und das sanfte Wogen des Schilfrohrs beim leisesten Windhauch nährten die Melancholie in seinem Herzen. Es gab jedenfalls niemand, mit dem er hätte sprechen können, und es gab nichts zu tun, außer Kiesel ins Wasser zu werfen und die entstehenden Kreise zu zählen. Die Königin und ihre Tochter hatten sich weit ins Landesinnere zurückgezogen, dorthin, wo einzig das kleine Volk sie aufspüren konnte. Er war ihnen nicht gefolgt. Ja, er hatte nicht einmal versucht, ihnen zu folgen.

Vielleicht würde er eine Ewigkeit lang so sitzen bleiben, während die Welt auf der anderen Seite des Nebels für immer versank. Doch was machte das schon? Die einzigen Wesen, die er wirklich gern hatte, befanden sich hier, auf der Insel. Der Rest waren nur Chaos und Schlachten, Kälte, Leiden, Traurigkeit ... Vielleicht war das der Wille der Götter, da sie diese Welt immerhin so geschaffen hatten – sterblich, vergänglich und flüchtig. Eine Welt, die aus Leben, Liebe, Schönheit, Liedern und Lachen bestand, aber auch aus Hässlichkeit, Geschrei, Tränen und zu guter Letzt dem Tod. Ihm konnte keiner entrinnen. Der Tod holte sie alle irgendwann, Prinzen und Bauern, Reiche und Bettelarme, Einfältige und Gelehrte. Der Tod holte den Zwerg, der seinen unterirdischen Stollen grub, den widerwärtigen Kobold, der den Aasgeruch witterte, den Baum voller Blätter, den Vogel und das Wiesel, die sprudelnde Quelle und die vom Meer gepeitschte Klippe. Früher oder später, sanft oder gewaltsam. Es war lediglich eine Frage der Zeit ...

Das Wasser unter ihm schien ihn zu erwarten. Merlin erhob sich, zog sein Gewand aus, faltete es zusammen und legte seine mageren Habseligkeiten darauf, dann trat er bis zum Rande des Felsens vor. Das wäre es also. Nur noch ein einziger Schritt nach vorn, und das sinnlose Hinauszögern des Unvermeidlichen hätte ein Ende. Zeit sparen. Den Sidh erreichen, endlich Frieden finden in der Anderswelt ... Eine ganze Weile blieb er so nackt in der Brise stehen und betrachtete das teilnahmslose Glitzern der Fluten, während er sich selbst und sein erbärmliches Leben beklagte. Zu lange, um den Schritt noch zu tun. Da gab er es auf, streckte sich auf dem Felsen aus und schloss die Augen.

»Es ist so traurig«, murmelte er.

»Was ist traurig?«

Er erkannte die Stimme Llianes, rührte sich aber nicht, öffnete auch nicht die Augen.

»Es gibt trotz allem Schönheit auf dieser Welt«, sagte er. »Die Sonne, die durchs Blätterwerk scheint, das frische Wasser eines Bachs, Uthers Wein, bei Hofe ... Es gibt deine Augen, so grün wie das Gras, dein Haar und deine Haut. Da sind deine Beine,

die so lang sind, dein Busen unter dem langen Gewand ... Ich
habe dich an dem Tag des Orkans gesehen. Nie habe ich eine
Frau so sehr begehrt, weder eine Elfe noch eine Menschenfrau ...«

Merlin schüttelte lächelnd den Kopf, selbst erstaunt über das,
was er soeben bekannt hatte, doch sein Puls begann zu rasen,
als sie sich zu ihm legte und sich, ohne dass ein Stück Stoff sie
getrennt hätte, an ihn schmiegte.

»Hab keine Angst ...«

Sie war da, so weich und so warm gegen seinen eiskalten
Körper gepresst, und die Brise wehte ihr langes schwarzes Haar
über sie beide wie eine Liebkosung. Er hätte nur seine Hand
heben müssen, um ihre Haut zu berühren ...

»Es stimmt, ich habe Angst vor dir«, sagte er ganz leise. »Die
Männer haben sich schon immer vor dir gefürchtet, weißt du
das? Selbst Llandon fürchtete dich. Ich glaube, dass allein
Uther dich so zu sehen vermocht hat, wie du bist, dass allein
er dich stark genug geliebt hat, um nicht vor deiner Schönheit
zu erschrecken. Aber nun ... Igraine ist bildschön, doch ihre
Schönheit ist eine menschliche, folglich unvollkommen und
daher annehmbar ... Wahrscheinlich hat auch er schließlich
Angst vor dir gehabt.«

Er hielt inne, und sie blieben eine ganze Weile schweigend
dort liegen, umgeben vom Säuseln des Windes.

»Ich müsste diese Welt eigentlich hassen ... Seit ich geboren
bin, errege ich nur Furcht, Verachtung oder Abscheu. Ich weiß,
was man über mich sagt. Ich bin der Sohn eines Teufels, niemand kommt in meine Nähe, ohne ein Unbehagen zu verspüren, ich bin alterslos, gehöre keiner Rasse an, keinem Volk ...
Und doch schnürt sich mir bei der Vorstellung, diese Welt verschwinden zu sehen, die Kehle zusammen, und meine Augen
füllen sich mit Tränen. Ich weine um Bran und seine unsinnigen Beleidigungen, um Uther, der mich zu Boden geworfen
hat, um Rhiannon, die mir nicht ähnlich sein möchte. Ich
weine um dich, Lliane, die mich nicht leiden kann.«

»Du bist zu lange bei den Menschen gewesen«, flüsterte die Elfe ganz dicht an seinem Ohr, zärtlich und warm. »Das, was die Menschen Liebe nennen, ist ein Leiden, eine unmögliche Suche, die Herz und Sinne verblendet. Sie sind nie mit dem gegenwärtigen Moment zufrieden, du bist nicht zufrieden mit der sanften Berührung meiner Hand auf deiner Wange, mit meinem Körper, der gegen deinen geschmiegt liegt, mit der Wonne des Augenblicks, mit der Lust, die gerade aufkeimt ... Lass deine Augen geschlossen, Myrrdin. Keine Tierart, kein Stamm der Göttin kennt die Liebe der Menschen. Die Zärtlichkeit, ja, das wohl, das Verlangen, die Lust und die Trunkenheit, die Zuneigung, aber nicht jene Leidenschaft, die alles zerstört, was sie berührt. Versuch nicht, mich zu lieben. Nimm das, was ich dir gebe, Myrrdin, nicht das, was ich dir nicht bieten kann. Wenn ich Uther nicht geliebt hätte ...«

Sie sprach den Satz nicht zu Ende, sondern presste sich noch ein wenig fester an ihn. Dessen ungeachtet, trotz der Glut ihres Körpers und der weichen Liebkosung ihrer Lippen auf seiner Haut fühlte Merlin, wie das Glück des Augenblicks zwischen ihnen schwand. Da schlug er die Lider auf und wandte sich ihr zu.

»Wenn du Uther nicht geliebt hättest, wäre Rhiannon nicht geboren«, sagte er. »Nicht du bist es, die diese Welt zerstört hat, weder du noch er. Doch vielleicht wird deine Tochter sie retten ...«

Lliane lächelte traurig, dann löste sie sich von ihm und legte sich auf den Rücken, um die Wolken am Himmel zu betrachten.

»Das ist liebenswürdig, aber es hat keinen Sinn ...«

»Wenn es keinen Sinn hat, dann heißt das, die Götter wissen nicht, was sie tun«, erwiderte Merlin in unvermittelt hitzigem Ton. »Entsinnst du dich an die Prophezeiung der Runen? Othial, die Rune des Hauses. ›Byth oferleof aeghwylcum – Das Haus ist jedem im Innersten lieb.‹ Rhiannons Rune stand auf dem Kopf, und du hast geglaubt, das sei ein schlechtes Omen

und sie sei bis in alle Ewigkeit allein, getrennt von den Ihren ...
Das sehe *ich* gar nicht, Lliane. Ich sehe eine Welt, in der es keine
Elfen mehr gibt, ebenso wenig Menschen, Zwerge oder Dämonen, sondern eine einzige Rasse, die den Göttern ebenbürtig ist
und diese nicht mehr braucht. Rhiannon ist weder Elfe noch
Menschenmädchen. Sie ist das, was wir eines Tages alle sein
werden.«

»Sie ist das, was du bereits bist«, bemerkte Lliane. »Ein Wesen ohne Rasse und ohne Volk ... Das sind deine eigenen
Worte ...«

»Und was ist mit dir, welches ist dein Volk?«, platzte Merlin
heraus.

Die Elfe erwiderte nichts. Sie setzte sich hin, schlang die
Arme um ihre Beine, und als sie den Kopf auf die Knie legte,
schirmte der schwarze Schleier ihres Haars sie fast vollständig
gegen die Blicke des Kindmannes ab.

»Verzeih mir«, sagte er leise. »Ich habe dich nicht verletzen
wollen. Wir hatten geglaubt, die Welt sei dazu bestimmt, ewig
zu bestehen, doch genau das ist ein Glaube, der völlig unsinnig
ist. Nichts währt ewig ... Die Welt wandelt sich, ja, aber dies
geschieht, weil die Götter wollen, dass sie sich wandelt. Und
wir sind ihre Werkzeuge, du, ich, Uther, Rhiannon ...«

Sie wandte den Kopf und legte ihre Wange auf ihr Knie.

»Da hätten sie Bessere finden können«, bemerkte sie. »Bald
werden die Dämonen die Welt beherrschen.«

»Die Dämonen gehorchen der Göttin, genau wie wir. Die
Götter wollten, dass sie die Menschen geißeln, und so ist es
geschehen. Nun ist es an uns, sie zu besiegen, damit der Wille
der Götter in Erfüllung geht, all diese Gräuel ein Ende nehmen
und deine Tochter schließlich über ein friedliches Volk regieren kann.«

Lliane lächelte erneut und wandte sich von ihm ab.

»Du bist ein Träumer, Myrrdin ... Du bist mit noch größerer Blindheit geschlagen als Llandon und mit noch größerer
Taubheit als der alte Gwydion. Die Elfen werden nicht in die

154

Schlacht ziehen. Mit wem willst du denn den Unnennbaren bezwingen? Mit Dorian, Kevin und den anderen? Eine Hand voll Elfen gegen ganze Heerscharen von Monstern? Was redest du nur ...«

Merlin rückte näher zu ihr hin, strich die langen Haarsträhnen zur Seite, die ihr Profil verdeckten, und zog sie sanft an sich.

»Nicht die Armeen des Königs haben die Zwerge vernichtet«, murmelte er ganz dicht an ihrem Ohr, während er ihren Duft nach frischem Gras einsog. »Wenn sie heute verschwinden, dann deswegen, weil sie keinen Talisman mehr besitzen. Im Übrigen kann keine Armee, und sei sie noch so stark, ein Volk auslöschen. Schau die Dämonen an ... Es hat zehn Jahre Schlachten und Massaker bedurft, um sie bis hinter die Marken zurückzutreiben. Man glaubte sie vernichtet, und nun kommen sie zurück, noch zahlreicher als damals. Sie werden nicht durch einen neuerlichen Krieg besiegt werden. Wenn wir dagegen ihren Talisman an uns bringen ...«

Lliane sah aus ihren leuchtend grünen Augen zu ihm auf und wusste, dass sie ihn richtig verstanden hatte.

»Ohne Talisman«, bestätigte sie, »vermag kein Volk zu überleben.«

In dem Zimmer ging nicht der kleinste erfrischende Lufthauch. Die Fenster waren mit gewachstem Tuch verkleidet worden, im Kamin brannten riesige Holzscheite auf einer dicken Schicht Glut nieder, und das schwere Parfum Mahaults machte sie ganz benommen, noch mehr als all der Wein, den sie hatten trinken dürfen. Die alte Hehlerin hatte Hunger gehabt, und man hatte ihr dabei zusehen müssen, wie sie trotz der stickigen Hitze im Raum eingehüllt in ihre Pelze und Seidengewänder dasaß und aß, bis alle Speisen vom Tisch verschwunden waren (ein Anblick, der nicht gerade appetitfördernd war). Uther hatte sich eine kurze Zeit amüsiert über den Ekel, mit dem Illtud, der Abt, sie betrachtete, während er leise in sich hineinschimpfte, dass derartige Unmengen von Vorräten mit einer solchen Gefräßigkeit verschlungen wurden, wo doch so viele arme Leute nichts zu beißen hatten. Irgendwann jedoch hatten das kokette Gehabe und die widerlichen Schlürfgeräusche, die ihre Mahlzeit rhythmisch untermalten, schließlich auch die Geduld des jungen Königs überstrapaziert, und als sie dem entgeisterten Mundschenk ein weiteres Mal ihren Humpen hinhielt, griff Uther ein, um die Karaffe zu packen und außer Reichweite abzustellen.

»Wolltest du mit mir reden, oder bist du nur gekommen, um dir den Wanst voll zu schlagen?«

Die alte Frau sah ihn mit missbilligend verzogenem Gesicht an, dann setzte sie bedächtig ihren Zinnkrug ab.

»Zu Zeiten des Herzogs Gorlois wurden die Gäste besser behandelt«, bemerkte sie.

»Ich habe den Herzog nie wirklich ins Herz geschlossen«, bemerkte Uther und lächelte Ulfin verschwörerisch an, »aber ich kann mir kaum vorstellen, dass er auf die Idee gekommen wäre, dich in den Palast einzuladen ...«

»So, meinst du?«

Einen flüchtigen Augenblick blitzte ein listiger Schimmer in Mahaults Augen auf, der ihn zutiefst beunruhigte. Er wusste sehr wohl, in welchem Maße sich König Pellehun und sein Seneschall der Gilde bedient hatten, doch von da bis zu dem Umstand hin, eine ihrer geschwätzigsten Vertreterinnen bei sich zu empfangen, war es trotz allem ein weiter Weg ...

»Diese alte Närrin stiehlt uns nur unsere Zeit«, brummelte Illtud, indem er sich unvermittelt vom Tisch erhob. »Ich habe alle Hände voll zu tun mit den Verletzten und Kranken. Erlaubt, dass ich mich empfehle.«

»Setzt Euch, Vater«, erwiderte Uther. »Ich glaube im Gegenteil, dass wir eine Menge von ihr erfahren können ...«

»Allerdings, mein Süßer, jede Menge!«, gluckste Mahault. »Du weißt ja so wenig!«

Sie machte eine Pause, fuhr mit ihrem Finger durch die Sauce auf ihrem Teller und lutschte ihn nachdenklich ab, wobei sie für Ulfins Geschmack ein ziemlich obszönes Gesicht machte. Dann bemerkte sie beiläufig:

»Der Herr und Meister ist in Kab-Bag.«

Sie brauchten eine Weile, bis sie begriffen, von wem sie sprach, oder besser, bis sie es wagten, es zu begreifen.

»Sein gesamtes Heer ist vor den Stadttoren einquartiert«, fuhr sie fort, voller Genugtuung über die Wirkung ihres schlichten kleinen Satzes. »Sie bevölkern die ganze Ebene, im Umkreis von Meilen, und er selbst logiert im Palast des Sheriffs Tarot ... Oder in dem, was davon noch übrig ist, ja, ja ...«

»Haben die Gnomen den Kampf aufgenommen?«, erkundigte Ulfin sich, was sie zu allem Unglück auch noch erheiterte.

»Kampf, Kampf ... Ha, dass ich nicht lache! Wer hätte je Gnomen einen Kampf aufnehmen sehen?«

Der Ritter schielte verstohlen zu Uther hinüber. Natürlich gehörten die Gnomen der unterirdischen Stadt zum Land von Logres und hatten auf Grund dieser Tatsache theoretisch dem König gegenüber einen Treueid abgelegt, doch die Kunde vom Fall Kab-Bags stellte keine große Überraschung dar, ja, sie bedeutete sogar eher eine Erleichterung. Wenn sich der Unnennbare dort, in diesem schmierigen, in die Mitte der großen Ebene hineingebohrten Rattenloch niederließ, bedeutete dies, dass er zumindest vorläufig seine grauenhaften Angriffe einstellte. Wahrscheinlich wusste er gar nicht, *wie* ausgeblutet das Königreich war ...

»Von den armen Gnomen sind kaum noch welche übrig«, brabbelte sie in plötzlich mitleidigem Ton, wozu sie die entsprechende Miene aufsetzte. »Jeden Tag sterben Dutzende ... Ich fürchte, dass wirklich kein Einziger es schaffen wird, dort lebend herauszukommen.«

»Keiner außer dir, Mahault«, fiel ihr Illtud ins Wort. »Noch dazu mit Wagen und einer Eskorte! Welchen Verrat hast du auf dich geladen, dass sie dich haben passieren lassen?«

Einen kurzen Moment lang blitzte sie den Abt zornig an, dann zuckte sie die Achseln und lehnte sich mit schicksalsergeben herabgezogenen Mundwinkeln in ihrem Sessel zurück.

»Ihr habt ja keine Ahnung«, sagte sie. »Niemand kommt aus Kab-Bag heraus, doch Scâth hat schon immer seine eigenen Eingänge gehabt, ja, ja!«

»Scâth? Was ist denn das?«

»Das der Gilde vorbehaltene Viertel«, erklärte Uther.

»Du hast uns doch wohl nicht für so dumm gehalten, dass wir uns am Grunde dieses Lochs ansiedeln, ohne einen Ausgang vorzusehen, mein Täubchen?«

Uther erwiderte ihr Lächeln, lehnte sich ebenfalls in seinem Sessel zurück und schenkte sich einen großen Schluck Wein ein, ohne den Humpen, den sie ihm hinhielt, zu beachten.

»Nun gut. Und was schlägst du vor?«

»Ich? Nichts ... Weißt du, hübscher König, ich bin nur eine arme alte Frau. Alles, was ich mir wünsche, ist, in Frieden zu sterben, ja, ja. Doch wenn du willst, können dir meine Männer den Eingang zu dem unterirdischen Stollen zeigen. Die Dämonen kennen ihn nicht ...«

»Das ist eine Falle!«, knurrte Ulfin.

»Ja, natürlich ist es eine Falle«, bemerkte Uther. »Wer könnte so verrückt sein, einer Mörderbande bis in ihren Schlupfwinkel zu folgen, um dann vom Grunde eines Lochs aus den Kampf gegen die Monster aufzunehmen!«

»Ich habe dir nichts Konkretes vorgeschlagen«, sagte Mahault. »Und schon gar nicht, den Kampf aufzunehmen, nein, nein ... Vermutlich ist es besser zu warten, dass sie kommen, wenn sie irgendwann beschlossen haben ...«

Uther musterte sie eingehend, streckte die Hand aus und goss ihr einen Humpen ein, den sie in einem Zug leerte, gefolgt von einem weiteren.

»Ein unterirdischer Stollen, ja?«

»Nun, du willst doch ohnehin nicht ...«

Uther legte Ulfin die Hand auf den Arm, um ihn zum Schweigen zu bringen, ließ jedoch die Hehlerin dabei nicht aus den Augen.

»Der Herr und Meister, wie du ihn nennst ... Hast du ihn gesehen?«

Zum ersten Mal war in Mahaults Blick eine gewisse Verstörung zu lesen. Nur ein schwaches Aufglimmen zwischen den speckigen Falten ihres Gesichts, das einzige Fünkchen Leben inmitten dieser amorphen Masse weißen Fleisches, inmitten der lachhaft prunkvollen Gewänder und Schmuckstücke. Sie hatte sich zwar den Schleier vors Gesicht gezogen, doch Uther hatte flüchtig den Eindruck, das menschliche Wesen zu erkennen, das sich hinter diesem Schutzwall aus Stoff und Fett verbarg. Mahault war unfähig, sich selbst von der Stelle zu bewegen. Es hatte eines starken Mannes bedurft, um sie bis in diesen Raum hier zu schleppen, und später müsste sie auf die gleiche Weise wieder hinausgebracht werden. Ihr ganzes Gold konnte nicht verhindern, dass der unerfahrenste Knappe ihrem Leben mit einem einfachen Dolchstoß ein Ende setzen konnte, und keiner ihrer gedungenen Diebe oder Mörder würde auch nur den kleinen Finger rühren, um sie zu retten. Indem sie ihr Schlupfloch verlassen und sich nach Loth geflüchtet hatte, legte sie ihr Leben in Uthers Hände. Dieses kleine Flackern in ihrem Blick war ein Angstschimmer gewesen.

»Du hast ihn gesehen, nicht wahr?«

Mahault schloss die Augen und nickte. Die abgrundtiefe Erniedrigung jenes Moments übertraf alle Gräuel, die ihr je widerfahren waren, seit Sklavenhändler sie an ein Freudenhaus in Kab-Bag verkauft hatten; doch das war schon eine halbe Ewigkeit her ... Der verwüstete, finstere Saal, die Krieger der Goblins und diese mageren, ganz in Schwarz gekleideten Riesen, die den Thron bewachten; Sire Maheloas, verächtlich und schön wie ein Gott, der die Lanze hielt ... Die Männer, die ihren Stuhl trugen, hatten so gezittert, dass sie bei jedem Schritt

159

herunterzukippen drohte, besonders als sie sie auf dem Boden abgesetzt hatten.

»Auf die Knie vor dem Herrn«, hatte der Lanzenträger in scharfem Ton gezischt.

Sie hatte versucht, sich mit den Armen von ihrem Stuhl abzudrücken, doch alles, was geschah, war, dass sie zu Boden rutschte, ein unförmiger Berg aus Stoff und Fleisch.

»Das ist also die Herrin der Gilde«, hatte der Herr und Meister gesagt. »Welch seltsame Art, sich fortzubewegen, für jemand so Mächtigen ... Doch was macht das schon. Ich bin glücklich, dich zu sehen, alte Frau. Ich weiß um all die Dienste, die die Gilde König Pellehun und seinem Seneschall erwiesen hat ... Gegenwärtig hat sie das Gleiche für mich zu tun. Auf dass sich die Diebe und Mörder im ganzen Reich verteilen. Sie sollen plündern und töten. Alles Gold, sämtliche Reichtümer sind für euch; mach damit, was dir gefällt. Ich will nur die Furcht ... Schau mich an.«

Der Herr hatte sich zu ihr heruntergebeugt und war mit seinem von einem Sonnenstrahl erleuchteten Gesicht näher gekommen. Sie hatte aufgeblickt und ihn gesehen ...

Uther erahnte eine Träne, die über ihre aufgequollenen Backen herabrann.

»Ich bin nicht ... Ich bin nicht so«, sagte sie flehend. »Das bin nicht ich ...«

»Was sagst du da?«

Sie hob die Hand und fuchtelte damit vor seinem Gesicht herum, dann versuchte sie, sich wieder aufzurichten, mit weit offenem Mund, nach Luft schnappend wie ein Fisch auf dem Trockenen. Unter ihren entgeisterten Blicken wurde sie von Krämpfen gepackt, und ihr fahler Teint wurde purpurrot, als erstickte sie. Noch bevor die Umstehenden einschreiten konnten, schüttelte sie ein noch heftigerer Krampf, sie glitt zu Boden, gefangen in ihren Pelzen, und rollte unter den Tisch, wobei sie sich an der Tischdecke festkrallte und die Reste ihrer Mahlzeit auf sie herabfielen.

Illtud war der Erste, der reagierte. Er ergriff einen Krug mit Wasser, goss ihn ihr ins Gesicht und drehte sie dann mit einer Kraft, die Uther ihm nicht zugetraut hätte, auf die Seite, um mit wenigen Handgriffen die übereinander liegenden Schichten von Mänteln, Blusen, Bliauds und Surcots, die sie umhüllten, aufzuschnüren.

»Lauf einen Arzt holen!«, brüllte Uther schließlich Ulfin an.

»Das ist nicht nötig, sie lebt«, sagte der Abt. »Öffne das Fenster dort, und lösch das Feuer! Sie braucht frische Luft, rasch!«

Ulfin zog seinen Dolch aus der Scheide und zertrennte das gewachste Papier, das die Fensteröffnung verdeckte. Und schon fegte der eisige Wind von der Ebene durch den Raum und vertrieb den üblen Geruch ihres schweren Parfums und die Hitze des Feuers. Uther kniete sich neben die alte Hehlerin und hob ihren Kopf an. Ihre Haube war heruntergefallen, ihre Gewänder waren verrutscht. Es war nur noch eine erbarmungswürdige, beinahe kahlköpfige Kreatur zurückgeblieben, die so weiß und so schlaff war, dass sie wie verschimmelt wirkte.

Sie sah mit flehendem Blick zu ihm auf, immer noch tränenüberströmt, und versuchte unter Mühen, ein paar Worte hervorzubringen.

»Ja«, sagte sie. »Ich habe ihn gesehen ... Das ist der Grund, warum ich geflohen bin.«

X

Der Pakt

Über Nacht war mehr als eine Faust hoch Neuschnee gefallen[1], der bis zu den Ästen der Bäume und den gefrorenen Pfützen hin alles in dasselbe eintönige Weiß hüllte, in dieselbe gedämpfte Stille, die ganz offensichtlich keiner von ihnen stören wollte. Sie ritten in lockerer Formation, einige in Gruppen, andere allein, mit einer Langsamkeit, die Léo de Grand jetzt, wo Loth in Sicht war, verärgerte. Lliane ritt voran, weit vor den anderen, mit bloßem Haupt, in ihr grünbraun schillerndes Moirécape gehüllt. Seit die hohen Türme der Königsstadt am Horizont aufgetaucht waren, hatte sie sich von ihnen gelöst, unmerklich, als sei Ilra, ihre Fuchsstute mit der weißen Blesse auf der Stirn, es gewesen, die beschlossen hatte, eine schnellere Gangart einzuschlagen. Weder Merlin noch Dorian oder irgendein anderer Elf, Zwerg oder Mensch ihres Trupps hatte es geschafft, sie einzuholen, doch man muss bedenken, dass sie alle freie Pferde aus Lames Horde

1 Im Mittelalter ging man bei sämtlichen Maßangaben vom menschlichen Körper aus: Daumen (um die 2,7 Zentimeter), Faust (um die 7,6 Zentimeter), Fuß (um die 32,5 Zentimeter) und Elle (um die 52 Zentimeter). Die genannten Angaben beziehen sich auf Frankreich, wobei auch hier die genaue Größe variierte; im deutschsprachigen Raum galten etwas andere Maße – die Faust war eigentlich ein österreichisches Höhenmaß und vor allem im Pferdehandel gebräuchlich; sie entsprach etwa 10,5 Zentimetern, ein deutscher Fuß entsprach 25 bis 34 und eine Elle 55 bis 85 Zentimetern. [Anm. d. Übs.]

ritten und dass diese Sorte Renner eher ihren eigenen Gesetzen als den Sporen ihrer Reiter gehorchten. Die Königin ritt ohne Sattel und Kandare und summte eine leise Melodie, die ihr Till einst beigebracht hatte und die die Pferde liebten. Heute ist derlei in Vergessenheit geraten und erschiene reichlich absurd, aber die Elfen beherrschten die Sprache der Tiere. Selbstverständlich nicht alle, und auch nicht die Sprache aller Tiere, doch Lliane wusste genug, um ihrer Stute mitzuteilen, dass sie alleine sein wollte, und Ilra hatte die Botschaft an den Rest der Horde weitergeleitet, mit einem lang gezogenen Wiehern, von dem die Menschen und Zwerge nichts verstanden hatten.

Im Herzen der Königin wohnte keinerlei Traurigkeit, und wenn sie sich auf diese Weise von den anderen abgekapselt hatte, dann gewiss nicht, um in Selbstmitleid über ihr Schicksal zu verfallen. Im Gegenteil, die Ruhe dieser gefrorenen Weite erfüllte sie mit einem schlichten Glücksgefühl, das sie selbst nur sehr schwer zu erklären vermocht hätte. Sie war mittlerweile nicht mehr an die Kälte gewöhnt und schlotterte in ihrem dünnen Ledergewand; die wenigen Tage zu Pferde hatten ihrem Körper schwer zugesetzt, und die Innenseite ihrer Schenkel war beinahe taub von dem Druck gegen die Flanken ihrer Stute. Doch diese unberührte Landschaft lag da wie ein weißes Blatt, auf das ein neues Kapitel Geschichte geschrieben werden konnte, und vermittelte ihr so die Illusion einer neuen Welt – einer Welt, die rein gewaschen war von den Gräueln, die sie seit so vielen Jahren verwüsteten und deren Last sie nicht länger standhalten würde. Jeder Schritt brachte sie ein wenig weiter von Avalon und ihrer Tochter weg, doch sie empfand keinen Kummer darüber. Wenigstens Rhiannon lebte in Frieden, fernab von all diesem Wahnsinn ... Was auch immer geschehen würde, das kleine Volk würde über sie wachen bis zum Ende der Zeiten. Selbst wenn sie selbst nicht zurückkehren sollte ...

Sie hatten nur ein paar Stunden gebraucht, um Pferde und

Ausrüstung zusammenzustellen, die Überlebenden aus Uthers Armee um sich zusammenzuscharen und Brocéliande zu verlassen. Damit kehrten sie der Lichtung der Elfen den Rücken, um vielleicht nie wieder zurückzukommen – doch auch darüber empfand sie keinerlei Bitterkeit. Im Gegenteil, seit ihrer Abreise zwei Tage zuvor fühlte sie, wie ihr zunehmend leichter ums Herz wurde. Der simple Umstand, Ilra zu reiten, versetzte sie etliche Jahre zurück, in eine Epoche, in der ihr Leben noch einfach schien und voller Gewissheiten. Und dann wartete da, auch wenn sie sich bemühte, nicht daran zu denken, irgendwo hinter diesen fernen, mit Oriflammen gespickten Türmen, Uther.

Plötzlich schnaubte ihre Stute, um kurz darauf im kurzen Galopp durch den Schnee davonzustieben, so dass ihr gerade noch Zeit blieb, sich an ihrer Mähne festzukrallen.

»Ich hatte gesagt, man möge uns alleine lassen!«, wieherte Ilra.

»Ich habe getan, was ich konnte«, schnaubte das Pferd, auf dem Léo de Grand saß, ein kräftiger Brauner mit schwarzer Mähne und schwarzen Sprunggelenken. »Aber er tut mir weh, indem er mich an den Zügeln reißt und mir die Sporen in die Flanken haut!«

»Königin Lliane, wartet auf mich!«, brüllte der Herzog. »Wir müssen reden.«

Doch die Königin jagte davon, als habe sie nichts gehört, und diese verfluchte Schindmähre bockte bei jedem Schritt, als habe sie in ihrem ganzen Leben noch keinen Reiter getragen.

»Wie wär's, wenn wir ein Stück zu Fuß gingen?«

Carmelide wandte sich um, das Gesicht dunkelrot vor Zorn, und bezähmte nur widerwillig seinen Unmut, als er Merlins unschuldiges Lächeln sah.

»Lassen wir doch die Pferde vorauslaufen und den Weg bahnen«, meinte er, während er sich aus dem Sattel schwang. »Bei diesem Schnee werden sie rasch müde ... Wir marschieren in ihrer Spur, das wird einfacher gehen.«

Léo de Grand brummelte eine undeutliche Zustimmung und saß mit leidvoll verzerrter Miene vom Pferd ab. Trotz aller Pflege und liebevollen Zuwendung von Blodeuwez war seine Schulter nach wie vor steif, und er konnte seinen Arm kaum noch rühren.

»Ja, ich halt's ohnehin nicht mehr länger aus auf diesem verdammten Klepper, da frier ich mir lieber die Beine im Schnee ab. So ein sturer Gaul ist mir wirklich noch nie untergekommen. Unmöglich, ihn zum Geradeausgehen zu bewegen!«

»Nachher werdet Ihr mein Pferd nehmen, verehrter Herzog. Es pariert einwandfrei ...«

Carmelide drehte sich zu dem Kindmann um, der in seinem langen blauen Gewand so zerbrechlich neben ihm wirkte, halb erdrückt von einem Pelzmantel, unter dessen Gewicht er beinahe zu Boden sank; und er nickte zustimmend, was man als Zeichen der Dankbarkeit deuten konnte. Er tat den Mund auf, um etwas zu ihm zu sagen, fand jedoch keine Worte. Den Herzog ergriff, wie jedes Mal, da er sich seit dem Aufbruch aus Brocéliande in seiner Gesellschaft befunden hatte, eine merkwürdige, heftige Übelkeit, doch er schrieb dies seiner Verletzung zu. Merlin war wahrhaftig ein seltsames Wesen, dabei aber so mager, eine so schmächtige Erscheinung, dass er den Gerüchten der Menschen vom See nicht glauben mochte, die ihn für gefährlich erklärten. Er war nur ein unglücklich proportioniertes Kind mit dem weißen Haar eines Greises, welches ihm ein wunderliches Aussehen verlieh, das war alles. Der Rest waren Weiberklatsch und Druidenmärchen.

Endlich lächelte er und beugte sich hinunter, um eine Hand voll frischen Schnees aufzuheben, mit dem er sich das Gesicht abrieb; dann versetzte er Merlin einen leichten Klaps auf die Schulter, um seine Aufmerksamkeit auf sich zu lenken, und wies auf die Königin, deren Reittier nun wieder im Schritt ging.

»Man könnte meinen, sie meidet mich«, fuhr er leiser fort. »Und doch wüsste ich gerne, warum wir uns so schleppend voranbewegen, wo doch Loth nur noch wenige Meilen entfernt ist. Wenn wir ein bisschen an Tempo zulegten, könnten wir noch vor Einbruch der Nacht dort sein, zum Teufel. Also, warum reiten wir nicht zu, geben unseren Pferden die Sporen und schlafen endlich einmal wieder im Warmen!«

»Stimmt das?«, fragte Merlin. »Ich hätte nicht gedacht, das wir schon so nah sind ... Die Elfen sind keine sonderlich guten Reiter, wisst Ihr ... Weniger gut als die des Königs auf alle Fälle. Aber warum galoppiert Ihr nicht schon voraus? Nur zu, setzt den König schon einmal von unserer Ankunft in Kenntnis!«

Carmelide sah flüchtig zu ihm hinüber, dann drehte er sich brüsk zu dem Häufchen Reiter um, die ihnen folgten, und blickte über sie hinweg auf die lang gezogene Reihe von Fußsoldaten, die hinterdreinstapfte und deren Ende nicht mehr zu sehen war.

»Eure Männer werden uns bis dorthin als Eskorte dienen«, erklärte Merlin, der ebenfalls nach hinten blickte. »Und dann steht ja im Übrigen gegenwärtig auch nichts mehr zu befürchten. Wenn die Dämonen uns hätten angreifen wollen, so hätten sie dies schon längst getan.«

»So viel ist sicher ...«

»Sagt dem König, wir erwarten ihn am Seeufer.«

Merlin pfiff sein Pferd heran, packte es am Zaum und beugte sich über seine Nüstern, als würde er mit ihm reden. Carmelide, der noch zauderte, ergriff die Zügel, die der Kindmann ihm reichte, und schwang sich dann, einem plötzlichen Entschluss folgend, in den Sattel.

»Lauf zum Baron Meylir«, sagte er. »Er soll das Kommando über die Truppe übernehmen ...«

»Zu Befehl, Euer Gnaden. Und wenn Ihr Uther seht, sagt ihm, dass ich mich im Morgengrauen an der geheimen Ausfallpforte unten am See einfinden werde und ihn dort erwarte. Ich glaube jedenfalls, dass die Königin die Stadt lieber nicht betreten wird. Und das ist auch besser so ...«

Ohne seine Antwort abzuwarten, klopfte Merlin dem Pferd

auf die Kruppe, worauf es umgehend davongaloppierte, eingehüllt in eine Schneewolke, an der Königin vorbeizog und schon
bald nicht mehr zu sehen war.

»Wo stürmt er hin?«, ertönte eine laute Stimme hinter dem
Kindmann.

»Nach Loth, das siehst du doch«, bemerkte Merlin, sich zu
Bran umwendend, und er verbarg ein Lächeln, als er ihn sah –
ihn und seine Gefährten, die mehr schlecht als recht auf ihren
Reittieren hingen, die entschieden zu hoch und zu breit waren
für ihre gedrungenen Beine.

Die Zwerge benutzten fast niemals Pferde, weder im Krieg
noch bei der Jagd, ja nicht einmal auf Reisen. Allenfalls hin und
wieder Ponys, deren Größe und Langsamkeit ihnen eher zusag-
ten. Dennoch hatte Bran wie alle Prinzen unter dem Berg einige Grundkenntnisse im Reiten vermittelt bekommen und
schaffte es, eine einigermaßen passable Figur abzugeben, wohingegen Sudri und Onar ganz grün waren im Gesicht und einer
wie der andere aussahen, als nahe ihr letztes Stündlein. Wenn
nicht so hoch Schnee gelegen hätte, wären sie zweifelsohne
tausendmal lieber zu Fuß gegangen.

»Er wird Uther Bescheid geben, ist es das?«

Sein Tonfall alarmierte Merlin, und er stieß einen langen, ge-
reizten Seufzer aus.

»Was ist los?«, fragte er, während er Brans Zügel ergriff.
»Wolltest du vielleicht nach Loth zurückkehren, erneut den
Rat einberufen und ihm die andere Hand auch noch abhacken,
um das Maß endgültig voll zu machen?«

»Sehr witzig«, knurrte der Zwerg.

»Überlass die Angelegenheit diesmal mir, einverstanden?
Heute Abend . . .«

Der Kindmann hielt inne, streichelte dem Pferd eine Weile
liebevoll den Hals, dann ging er ein Stück auf Distanz und
wandte sich zur Stadt hin.

»Heute Abend werde ich mit Uther reden.«

Einzig die Elfen und eine kleine Gruppe Zwerge waren am Seeufer zurückgeblieben. Als sie dort angehalten hatten, keine Meile von der Stadt entfernt, war bereits die Dämmerung hereingebrochen, und Meylir de Tribuit hatte keine Sekunde gezögert. Der Großteil seiner Männer war verwundet, sie waren alle erschöpft und kamen um vor Hunger. So knapp vor dem Ziel eine weitere Nacht im Schnee und in der Kälte zu verbringen schien ihm der schlimmste aller Gräuel. Also defilierten die Überlebenden der Armee mit eingezogenen Köpfen an den Elfen vorbei, um ihnen nicht in die Augen blicken zu müssen, von diffuser Scham erfüllt und zugleich verstimmt darüber, dass sie sich in der Weise schuldig fühlten, und verschwanden schon bald im abendlichen Dunkel.

Bran und seine Kameraden entzündeten ein Feuer, eine Idee, auf die keiner der Elfen gekommen wäre, doch sie drängten sich alle dankbar um die Flammen und nahmen bereitwillig den heißen Gewürzwein an, den die Zwerge ihnen anboten, so bereitwillig, dass sie sämtlich noch vor Einbruch der Nacht einen hübschen Rausch hatten – mit Ausnahme von Kevin, der fürchtete, der Trunk könne ihm seine ruhige Hand rauben, und daher in den Zweigen eines Baumes Stellung bezogen hatte, um sie zu bewachen. Dann hatte Merlin angehoben, eine endlose Geschichte zu erzählen, lang und verwickelt, wie sie die blauen Wesen liebten, wobei er sich aus Höflichkeit gegenüber den Zwergen der allen verständlichen, gemeinsamen Sprache bediente, selbst wenn diese nicht jeder perfekt beherrschte. Und während all der Zeit, die er redete, erwärmten Sudri und Onar unablässig Wein, so dass man hätte meinen können, die Reserven in den Schläuchen, mit denen sie beladen waren, seien nahezu unerschöpflich. Es war ein angenehmer Abend, trotz der beißenden Kälte, die ihnen eiskalt den vom Feuer abgewandten Rücken heraufkroch; eine sternklare Nacht, in der sich der Mondenschein im Seewasser spiegelte. Trotz der Entfernung trug der Wind bisweilen menschliche Gerüche aus der Stadt herüber, nach gebratenem Fleisch, Schweiß und Exkre-

menten, doch es war erträglich und weit weniger schlimm, als
wenn sie Léo de Grand dorthin hätten folgen müssen.

Till, der Spurensucher, kam herüber, um sich neben die Königin zu setzen, und sein Falke ließ sich hinter ihm nieder, weiß
wie ein Gespenst im nächtlichen Dämmer, während Merlin
seine Erzählung fortspann.

»Das erinnert mich an ein anderes Feuer«, raunte er ganz
leise, so dass nur sie es hörte. »Es regnete, und Uther war unter
uns ...«

Lliane wandte sich zu ihm um und lächelte. Ihre Augen
glänzten vom Wein, sie schien die Situation zu genießen.

»Es ist noch ziemlich weit, nicht?«, fragte sie in unbeküm-
mertem Ton.

Dann trank sie aus ihrem Humpen und drehte ihn um.

»Mein Becher ist leer, Sire Bran!«

»Ich komme schon!«

»Siehst du, wie sich die Dinge ändern, lieber Till«, fuhr sie
lauter fort, während Bran ihr einschenkte. »Damals vertrauten
wir den Menschen, und wir hassten die Zwerge. Vielen Dank,
Sire Bran ... Nicht im Traum wäre es auch nur einem von uns
eingefallen, von ihnen bereiteten warmen Wein zu trinken,
denn wir hätten Angst gehabt, vergiftet zu werden oder aber
ganz einfach das Gesicht zu verlieren. All das ist augenblicklich
so weit weg ...«

Bran setzte den leeren Kessel ab, der noch immer einen betörenden Duft nach Alkohol und Gewürzen verströmte, dann
zog er aus einer seiner vielen Taschen eine abgebrochene Ton-
pfeife heraus, die er sorgfältig stopfte und am Ende eines halb
verkohlten Holzscheites anzündete, während er sie vergnügt
ansah, als sei sie im Begriff, eine unterhaltsame Anekdote zum
Besten zu geben. Doch Lliane war nicht zum Scherzen auf-
gelegt.

»Heute vertraue ich niemandem mehr«, fuhr sie traurig fort.
»Und auch ich selbst bin niemandes Vertrauen mehr würdig ...«

»Wie kannst du so etwas sagen?«, rief Dorian entrüstet. »Du bist nach wie vor unsere Königin, und wir sind dir immerhin gefolgt!«

Lliane sah ihn eindringlich über die Funkengarben hinweg an, die aus dem Feuer emporstoben.

»Du vergisst deinen Bruder«, erwiderte sie, in der Sprache der Elfen, damit die Zwerge nicht mithörten. »Wenn du derjenige gewesen wärest, der in dieser Nacht aufgestanden wäre, um mir Rhiannon wegzunehmen, hätte ich dich getötet, mein armer Dorian, mein kleiner Bruder, so wie ich Blorian getötet habe ...«

»Das war ein Unfall«, murmelte er und wandte den Blick ab. »Du wusstest nicht, dass er es war ...«

»Prinz Blorian hat getan, was er für richtig hielt«, schaltete Merlin sich ein. »Er wollte die Königin vor dem bewahren, was er als Fluch ansah. Doch die Götter haben es anders gewollt.«

»Die Götter? Ha! Du glaubst, die Götter haben gewollt, dass die Zwerge für immer verschwinden?«

Bran räusperte sich, um sie auf sich aufmerksam zu machen, und hob die Hand wie ein Schüler, der sich zu Wort meldet.

»Ich glaube, die Götter haben uns bestraft, weil wir sie vergessen haben«, sagte er ebenfalls in der Sprache der Elfen.

Dann fuhr er, scheinbar ohne ihr Erstaunen zu bemerken, fort und wechselte dabei wieder in die allen gemeinsame Sprache zurück: »Unter dem Berg glaubte niemand mehr an die Götter, nicht einmal mehr an die Talismane. Caledfwch war in unseren Augen nur noch ein Schatz unter anderen. Wenn wir nicht den Glauben verloren hätten, hätte mein Onkel, König Troïn, das Schwert besser bewachen lassen, unser Haus wäre nicht entehrt worden, und unsere Geschichte hätte einen anderen Verlauf genommen.«

Er stieß einen tiefen Seufzer aus, nahm einen Zug aus seiner Pfeife und fügte hinzu: »... Und ich wäre noch in meiner Heimat, in Ghâzar-Run, und säße gemütlich im Warmen, statt auf dieser vermaledeiten Ebene wie ein Schneider zu frieren.«

»Zwerge frieren doch immer«, feixte Till. »Er erinnert mich an Tsimmi …«

Bei diesen Worten schien Sudri, der in der Magie der Steine außerordentlich bewandert war und den Bran zu seinem Hexenmeister ernannt hatte, aus seiner weinseligen Lethargie zu erwachen.

»Du hast Tsimmi gekannt?«, fragte er.

»Mhm …«

Till warf einen Seitenblick zur Königin hinüber. Der Gedanke an den Zwerg weckte nicht nur gute Erinnerungen bei ihm.

»Eines Tages hätte er mich beinahe umgebracht mit einem seiner Zaubersprüche«, bemerkte Lliane mit einem Lächeln, das ihre Worte abmilderte. »Er hat uns alle unter einem Erdwall begraben, und Till hat dabei seinen Hund verloren … Dennoch ist er mir ein Freund geworden.«

»Er war der größte Magier unter dem Berg«, murmelte Sudri. »Man sagt, er sei umgekommen, als er ein Heer von Goblins verschüttet hat …«

»Das stimmt«, bestätigte Lliane. (Es war nur eine Hand voll Goblins gewesen, doch was nutzte es, dieser belanglosen Wahrheit zu ihrem Recht zu verhelfen?) »An jenem Tag hat er uns das Leben gerettet …«

Die Augen der drei Zwerge funkelten zufrieden, als hätten sie soeben die schönste Geschichte ihres Lebens vernommen. Wahrscheinlich lächelten sie sogar, doch das war schwer zu sagen angesichts ihrer dichten Bärte.

»Ist das nicht ein Zeichen, dass die Zeiten sich wandeln?«, meinte Merlin. »Die Königin der Hohen Elfen, gerettet von einem zwergischen Meister der Steine. Bran heute Abend hier bei uns, während sein Bruder Rogor …«

Der finstere Blick, den ihm der Zwerg zuwarf, hielt Merlin davon ab, seinen Satz zu vollenden.

»Damals lebten wir in einer einfachen Welt«, fuhr er fort. »Jeder Stamm agierte gegen die anderen, gewappnet mit Hass und unumstößlichen Überzeugungen, in blindem Vertrauen in sein eigenes Recht und in derselben Verblendung gegen alles, was fremd war … Wenn man an etwas nicht mehr glauben darf, so ist es gerade jene Welt damals. Die guten Zwerge, die bösartigen Elfen, das ist alles Vergangenheit. Einzig die Dummköpfe glauben, dass ein Volk durch und durch gut oder böse ist. Seht uns hier an … Die Götter haben uns auserwählt, um die Welt zu ändern, und wir werden sie ändern, weil wir gemeinsam stärker sind und mehr zu bieten haben. Wir haben viel voneinander zu lernen und alles zu verlieren bei unseren Kriegen …«

»Du vergisst die Menschen, Myrrdin!«, stieß Dorian hervor. »Sie wollen niemals auch nur irgendetwas teilen, mit niemandem!«

»Du sprichst wie Llandon«, bemerkte Merlin. »Doch du irrst dich, und er auch. Die Menschen sind gegenwärtig auf uns angewiesen, selbst wenn sie es noch nicht wissen.«

»Geh und sag das Uther!«

Merlin lächelte.

»Sei unbesorgt, Dorian. Ich werd es ihm sagen …«

Es wurde nur zögernd hell. Ein kalter Nebel stieg vom See und den Burggräben auf und tauchte die Festungsmauern und die verschneite Landschaft in einen eintönigen frostigen Glanz. Den ganzen Uferstreifen entlang war das Wasser erstarrt. Es hatte sich noch keine Eisschicht gebildet, allenfalls ein hauchdünner Film, aber der Winter begann ja gerade erst. Bald schon würden die Barken und das Schilfrohr von einer festen Eisschicht umschlossen sein, und dann würde ein weißer Mantel das Ganze bis zum Frühling bedecken …

Sie mussten sich eine Weile durch den verharschten Schnee vorkämpfen, um Merlin einzuholen, der seelenruhig auf einem halb verfallenen Steg saß und seine Beine baumeln ließ. Ulfin bahnte den Weg für seinen König, indem er den Fuß bei jedem

Schritt hob und die gefrorene Schneedecke eintrat – wobei er immer wieder beinahe der Länge nach hingefallen wäre, weil sie zu plötzlich nachgab. Es war noch zu dunkel, als dass sie von Merlin mehr als eine verschwommene Silhouette hätten erkennen können, doch vermutlich trug er wie gewohnt dieses unerträgliche Lächeln zur Schau, und das reichte aus, um sie schon im Vorhinein zu verärgern.

»Ich hoffe, du hattest einen triftigen Grund, uns bei dieser Kälte so früh zu wecken!«, brüllte Ulfin, sobald er in Hörweite war.

»Seht nur den edlen Ritter des Königs!«, lachte der Kindmann spöttisch. »Eine Elle Schnee, und schon stöhnt er wie ein altes Weib!«

Merlin erhob sich eilig, zog seinen Bärenfellmantel enger um sich zusammen und stampfte auf dem wackelnden Steg mit den Füßen.

»Was soll ich denn erst sagen, der ich seit Stunden auf euch warte!«

Schließlich gelangten sie bei ihm an, schüttelten ihre verschneiten Umhänge aus und sahen ihn schweigend an – verlegen und distanziert wie alte Freunde, die sich über einen kleinlichen Streit entzweit haben. Merlin hatte das seltsame Gefühl, dass Uther gealtert war in jenen letzten Wochen. Sein Gesicht war noch dasselbe, mit seinen langen braunen Zöpfen und dieser Narbe, die sich vom Ohr bis zum Kinn hinabzog und seiner Schönheit keinen Abbruch zu tun vermochte, doch er hatte seine Jugendlichkeit eingebüßt. Sein Blick war müde, verstockt und von der Bürde eines Schicksals gezeichnet, das vielleicht gar nicht seines war. Vermutlich hatte die Rückkehr Léo de Grands und seiner dezimierten Armee einiges dazu beigetragen. Den Schatten unter den Augen und dem gräulichen Teint nach zu urteilen, war der Kindmann ganz sicher, dass sie die Nacht mit Reden verbracht hatten, ohne sich auch nur eine Minute auszuruhen.

»Siehst du«, sagte er, während der König den Blick abwandte,

»du hast dich getäuscht. Durch deinen Stolz hättest du beinahe alles verloren, und du kannst immer noch alles verlieren, wenn du stur bleibst ... Aber das weißt du, denn du bist schließlich gekommen.«

»Immer noch dasselbe große Mundwerk, was?«, knurrte Ulfin, der neben ihm wie ein Schrank wirkte und zu überlegen schien, ob er ihn vom Steg hinunter ins Wasser werfen sollte.

»Lass gut sein«, sagte Uther. »Er hat ja Recht.«

Die beiden Männer tauschten einen müden Blick, dann entfernte sich der Ritter einige Schritte und ließ sie alleine.

»Ist Lliane hier?«, fragte der König leise.

»Lliane und Bran sowie ein paar andere«, gab Merlin zurück. »So könnt ihr Rat halten, aber nur, wenn du mit mir kommst. Sie werden die Stadt nicht betreten ... Nicht nach dem, was geschehen ist.«

Uther nickte nachdenklich.

»Es ist nicht leicht, König zu sein, weißt du ... Ich habe getan, was ich für richtig hielt, und im Übrigen glaube ich nicht, dass die Dinge sich anders entwickelt hätten, wenn ich auf dich gehört hätte. Ich hätte den Zwergen das Schwert zurückgegeben, und dann? Hätte das Heer von Léo de Grand vielleicht deshalb den Sieg davongetragen? Die Zwerge sind besiegt worden, daran ist nicht zu rütteln. Unter Umständen werden sie eines Tages wieder zu einer großen Nation, doch wir brauchen *jetzt* Verstärkung, auf der Stelle ... Und was helfen im Übrigen schon die Zwerge. Was sagt Lliane? Werden die Elfen uns zur Seite stehen?«

»Die Elfen wollen von deinem Krieg nichts wissen«, erwiderte Merlin. »Sie sind der Ansicht, dass du sie verraten hast.«

Wieder nickte Uther ernst, dann seufzte er und zog mit einem freudlosen Lächeln die Brauen hoch.

»Nun, was hast du mir dann mitzuteilen?«

Merlin erwiderte sein Lächeln. Eine helle Wintersonne stieg über dem Horizont auf und sprenkelte den Dunst mit schillernden rosafarbenen Lichtpünktchen. Mehr denn je wirkte der Kindmann vollkommen alterslos mit seinem kurz geschnittenen weißen Haar und seiner blassen Haut. Auch wenn er in jeder Lebenslage eine unbekümmerte Miene zur Schau trug, ging von seinen Augen eine unendliche Traurigkeit aus, eine Traurigkeit, die einen zu Tränen rührte.

»Ich bin gekommen, um dir meine Hilfe anzubieten«, sagte er, »wenn du sie noch willst ... Weißt du, auch ich bin einem Irrtum erlegen. Ich habe geglaubt, man müsse auf jeden Fall das Gleichgewicht vergangener Zeiten wiederherstellen, doch es ist zu spät, das hat heute keinen Sinn mehr ... Ich werde dir helfen, Uther, selbst wenn du nicht der bist, für den ich dich hielt. Ich werde dir helfen, weil ich denke, dass die Mönche letztendlich Recht hatten: Es kann nur eine einzige Erde geben, ein einziges Volk und einen einzigen Gott.«

»Einen einzigen König.«

Als Merlin erstaunt die Augen aufriss, erklärte Uther sich näher: »›Eine einzige Erde, ein einziger König, ein einziger Gott ...‹ Wenn du willst, dass man deinen Worten Glauben schenkt, dann musst du die Formeln richtig zitieren.«

Der Kindmann zuckte die Achseln und kehrte ihm den Rücken zu, um den Sonnenaufgang über dem See zu betrachten.

»Was spielt das schon für eine Rolle, wo du doch nie jener König sein wirst«, sagte er, ohne sich umzuwenden. »Du weißt das ebenso gut wie ich ... Indem du Igraine geheiratet hast, hast du dein Los ausgeschlagen, selbst wenn dies nicht einfach war, wie du sagst. Und doch ...«

Und er sah ihm ins Gesicht, mit einem plötzlichen Eifer im Blick, der aus seinem Innern kam und den König zutiefst erschütterte.

»... und doch bist du der *Kariad daou rouaned*, der Geliebte der zwei Königinnen, von dem in den alten Legenden die Rede ist. Zumindest in diesem Punkt bin ich mir sicher. Es steht geschrieben, dass von deinem Blut die Versöhnung der Welt ausgehen wird, und ich war der Meinung, Morgane sei das Kind aus den Prophezeiungen. Doch vielleicht ist sie es gar nicht.

Vielleicht ist dies am Ende dein Sohn ... Was wissen wir schon darüber? Im Übrigen hört ihr Menschen doch ohnehin nur auf die männlichen Wesen!«

»M... Mein Sohn?«, stammelte Uther. »Artus? Was hat er damit zu tun?«

»Artus, ja ... Artus, der Bär ... Warum nicht?«

Uther trat einen Schritt zurück, blickte sich instinktiv nach Ulfin um und sah ihn, wie er in einiger Entfernung auf einem Baumstrunk saß. Der Ritter setzte schon zum Sprung an, als ihre Blicke sich trafen, doch Uther beschwichtigte ihn mit einer Handbewegung. Er brauchte niemanden, um sich gegen Merlin zur Wehr zu setzen, selbst wenn dessen krankhafte Überspanntheit ihm bisweilen das Aussehen eines Besessenen verlieh.

»Ich werde dir helfen, Uther, doch du musst mir diesmal vertrauen. Schwör mir, mir zu gehorchen ...«

Uther starrte ihn an: Er war erhitzt, außer sich, mit inzwischen völlig entrückter Miene, und der König wich erneut zurück.

»Ja«, sagte er. »Natürlich ...«

»Was meinst du? Machst du dir einen Begriff davon, was ich von dir verlange? Für meine Hilfe will ich deinen Sohn, Uther. Ich will Artus!«

»Aber zum Teufel noch mal, was ist bloß in dich gefahren, du armseliger Irrer!«, donnerte Uther und wies ihn energisch ab. »Was heckst du denn nun schon wieder aus?«

»Ich versuche dich zu retten, du Dummkopf!«

Die beiden Männer sahen sich lange in die Augen, dann setzte Merlin plötzlich wieder sein sorgloses kleines Lächeln auf und machte sich auf den Weg, ohne Uther weiter zu beachten.

»Folge mir«, sagte er über die Schulter. »Lliane erwartet uns!«

Sie hatten nicht weit zu gehen. Merlin lief am See entlang, bis sie eine weiße Rauchsäule erblickten, die neben einem Gehölz senkrecht zum Himmel aufstieg. Der kleine Trupp hatte sich in der Nähe des Ufers niedergelassen, in einer Mulde, die durch einen Hain aus silbrig schimmernden Birken, an welche sie Zelte hingebaut hatten, gegen den Wind geschützt war. Ganz am Anfang sah Uther nur die um das Lagerfeuer herumsitzenden Zwerge sowie in einiger Entfernung ein paar Pferde. Doch als sie noch näher kamen, zischte ein Pfeil an ihren Ohren vorbei und bohrte sich direkt vor ihren Füßen mit einem dumpfen Laut in den Schnee. Sie schauten auf und entdeckten Kevin, der bereits lachend von seinem Baum herunterkletterte. Und dann Tills weißen Jagdfalken, dem sie nachsahen, wie er zu seinem Herrn flog, der neben Prinz Dorian hingekauert saß. Die beiden Elfen waren nur ein paar Schritte weg, so vollkommen reglos unter ihren Moiréumhängen, dass sie wie Baumstümpfe in der verschneiten Landschaft aussahen und sie vermutlich an ihnen vorbeigelaufen wären, ohne sie zu bemerken. *Sie* lachten allerdings nicht.

Uther zog seinen Mantel aus, damit jeder ihn erkannte, dann ging er an den anderen vorbei. Bran und seine Zwerge hatten sich erhoben. Sie hatten irgendetwas in einem Kessel zum Kochen gebracht. Etwas, das gut roch ... Rund um das Feuer war der Schnee geschmolzen, und es war ein Kreis aus schlammiger Erde mit ein paar Grasbüscheln entstanden.

Er hielt nach niemand anderem als ihr Ausschau, und da sah er sie, als sie sich von dem Baum löste, neben dem sie gesessen hatte. Wieder einmal schnürte sich ihm angesichts ihrer überirdischen Schönheit die Kehle zusammen. Er blieb vor ihr stehen, unfähig, auch nur ein Wort hervorzubringen oder die kleinste Geste zu machen, überflutet von einem Gefühl, das ihn völlig überwältigte, so dass er sich hilflos vorkam wie ein Kind.

Lliane war noch schöner als in seiner Erinnerung, schöner noch als in seinen Träumen, wie sie da, lediglich durch einige Klafter Schnee von ihm getrennt, reglos in ihrem langen Moirécape stand und ihn mit dem sanftmütigsten und zugleich distanziertesten aller Blicke betrachtete. Wahrscheinlich hätte er nicht innehalten sollen, sondern ohne Zögern weitergehen und sie in seine Arme schließen, doch nun war es zu spät, und er verharrte dort, wo er war, wie angewurzelt, zu weit entfernt von ihr, um sie zu berühren, reglos und stumm (und erst später fragte er sich, ob Lliane ihn nicht verhext hatte).

»Was kocht denn da?«, ertönte Merlins Stimme hinter ihm, die zu verkrampft klang, als dass ihm einer seine vorgebliche Fröhlichkeit abgenommen hätte. »Ich sterbe vor Hunger, und ich sterbe vor Kälte. Wie wäre es, wenn wir äßen, bevor wir uns unterhalten? Messire Ulfin?«

»Na ja, ich sag nicht nein, wenn Bran uns einlädt...«

»Natürlich lad ich dich ein«, knurrte der Zwerg. »Ich habe euch alle beide schon so oft durchgefüttert, da kommt es auf einmal mehr oder weniger nicht mehr an...«

Lliane löste sich von dem Birkenhain und gesellte sich zu den anderen, wobei sie so dicht an Uther vorbeiging, dass ihm ihr Duft nach saftigem grünem Gras in die Nase wehte; doch sie würdigte ihn dabei weder eines Wortes noch eines Blickes. Da folgte er ihr, starr vor Kälte, weil er seinen Mantel abgeworfen hatte, und schon bald saßen sie alle auf dem schlammigen, aber lauwarmen Boden um das Feuer herum und tauchten ihre Finger direkt in den Kessel, um eine dicke Mehlsuppe herauszuschöpfen, die so heiß war, dass sie nach nichts schmeckte.

Uther begann sich zu entspannen, und er sann konzentriert nach irgendeinem erheiternden Satz, um wenigstens Llianes Blick auf sich zu lenken, doch Merlin gönnte ihm keine Ruhe.

»Wir haben nicht mehr viel Zeit«, sagte er, »und wir haben schon viel zu viel Zeit verloren – woran der König und sein alberner Stolz schuld sind.«

Uther stockte der Atem, und er sah bestürzt zu dem Kindmann auf, erntete aber als Reaktion nur ein herrisches Brauenrunzeln.

»Uther hat seinen Irrtum eingesehen«, fuhr dieser fort, »und wenn er hier ist, so, um mit uns zusammen zu retten, was noch zu retten ist. Wichtig ist vor allem, die Dämonen aus dem Gebiet von Logres zu vertreiben.«

»Mit welcher Armee?«, fragte Dorian. »Wir sieben plus die Verletzten, die wir aus dem Wald mitgebracht haben?«

»Der König verfügt noch über eine ansehnliche Menge von Streitkräften«, erwiderte Merlin.

Erneut durchbohrte er Uther mit einem Blick, der ihm zu schweigen gebot. Und der junge Herrscher hielt an sich, obwohl er fühlte, wie es in seinem Innern zu brodeln begann, und er liebend gerne erfahren hätte, was Merlin im Schilde führte.

»Es sind noch genügend Männer in Loth vorhanden, die zahlreichen Truppen in den Herzogtümern ringsum noch gar nicht mitgerechnet. Vielleicht sogar noch genügend, um den Unnennbaren zu besiegen und bis hinter die Marken zurückzutreiben.«

»Und?«, knurrte Bran. »Warum sind wir dann hier?«

»Weil das nichts brächte. Die Ungeheuer sind bereits in der Vergangenheit von einer Armee vernichtet worden, die aus zehnmal so vielen Soldaten bestand wie das Heer, das der König heute unter Einbeziehung aller Wehrtauglichen zusammenstellen könnte. Und trotzdem sind sie zurückgekommen ... Es gibt Bedrohungen, lieber Bran, die mit Waffen nicht zu überwinden sind.«

»Wie wäre es, wenn du uns sagtest, was du im Sinn hast?«, mischte Lliane sich ein.

Der Kindmann wandte sich, in seinem Redefluss unterbrochen, zu ihr um und blinzelte mit den Augen, verstört durch ihre unvermittelte Frage. Er brauchte mehrere Sekunden, um den roten Faden wiederzufinden, und errötete sogar unter den Blicken der Versammelten.

»Ich ... Ich kann lediglich meine Meinung abgeben«, stotterte er. »Ich versuche schlichtweg, eine Lösung für diesen Konflikt zu finden ...«

»Sprich weiter«, meinte Uther in aufmunterndem Ton. »Wir haben so oder so nichts mehr zu verlieren ...«

Merlin dankte ihm mit einem kurzen Lächeln, dann sammelte er sich innerlich, den Blick gedankenverloren aufs Feuer gerichtet. Von dem Moment an sah er zu keinem von ihnen mehr auf.

»Verzeih mir, Bran«, bat er mit brüchiger, stockender Stimme, die man so wenig von ihm gewohnt war, dass alle betroffen waren. »Aber ich habe lange über das nachgedacht, was du mir damals während der Reinigungsfeier der Königin erzählt hast. Seit ihr Excalibur verloren habt . . ., « (der Ausdruck »verloren« löste einiges Protestgemurmel aus, doch er ignorierte es) ». . . werden keine Kinder mehr in euren Dörfern geboren. Dein Volk ist im Aussterben begriffen, nicht auf Grund der Niederlage eurer Armee vor dem Roten Berg, sondern weil euch euer Talisman nicht mehr schützt. Ich glaube, dass das Volk der Zwerge, so wie wir es kennen, nicht mehr besteht.«

Der bleiche Bran gebot mit einer Handbewegung Sudri und Onar Einhalt, die schon im Begriff waren aufzuspringen, um die Beleidigung mit Blut abzuwaschen. Merlin stand dicht bei den Zwergen, einzig durch Till, den Spurensucher, von ihnen getrennt, der vermutlich nicht einmal den kleinen Finger rühren würde, um ihm zu Hilfe zu kommen. Jeder konnte seine Angst spüren, doch er sprach trotz alledem weiter.

»Verzeiht mir«, sagte er noch einmal. »Doch ich glaube, dass hierin unser aller Schicksal liegt. Ihr werdet nur die Ersten gewesen sein . . .«

»Du glaubst, die Götter wünschen den Weltuntergang?«, murmelte Prinz Dorian in einem Ton, in dem unüberhörbar Furcht mitschwang.

»Ich glaube, dass die Welt im Wandel begriffen ist . . . Ich glaube, dass sämtliche Stämme der Göttin zu einem einzigen verschmelzen werden und dass die auserwählte Rasse diejenige sein wird, die alle vier Talismane an sich gebracht hat. Dies ist kein Fluch, es ist auch nicht der Weltuntergang . . . Im Gegenteil, ich bin der Ansicht, dass die Götter eine neue Welt herbeiwünschen, eine Welt, in der endlich Frieden herrscht . . . Vielleicht war das letztendlich der Sinn des Lebens?«

Ein lang anhaltendes Schweigen folgte auf die Worte des

jungen Druiden. Jeder von ihnen starrte jetzt geistesabwesend vor sich hin und betrachtete die Flammen, die inzwischen unter einem feinen Schneeregenschauer knisterten. Ihre Pferde, ihre Pelze und die Maschen ihrer Kettenpanzer waren von einer schimmernden weißen Schicht überzogen, doch sie harrten aus und fröstelten nicht einmal, so tief waren sie in Gedanken versunken.

Eine Art ersticktes Heulen, ähnlich dem »Schuhu« einer Eule, riss sie aus ihrer Lethargie und ließ sie alle gleichzeitig aufblicken. Es war Bran, der weinte. Den Kopf in den verschränkten Armen vergraben, die Schultern von Zuckungen geschüttelt, gleichgültig angesichts dessen, was die anderen von ihm denken mochten, weinte er um Baldwin und die Zwerge vom Roten Berg, die für immer in den finsteren Tiefen ihrer eingestürzten Stadt verschüttet waren, vielleicht bereits gestorben und dem Vergessen anheim gegeben. Er beweinte sein verpfuschtes Leben und all die Kinder, die niemals das Licht der Welt erblicken würden, den verblichenen Ruhm des Zwergenvolkes, die traurige Existenz, die ihm zu fristen blieb. Er weinte vor Erschöpfung und vor Resignation, weil so viele Monate der Mühen, so viele zurückgelegte Meilen, so viele Schlachten und Tote hier mündeten, in diesem verschneiten Tal, mit einer Rede von Merlin und dem Ende der Hoffnung. Einige Monate oder gar Wochen zuvor hätte er vermutlich noch wie Onar und Sudri reagiert, hätte wahrscheinlich gebrüllt und wäre Merlin an die Gurgel gesprungen, um ihm gewaltsam den Mund zu stopfen. Doch er hatte so vieles zu sehen bekommen – mittlerweile wusste er, dass der Druide die Wahrheit sprach. Die Götter hatten die Königreiche unter dem Berg aufgegeben. Und Caledfwch wiederzugewinnen würde daran nichts ändern ...

Als sein Tränenstrom versiegte, wurde er des Schweigens gewahr, das sich über ihre Truppe gesenkt hatte, und er wischte sich die Augen trocken, bevor er den Kopf hob. Sofort begegnete er Uthers müdem, entmutigtem Blick. Dies war nicht der

Blick eines Siegers. Uther war gealtert, und er schlotterte trotz des Feuers und seines Pelzmantels vor Kälte. Konnte es sein, dass die Menschen ebenfalls zum Aussterben verurteilt waren, dass am Schluss die Dämonen allein über die Welt regierten? Dieser Gedanke erschien ihm unerträglich, und er war plötzlich voller Zorn angesichts der Niedergeschlagenheit des Königs. Wenn Merlin die Wahrheit sagte, dann war letztendlich das Schicksal der Zwerge von Stund an eng an das der Menschen geknüpft!

Bran beugte sich zur Seite, zu dem Kindmann hin.

»Wenn ich es recht verstanden habe, meinst du, dass der Stamm der Dämonen verschwinden wird, wenn wir uns der Lanze von Lug bemächtigen, genau wie das Volk unter dem Berg nach dem Raub von Caledfwch?«

»Die Lanze, ja«, murmelte Merlin, ohne ihn anzusehen. »Wenn sie ihren Talisman verlieren, sind sie, ebenso wie ihr, nicht zum Verschwinden verdammt, sondern dazu, sich mit einer anderen Rasse zu vermischen ... Es ist nur eine Frage der Zeit.«

Alle, die ums Feuer herum gesessen hatten, waren aus ihren trübseligen Gedanken hochgefahren und hielten, aus der Benommenheit erwacht, den Atem an, um nichts von dem Wortwechsel zu verpassen. Bran hob selbstbewusst den Kopf und bot ihren Blicken wacker die Stirn, ja, er lächelte sogar, als sei der Untergang seines Volkes bereits ein abgeschlossenes Kapitel der Geschichte.

»Also gut, ich bin einverstanden«, sagte er (und es dauerte eine Weile, bis jeder begriff, wovon er sprach). »Wenn ihr mich gern dabeihaben wollt, werde ich mit euch gehen.«

Er stieß einen resignierten Seufzer aus.

»... Schließlich habe ich nicht viel zu verlieren.«

»Du kannst immerhin dein Leben verlieren«, murmelte Merlin.

»Ja, schön ...«

»Wartet!«

Merlin und Bran drehten sich wie ein Mann zu Ulfin um.
»Verflucht noch mal, bin ich denn der Einzige hier, der
nichts versteht?«, knurrte der Recke. »Wovon redet ihr eigentlich, potz Blitz? Wollt ihr losziehen, um den Talisman der Dämonen zu entwenden, ist es das?«

»Nun, ja ...«

»Dann viel Glück! Was glaubt ihr eigentlich? Sie haben gerade erst den Großteil unserer Armee vernichtet. Habt ihr
euch einmal angeschaut? Meint ihr wirklich, sie werden euch
einfach so gewähren lassen?«

Merlin verlor sichtlich die Geduld, doch gerade als er an-
setzte, um dem Ritter zu antworten, ergriff Lliane das Wort
und brachte sie beide umgehend zum Verstummen; sie
brauchte nicht einmal laut zu werden.

»Du trägst wieder einmal den Kopf in den Wolken, lieber
Myrrdin, und hängst deinen großartigen, aber sinnlosen Träu-
men nach ... Messire Ulfin hat Recht. Sämtliche Streitkräfte
Uthers und alle Magie der Welt werden nicht ausreichen, um
die Dämonen zu besiegen, und schon gar nicht, um ihnen die
Lanze zu rauben.«

»Nein«, sagte Uther, der bis dahin geschwiegen hatte. »Es gibt
ein anderes Mittel ...«

Er blieb einen kurzen Moment lang stumm, um die über-
schäumende Flut von Gedanken zu ordnen, die seit einigen
Minuten auf ihn einstürzte, und während sich die einzelnen
Mosaiksteinchen zu einem Gesamtbild fügten, belebte eine
Art Begeisterung seine Züge, verscheuchte die Müdigkeit, die
Niedergeschlagenheit und die Kälte.

»Mahault«, sagte er an Lliane gewandt. »Mahault de Scâth ...
Sie ist aus Kab-Bag entkommen, wo das Heer der Dämonen
sein Winterquartier aufgeschlagen hat.«

Lliane und die anderen sahen ihn mit derart verständnis-
loser Miene an, dass er ins Stammeln geriet und Mühe hatte,
den Plan, der da soeben vor seinem geistigen Auge Gestalt annahm, deutlich darzulegen.

»Eine Gruppe ... Eine kleine Gruppe von Leuten könnte durch die unterirdischen Gänge der Gilde nach Kab-Bag eindringen, während die Armee die Dämonen auf die Ebene hinauslockt. Der Schwarze Herr hat sich im ehemaligen Palast von Sheriff Tarot häuslich eingerichtet, und dort bewahrt er auch die Lanze auf. Es wäre immerhin möglich! Wir könnten es schaffen!«

Lliane schüttelte den Kopf.

»Sie werden die Lanze bei sich haben. Sie nehmen sie in jede Schlacht mit ...«

»Nicht, wenn wir sie über unser Vorhaben informieren!«

Dieses Mal blickte selbst Ulfin ihn an, als habe er endgültig den Verstand verloren.

»Dank Mahault könnten wir uns der Gilde bedienen, um falsche Informationen weiterzuleiten«, fuhr der König erregt fort und machte eine hilflose Handbewegung, während er sich Rückhalt suchend unter den Versammelten umsah. »Wenn sie dem Glauben erliegen, dass wir die Lanze an uns bringen wollen, werden sie mit Sicherheit nicht das Risiko eingehen, sie öffentlich zur Schau zu stellen. Ich werde die Armee bis nach Kab-Bag führen und gleich nach den ersten Gefechtsberührungen den Rückzug antreten, so dass wir die Dämonen weit von der Stadt weglocken. So habt ihr die Chance, eure Mission erfolgreich durchzuführen.«

»Vorausgesetzt, wir vertrauen der Gilde«, murrte Bran.

Lliane wiegte schweigend den Kopf, während um sie herum Dorian, Ulfin und die anderen diese verrückte Idee erörterten. Uther schien wieder von seinem alten Feuer beseelt. Die Attacke, deren Durchführung er da vorschlug, würde allerdings, selbst wenn es sich um ein reines Ablenkungsmanöver handelte, mit hoher Wahrscheinlichkeit in einem Desaster enden.

»Doch was geschieht, wenn es uns gelingt?«

Die Gespräche verstummten, und die Blicke richteten sich auf die Königin.

»Wenn wir die Lanze in unsere Gewalt bringen«, beharrte

sie. »Was geschieht dann? Werden sich dann die Elfen und die Menschen darum schlagen müssen, wer den Talisman behalten darf? Du, der du weder Mensch noch Elf bis, Myrrdin, auf welcher Seite wirst du dann stehen?«

Der Kindmann antwortete nicht, sichtlich verstört von der unumwundenen Frage der Königin. Da wandte sie sich an Uther, der ein wenig von seiner gerade erst wiedergefundenen Sicherheit zu verlieren schien.

»Myrrdin ist ein seltsames Wesen«, bemerkte sie lächelnd. »Manchmal hab ich ihn gern, und manchmal hasse ich ihn. Ich habe mich stets gefragt, wie er in unser aller Leben getreten ist, und bisweilen hatte ich den Eindruck, nur ein Spielball in seinen Händen zu sein ... Ich weiß nicht, ob wir es schaffen werden, aber wenn auch nur der Hauch einer Chance besteht, dieser Erde wieder zum Gleichgewicht zu verhelfen, dann bin ich einverstanden, es zu versuchen, damit wenigstens meine Tochter eine Aussicht hat, den Frieden zu erleben. Ich werde mich nach Kab-Bag begeben ...«

Sie stand unvermittelt auf, schüttelte den Kopf, um sich von den Eiskristallen zu befreien, die ihr langes Haar übersäten, und ging nachdenklich davon. Uther, der nun wieder nüchtern war, hatte den Eindruck, dass sie sich entfernte, um ihre Tränen zu verbergen, so sehr waren ihre letzten Worte von Traurigkeit geprägt gewesen. Er dachte ebenfalls an Morgane, die er so wenig kannte, dann an seinen Sohn, Artus, und an Merlins Worte auf dem Steg. Lliane hatte ihnen immer noch den Rücken zugekehrt, und eine Weile lang war kein anderes Geräusch zu hören als das Knirschen ihrer Stiefel im Schnee und das Prasseln der Flammen. Dann wandte sie sich um, mit schimmernden Augen und bewegter Stimme.

»... Doch dieses Mal soll nicht wieder alles vergebens sein!«, erklärte sie aufgebracht. »Die Talismane müssen an einem zentralen Ort aufbewahrt werden, wo kein Stamm einen Vorteil daraus zieht. Ich will nicht, dass die Menschen die Welt regieren, und ich möchte auch keine Welt, in der es keine Zwerge und Elfen mehr gibt. Ich werde nach Kab-Bag gehen, Uther, mit allen, die mir folgen wollen, doch wenn die Götter mir gestatten, dort die Lanze in meine Gewalt zu bringen, werde ich sie mit nach Avalon nehmen, ebenso wie das Schwert von Nudd, den Kessel von Dagda und sogar den Stein von Fal! Damit die Talismane wieder in die Hände der Götter gelangen!«

Uther starrte sie ganz und gar entgeistert an, und als ihm schließlich bewusst wurde, dass sie eine Antwort von ihm erwartete, wandte er sich Hilfe suchend an Merlin. Vergeblich. Der Kindmann sah ihn nicht an. Er lächelte der Königin zu, nicht mit diesem süffisanten Ausdruck, den er für gewöhnlich zur Schau trug, sondern verzückt. Er war wie geblendet von Llianes Worten, denn sie kamen für ihn einer Offenbarung gleich.

»Die Feeninsel«, murmelte er leise. »Wie kommt es, dass ich daran nicht gedacht habe ...«

Darauf wandte er sich an Dorian (als sei Lliane selbst keine Elfe), und in seinem funkelnden Blick stand der Wahnsinn zu lesen, der ihn bisweilen ergriff.

»Werden die Elfen auf den Kessel verzichten?«

Dorian zögerte keine Sekunde, vielleicht weil er nun seinerseits der ekstatischen Begeisterung des alterslosen Druiden erlegen war.

»Alles, was wir wollen, ist der Friede!«, erwiderte er. »Es mag ruhig alle Welt aus dem Kessel des Wissens trinken, wenn dies dazu angetan ist, den fortwährenden Kriegen ein Ende zu bereiten!«

Till erhob sich brüsk, worauf auch sein Falke überstürzt aufflog.

»Du bist zu voreilig mit deinen Worten!«, erklärte er in einem Ton, aus dem Zorn herauszuhören war. »Wir sind für Uther in die Schlacht gezogen, und das Schwert von Nudd liegt noch immer in seinen Schatztruhen wie zu Gorlois' Zeiten! Er möge es zurückgeben und auf den Stein von Fal verzichten. Erst dann werden wir euch den Kessel aushändigen!«

Der Spurensucher schleuderte dem König einen vernichtenden Blick zu, dann ging er wieder zu seinem Platz, wobei er auf halbem Wege mit einem unwirschen Fußtritt ein brennendes Holzstück, das von dem Stoß heruntergerutscht war, zur Seite stieß.

»Nun, Uther«, meinte Lliane leise. »Die Wahl liegt bei dir ...«

»Welche Wahl?«, lachte er hämisch, während er zu ihr aufsah. »Wenn wir nichts unternehmen, so ist der Kampf auf alle Fälle verloren.«

Er schwieg einige Sekunden lang, dann erhob er sich, genau wie die Königin vor ihm, und schüttelte seinen Mantel aus.

»Also schön«, sagte er. »Doch ohne den Stein gibt es keinen König mehr, und ohne das Schwert wird es keine Armee mehr geben. Die müsst ihr mir so lange lassen, bis ich mein Volk dazu gebracht habe, wieder Vertrauen zu fassen, und meine Männer in die Schlacht geführt habe. Wenn wir siegen, so schwöre ich, sie persönlich bis zu deiner Insel zu bringen, Lliane. Ihr müsst mir glauben ...«

Er war zu ihr getreten, und zum ersten Mal, seit er sie zwischen den Birken erblickt hatte, war er ihr nahe genug, um sie in die Arme zu schließen. Ihre Haut war so kalt wie das Seewasser, doch ihre grünen Augen verströmten eine Hitze, die ihn von Kopf bis Fuß erglühen ließ. Einen kurzen Augenblick gab es nur noch sie beide auf der Welt, ihre Erinnerungen, ihr Begehren.

»Das reicht nicht!«, ertönte eine schroffe Stimme und brach den Bann.

Merlin war aufgestanden, und in seinen lodernden Augen erkannte Uther die Eifersucht.

»Was sagst du da?«

»Dein Wort genügt nicht, Uther!«, beharrte der junge Druide und deutete auf die Schar aus Elfen und Zwergen, um sie als Zeugen heranzuziehen.

Ihre Augen vermochten nicht zu lügen. Keiner von ihnen

würde ihm mehr das Vertrauen schenken, das er in der Vergangenheit enttäuscht hatte. Selbst Lliane zog sich von ihm zurück und wandte den Blick ab.

»Was willst du denn noch!«, grollte der König, wütend, enttäuscht und überzeugt davon, plötzlich von Merlin verraten worden zu sein. »Du weißt ebenso gut wie ich, dass ich ohne das Schwert niemals genügend Soldaten zusammenbekommen werde!«

»Ich habe dir gesagt, was ich will«, gab der Kindmann zurück. »Ich will Artus ... Artus als Pfand für dein Versprechen. Artus gegen das Schwert und den Stein. So sieht der Pakt aus!«

Aha, das war es also ... Erneut kamen ihm Merlins Worte auf dem Steg in den Sinn, seine Erregung, sein hitziger Blick, als er von ihm verlangt hatte, ihm blind zu gehorchen, was auch immer er befehlen würde. Doch was sollte er glauben von all dem, das zwischen dem gegenwärtigen Zeitpunkt und seinen Versprechungen in der Vergangenheit lag?

»Nun gut, so nimm ihn, du Bastard!«, zischte er mit unbändigem Hass zwischen zusammengepressten Zähnen hindurch. »Doch wenn ihm irgendetwas zustößt, so bete, dass ich in der Schlacht umkomme, denn dann mag die Welt noch so groß sein, du wirst mir nicht entrinnen!«

XI

Der Vorabend eines bedeutenden Tages

Weniger als eine Meile von ihnen entfernt waren die Festungsmauern von Loth von einem riesigen Lichtkranz umgeben, und man konnte sogar auf der anderen Seite der Burggräben die Lagerfeuer derjenigen sehen, die in der Stadt selbst nicht mehr untergekommen waren und die Nacht im Zelt verbrachten. Der Wind trug die Gerüche von geschmiedetem Eisen und gebratenem Fleisch bis zu Ulfin herüber, heiße Duftwolken, die seinen Hunger schürten. Trotz seines geschlossenen langen Mantels und seiner dicken, pelzgefütterten Stiefel klapperte er in seinem behelfsmäßigen Unterschlupf mit den Zähnen und konnte nicht einmal ein Feuer entzünden, um sich aufzuwärmen. Es war schon die zweite Nacht, die sie beide, Urien und er, in einem kleinen Wäldchen am Rande des Weges nach Norden auf der Lauer lagen. Urien war wenigstens in der Lage zu schlafen, eingemummt wie eine Raupe in ihren Kokon, wohingegen er selbst kein Auge zutun konnte, so dass er sogar darauf verzichtet hatte, seinen Kameraden zu wecken, und seinen Wachdienst über die Zeit hinaus fortgesetzt hatte.

Genau wie sie waren auch die übrigen Recken in Zweiergruppen direkt an jedem der in die Stadt führenden Wege postiert und hielten Tag und Nacht Ausschau, um den Flüchtigen abzufangen, der sie verraten würde. Uther hatte alles dafür getan. Noch der unbedeutendste Bogenschütze und der letzte

Bettler wussten von seinem Plan, oder zumindest von dem Plan, den er hatte verbreiten lassen. Er hatte Mahault in Gegenwart ihrer Günstlinge davon erzählt, Illtud und seinen Mönchen, damit sie in ihrem Namen Messen läsen, der Königin Igraine in Anwesenheit ihrer Kammerzofen. Und wenn auch nur irgendjemand noch an dem unmittelbaren Bevorstehen eines bewaffneten Angriffs hätte zweifeln wollen, so waren da die unablässigen Vorbereitungen der Armee, die ungeheure Geschäftigkeit der Schmiede, die Schildknappen, die in die entlegensten Baronien ausgesandt wurden, um die Vasallen zur Ratssitzung einzuberufen, und die für jedermann unübersehbare Einstellung der Söldner zur Verstärkung der Hofritter[1] – und all das war auch noch für den blindesten Spion offenkundig genug.

Mahault und ihre Männer waren über die Straße aus dem Norden her angereist, den direktesten Weg nach Kab-Bag, und falls einer von ihnen sich entschlösse, wieder in Richtung der Gnomenstadt aufzubrechen und den Schwarzen Herrn über ihr Vorhaben ins Bild zu setzen, so war es fast sicher, dass er diesen Weg nehmen würde. Ulfin war dies bewusst, ihm, der als Einziger die wirklichen Absichten des Königs kannte. Der Recke war sich sehr wohl darüber im Klaren, in welchem Maße das Gelingen ihres Planes von dem Erfolg des Täuschungsmanövers abhing, das sie da ausgeklügelt hatten, und welch entscheidende Rolle es dabei spielte, dass sie sich über die Route des Informanden Gewissheit verschafften; und die Last dieser Verantwortung trug mit dazu bei, ihn wach zu halten.

Die Mönche läuteten zur Laudes.[2] Die Nacht war noch

1 Zum Königshaus gehörige Ritter, Berufskrieger, die an den Hof gebunden waren, und Männer ohne eigenes Lehen, im Gegensatz zu den Lehnsrittern, die ihre Gefolgsleute unter einem eigenen Banner versammelten, oder zu den gedungenen oder Söldnerrittern, die bisweilen aus eigenen Mitteln ein kleines Heer unterhielten.
2 Stundengebet um drei Uhr morgens

schwärzer und noch kälter, nun da die Feuer in der Stadt eins nach dem anderen erloschen. Sie hatten hoch oben auf einer mit Sträuchern bewachsenen Anhöhe Stellung bezogen, von wo aus sie die Straße meilenweit überblicken konnten, ohne dass Bäume die Sicht behinderten, doch Ulfin hätte ihn um Haaresbreite verpasst. Bis zum letzten Moment sah er nichts. Einzig das dumpfe Trappeln eines galoppierenden Pferdes auf dem verschneiten Fahrweg riss ihn aus seiner Benommenheit. Mit einem hektischen und unkoordinierten Satz entledigte sich der Recke seiner Felldecke und stürzte den Abhang hinunter, wobei nicht viel gefehlt hätte, und er wäre auf dem hart gefrorenen Schnee der Länge nach hingeschlagen. Doch er war rechtzeitig an der Straße unten und schoss wie ein Springteufel knapp vor den Hufen des Ritters aus dem Boden. Der Mann trug einen weiten dunklen Regenumhang, dessen Kapuze sein Gesicht teilweise verdeckte, doch Ulfin erkannte ihn trotzdem. Es war nur ein flüchtiger Augenblick, bevor der Reiter in die Nacht entschwand, aber er hatte ihn dennoch gesehen, und als das Hufklappern in der Ferne immer leiser wurde, fing der Recke schallend an zu lachen.

»Was ist los?«

Ulfin kletterte, immer noch lachend, die verschneite Anhöhe wieder hinauf, indem er sich von Strauch zu Strauch hangelte. Sein Kamerad stand da, wüst zersaust, das Schwert in der Hand.

»Ich glaube, wir haben die Wette alle verloren«, erklärte der Recke, als er bei ihm anlangte. »Es war nicht diese Kanaille von Guerri le Fol, es war der Page ...«

»Welcher Page?«, fragte Urien mit schlaftrunkener Stimme.

»Mahaults süßer kleiner Liebhaber, der Geck im Weiberrock, der unlängst Uther attackiert hat ... Die wird sich im Übrigen noch freuen, davon zu hören.«

Ulfin hob seine Decke auf und schickte sich an, seine Sachen zu verstauen.

»Das heißt ja noch nicht, dass Guerri nicht ebenfalls aufge-

brochen ist«, brummelte Urien. »Er kann einen anderen Weg
genommen haben ...«

»Mhm, ist schon möglich, aber richte dich trotzdem schon
mal drauf ein, dich von deinem Geldbeutel zu verabschieden,
du schlechter Verlierer! ... Los, pack deine Sachen, wir gehen.«

Die beiden Recken schnallten ihre Tornister zu und verließen dann mehr als erleichtert ihren eisigen Unterschlupf. Eine
Stunde später schritten sie durch die Ausfallspforte in der Barbakane, die das Haupttor abschirmte, und legten bei dem
Wachtposten eine Rast ein, um sich im Schein einer Fackel mit
einer Schale Suppe und einer Pinte Bier zu stärken. Die Wärme
trug dazu bei, dass Urien alsbald einnickte, aber Ulfin setzte
seinen Weg fort, um sich später keine Vorwürfe machen zu
müssen, und stieg bis zur Königsburg hinauf.

Er tat gut daran. Denn Uther war noch wach.

Er fand ihn in seinem privaten Audienzgemach vor, wo er
wieder und wieder das verbleibende Gold aus seinen fast leeren Schatztruhen zählte, um auszurechnen, wie viele Soldaten
er noch ausrüsten, wie viele Pferde, wie viele Lanzen er noch
bezahlen könnte. Sobald er Ulfin erblickte, entließ der König
die Schreiber.

»Da bist du ja endlich!«, sagte er. »Und?«

»Es ist so weit, ich habe ihn vorbeireiten sehen, er ist wie
vom Teufel besessen direkt in Richtung Kab-Bag galoppiert.«

»Hast du versucht, ihn aufzuhalten?«

»Ich habe gehandelt, wie du mich geheißen hast.«

»Das ist gut ... Ein Verräter, der sich entlarvt weiß, hat keine
andere Wahl, als bis zum Äußersten zu gehen.«

»Apropos, du hast dich getäuscht, ebenso wie wir alle ... Es
war nicht dein Guerri le Fol, sondern Mahaults süßer kleiner
Liebhaber, eben jener, den du in den Schnee geworfen hast.«

Uther sah enttäuscht zu seinem Freund auf.

»Selbst er also? ... Geh schlafen. Morgen werd ich dir etwas
zeigen, was dich amüsieren wird.«

»Ich bin nicht müde.«

»Wirklich? Dann komm ...«

Die beiden Männer traten wortlos in den nachtstillen Gang hinaus. Sie brauchten nicht lange zu gehen: Zwei bewaffnete Soldaten hielten einige Schritte weiter Wache, vor einer verschlossenen Türe, die sie auf einen Wink des Königs mit einer Schlüsselumdrehung öffneten. Dieser wich ehrerbietig wie ein Höfling vor Ulfin zur Seite, und der Recke trat ein. Umgehend stieg ihm ein Ekel erregender süßlicher Gestank in die Nase, in dem sich der Duft eines schweren Parfums mit einem üblen Odeur von billigem Wein und dem benebelnden, durchdringenden Geruch von Blut vermischte. Dort lag Mahault, ein gewaltiger Fleischberg in einem bretonischen Wandbett, das durch den flackernden Schein einer Öllampe beleuchtet wurde, hingestreckt zwischen zerwühlten Laken, einen Arm in der Luft baumelnd, der genauso fett wie ihr Schenkel war. Das Blut floss noch immer, dunkel glänzend auf ihrem weißen Fleisch, vom Halsansatz bis zu den Fingerspitzen, von wo es, Tropfen für Tropfen, herabfiel und eine riesige Pfütze auf den Steinplatten bildete.

Ulfin hielt sich die Nase zu und trat nahe genug heran, um sich über sie zu beugen. Man hatte ihr die Kehle durchgeschnitten, von einem Ohr bis zum anderen ... Er drehte sich zu Uther herum, der auf der Schwelle stehen geblieben war, stürzte Hals über Kopf aus dem Zimmer und zog die Tür hinter sich zu.

»Weiß man, wer sie ermordet hat?«

»Eben der Einzige, der nicht verschwunden ist«, erklärte der König. »Dein Freund Guerri le Fol. Der Rest der Bande ist auf und davon. Madoc und Adragai haben auf dem Weg zum See drei oder vier vorbeireiten sehen. Die anderen haben jeweils einen oder höchstens zwei gesichtet – nur Kanet hat wie üblich über die Stränge geschlagen und den Seinen auf der Straße nach Süden getötet. Urien und du, ihr seid die Letzten ... Es ist komisch, man könnte meinen, sie hätten sich alle verbissen darum bemüht, lieber einen Umweg zu machen, als dort durchzukommen, wo ich sie erwartet hätte. Es sei denn, ihr seid eingeschlafen, natürlich ...«

Ulfin war empört und schnitt ein entrüstetes Gesicht.

»War doch nur ein Scherz«, meinte der König.

»Mhm ...«

Uther zog seinen Freund an der Schulter fort, und sie machten sich auf den Rückweg zum Audienzgemach. Vor sich einen Becher Wein, eingelullt von der Wärme des verglimmenden Feuers über einer Schicht Glut im Kamin, räkelte Ulfin sich behaglich, dann streckte er seine langen Beine bis in die Feuerstelle hinein.

»Es ist komisch, sie hatte es fast geschafft, mich zu überzeugen«, sagte er halblaut. »Weshalb hat Guerri sie wohl umgebracht? Glaubst du, er hatte Angst, nach Kab-Bag zurückzukehren?«

»O nein ... Sicher nicht. Ich habe bereits Bekanntschaft gemacht mit dieser Sorte Mensch, Dieb oder Mörder, die den Ring der Gilde am Finger tragen. Er hätte die alte Mahault niemals getötet, wenn er nicht den Befehl dazu erhalten hätte.«

»Aber ich dachte, sie sei diejenige, die das Kommando über die Gilde innehat?«

Uther leerte seinen Becher, dann schenkte er sich noch einen Schluck Wein ein und bot auch seinem Gefährten davon an.

»Die Vermutung liegt also nahe, dass die Gilde ihr Oberhaupt gewechselt hat«, entgegnete er und ließ sich tief in seinen Sessel zurücksinken. »Wir werden mit Sicherheit niemals die Wahrheit erfahren, aber ich denke, sie hat uns nicht angelogen. Sie war nie mehr als eine Hehlerin ... Solange die Gnomen die Kontrolle über Kab-Bag hatten, hatte sie nichts zu befürchten, doch seit die Dämonen sich dort niedergelassen haben ... Zu was hätte ihnen eine alte, gelähmte Frau nütze sein sollen? Wahrscheinlich hat sie wirklich dem Herrn und Meister entfliehen wollen, wie sie ihn zu nennen pflegte, ohne sich darüber im Klaren zu sein, dass ihre Männer ihr bereits nicht mehr gehorchten ...«

Er verzog spöttisch das Gesicht.

»... bis hin zu ihrem Pagen, wie du siehst ... Le Fol ist am längsten geblieben, um seinen Auftrag vollständig zu erfüllen, bevor er zu seinem neuen Gebieter eilt.«

Uther blickte den Recken an und wies mit einer Kopfbewegung zu dem Raum hinüber, in dem der Leichnam der Hehlerin ruhte.

»Hast du ihre Hand gesehen? Ist dir denn dabei nichts aufgefallen?«

Ulfin sah in Gedanken wieder das schwarze Blut, das über die fette, weiße Hand herabrann, vor sich. Er schüttelte verneinend den Kopf.

»Er hat ihr einen Finger abgeschnitten«, sagte Uther. »Den Ringfinger ... Und man hat den Ring, den Mahault trug, bei ihm gefunden. Wenn du versuchen möchtest, ihn zum Reden zu bringen, nur zu; ich wünsche dir viel Vergnügen ...«

»Und diese Geschichte mit dem unterirdischen Stollen, was ist damit? Glaubst du, sie ist wahr?«

Uther wandte sich ihm zu, und sein Blick war mit einem Mal ernst.

»Es gibt nur einen Weg, das in Erfahrung zu bringen, Ulfin.«

Der Recke stutzte, dann erbleichte er, als er begriff, was der König von ihm erwartete.

»Du wirst mit Lliane losziehen«, erklärte er. »Gib ihr den Ring der Gilde, sie wird ihn sinnvoll einzusetzen wissen ... Frehir wird mit dir kommen, ihm kannst du vertrauen; er hat das nötige Format, sich um diesen Guerri zu kümmern. Es wäre im Übrigen besser für ihn, wenn der unterirdische Zugang tatsächlich existierte, denn wenn nicht, dann sehe ich schwarz für sein Leben ...«

Ulfin schmunzelte und trank bedächtig seinen Wein aus.

»Dir ist sicherlich bewusst, dass es, falls dieser geheime Stollen nicht existiert, für deinen *gesamten Plan* schwarz aussieht. Dann werdet ihr für nichts und wieder nichts massakriert werden ...«

»Ich habe nicht die (und Uther legte größten Nachdruck auf das folgende Wort) *geringste* Absicht, mich massakrieren zu lassen.«

Trotz der unvermindert schneidenden Kälte, trotz des Schnees, der sämtliche Dächer, sämtliche Zelte sowie die Eisschicht bedeckte, die sich auf dem See und den Wassergräben gebildet hatte, machte Loth einen festlichen Eindruck. In weniger als einer Woche waren an die zehntausend Männer in die Heeresrolle eingetragen worden, darunter an die siebenhundert Ritter. Es war ein Schauspiel, an dem Uther sich gar nicht satt sehen konnte, weshalb er in jeder freien Minute zu den Wehrmauern lief und sich an dem Knattern der Standarten im Wind berauschte – ein rotes Kreuz auf weißem Grund –, an dem Geruch der Hufschmiedewerkstätten und Stallungen, der von dieser riesigen Menge, die sich da in und außerhalb der Stadt versammelt hatte, aufstieg. Stündlich trafen neue Männer ein: bisweilen ganze Truppen aus den Baronien, die unter einem gemeinsamen Banner, einem Panier oder einem schlichten Fähnlein kämpften, je nach dem Rang dessen, der sie befehligte; häufig auch einfache, freie Bauern, die mit Bogen und Spießen bewaffnet waren; und daneben einige junge Angehörige des niederen Adels, die gerade einmal fünf Pferde und zwei Knappen mit sich führten, was dem geforderten Minimum für den Heeresdienst entsprach, der von jedem Vasallen des Königs vierzig Tage im Jahr abzuleisten war. Der Großteil der Seigneurien, die durch den Krieg geschwächt waren, hatte kaum die Mittel, auch nur einen einzigen Ritter auszurüsten[3], doch keiner hatte sich gedrückt, und der nicht abreißen wollende Strom bildete mit der Zeit einen gigantischen Pulk, den der Konnetabel Léo de Grand mit der Unterstützung von

[3] Der Unterhalt eines Ritters und seiner Gefolgschaft entsprach den jährlichen Einnahmen, die aus der Bewirtschaftung von einhundertundfünfzig Hektar Land erzielt wurden.

zwölf Recken unermüdlich in Banner[4] und Schlachthaufen einteilte.

Wohin man auch blickte, konnte man sich an der fieberhaften Hektik der Vorbereitungen ergötzen. Harnischmacher, Kreuzschmiede und Dengler, Huf- und Wagenschmiede bearbeiteten vom Morgengrauen bis weit in die Nacht hinein Eisen und Amboss, und die Schüffter zogen so viel Männer wie möglich aus der untätigen Menge der Fußsoldaten heran, die die Lanzen mit mehrere Klafter langen Schäften aus Eschen-, Apfel- oder Buchenholz versahen oder Pfeile fertigten. Ganze Linien von Reitern übten den Blitzangriff in geschlossenen Gliedern, und die Erde erzitterte unter den Hufen ihrer Streitrösser. Unter jedem Zelt, gleich ob schlicht oder prunkvoll, und in jedem Stall fetteten die Knappen die Lederteile ein und ölten die Kettenhemden.[5] Überall dort, wo Soldaten trainierten, vibrierte die Luft von Schreien und Gelächter, vom Klirren der Schwerter und dem Zischen der Pfeile. Für die meisten von ihnen waren dies Freudentage. Auf Geheiß des Königs wurde seinem Schlachtplan entsprechend alles, was sich im Sattel halten konnte – gleich ob Sergeants, Wachen oder Schildknappen –, auf der Stelle zum Ritter geschlagen und zog umgehend los, um sich im Umgang mit der Lanze zu üben. Desgleichen sahen sich die Ritter, die bereits Schild und Sporn trugen, in den Rang von Bannerherren erhoben, die das Kommando über ganze Linien oder Banner erhielten, selbst wenn der Großteil von ihnen noch keine sechzehn Jahre zählte. In der Stadt eilten allerorten die frisch Beförderten mit weit ausholenden Schritten durch die Straßen, das Haar auf dem Kopf oben zum Knoten hochgesteckt[6], auf

4 Ein Banner umfasste rund zwanzig bis fünfzig Ritter, die von einem Bannerherrn angeführt wurden. Mehrere Banner bildeten einen Schlachthaufen und mehrere Schlachthaufen eine Armee.
5 Die Kettenhemden mussten häufig in Öl gewälzt werden, um der Rostbildung vorzubeugen und ihre Geschmeidigkeit zu erhalten.
6 Die Haare dienten so als Schutz unter dem Helm.

dem Rücken den Schild, der teilweise noch feucht war von der auf die Vorderseite aufgebrachten Bemalung, einem roten Kreuz auf weißem Grund, und sie träumten bereits davon, ihre eigenen Farben hinzuzufügen.

Genau wie die Weinschänken und Bordelle, oder fast genauso, war die Kirche all die Zeit über voll besetzt. Man weihte dort die frisch Beförderten in ganzen Scharen, ohne auch nur ein Zehntel der Riten zu vollziehen, die für gewöhnlich nötig gewesen wären. Man beschränkte sich auf eine Segnung, aber schließlich gab es viel zu tun ... Es war immer derselbe Spruch, der den ganzen Tag über aufgesagt wurde: »Herr im Himmel, wir erbitten deine Gnade: Segne und weihe diese Männer hier, die nichts inbrünstiger wünschen, als das Banner der heiligen Kirche zu tragen, um diese gegen das Heer der Feinde zu verteidigen, auf dass den Getreuen und den Verteidigern deines Volkes, die ihm folgen, kraft der Macht des heiligen Kreuzes der freudenreiche Sieg über jene Feinde und der Triumph zuteil werde.« Amen, und schon war der nächste Schwung an der Reihe.

Ironischerweise war Merlins phantastisches Gerede Wirklichkeit geworden, was den Kindmann selbst am meisten erstaunte. Er hatte Lliane und die anderen am Seeufer zurückgelassen und lief in einem fort kreuz und quer durch die Stadt, dann und wann von irgendeinem Veteranen aus der Armee des Pendragon erkannt, von denen mancher ihm freundschaftlich zuwinkte oder zunickte, was ihm eher ungewohnt war. Die besiegte, demoralisierte Armee hatte sich in eine fröhliche Menge verwandelt, die entschlossen war, sich zu schlagen. Da musste zwangsläufig Magie mit im Spiel sein! Der Arme wäre reichlich erstaunt gewesen, wenn er gehört hätte, was hinter seinem Rücken über ihn geredet wurde. Er, der Geächtete, das ungeliebte, zurückgewiesene Kind ohne Vater wurde zum allergrößten Magier, mächtiger als alle Zaubermeister unter dem Berg, weiser als sämtliche Druiden aus Brocéliande, und schließlich eilte ihm sein Ruf voraus, so dass nun jedermann lächelte, wenn er vorüberging und wie auf Wolken schwebte.

Uther selbst war wie ausgewechselt. Er hatte die Nächte zuvor nur wenige Stunden geschlafen, und die Aufregung hielt ihn in einer fieberhaften Hektik gefangen, die nicht mehr weit vom Wahnsinn entfernt war; er lief überall umher, hatte auf alles ein Auge, blieb an jedem Feldlager stehen, um mit den Männern zu reden, in einen Laib Brot hineinzubeißen oder direkt aus einem Weinschlauch zu trinken, an seiner Seite stets die imposante Gestalt Frehirs, der ihm wie ein Schatten folgte. Der Barbar zog immer noch ein Bein nach, doch er hatte einen mit Eisenstiften beschlagenen Morgenstern von wahrhaft beachtlicher Größe aufgetrieben und trug ihn geschultert wie eine Holzfälleraxt, was durchaus zum Vergnügen der Truppe beitrug. Ab und an stieß Merlin auf ein paar Worte zu ihnen, wenn sie so unermüdlich von einem zum anderen liefen, dann zog er sich wieder zurück, wie man es von ihm kannte, ohne dass einer wusste, wo er geblieben war.

Bei all dieser emsigen Betriebsamkeit hatte Igraine ihren Gemahl seit Tagen nicht mehr zu Gesicht bekommen, außer von weitem, oder für wenige Augenblicke zwischen Tür und Angel, schmutzverschmiert – und was die Mönche ihr über sein Benehmen zutrugen, vermochte sie in keiner Weise zu beruhigen. Sie betete in der Kapelle, allein mit Bruder Blaise und ihren Dienerinnen, als eine Kammerzofe keuchend und mit hochrotem Gesicht hereinplatzte, um sie in ihren Andachtsübungen zu unterbrechen.

»Der König ist da, Majestät! In Eurem Gemach!«

Die Königin sprang von ihrem Betstuhl auf, ohne auf den Protest des Mönches zu hören, und bekreuzigte sich nicht einmal, bevor sie den heiligen Ort verließ. Es geziemte sich nicht, dass eine Dame von hohem Stande außer Atem geriet und ihren Teint verdarb, indem sie rannte wie ein kleines Mädchen, aber Igraine war dem Alter entwachsen, in dem man sich an solche Ratschläge hält, und sie hatte zudem keine Lust dazu.

Sie bekam kaum noch Luft, als sie in dem Gemach anlangte, ließ ihre Dienerinnen draußen stehen und schlug ihnen die Tür vor der Nase zu.

Uther schlief bereits, hingesunken auf die Decke aus grauem Eichhörnchenfell, die über das Bett gebreitet lag. Seine schlammtriefenden Beinlinge hatten Pfützen auf den strohbedeckten Steinplatten hinterlassen. Sein langer, pelzgefütterter Mantel lag auf der Erde, noch immer von gefrorenen Schneekristallen übersät. Noch halb auf der Schwelle hatte er sein Gehänge abgeschnallt und sein Schwert quer über einen Sessel geworfen. Igraine stand mit dem Rücken an die Tür gelehnt, um Atem zu holen. Ihr war mit einem Mal sterbenselend, und der kalte Schweiß brach ihr aus, was sie ihrem überstürzten Lauf zuschrieb.

Kaum war das Schwindelgefühl verflogen, trat sie bis an die Bettstatt vor, setzte sich vorsichtig, um ihren Gemahl nicht zu wecken, und strich nach kurzem Zögern mit den Fingerspitzen die braunen Zöpfe zur Seite, die sein Gesicht verdeckten. Uther schlief mit offenem Mund wie ein Kind, die Wangen von der Kälte gerötet, die Haut glänzend von geschmolzenem Raureif.

»Du liebst ihn, nicht wahr?«

Igraine stieß einen Schrei aus und fuhr herum. Vor dem Kamin saß seelenruhig ein lächelnder Merlin, der seine Beine am Feuerbock aufwärmte und die Brauen hochzog, als erstaune ihn ihr Erschrecken.

Sie fasste sich wieder, sah flüchtig zu Uther hinüber, der nach wie vor schlummerte, und war dann mit wenigen Schritten bei dem jungen Druiden.

»Raus hier!«

»Ich werde verschwinden, liebe Königin, und zwar schneller, als du denkst«, sagte Merlin lächelnd. »In einigen Stunden werde ich die Burg verlassen haben, und du wirst mich dort nie wieder sehen.«

»Welch ein Segen!«

»Komm, setz dich neben mich ...«

Sie blickte ihn hasserfüllt an, und Merlin stieß einen matten Seufzer aus.

»Wie du willst«, meinte er. »Und doch muss ich dich sprechen ...«

Die Königin stand aufrecht und stolz vor ihm, die Arme vor der Brust verschränkt, mit einer überheblichen Miene, die eine Beleidigung gewesen wäre, wenn die hochmütig gespitzten Lippen weniger hübsch gewesen wären und Igraine weniger jung. Ungeachtet der Anstrengungen, die sie unternahm, sich standesgemäß zu geben, war sie ein blutjunges Mädchen, dessen Züge selbst der Zorn nicht zu verhärten vermochte. Ihr blondes, geflochtenes und über den Ohren aufgerolltes Haar hatte ihrem wilden Lauf nicht standgehalten, und lange Strähnen hatten sich gelöst, was er hinreißend fand. Uther war nicht nur der Geliebte der zwei Königinnen, sondern auch der beiden schönsten Geschöpfe, die ihm je zu Gesicht gekommen waren. Lliane war wohl die noch Schönere, mit dieser sinnlichen Anmut, dieser animalischen Schamlosigkeit, für die sämtliche Heiligen ihr Seelenheil aufs Spiel gesetzt hätten; doch Igraine wirkte weniger unnahbar, zerbrechlicher und weckte die Lust, sie gerade dafür zu lieben. Die Aufregung hatte ihr die Röte ins Gesicht getrieben, und sie zitterte. Merlin war zutiefst bekümmert, sie so zu sehen. Artus war nicht nur Uthers Sohn. Er hatte auch eine Mutter, die jüngste und sanfteste aller Mütter, der er ihn entreißen müsste ... Und wenn man bedachte, dass sie ihn jetzt schon zu hassen schien, noch bevor er überhaupt einen Ton gesagt hatte!

»Nun?«, herrschte sie ihn barsch an. »Ich warte!«

»Merlin ist gekommen, um Artus in seine Obhut zu nehmen«, ertönte die Stimme Uthers hinter ihnen.

Wie auf Kommando drehten sie sich beide nach dem König um, der auf seinem Bett saß, sich am Kopf kratzte und aussah, als habe er sich soeben mit einer Meute Hunde gebalgt.

»Was sagst du da?«

201

»Ich bin nicht dazu gekommen, mit dir zu sprechen«, murmelte er. »Verzeih mir . . .«

Sie flüchtete sich in seine Arme, und er hielt sie ganz fest, die Augen geschlossen, während er den süßen Duft ihres Haars einsog.

»Ich werde fortgehen«, sagte er ganz leise. »Die Armee ist bereit, und es wäre gefährlich, noch länger zu warten. Doch es wird niemand mehr in Loth zurückbleiben, der dich und Artus verteidigen könnte. Ich möchte, dass du zu deinem Bruder fährst . . . Léo de Grand ist nicht in der Lage, die Schlacht zu leiten, daher werde ich die Truppen anführen. Er wird dich mitnehmen nach Carmelide, in eure Burg von Carohaise.«

»Und Artus?«, hauchte sie.

Uther schlug die Augen auf, und er begegnete Merlins Blick. Konnte sie spüren, wie sein Herz raste? Sah sie die Schweißperlen auf seiner Stirn?

»Es wäre zu riskant, euch zusammen reisen zu lassen . . . Antor und Merlin werden auf ihn Acht geben. Sie werden später zu euch stoßen.«

Wieder kreuzten sich sein Blick und der des Kindmannes flüchtig, und es schien ihm, als nickte dieser beipflichtend. Doch beinahe im selben Moment machte sie sich von ihm los und starrte Merlin mit sichtlichem Abscheu an.

»Warum ihm?«, zischte sie. »Ausgerechnet ihm willst du deinen Sohn anvertrauen?«

»Du kennst Merlin nicht«, erwiderte er und versuchte, sie erneut an seine Schulter zu ziehen.

Doch sie wich jäh zurück, die Augen schimmernd vor Tränen.

»So hör mich doch an«, beharrte er. »Merlin ist allgemein angesehen und gefürchtet, von den Elfen ebenso wie von den Zwergen. Bei ihm ist Artus in Sicherheit, das schwöre ich dir!«

»Niemals!«

Igraine blickte sie beide herausfordernd an, dann rannte sie zu dem einzigen Fenster ihres Gemachs, und an ihren zucken-

202

den Schultern sahen sie, dass sie in Tränen aufgelöst war. Uther bedeutete Merlin mit einer Kopfbewegung, den Raum zu verlassen, und wartete, bis der junge Druide die Tür hinter sich geschlossen hatte, dann trat er zu ihr hin.

»Es kann sein, dass ich nicht zurückkehre, weißt du ...«

»Glaubst du, das ist mir nicht bewusst? Glaubst du, ich habe nicht erfahren, was von der Armee Léo de Grands noch übrig war? Glaubst du, ich habe ihre Belagerung nicht miterlebt, habe die Flammen nicht gesehen, ihr Gebrüll nicht gehört? Jede Nacht war ich bei Artus und Anna und fragte mich, ob du noch am Leben seist ... Ich liebe dich, Uther. Ich liebe dich mehr, als du dir vorstellen kannst. Doch selbst in den schlimmsten Momenten, wenn ich dich tot auf den Festungsmauern sah, verbrannt oder von den Wölfen verschlungen, hatte ich noch meine Kinder, und das war zumindest ein Grund weiterzuleben ... Wenn du stirbst, ist Artus alles, was mir von dir bleibt. Nimm ihn mir nicht fort. Ich flehe dich an, nimm ihn mir nicht fort.«

»Igraine, er ist von Geburt an zum König bestimmt. Das ist wichtiger als alles andere, das musst du verstehen ...«

»Und was interessiert es mich, dass er eines Tages König wird?«

Sie schrie nun, das Gesicht vom Weinen völlig verquollen. Als er einen weiteren Versuch machte, sie in den Arm zu nehmen, schlug sie ihm mit der flachen Hand ins Gesicht.

»Du hast nicht das Recht dazu! Ich bin die Königin! Mir hast du deinen Thron zu verdanken!«

Mit ihren zornfunkelnden Augen, den aufgelösten Zöpfen und dem tränenüberströmten Gesicht sah sie aus wie eine Wahnsinnige, und man konnte es wahrhaftig mit der Angst zu tun bekommen. Uther wich zurück. Seine Wange brannte, die Ohrfeige hatte ihn noch mehr erniedrigt als ihre kränkenden Worte, und auf Grund des Schlafmangels lagen seine Nerven blank.

»Es bleibt dir doch immerhin noch Anna ...«

»Der Teufel soll dich holen!«

Da stürzte er davon, nahm im Hinauslaufen sein Schwert vom Sessel und schlug die Tür hinter sich zu. Igraine fiel von Schluchzern geschüttelt auf die Knie, dann sank sie zu Boden.

»Der Teufel soll dich holen, Uther, dich und deinen unglückseligen Merlin!«

Doch Uther konnte sie nicht mehr hören. Er stürmte die Gänge hinunter wie ein Besessener, dabei legte er ein solches Tempo vor, dass Merlin rennen musste, um mit ihm Schritt zu halten; dann platzte er in Artus' Schlafgemach hinein, wo er im Vorbeilaufen Antor und die Amme zur Seite stieß und kaum zu bemerken schien, dass sich die beiden zärtlich umschlungen hielten.

»Packt eure Sachen! Und seht zu, dass ihr in einer Stunde aufbruchbereit seid, mit dem Kind!«

Sein Gebrüll hatte das Baby geweckt, das in seiner Wiege zu schreien begann. Die Frau eilte Hals über Kopf zu ihm, während sie hastig ihr offenes Mieder zuschnürte, und hob ihn an ihren Busen, um ihn zu wiegen, doch Uther würdigte sie nur eines flüchtigen Blickes. Als er sich umwandte, sah er Merlin vor sich, zitternd wie Espenlaub.

»Gib auf ihn Acht, du verteufelter Bastard, als sei er dein eigener Sohn!«

»Er wird wie ein Sohn für mich sein«, erwiderte Merlin leise.

Uther musterte ihn und sah ihn so, wie er wirklich war, schmächtig und zutiefst verstört, und er unterdrückte den Drang, ihm sämtliche Knochen zu brechen. Dann fiel sein Blick auf Antor mit dem treuen Hundeblick, und sein Zorn verrauchte.

»Ach Antor, mein Guter ...«

Er schenkte ihm ein Lächeln und starrte ihn unverwandt an, während eine neue Idee in seinem Kopf Gestalt annahm, was allerdings so lange währte, dass der junge Ritter von einem Fuß auf den anderen trat und errötete wie ein unschuldiges Mädchen.

»Hast du Kinder, Antor?«

Der Ritter verneinte mit einem Kopfschütteln.

»Land?«

Er zuckte verlegen lächelnd die Achseln.

»Und du, liebe Frau?«, fragte Uther zur Amme gewandt. »Bist du verheiratet?«

»Mein Mann ist gestorben. Aber ich habe noch einen Sohn. Kaï ... Er ist beinahe zwei Jahre alt.«

»Einen Sohn ... Das ist gut.«

Uther wirkte jetzt wieder ziemlich munter, als er Merlin und die beiden anderen der Reihe nach mit höchst zufriedener Miene ansah.

»Also schön, Antor, ich überlasse dir meine Besitzung, Cystennin. Es handelt sich nur um einen befestigten Erdhügel am Saum des Waldes, doch das Gebiet hat den Rang einer Baronie und zählt einige Mansen[7], die dir ein schönes Auskommen ermöglichen werden. Und ich gebe dir diese Frau hier«, fügte er mit einem amüsierten Seitenblick auf die Amme hinzu. »Nehmt Artus mit, zieht ihn auf zusammen mit ...«

»... Kaï«, wisperte sie, als der König angestrengt nach dem Namen ihres Kindes suchte.

»Ja, richtig. Niemand soll erfahren, dass Artus mein Sohn ist, doch ich verlasse mich darauf, dass du ihn unter Einsatz deines Lebens verteidigst. Merlin wird mit euch gehen. Leiste ihm in allem Folge, Antor ... Er allein kann kommen und ihn euch wieder fortnehmen, wenn die Zeit reif ist.«

Uther zögerte einige Sekunden, dann strich er seinem Spross mit den Fingerspitzen über die Wange. Artus packte seinen Finger, steckte ihn in den Mund und fing an zu saugen, was Uther im Innersten aufwühlte. Behutsam befreite er sich und musterte Merlin verächtlich.

»Und, bist du nun zufrieden?«

7 Bäuerliches Land von fünf bis zehn Hektar, das den freien Bauern vom Lehnsherrn gegen einen Pachtzins und gewisse Dienstbarkeiten überlassen wurde

»Ich schon, doch … Ich hoffe nur, dass Lliane …«

»Das oder gar nichts.«

Uther lächelte noch immer, doch seine Augen glänzten, und sein Kinn bebte. In dem Moment, als er über die Schwelle trat, packte Merlin ihn am Arm, doch der König entwand sich seinem Griff und ging, ohne sich umzudrehen, hinaus.

Sie sollten einander nie mehr wieder sehen.

XII

Ein Wintermorgen

Einzig die Wachen, die um die dritte Stunde, zur Laudes, am Haupttor auf ihren Posten standen, hätten sie davonziehen sehen können. Antor saß auf einem Saumtier, das schwarz war wie die Nacht, den Bogen schräg über die Brust gehängt und den Schild zusammen mit seinem Schwert am Sattel befestigt; er ritt vor einem schweren, von zwei Ochsen gezogenen Wagen her, welche Merlin, durch seinen Mantel und seine Pelzkappe beinahe unkenntlich, mit einer Rute dirigierte. Er ging zu Fuß, nachdem der König kein weiteres Pferd für ihre Expedition hatte erübrigen können (oder wollen). Die Reise bis zur Baronie von Cystennin würde lang werden, zumal auf diesen verschneiten Straßen, und falls Uther ihm eine Buße hätte auferlegen wollen, so hätte Merlin selbst auch nicht anders gehandelt.

Das Morgenrot war zum ersten Mal seit einer Reihe von Tagen phantastisch, ein lang gezogener rosafarbener Streifen über dem Blassblau des Schnees, der die Wipfel des rings um die Wehrmauern errichteten Waldes aus Zelten in ein schillerndes Licht tauchte. Kein Wölkchen am Himmel, nur noch die letzten dunklen Schwaden der Nacht, die sich nach und nach auflösten. Man konnte darin ein glückliches Vorzeichen sehen. So empfand es zumindest Uther, während der Wagen sich entfernte, in dem wohl geborgen die Amme, ihr Sohn Kaï und Artus saßen. Instinktiv drehte er sich um, sah zum Bergfried hinauf und suchte, in der Hoffnung, Igraine dort zu entdecken, mit den Augen das Fenster ihres Schlafgemachs. Sie redete nicht mehr mit ihm und verweigerte ihm den Zutritt zu ihrem Zimmer, doch Uther hatte ihr die Stunde der Abreise mitteilen lassen, ebenso wie die Stelle auf den Wehrmauern, an der er sich aufhalten würde, für den Fall, dass sie sich je zeigen oder ein letztes Mal ihren Sohn umarmen wollte. Selbstverständlich konnte er aus dieser Entfernung nichts erkennen, doch wie hätte sie nicht da sein können, jetzt, wo ihr Kind sie, in den Armen einer anderen schlummernd, verließ? Uther blieb eine ganze Weile stehen, zu jenem still daliegenden Fenster gewandt, in der Hoffnung, dass Igraines Blick ohne allzu großen Groll auf ihm ruhte.

Er war sich dessen bewusst, dass ihr der Umstand, auf diese Weise ihren Sohn entrissen zu bekommen, möglicherweise als der schlimmste Verrat erschien und sie dies nicht so rasch vergeben konnte, doch dieser Aufbruch ging einem weiteren voran, seinem eigenen – und dem der Armee. Fortzugehen, ohne sie noch einmal zu sehen, würde seinem Herzen einen weiteren schweren Stoß versetzen ...

Nachdem er eine Weile reglos dagestanden hatte, überkam ihn ein Frösteln, und er lenkte sein Augenmerk wieder auf den mit einer Plane bespannten Wagen, auf Merlin, der, in seiner Bewegungsfreiheit gehindert und ungeschickt dahinstolpernd, bei jedem Schritt rutschte, und auf die stolze Gestalt Antors, der wie ein Prinz hoch oben auf seinem schweren Ross thronte. In zwei oder drei Wochen, spätestens aber in einem Monat, wäre er in Caer Cystennin, weit weg vom Krieg und der Unruhe am Hof, in der Tasche eine Urkunde, die der junge Ritter zwar nur unter Schwierigkeiten entziffern könnte, die jedoch das königliche Siegel trug und ihn zum neuen Herrn am Ort machte. Und das war gut so. Was auch immer geschähe, Artus würde dort aufwachsen, wo Uther selbst seine Kindheit verbracht hatte, wahrlich kaum reicher als seine Bauern, aber frei und sorglos, am Saum des großen Waldes. Der alte Elad, Kaplan seines Vaters, würde ihm ein Stück Glauben vermitteln, ihn das Lesen lehren und vermutlich das Misstrauen gegen die Elfen. Antor würde ihm beibringen, ein Pferd zu reiten, zu jagen und ein Schwert zu halten. Und was Merlin betraf... Nun, Merlin würde auf ihn aufpassen und ihm vielleicht eines Tages erzählen, wer sein Vater war.

Sie durchquerten soeben das Feldlager, ohne dass auch nur einer auf sie achtete, wenn man einmal von einigen wachhabenden Soldaten absah, denen der junge Baron von Cystennin fröhlich zuwinkte. Wahrscheinlich genoss er diesen Sonnenaufgang, die kalte Luft, den kräftigen Geruch der Ochsen und das Knirschen der Reifen auf dem frischen Schnee in vollen Zügen. Ein einfacher und wackerer Mann, den der König gerade wunschlos glücklich gemacht hatte, indem er ihm mehr geschenkt hatte, als er sich je hatte träumen lassen: eine Ehefrau, eine Baronie, genügend Güter, um glückliche Tage zu verbringen, sowie zwei Kinder, die zwar nicht von ihm stammten, die er jedoch wie seine eigenen aufziehen würde... Und das Leben, nicht zu vergessen das Leben, sicher, weit weg von den Kämpfen, die sich anbahnten... Das war bedeutend mehr, als der arme König selbst besaß. Er riskierte, alles zu verlieren: Frau, Kind, Thron und Leben – es mochte allerdings auch sein, dass er alles für immer gewann.

Uther holte tief Luft und bemühte sich, seine sorgenvollen Gedanken zu verscheuchen, während er auf das riesige Lager hinabsah, das unter den ersten Sonnenstrahlen zum Leben erwachte. Diese Unmenge von Männern, all diese Pferde... Es waren sicher weniger als die Massen, die dem Pendragon auf seinem zügellosen Ritt gefolgt waren, doch dieses Mal war der König er selbst, nicht mehr, aber auch nicht weniger als ein Mensch. Dieses Mal würde er mit Schwert und Lanze siegen, nicht mit Magie. Es wäre ein neuer Aufbruch, eine zweite Chance. Lliane hatte Recht... Die Talismane sollten alle auf die heilige Insel gebracht werden, dort in der Versenkung verschwinden und bis ans Ende der Zeiten dem Vergessen anheim fallen!

Unwillkürlich schweifte sein Blick zum See hinüber, zu dem schmalen Pfad, dem Ulfin und er von der Ausfallspforte bis zum Anlegesteg und weiter bis zum Lager der Elfen und Zwerge gefolgt waren. Waren sie bereits fort? Natürlich nicht. Sie mussten auf Frehir warten, auf Ulfin und auf diesen Galgenvogel, der ihnen als Führer dienen würde. Und doch war nicht die kleinste Rauchfahne zu sehen ...

Da vernahm er vom Wehrgang her schlitternde Schritte und Fluchen und wandte den Kopf. Es war der Herzog Léo de Grand, eingehüllt in einen pelzgefütterten Mantel, unter dem sein Arm in der Schlinge verschwand.

»Ich weiß, was du mir erzählen wirst«, bemerkte Uther und hob die Hand, um ihm Einhalt zu gebieten, noch ehe er ein Wort gesagt hatte. »Spar dir unnötige Bemühungen, ich werde die Armee anführen. Dies ist keine Sanktion ... Du bist nach wie vor Konnetabel des Königreichs, aber du bist verletzt. Du wärest nicht einmal im Stande, eine Lanze zu halten.«

Der Herzog wirkte sichtlich getroffen. Sein Gesicht glänzte vor Schweiß und war von der Kälte ebenso gerötet wie von der Anstrengung, die der Aufstieg durch den kleinen Turm zu den Festungsmauern für ihn bedeutet hatte. Er trat unruhig von einem Fuß auf den anderen, und es fiel ihm schwer, seine ganze kleine Rede für sich zu behalten, die er sich so sorgfältig zurechtgelegt hatte und die sein Schwager soeben durch seine einfache vorsorgliche Erklärung vereitelt hatte. Er zermarterte sich so unübersehbar das Hirn, um neue Argumente zu finden, dass Uther Mitleid mit ihm bekam und ihm, ohne in dem Moment an seine Verletzung zu denken, einen herzlichen Klaps auf die Schulter versetzte, was Carmelide einen Schmerzensschrei entlockte.

»Entschuldige. Du siehst, nun hatte ich doch vergessen ...«

»Schon gut«, brummelte Léo de Grand in seinen Bart hinein. Er wich jedoch zurück und drehte sich zur Seite, als wolle er seine Verwundung vor einer neuerlichen missglückten Freundschaftsbezeigung in Sicherheit bringen.

»Außerdem«, sagte Uther, »brauche ich dich.«

Der Herzog hob eine seiner buschigen Brauen.

»Ich möchte, dass du Igraine nach Carohaise bringst. In Loth werden nicht mehr genügend Männer zurückbleiben, um sie zu verteidigen, falls je ... Nun, du hast schon verstanden.«

Uther versuchte zu lächeln, doch er brachte nur ein verkrampftes Grinsen zuwege.

»Jetzt erzähl mir alles, was du über die Dämonen weißt ...«

Sie hatten sich in tiefschwarzer Nacht auf den Weg gemacht, über sich einzig das schwache Licht von Mond und Sternen, was den Elfen und selbst den Zwergen völlig genügte. Die drei Menschen in ihrer Truppe, Ulfin, Frehir und Guerri, der Mörder, dem man nur eine Mauleselin gegeben hatte, damit er sich nicht erkühnte zu fliehen, sahen hingegen nichts und sperrten verzweifelt die Augen auf in dem Bestreben, ihnen zu folgen. Weit vor ihnen ging, wie gewohnt, Till zu Fuß, während sein Falke vorwegflog. Er war ein Spurensucher, der in der Lage war, stundenlang zu laufen, ohne Müdigkeit zu verspüren, lautlos wie ein Fuchs im Wald. Später, bei Anbruch der Dämmerung, würden sie sich vermutlich schneller voranbewegen, doch für den Moment ritten sie im Schritt, so langsam, dass Till, obgleich er kein Pferd hatte, bereits einen beträchtlichen Vorsprung besaß.

Lliane hielt sich wortlos neben ihrem Bruder Dorian und Kevin, dem Bogenschützen. Ringsum war alles ruhig, einzig die Rufe der Nachtvögel und die gleichmäßigen Schritte der Pferde im Schnee durchbrachen die Stille. Keiner von ihnen döste vor sich hin, doch die übermäßige Erregung beim Aufbruch war nach einigen Stunden einem allgemeinen Schweigen gewichen. Selbst Frehir war am Ende verstummt. Die Königin hatte die Zügel auf den Hals ihrer Stute Ilra hinuntergleiten

lassen, und ihr entspannter Körper passte sich geschmeidig dem
gleichmäßig wiegenden Gang ihres Reittieres an, während sie
ihren Gedanken nachhing.

Den ganzen Tag über hatten sie auf der Kuppe einer Anhöhe
im Schutz dichter, von der Last des Schnees gebeugter Sträucher gehockt und dem endlosen Auszug der Menschenarmee
beigewohnt, die Loth in geordneter Formation verließ. Diese
Bilder hatten sich ihr tief ins Gedächtnis eingegraben.

Das Ganze hatte bei Tagesanbruch begonnen, als eine Gruppe
berittener Kundschafter im gestreckten Galopp aus dem Lager gefegt war – in einem wüsten, ungeordneten Haufen. Dann
hatten sich lange Trupps von Reisigen, Degenkämpfern, Bogenschützen, Pikenieren und einfachem, mit den abenteuerlichs-
ten Gerätschaften bewaffnetem Fußvolk von überall her in
Bewegung gesetzt, um ihnen zu folgen. Sie bewegten sich in
geschlossenen Reihen, wobei sie Züge von Karren und ganze
Rinder- und Schafherden in ihrem Schutz mitführten. Inmitten dieser Menge sah man hin und wieder hohe Kreuze, die
von Mönchen in düsteren Kutten gleich Standarten gehalten
wurden, als hätten sie nicht schon genug davon auf ihre
Waffenröcke und Schilde gemalt ... Und schließlich kamen
die Ritter, die von den Stadtmauern her bejubelt wurden von
allem, was an Frauen, Kindern, Greisen und einer verschwin-
dend kleinen Schar versehrter Männer übrig war, die so wenige waren, dass selbst jene, die den Befehl erhalten hatten, in
Loth zu bleiben, gleich ob Soldaten oder Diener, sich dessen
schämten.

Die Morgendämmerung hatte nicht zu viel verheißen, und
es schien noch immer eine strahlende Wintersonne vom Himmel, die ihre Helme und Kettenpanzer aufleuchten ließ. Man
hätte das Ganze für einen Strom aus Silber halten können, der
langsam und endlos unter einem Wald von Lanzen dahinfloss.
Trotz der Entfernung spürten die Elfen die Erde unter den Hufen der Pferde dröhnen, gleich einer vibrierenden Trommel. Jedes Banner trug ein Feldzeichen mit seinen eigenen Farben,

und all diese fröhlich flatternden Flaggen verliehen der Armee einen festlichen Anstrich. War es möglich, dass die Menschen den Krieg liebten, dass sie Freude oder Stolz dabei empfanden, sich zu schlagen? Lliane hätte gern mit Myrrdin darüber gesprochen, doch der junge Druide war mit Uthers Sohn fortgereist, und sie hatte es nicht gewagt, sich mit ihrer Frage an Ulfin zu wenden. Nun, da sie nach dem Schauspiel, das diese ganze Menge mit ihren im Sonnenlicht schillernden Waffen und Rüstungen geboten hatte, zu ihrem eigenen düsteren und geheimen Unterfangen aufgebrochen waren, war es zu spät.

Doch was spielte das im Übrigen schon für eine Rolle ... Ob sie sich nun unter Gesang oder mit Angst im Bauch auf den Weg machten – der Augenblick der Wahrheit wäre doch für alle gleich, wenn das Wüten der Schlacht mit der Plötzlichkeit eines Unwetters auf hoher See über sie hereinbräche. Als Lliane sie so davonziehen sah, in dem Wissen, dass Uther sich unter ihnen befand, überkam sie erneut diese menschliche Regung, die sie auf der Lichtung der Elfen gepackt hatte. Uther, Myrrdin und sie schlugen drei getrennte Wege ein, und die Elfe fühlte sich trotz ihres Bruders, trotz Till, Kevin und der anderen alleine, als sollten sie sich nicht wieder sehen. Es wäre ein weiter Weg bis nach Kab-Bag ...

Plötzlich zerriss ein Schrei die nächtliche Stille, gefolgt von dem Geräusch eines Aufpralls, einer Fluchkanonade und plötzlichem Hufgetrappel. Instinktiv drehte sie sich um und hatte gerade noch die Zeit, ihr Gesicht zu schützen. Eine dunkle Gestalt galoppierte an ihr vorbei, eine Klinge blitzte auf und zerriss ihren Mantel. Es war Guerri.

»Haltet ihn auf«, brüllte Frehir mit seiner rauen Stimme. »Er hat mein Pferd gestohlen!«

Schon spannte Kevin seinen Bogen, doch Lliane gebot ihm mit einer Geste Einhalt. Zur Verblüffung des Barbaren, der bis zu ihnen herangekommen war, richtete sie sich auf ihrem Reittier auf und stieß ein gellendes Wiehern aus. Es war zu dunkel, selbst für die guten Augen der Elfen, als dass sie irgendetwas hätten erkennen können, aber sie hörten, wie sich das Pferd, ihrem Befehl gehorchend, aufbäumte. Direkt danach vernahm man erneut das Geräusch eines Aufpralls.

Frehir reagierte umgehend. Es war erstaunlich, einen Mann von seiner Größe und seinem Gewicht so schnell rennen zu sehen, zumal in derart hohem Schnee. Lliane ließ ihre Stute antraben und holte sie in Windeseile ein, allerdings nicht schnell genug, um den Barbaren an seinem Vorhaben zu hindern. Der unglückselige Guerri war abgeworfen worden und in den Straßengraben gerollt, und wenn er sich bei dem Sturz auch nichts gebrochen hatte, so übernahm zumindest Frehir es nun offensichtlich, diese Ungerechtigkeit wieder gutzumachen. Er hieb wie ein Besessener auf ihn ein und gebrauchte seine Faust dabei wie einen Hammer – von einer Rage getrieben, die die Elfen in Angst und Schrecken und die Zwerge in Begeisterung versetzte.

»Frehir, halt ein!«, rief Lliane laut.

Doch der Barbar prügelte unverändert weiter, zornig, dass er sich von diesem Galgenvogel hatte überrumpeln lassen, der obendrein die Unverschämtheit besessen hatte, ihn von seinem Ross herunterzustoßen, um es ihm zu rauben. Es war allerdings wahr, dass er mit einer Mauleselstute nicht weit gekommen wäre ...

»Los, mach schon!«, johlte Bran, der sich mit seinen Gefährten genähert hatte, fröhlich. »Bring ihn um!«

Lliane warf dem Zwerg einen vernichtenden Blick zu, sprang von ihrem Pferd ab und stürmte die Böschung hinunter, um den Barbaren zu packen. Mit einem Rippenstoß befreite er sich aus ihrem Griff, es wurde ihm jedoch sofort bewusst, was er soeben getan hatte. Er ließ von seinem Opfer ab, stürzte auf die Königin zu und hob sie mit seinen großen Pranken wie ein Kind hoch.

»Es geht schon«, sagte Lliane, die wieder zu sich kam. »Jetzt setz mich wieder ab.«

214

Der Barbar gehorchte, zutiefst beschämt; da die Zwerge in die Hände klatschten und ihn unter großem Geschrei bejubelten, gestattete er sich jedoch die Andeutung eines Lächelns.

Lliane war neben Guerri Le Fol niedergekniet, oder besser neben dem, was von ihm noch übrig war. Sein Kiefer stand in einem bizarren Winkel heraus, seine Lippen waren aufgeplatzt und bluteten genau wie seine eingeschlagene Nase. Er schien noch am Leben zu sein. Sie wandte sich zum Rest der Truppe um, und in dem Moment wurde sie Frehirs Lächeln gewahr.

»Da gibt es nichts zu lachen«, herrschte sie. »Wenn du ihn getötet hättest, du hirnloser Rohling, könnten wir ebenso gut nach Loth zurückkehren oder mit Uther in den Tod gehen. Willst du deinen Sohn nun wieder sehen oder nicht?«

Bei der Erwähnung von Galaad verschloss sich die Miene des Riesen. Er stammelte eine Entschuldigung, doch Lliane kehrte ihm den Rücken zu.

Sie blieben bis zum Morgengrauen dort und verloren wahrscheinlich kostbare Stunden, um den Mörder aus der Gilde zu verarzten. Doch was blieb ihnen anderes übrig? Es war undenkbar, ihn in diesem Zustand zurück in den Sattel zu setzen, und sie mussten warten, bis Guerri wieder zu Bewusstsein kam. Lliane und Sudri hatten beide ihre medizinischen Kenntnisse eingebracht und sich an seinem Krankenlager unter einem behelfsmäßigen, einfachen Schutzdach abgelöst, das in einem zwischen zwei Bäumen gespannten Umhang bestand. Im fahlen Schimmer des Morgengrauens wirkte der Mann noch elender. Nichts auf der Welt, weder die Magie der Steine noch die Pflanzenheilkunde hätte eine solche Vielzahl Beulen und Prellungen lindern können. Er sah kaum noch nach einem Menschen aus. Sie hatten ihm den Kiefer wieder eingerenkt, doch Guerri hatte mehrere Zähne eingebüßt, und ihm rann in einem fort Blut aus dem Mund. Die Lippen und Augenbrauen geschwollen und schwarz, stöhnte er unaufhörlich, unfähig, sich auf den Beinen zu halten. Ein Stück weiter konnte man im Schnee die blutigen Spuren des Händels erkennen.

Die Zwerge hatten bereits Feuer gemacht und ein heißes Gebräu aufgesetzt. Alle Übrigen, einschließlich der Elfen, schielten verstohlen zu ihnen hinüber, getrieben von der Hoffnung, dass es für alle reichen würde. Der Geruch nach brennendem Holz und gewürztem Wein breitete sich rasch bis zu ihnen aus, und dann weiter bis zu dem Unterstand, wo Sudri den Schlaf des Gerechten schlief und sich, ohne sich dessen bewusst zu sein, an den geschundenen Körper des Mörders hingeschmiegt hatte. Reglos wie ein Stein behielt Lliane ihn im Auge, und vermutlich wiegte sich Guerri in dem Glauben, dass sie ebenfalls döste. Er hob flüchtig den Kopf, und die Königin bemerkte seinen funkelnden Blick unter den geschwollenen Lidern, der auf den Ring an ihrem Finger geheftet war.

»Das ist Mahaults Ring«, murmelte sie. »Der Ring der Gilde ... Natürlich würdest du ihr Anführer, wenn es dir erneut gelänge, ihn an dich zu bringen. Aber in dem Zustand, in dem du dich befindest ... Die einzige Frage, die sich augenblicklich stellt, ist, ob du die Reise fortsetzen und uns bis zu dem unterirdischen Eingang führen kannst. Lotse uns dorthin, und ich werde dir den Ring und das Leben lassen. Wenn du dich weigerst, bleibt uns keine andere Wahl, als kehrtzumachen, um mit Uthers Armee in den Tod zu gehen. Doch in dem Fall wird sich selbstredend Frehir deiner annehmen ...«

Er wandte den Kopf zu ihr, ein ebenso erbärmlicher wie scheußlicher Anblick mit diesem zerschundenen Gesicht und dem von getrocknetem Blut geschwärzten Verband, der um seinen Kiefer gewickelt war. Seine Lippen öffneten sich einen Spalt weit, doch er vermochte lediglich ein paar unverständliche Worte hervorzupressen. Sein Blick dagegen sprach mehr als tausend Worte.

»Ich sehe, dass du mich verstanden hast«, sagte sie.

Sie schickte sich an aufzustehen, um unter dem behelfsmäßigen Schutzdach herauszutreten, doch le Fol hielt sie am Ärmel zurück.

»Die Armee ... hat ... keine ... Chance.«

Lliane starrte ihn an und fragte sich, ob er lächelte oder ob diese seltsam verkrampfte Grimasse dem Schmerz zuzuschreiben war. Letzteres wäre ihr lieber gewesen.

»Der Meister ... weiß ... Bescheid«, fügte er leise hinzu.

»Das will ich doch hoffen«, sagte Ulfin so laut, dass die Königin zusammenzuckte. »Man kann wohl sagen, dass wir alles dafür getan haben!«

Der Recke schenkte ihr ein Lächeln, doch Lliane erspähte in seinem Blick eine Angst, die den heiteren Ton seiner prahlerischen Worte Lügen strafte. In jenem Moment dachten sie beide an Uther, an diese nichts ahnende Armee, die dem Tod entgegenging, mit keinem anderen Ziel, als ihnen den Weg freizumachen.

»Wenn du in der Lage bist zu sprechen, bist du auch in der Lage zu reiten«, brummte Ulfin.

Er packte Guerri am Kragen, hievte ihn auf seine Schulter und beförderte ihn ohne viel Federlesens auf den Rücken seiner Mauleselin.

»Sire Frehir, jetzt seid Ihr gefragt!«, brüllte er, und der Mörder sah mit Schrecken, wie der Barbar mit einer Lederschlinge in der Hand auf ihn zukam.

Ihre Blicke kreuzten sich flüchtig. Frehir lächelte. Er riss ihm mit einem jähen Ruck den Mantel herunter und streifte ihm die Schlinge um den Hals. Dann rollte er gerade eben so viel von dem aufgewickelten Ende der Schnur ab, wie nötig war, damit Guerri sich im Sattel aufsetzen konnte, hob ostentativ seine gewaltige Faust und knotete sich das Schnurende um sein Handgelenk.

»Sieh zu, dass du auf meiner Höhe bleibst«, sagte er, wobei er seine Drohung mit einem kräftigen Anziehen unterstrich, so dass sich das Band spannte und seinen Gefangenen würgte.

»Los, kommt, wir reisen weiter!«, rief die Königin zu den Zwergen gewandt, die noch immer beim Frühstück saßen und all dies verfolgten, als handle es sich um ein reines Schauspiel.

Während sie anfingen, geschäftig hin und her zu eilen, setzten sich die anderen bereits in Bewegung. Frehir streckte seine freie Hand aus und machte Guerri mit einer verächtlichen Geste auf den am Boden liegenden Umhang aufmerksam, der eine dunkle Lache im Schnee bildete.

»Bete, dass wir vor Einbruch der Nacht ankommen. Denn bei dieser Kälte könnte es sonst ...«

Am Morgen des zweiten Tages tauchten einige Wölfe auf, die in gebührender Distanz zur Armee umherstreiften. Uther hatte jedoch die Lektion Léo de Grands im Gedächtnis behalten. Sie hatten kein Lager errichtet und keine Feuer entzündet. Es war eine schreckliche Nacht gewesen, doch zumindest liefen sie nicht Gefahr, überrascht zu werden, selbst wenn nur wenige es vermocht hatten, ein Auge zuzutun. Die Männer hatten in geschlossenen Karrees Stellung bezogen, eingemummt in ihre Umhänge, gegen den Wind geschützt durch die Wagen, die der Feldmarschall nach Norden hin gleich einem Festungswall hatte aufreihen lassen. Und kaum hatten die Wölfe sich gezeigt, waren Tausende von Männern mit einem Satz auf die Füße gesprungen, die Hand um die Waffe gekrallt, und hatten ein solches Gebrüll angestimmt und dermaßen wild herumgefuchtelt, dass die Bestien mit eingezogenen Schwänzen das Weite gesucht hatten.

Dies war kein Sieg, da überhaupt kein Kampf stattgefunden hatte, ja, es war nicht einmal ein Pfeil abgeschossen worden. Und doch löste die Flucht der Wölfe Gelächter und Jubelrufe aus. Die Männer beglückwünschten sich, unterhielten sich lauthals und stampften mit den Füßen. Noch nicht ganz wach und reichlich durchgefroren, schüttelten sie im orangefarbenen Schein des Morgengrauens ihre froststarren Pelzmäntel aus, sammelten ihre Waffen ein und reichten einander mit Schnaps gefüllte lederne Schläuche, um sich aufzuwärmen. Uther sah um sich herum nichts als blau angelaufene Gesichter und von der Kälte gerötete Nasen, doch alle machten vergnügte Mienen, und er fühlte, wie er selbst von dieser kindlichen Begeisterung erfasst wurde, von dem schlichten Glück des heraufdämmernden Tages, von der Kraft, die von ihrer großen Anzahl ausging. Die Recken, die seine persönliche Garde bildeten, lächelten ebenfalls, während sie ihm halfen, seine Rüstung anzulegen.

Uthers Blick blieb einen Moment lang an einer abseits knienden Gestalt hängen, dann schüttelte er irritiert den Kopf, da er Illtud de Brennock erkannte. Der Abt, der genau wie sie in Kriegsmontur war und ein Schwert an der Seite trug, hatte nicht sehr viel von einem Kirchenmann an sich, eher etwas von dem Ritter, der er einstmals gewesen war. Er betete still für sich, mit gefalteten Händen und gesenktem Haupt, so dass er seinen geschorenen Nacken und seine Tonsur dem Winterwind darbot. Uther war ihm verbunden, dass er nicht allen irgendwelche Danksagungen auferlegt hatte. Zur Stunde hatte er Hunger und fror, und nichts schien ihm dringender, als sich fertig zu rüsten und das Lager abzubrechen.

Er kehrte dem Mönch den Rücken, um seinen Kettenpanzer über seine gepolsterte lederne Brünne zu ziehen, die er zum Schlafen anbehalten hatte, bewegte sich ein wenig, um seine Glieder zu lockern, streifte seinen weißen Waffenrock über und ließ sich von Adragai das Gehenk mit Excalibur daran um die Hüften schnallen. Schließlich zog er seine Kettenhaube über Kopf und Schultern, dann hob er seinen Helm auf, um ihn am Sattel festzumachen. Den Blicken und dem Lächeln der Recken entnahm er ihre Erwartung, er möge mit ihnen sprechen, und er ärgerte sich über sich selbst, weil er unfähig war, sie anzulügen, es aber auch nicht übers Herz brachte, ihnen zu sagen, was auf sie zukam.

»Los, Freunde, aufgesessen!«

Wären sie in der Lage gewesen zu begreifen, dass ungeachtet ihrer Zahl und ungeachtet ihrer Stärke dieses ganze Heer einfach nur ein Köder war, dass es einzig der Ablenkung diente und der Großteil von ihnen in Kürze ohne Hoffnung auf Sieg in den Tod gehen würde?

Uther war unter den Ersten, die den Fuß in den Steigbügel setzten, und blickte von seinem Streitross aus auf das schwarze Meer aus Soldaten hinunter, in dem eine emsige Betriebsamkeit herrschte wie in einem Ameisenhaufen. Was machte es letztendlich schon für einen Unterschied? Eine Schlacht war eine Schlacht...

Sie brauchten keine Stunde, um sich zu formieren und ihren geordneten Vormarsch fortzusetzen. Umringt von seinen Recken, ritt der König im Schritt zwischen dem Fußvolk hindurch, nach wie vor unbehelmt, damit jeder ihn erkannte. Sobald er vorüberkam, hoben die Soldaten ihre Pike oder ihren weißgrundigen Schild mit dem roten Kreuz darauf, und die Keckesten waren so ungehobelt, ihn einfach anzusprechen. Sie klopften im Vorbeigehen auf die mit einem Harnisch bedeckte Kruppe seines Pferdes, als sei dies alles nur ein Spazierritt, als würden nicht Hunderte, ja Tausende von ihnen noch vor dem Abend ihr Leben aushauchen. Sie aßen alle beim Gehen und boten ihm unablässig Brot und Schinken an, was er bereitwillig annahm, oder auch einen Schlauch, aus dem er sich den Wein direkt in den Mund laufen ließ, und der gesunde Appetit des Königs stimmte sie fröhlich. Dann gab Uther seinem Pferd die Sporen und ritt in leichtem Trab zur nächsten Gruppe davon, wobei er ab und an das in der aufgehenden Sonne funkelnde Excalibur schwenkte. So ging es einen Großteil des Vormittags weiter, bis sich schließlich die Anstrengung des Marsches bemerkbar machte und die ausgelassene Stimmung der Männer allmählich abklang.

Sie waren erst um die zehn Meilen von Loth entfernt, doch die Landschaft wurde jetzt hügeliger, mit Ansammlungen schwarzer Steine, die unvermittelt aus dem Boden aufragten wie die Rippen eines gigantischen Skeletts. Das Heer rückte in drei Kolonnen auf dem von der leichten Kavallerie geebneten Weg vor, in der Mitte die geschlossene Menge der Fußsoldaten und Bogenschützen, die zu beiden Seiten von einem ganzen Schlachthaufen aus Rittern geschützt wurden. Der Recke Urien führte das Kommando über die Nachhut, mit einem einfachen Banner aus einigen Dutzend Soldaten, welche die mit Proviant, Lanzen und Bündeln von Pfeilen beladenen Wagen bewachten. Das war mehr als genug. Hinter ihnen lag nur Loth. Die Dämonen befanden sich vor ihnen, irgendwo auf der anderen Seite dieser Hügel, und wenn das Gesindel der Gilde so gehandelt hatte, wie Uther es hoffte, bewegten sie sich aller Wahrscheinlichkeit nach bereits in einem Gewaltmarsch auf sie zu, in ihrer barbarischen Besessenheit zum endgültigen Zusammenstoß bereit.

Es geschah noch viel früher, als er gedacht hatte. Kurz vor der Sext, dem sechsten Stundengebet um zwölf Uhr, ertönte plötzlich in der Ferne Gebrüll. Uther richtete sich in seinen Steigbügeln auf, gerade noch rechtzeitig, um seine leichte Kavallerie blitzartig den Rückzug antreten zu sehen, hinter sich eine Wolke aus Schnee aufwirbelnd. Eine Gruppe Kundschafter galoppierte bis zu ihm zurück, um ihn vor dem zu warnen, was sie alle schon bald mit eigenen Augen sehen konnten: Die Armee der Monster war da und bildete auf dem Kamm der Hügelkette eine düstere Front. Noch waren sie weit entfernt, über eine Meile, doch es konnte kein Zweifel daran bestehen, dass dies weder eine Vorhut noch ein versprengter Trupp war ... Die Dämonen waren zu Tausenden und formten eine dunkle, brodelnde Menge, die im fahlen Sonnenlicht glänzte wie eine schwärende Wunde. Uther spürte den Blick seiner Männer auf sich lasten, der von einer Mischung aus Hoffnung und Angst durchdrungen war. Ganz in seiner Nähe verschwand ein junger Soldat halb unter einer altmodischen, viel zu großen Beckenhaube und musste den Kopf in den Nacken legen, um überhaupt etwas zu sehen. Vermutlich hatte der Helm seinem Vater gehört ...

»He du da! Wie heißt du?«, brüllte Uther laut genug, dass alle es hören konnten.

Der junge Mann hob verblüfft seinen Kopfschutz, starrte den König, der ihm zulächelte, unverwandt an, dann all seine Kameraden, die ihn in die Rippen stießen.

»Ogier«, erwiderte er leise.

»Also gut, Ogier, komm nach der Schlacht zu mir. Ich werde dir einen passenden Helm machen lassen!«

Das war gar nicht besonders komisch, doch die Männer lachten aus vollem Halse. Uther zog Excalibur aus der Scheide, schwang es über ihren Köpfen und rief: »Behüte euch Gott!« Er ritt im Galopp bis zu einer kleinen Bergkuppe, gefolgt von seinen Recken und von Nut, der sein Banner trug. Der Anblick des Heeres, das sich da zu Schlachthaufen formierte, beruhigte ihn: Es war ein hektisches Hin und Her, die Männer schrien durcheinander und waren nervös, aber es herrschte kein Tumult. Eingerahmt von kampferprobten Soldaten, formierte sich die Schar der Fußsoldaten zu beiden Seiten der Bogenschützen zu Karrees. Vor ihnen verteilten sich in doppelter Reihe die Lanzenkämpfer, die ihre langen Spieße in die Erde bohrten, um ein schräges Eisenspalier zu bilden.

Die Mönche, die höchstens zu zehnt waren, rammten ebenfalls ihre hohen Kreuze in den Boden. Hinter den geordneten Schlachtreihen nahmen sie sich wie eine Gruppe verdorrter Bäume aus. Unter ihnen war Illtud zu sehen, der mit einer Hacke hartnäckig auf den gefrorenen Boden einhieb, um ein Loch zu graben. Uther fragte sich, ob er in der Schlacht dieselbe Verbissenheit an den Tag legen würde, später, wenn die Kreuze von den Horden Dessen-der-keinen-Namen-haben-darf überrannt würden …

Aus allen möglichen Richtungen strömten im gestreckten Galopp die Bannerritter zu der Anhöhe hin, auf der der König Stellung bezogen hatte, um ihre Order entgegenzunehmen. Dann ritten sie ebenso rasch wieder von dannen, mit flatternder Fahne. Uther behielt nur Nut und Kanet de Caerc bei sich. Adragai der Braune, und Madoc der Schwarze, die beiden Unzertrennlichen, bekamen das Kommando über die Truppe übertragen. Do das über die Bogenschützen. Ein Mann wurde nach hinten geschickt, um Urien die Anweisung zu übermitteln, seine Wagen vor die Front zu schieben. Die gesamte Kavallerie hatte den Befehl, sich hinter das Fußvolk zurückzuziehen und sich im Schutze einer Erhebung zu verstecken. Und in dieser Formation warteten sie auf den Zusammenstoß.

Die Männer schöpften wieder Atem nach der Anstrengung der Vorbereitungen. Der Schweiß gefror auf ihren Gesichtern, ihre Glieder waren bleiern, und keinem war mehr so recht nach Lachen zumute. Sie hatten sich ihrer Tornister, ihrer Mäntel und aller Dinge, die ihnen hinderlich sein könnten, entledigt, und dieser ganze Wust verlieh ihrer Etappe den Anstrich einer Müllhalde.

Es entstand noch einmal eine gewisse Unruhe, als Urien mit seinen Fuhrwerken auftauchte, man die Tiere ausspannte, die Packwagen vor der Linie der Lanzenkämpfer umkippte und die Knappen darauf dicke Bündel Pfeile herunterluden, von einem Umfang wie Fässer, und sie mehr schlecht als recht zu den Reihen der Bogenschützen schleiften. Dann kehrte wieder Ruhe ein, die nur von den rauen Befehlen der Sergeants gestört wurde, welche sich verzweifelt bemühten, die Ordnung in ihren Truppen wiederherzustellen.

Das Muhen der sich selbst überlassenen Rinder hallte schauerlich in der drückenden Stille wider. Hier und da stellten sich die in den Karrees zusammengepferchten Fußsoldaten auf die Zehenspitzen, und bisweilen zogen sie sich sogar auf die Schultern eines Kameraden, um zu sehen, was vor sich ging.

Die Armee hatte sich in Erwartung einer jähen Attacke Hals über Kopf aufgestellt, doch die Dämonen rückten langsam vor, im Schritttempo, lautlos, und bei dieser Gangart würden sie noch nahezu eine Stunde brauchen, bis sie auf Tuchfühlung herangekommen wären. Ihre wabernde, finstere Masse überrollte nach und nach die verschneiten Täler, ohne dass man darin die geringste Spur einer Schlachtordnung hätte erahnen können. Es war, als würde ein Vorhang zugezogen, um das

223

Tageslicht auszusperren – eine steigende Flut, die die Gestade überspült. Die Menschen, die sich in dem Glauben gewiegt hatten, sie seien viele, stellten fest, was eine Unmenge bedeuten konnte. Was da auf sie zukam, war keine Armee, das war ein ganzes Volk. Und diese Stille ... Die Stille war schlimmer als alles andere. Von diesem heranwalzenden Meer drang kein Laut herüber, nicht einmal ein Murmeln. Mittlerweile konnte man ihre blutroten Oriflammen im Wind flattern sehen, erahnte verschwommen Tausende Reflexe auf ihren dunklen Rüstungen, doch es war nichts zu hören, weder ein Murmeln noch das Klirren von Waffen.

Auf Dos Befehl hin lancierte ein Bogenschütze einen Pfeil, so weit wie möglich, und die ganze vordere Linie verfolgte seinen Flug und dann sein Herabsinken, bis er sich mehr als hundert Klafter[1] vor ihnen in die Erde bohrte.

»Keiner schießt, bevor sie diesen Punkt erreicht haben!«, brüllte er.

In Wirklichkeit gab es nur wenige, die ihn auf diese Entfernung erkennen konnten, vor allem mit den umgekippten Karren vor der Nase, doch zumindest hielt dies ihre Aufmerksamkeit gefangen. Die Bogenschützen begannen, ganze Reihen von Pfeilen vor sich in die verschneite Erde zu stecken, um später schneller schießen zu können. Sie würden nur um die zwanzig Sekunden haben, um ihre Geschosse abzufeuern, ohne sich überhaupt die Zeit zum Zielen zu nehmen, bevor der Feind direkt vor ihnen angelangt wäre. Die Erfahrensten könnten in dieser Zeitspanne vier bis fünf Pfeile absenden; falls die Lanzenkämpfer sich wacker hielten, unter Umständen auch mehr.

Die Dämonen rückten beständig voran. Sie waren inzwischen bis auf tausend Schritt[2] herangekommen, vielleicht auch weniger, und wurden nicht schneller. Als sie nur noch drei- bis vierhundert Klafter entfernt waren, legten sich einige Männer

1 Ungefähr zweihundert Meter, was der maximalen Reichweite des großen englischen Bogens mit einem Kriegspfeil mit breiter Spitze entspricht.
2 Etwa eineinhalb Kilometer

bäuchlings hin und küssten den Boden, und die Bewegung pflanzte sich im Handumdrehen durch die gesamte Schlachtlinie fort.

»Was tun sie da?«, fragte Illtud, der sich wieder zu Uther gesellt hatte.

»Das ist ein alter Brauch«, murmelte der König, ohne ihn anzublicken. »Es bedeutet, dass sie bereit sind, zur Erde zurückzukehren.«

Der Abt nickte lächelnd.

»Vielleicht wäre es ja dann an der Zeit, Gott zu danken.«

Falls das eine Frage war, so war sich Uther dessen nicht bewusst, und er gab keine Antwort.

»Der Himmel behüte dich, mein Sohn ...«

Die beiden Männer sahen sich schweigend an, einander so ähnlich in ihren makellosen Kettenhemden, deren eisengewirkte Ärmel matt in der Sonne schimmerten.

»Euch auch, mein Vater«, sagte der König, und er streifte seinen Panzerhandschuh ab, um ihm die Hand zu drücken. »Falls wir uns nicht wieder sehen ...«

Uther hielt inne und suchte nach Worten.

»Richtet Igraine aus ...«

Erneut nickte Illtud bestätigend und lächelte.

»Ich werd es ihr sagen.«

Und während er sein Schwert zückte, verschwand er im leichten Trab zu dem kleinen Hain aus Kreuzen hin. Uther schaute ihm nach. Kein Zweifel, er würde ins Feld ziehen ...

Uther sah ihn nicht weit von seinen Mönchen vom Pferd absitzen, und wenige Zeit später stimmte ihr Chor das ›Non Nobis, Domine‹ an, dann ein feierliches und kunstvoll gestaltetes Tedeum, dessen kämpferische Schönheit ihn tief bewegte und ihm die Tränen in die Augen trieb.

Neben ihm sahen Nut und Kanet de Caerc seine geröteten, geschwollenen Augen, ohne dass sie vermocht hätten, die plötzliche Rührung des Königs zu begreifen. Der Gesang war schön, er war traurig, doch es war die damit verbundene Erinnerung an Igraine, die ihn im Innersten berührt und seinen Tränenausbruch ausgelöst hatte. Er war fortgegangen, ohne sie noch einmal wieder zu sehen, ohne ein Wort, ohne eine Geste, und vielleicht würde er noch an diesem Tag sterben, ohne zu erfahren, ob sie ihn noch liebte.

Rasch fing er sich wieder und traf seine Entscheidung.

»Nut, Kanet! Setzt den Abt auf ein Pferd, gebt ihm zwei kräftige Männer an die Seite, auf dass sie der Königin nachreiten, wenn's sein muss, bis nach Carmelide. Sagt ihm ... Er möge ihr noch vor Einbruch der Dämmerung meine Botschaft überbringen!«

Die Recken nickten zustimmend und entfernten sich. Sie mussten mehrere Männer versammeln, um den Abt von seinen Schäfchen loszueisen und ihn vom Schlachtfeld wegzuziehen. Seinem wutentbrannten Gesicht nach zu urteilen, verfluchte er ihn wahrscheinlich, doch zumindest hätte Uther die Genugtuung, einen Heiligen gerettet zu haben.

Illtud und seine Begleiter waren kaum aufgebrochen, als ihnen ein ohrenbetäubendes Gebrüll das Herz stocken ließ. Die Dämonen hatten einstimmig angehoben, wie die Wahnsinnigen zu heulen. Schlagartig hatten sie zu rennen begonnen, und unter diesem plötzlichen Ruck weiteten sich ihre Reihen wie eine gigantische Hand, die sich öffnete, um ihre Feinde zu packen. Noch zweihundert Klafter, einhundertfünfzig ... Uther wartete ungeduldig auf den ersten Schwarm Pfeile und hielt nervös die Zügel seines Streitrosses umklammert. Do zögerte, den Befehl zu erteilen. Waren sie schon an dem Pfeil vorbei? Unmöglich, ihn aus einer derart großen Distanz zu erkennen. Hundertundzwanzig Klafter ... Worauf wartete er noch? Ein heiserer Schrei ertönte, und sofort darauf das Schnalzen Tausender Bogensehnen, die gleichzeitig losgelassen wurden, gefolgt von dem scharfen Surren Tausender Pfeile, die durch die kalte Luft schossen und den Himmel gleich einem gewaltigen Insektenschwarm verdunkelten. Wie all die anderen blickte Uther ihnen nach, bis sie über der riesigen Menge niedergingen und ganze Reihen niedermähten, über welche die restlichen Krieger sofort vollkommen kaltblütig hinwegtrampelten. Schon prasselte eine weitere Ladung Pfeile auf die anstürmende Meute der Monster herab, diesmal allerdings weniger dicht, denn die unerfahreneren oder nervöseren Schützen brauchten länger, um einen neuen Pfeil aufzulegen.

Die Menschen brüllten jetzt und machten ihrer Angst in diesen letzten Minuten vor dem entscheidenden Zusammenstoß Luft. Uther schwenkte Excalibur hoch über seinem Kopf.

»Eine einzige Erde, ein einziger König, ein einziger Gott!«

Das Heer der Dämonen war soeben auf die eiserne Front aus Lanzen geprallt. Die Schlacht hatte begonnen.

XIII

Die Attacke des Königs

D ort ist es«, erklärte Guerri le Fol.
Schon am späten Vormittag hatten sie die Ebene hinter sich gelassen, um in einen Hohlweg einzutauchen, dessen Seitenwände von Stunde zu Stunde steiler aufragten und schließlich zu einer richtigen Schlucht wurde, die so eng war, dass immer nur zwei Pferde nebeneinander laufen konnten. Das Sonnenlicht drang kaum bis zu ihnen in diese gewundene Talrinne aus Fels und Eis herab, und falls der Mörder der Gilde das nötige Nervenkostüm gehabt hätte, um sie in eine Falle zu locken, so hätte er hier eine wunderbare Kulisse gehabt. Es hatte sich jedoch nichts Außergewöhnliches ereignet, sie waren weder in einen Erdrutsch geraten noch in eine Lawine oder einen Hinterhalt, bis Guerri sein Maultier schließlich zum Stehen brachte.

Er zeigte ihnen eine gerade, wie durch einen sauberen Schnitt entstandene Felsspalte, deren Grund von dick verschneitem Gestrüpp bedeckt war; und da sie sich nicht rührten, saß er von seinem Reittier ab und sah fragend zu Lliane empor.

»Nur zu«, sagte sie.

Frehir schwang sich ebenfalls aus dem Sattel, zog mit der freien Hand sein Schwert aus der Scheide und machte Guerri ein Zeichen weiterzugehen, wobei dieser nach wie vor den Strick um den Hals geschlungen trug und der Barbar ihn festhielt wie einen angeleinten Hund. Der Mann machte einen kläglichen Eindruck, als er geradewegs auf das Dickicht zulief, stark hinkend und zähneklappernd, da er weder einen Umhang noch einen Mantel besaß, um sich gegen die Kälte zu schützen. Allerdings packte er trotz allem einen Strauch und rupfte ihn zum großen Erstaunen des Barbaren mit leichter Hand aus dem Boden.

»Helft ihm«, befahl Lliane.

Frehir und Ulfin gehorchten und räumten beschwingt den Weg frei, da sie feststellten, dass diese ganze Vegetation nur lose auf die Erde gesetzt und geschickt arrangiert worden war, um den Durchgang zu verbergen. Dank der dichten Schneedecke war die Tarnung endgültig nicht mehr als solche zu erkennen – wobei allerdings zu bezweifeln stand, ob überhaupt ein Mensch verrückt genug gewesen wäre, sich so weit wie sie in diesen unwirtlichen Engpass hineinzuwagen. Binnen weniger Minuten war alles Gestrüpp beiseite geschafft, und Ulfin entdeckte am Eingang zu dem unterirdischen Stollen Spuren eines Fuhrwerks, die sich tief in den gefrorenen Boden eingegraben hatten und bewiesen, dass Guerri nicht gelogen hatte.

»Ich habe mein Versprechen gehalten«, stieß dieser angestrengt hervor, wobei er beim Ausatmen jedes Mal eine weiße Dampfwolke ausstieß, die vorübergehend sein schmerzverzerrtes Gesicht verhüllte, das blau vor Kälte war. »Nun lasst mich ziehen.«

»Noch sind wir nicht in Scâth«, erwiderte die Königin.

Und sie kehrte ihm den Rücken zu, ungerührt von seiner beleidigten Miene.

»Los, aufgesessen! Till, Kevin, ihr reitet voran!«

Die beiden Elfen tauschten einen flüchtigen Blick. Seit ihrem Aufbruch aus Loth war Llianes Miene verschlossen und ihre Stimme hart. Ja, bisweilen schien sie sich beherrschen zu müssen, um nicht zu schreien. Sie trauten sich kaum noch, sie anzusprechen, doch das kummervolle Schweigen, hinter dem sie sich mehr und mehr verschanzt hatte, brach ihnen schier das Herz. Kevin nahm seinen Bogen, den er schräg über der Brust trug, ab, wählte sorgfältig einen Pfeil aus seinem Köcher aus und trabte auf sie zu.

»Nehmen wir die Pferde mit?«

»Wenn sie hier mit der fetten Mahault herausgekommen sind, dann dürften wir mit Leichtigkeit hindurchpassen!«, entfuhr es Ulfin, während er sich wieder in den Sattel schwang.

Kevin nickte lächelnd und gab seinem Reittier die Sporen. Bald schon verschwanden die beiden Elfen und Tills weißer Falke in den Tiefen der Höhle.

Die Übrigen machten sich erst auf den Weg, nachdem sie genügend Holz und Zweige geschnitten hatten, um sich Fackeln zu fertigen. Das Holz war gefroren, es knisterte und zischte beim Verbrennen und gab mehr Qualm als Licht ab, doch kein Mensch hätte sich ins Innere vorwagen können, wenn er nicht wenigstens eine notdürftige Beleuchtung bei sich gehabt hätte. Die Fackeln hingegen enthüllten, was nicht einmal die Augen der Elfen zu erspähen vermocht hätten. Der unterirdische Gang war von den Spuren unzähliger Hackenschläge übersät, und man sah im Geiste ganze Allianzen von Gnomen vor sich, die sich dort drinnen Tag und Nacht mit der ihnen eigenen viehischen Verbissenheit abmühten, bevor sie endlich ins Freie gelangten. Das war wahrhaftig gute Arbeit, die sie da geleistet hatten, und sie hätte einem zwergischen Stollen alle Ehre gemacht.

Die Hufe ihrer Pferde klapperten auf dem ebenen, harten Grund. An den Rändern rann das Wasser entlang, doch es lief in einer Art ausgemeißeltem Kanal, der den Weg von jeglichem Schmutz freihielt. Ab und an mussten sie den Kopf einziehen, bisweilen sogar vom Pferd absitzen, um durchzukommen, denn es waren natürlich Gnomen, die diesen Tunnel gegraben hatten, und die Größten von ihnen maßen nicht mehr als vier Fuß. Die Höhe reichte jedoch für die Pferde und selbst für Planwagen. Die Zwerge rümpften verächtlich die Nase, aber es war nicht zu verkennen, dass der Stollen der Gnomen sie beeindruckte.

So bewegten sie sich eine lange Zeit voran, die Sinne aufs Äußerste gespannt. Bald schon wich die frische Luft von draußen einem muffigen Geruch, der sie ganz benommen machte, und schließlich einem abscheulichen Modergestank, der dermaßen Ekel erregend war, dass selbst die Pferde angewidert schnaubten und sie ihnen die Nüstern zuhalten mussten.

»Was stinkt denn da so bestialisch, zum Henker?«, platzte Ulfin unvermittelt heraus.

»Das ist Schwefel«, erklärte Sudri mit derart vergnügter Miene, dass sie sich fragten, ob er in der Nähe einer Gerberei aufgewachsen war. »Gebt Acht auf eure Fackeln, sonst ...«

»Was sonst?«, knurrte der Ritter.

»Ich werd's dir zeigen ... Gib mal her.«

Er stieg vom Pferd, packte das Licht, das Ulfin ihm reichte, und leuchtete eine zitronengelb überkrustete Steinschicht an, von der er vorsichtig einen kleinen Brocken löste. Er legte ihn ein gehöriges Stück von der Fundstätte entfernt auf die Erde, wandte sich noch einmal um, um sich zu versichern, dass er ihre volle Aufmerksamkeit hatte, und warf die Fackel darauf. Er hatte gerade noch Zeit, zur Seite zu springen, bevor der Schwefel zu schmelzen begann und das untergründige Gewölbe von einer Serie blendend heller Blitze erleuchtet wurde, begleitet von dickem, stickigem Qualm, der sie in der Nase biss und ihnen die Tränen in die Augen trieb.

»Was ist das denn für eine Schweinerei?«, brüllte der Recke hustend und spuckend.

Sudri blieb ihm die Erwiderung schuldig. Er hob die Fackel vom Boden auf, gab sie dem Ritter zurück und trippelte dann bis zum Pferd der Königin.

»Reitet schon weiter«, sagte er. »Ich werde so viel wie möglich davon einsammeln. Das könnte uns noch von Nutzen sein ...«

Ohne die Antwort der Königin abzuwarten, machte er kehrt, und Bran gab ihr mit einem Wink zu verstehen, dass Onar und er solange wie nötig mit dem Meister der Steine zurückbleiben würden. Sie setzten sich wieder in Bewegung, vermochten jedoch dem Gestank nach faulen Eiern nicht zu entrinnen, der sie bis zum Ende verfolgen sollte. Während dieses ganzen Intermezzos hatte die Königin nicht ein einziges Wort verloren. Sie machte sich auf den Weg, nach wie vor gefangen in ihrer seelischen Isolation, die Kehle wie zugeschnürt von einem unerträglichen Druck. Dieses Gefühl hatte sie bereits Stunden zuvor beschlichen, als sie noch unter freiem Himmel geritten waren, und obwohl sie sich alle Mühe gab, gelang es ihr nicht, es abzuschütteln. Dieser eisige Hauch, unter dem sich ihr Herz zusammenkrampfte, das war der Tod selbst. Er war da, strich um sie herum und wartete, dass seine Stunde käme und er zuschlagen könnte, ohne dass Lliane vermocht hätte, den Namen zu verstehen, den er ihr ins Ohr raunte. So ritt sie alleine und mied jeglichen Blickkontakt mit ihren Gefährten, um nicht das Unglück auf sie herabzuziehen. Dabei drang sie immer tiefer in den unterirdischen Stollen der Gnomen und zugleich in ihren eigenen inneren Kerker vor. Doch schließlich formte sich in ihrem Kopf ein Name, ein ganz bestimmter Name, trotz all ihrer Anstrengungen, die Ohren davor zu verschließen. Inmitten des schauerlichen Gebrülls der Seelen, die erfüllt vom namenlosen Grauen des Hinscheidens die Mittlere Erde verließen, tat der Tod leise seine Entscheidung kund. Noch war es nur ein fernes Wispern; womöglich nur ein irrtümlicher Eindruck, doch die beiden Silben kehrten wieder, eindringlich, rhythmisch abgestimmt auf den Gang ihrer Stute.

Uther ...

Es war keine Schlacht, sondern ein reines Gemetzel. Die Lanzenkämpfer schlugen sich wacker, obwohl sie nur ein lächerlich kleines Häufchen waren, und hielten die in mehreren aufeinander folgenden Wellen angreifenden Feinde auf Distanz, die in ihre langen Piken hineinrannten, um sich selbst aufzuspießen, oder unter den Schauern von Pfeilen aufbrüllten, die

Dos Bogenschützen unablässig abfeuerten, so dass ihnen allmählich der Nachschub ausging. Noch hatte Uther seine Ritterhaufen nicht ins Gefecht geschickt und betrachtete das Massaker, ohne dass er bei diesen Legionen von Monstern, die da vergebens gegen die vorderste Linie seiner Truppen anstürmten, den mörderischen Furor entdeckt hätte, den er erwartet hatte. Unter dem Getrampel all dieser Wesen hatte sich die makellos weiße Ebene in ein schwarzes, völlig durchweichtes Schlammfeld verwandelt. Der Schnee schmolz unter dem warmen Blut. Rund um die Kämpfenden war alles rot verspritzt, und die Menschen, die über und über mit dieser Ekel erregenden Brühe besudelt waren, waren kaum noch von den Dämonen zu unterscheiden.

Uther richtete sich in seinen Steigbügeln auf, trabte um das Schlachtfeld herum und begriff endlich: Dieses wahnwitzige Getümmel, diese unüberschaubare, heulende Menge war nur ein kleiner Vorgeschmack. Es war kein einziger Goblin darunter, lediglich mindere Rassen, Orks, Kobolde und Trolle, zorntrunken, rasend und schäumend vor Hass, zu einfältig, um so etwas wie Furcht zu kennen, doch ohne eine befehlende Hand und ohne strategisches Gewicht, das sie einem geordneten Heer entgegenzusetzen gehabt hätten. Und sein Gesicht wurde totenbleich, als er in der Ferne hinter diesem scheußlichen Blutbad den düsteren, geschlossenen Block der marschierenden Goblinarmee erspähte. Dieses ganze gewaltige Aufgebot von Kriegern, all diese Schlächterei, all dies Wüten hatte nur dazu gedient, ihre Pfeilreserven zu erschöpfen ...

Diese Erkenntnis hatte kaum Gestalt angenommen in seinem Kopf, als der lang gezogene Ruf eines Horns über dem Gewühl erschallte, worauf die Dämonenhorde umgehend den Kampf abbrach und unter dem Hurrageschrei der menschlichen Fußsoldaten einen ungeordneten Rückzug antrat. Unter ihnen war noch keiner, der die Gefahr erkannt hätte. Uther betrachtete seine Männer, diese Tausende von Menschen aus Fleisch und Blut, die ausgelassen ihre Waffen über den Köpfen schwenkten und jauchzten. Er erkannte Adragai den Braunen, und Madoc den Schwarzen, deren Kettenhemden rot waren von Blut. Die beiden Brüder, Sie sich eng umschlungen hielten, hoben fröhlich ihre Schwerter in seine Richtung und riefen ihm etwas zu, was er jedoch nicht verstand.

»Wir müssen den Rückzug antreten«, bemerkte er leise.

»Was sagst du da?«

Kanet de Caerc schaute ihn an, als sei er von allen guten Geistern verlassen. Nein, das war es nicht allein ... In seinem indignierten Blick lag nicht nur Unverständnis. Uther las darin einen entehrenden Verdacht. Nut, der neben ihm stand, schlug die Augen nieder. Er hatte also richtig vermutet. Einer wie der andere hatten sie, genau wie er selbst, die finsteren Schlachthaufen Dessen-der-keinen-Namen-haben-darf zum Angriff stürmen sehen. Seit Beginn des Gefechts rutschten sie ungeduldig auf ihren Sätteln herum, gekränkt, wie es jeder von den Rittern bei der Vorstellung sein musste, dass sie reine Reservekämpfer waren, dazu verurteilt, diesem Gemetzel tatenlos zuzusehen. Und nun, da sich die wirkliche Gefahr am Horizont zeigte, erschien ihnen der hingemurmelte Satz ihres Königs als die schlimmste Beleidigung.

»Sire, wir sind im Stande, sie zu bezwingen«, fasste sich Nut ein Herz.

»Schweig!«

Weiter unten feierten das Fußvolk und die Bogenschützen immer noch ihren vermeintlichen Sieg. Ihre Reihen lösten sich auf, die Mönche schleiften die Verletzten, die nicht mehr in der Lage waren, sich alleine fortzubewegen, nach hinten ... Es gab keine Front mehr, keine Linie aus Bogenschützen, nicht einmal mehr Pfeile. Einzig die Kavallerie war noch unversehrt. Vielleicht würden sie es schaffen zu siegen, allerdings nur um den Preis eines hundertprozentigen Einsatzes, was Uther gerade vermeiden wollte. Es war sinnlos, die Dämonen auf ihrem eigenen Terrain anzugreifen. Die Raserei und die Grausamkeit nährten sich vom Mut und der Stärke ihrer Gegner, bis sie die

Kämpfer schließlich moralisch völlig zerrüttet und ihren Willen gebrochen hatten, um anschließend ihre Körper zu zerschmettern. Das Grauen verlor niemals eine Schlacht. Jetzt anzugreifen, die gesamte Armee der Menschen auszuliefern, sich bis auf den letzten Mann zu schlagen, ja selbst zu siegen, die Dämonen auszulöschen, ihre Verletzten zu erdrosseln und ihre Kadaver zu verbrennen – all das wäre völlig sinnlos. In einem Jahr, oder auch in zehn, würde ein neuerlicher Krieg das Königreich verwüsten. Der wahre Kampf, der einzige, der dieser abscheulichen Spirale aus Gewalt und Blutvergießen ein Ende bereiten könnte, wurde an einem anderen Ort ausgetragen, möglicherweise sogar genau in diesem Moment ...

Die Männer auf dem Schlachtfeld unten waren in fieberhafte Hektik verfallen. Sie hatten endlich die heranstürmenden Goblins gewahrt und blickten von panischer Angst erfüllt zu ihm hinauf. Die Schlacht jetzt abzubrechen, hieße, ein ganzes Fußvolk zu einem ehrlosen Tod zu verdammen. Sich ins Getümmel zu stürzen, würde dagegen lediglich dazu führen, mit ihnen in den Tod zu gehen. So standen die Dinge ... Uther hob den Blick, um den wolkenlosen Himmel zu betrachten. Er lächelte versonnen, dann wandte er sich nach seinem Fahnenträger um und wies auf die Linie der Bogenschützen.

»Sag ihnen, sie sollen ausschwärmen und ihre Pfeile aus der Erde ziehen – und wenn's sein muss, auch aus den Bäuchen der Gefallenen!«

Und während Kanet de Caerc davongaloppierte, stürmten Uther und Nut den kleinen Hügel hinunter und ritten vor ihre Kavallerie hin, die sich nach wie vor im Schutze der Erhebung verborgen hielt. Ihre große Zahl beruhigte den König. Tausende Lanzen, die da durch die Luft geschwenkt wurden, im Wind schlagende Paniere, Fahnen, Wimpel und Banner. Die Menschen traten von einem Fuß auf den anderen, und die Pferde scharrten mit den Hufen, allesamt ungeduldig, weil sie so lange von der Schlacht fern gehalten worden waren; und ihre Anspannung entlud sich in einem ohrenbetäubenden Beifallssturm, sobald sie den König erkannten. Uther setzte seinen Helm auf und gebot mit dieser schlichten Geste der rauschenden Begeisterung Einhalt, dann ergriff er die Lanze, die ihm ein Schildknappe reichte. Den herbeigeeilten Bannerherren, die auf eine Order warteten, erteilte er einen einzigen Befehl: »Formiert euch zu einem Haufen, in geschlossenen Reihen und keilförmiger Schlachtordnung!«

Sie ritten in leichtem Trab davon, um auf einer Anhöhe Stellung zu beziehen, die Sonne im Rücken. Es blieb ihnen kaum noch Zeit. Am Fuße des Abhangs liefen die Fahnenflüchtigen in alle Richtungen davon, während die geschlossenen Linien der Feinde, eine riesige Kolonne, mit beängstigender Geschwindigkeit auf der verschneiten Ebene vorrückten. Die Goblins stürmten zum Angriff. In der Mitte ragte, umringt von einer Gruppe Reiter in Rüstung, ein hageres, düsteres Wesen auf, dessen leichenblasses Gesicht sich scharf von all dem Schwarz rundum abhob und die Blicke auf sich zog. Vor ihnen rasten gleich einem vorschnellenden Dolch Wolfsmeuten und Hunderte berittener Söldner geradewegs auf die Linien der Bogenschützen zu, über denen die Wogen eines verheerenden Chaos zusammenschlugen, wie es sich schlimmer nicht denken lässt, nachdem die einen losgelaufen waren, um ihre Pfeile einzusammeln, die nächsten in dem Glauben, bereits gesiegt zu haben, ihre zugewiesene Stellung verlassen hatten und die Masse der Fußsoldaten endlos lang brauchte, um sich wieder zu einem Karree zu formieren; und vor ihnen Berge von Leichen, die von der Heftigkeit des ersten Gefechts zeugten. Niemals würde es ihnen gelingen, sich geordnet aus dem Kampf zurückzuziehen. Es blieb ihnen gar keine andere Wahl, als den Feinden die Stirn zu bieten, sich zu schlagen, um ihre Haut zu retten oder aber ohne allzu großes Leiden zu sterben. Der König schloss für einen kurzen Moment die Augen, um den Schreien und der allgemeinen Unruhe auf dem Schlachtfeld zu entgehen. Und er sah das Gesicht Igraines, ihren nackten Körper, eingerollt in ihre zerwühlten Laken ... War Illtud, der Abt, bis zu ihr gelangt? Vielleicht beteten sie für ihn, gerade in dieser Sekunde. Er würde es brauchen …

»Los, wir müssen dem Fußvolk Aufschub verschaffen!«, brüllte Uther, und seine eigene Stimme hallte ohrenbetäubend laut unter seinem Helm wider.

Er hob seine Lanze hoch, und die erste Schlachtlinie setzte sich in Bewegung, zunächst im Schritt, dann im Trab, dann im Galopp, so dass die Erde dröhnte wie Donnergrollen. Die Männer zogen ihre länglichen ovalen Schilde, die ihre linke Seite bis zum Knie hinunter schützten, eng an sich heran, dann senkten sie ihre Lanzen und klemmten sie fest unter den Arm. Die goblinischen Reiter, die von der plötzlichen Seitenattacke der Menschenritter überrumpelt waren, versuchten einen geschlossenen Schwenk zu vollziehen, doch sie waren nicht schnell genug, und der Angriff traf sie in völliger Unordnung – keine ihrer scheußlichen Waffen konnte es mit den langen Lanzen von Uthers Soldaten aufnehmen. Der König sah die Ritter unten in die wenigen Gruppen hineinpreschen, die sich ihnen zugewandt hatten, um daraufhin mit voller Wucht die Kolonne aus Goblins zu durchstoßen. Die Lanzen durchbohrten die Leiber mit einer derartigen Kraft, dass häufig auf der gegenüberliegenden Seite die an der Spitze befestigten Wimpel in einem Blutstrahl wieder herausschossen – wenn sie nicht bereits von dem Aufprall zerbrochen oder dem Ritter unter dem Arm herausgerissen worden waren. Er sah Pferde, die in blinder Panik durchgingen und versuchten, über die Reihen der Goblins hinwegzuspringen, um samt ihrem Reiter in deren brodelnder Masse zerquetscht zu werden. Er sah Unglückliche, die eingekeilt waren in den feindlichen Reihen, sah, wie sich Arme nach ihnen ausstreckten, um sie vom Sattel zu zerren und zu Boden zu schleudern, worauf sie alsbald von dem grässlichen Pulk verschluckt wurden. Er sah andere, denen mit einer Streitaxt der Kopf abgehauen wurde und die danach noch weitergaloppierten, mitgeschleift von ihrem Pferd, hinter sich eine Wolke aus Blut. Die Dämonen zertrümmerten mit ihren Äxten die Sprunggelenke von in vollem Galopp begriffenen Streitrössern, Männer spießten sich auf dem abgebrochenen Schaft ihrer eigenen Lanzen auf, unter ihrem toten Pferd eingeklemmte Ritter mit zerschmetterten Gliedern brüllten vor Schmerz, bis ein Monster kam, um sie auf die Erde zu nageln. Uther hielt seine Lanze fest umklammert und blickte zu dem reglosen, unter der Spitze befestigten Wimpel empor. Der Wind hatte sich gelegt, und die Sonne wurde mehr und mehr von einem trüben Schleier verdunkelt. Trotz der Kälte spürte er, wie ihm unter der ledergefütterten Kettenhaube der Schweiß herunterrann. Sein Helm kam ihm schwer vor, sein Atem ging stoßweise, und als er seinem Pferd die Sporen gab, drückten ihm sein Kettenhemd und seine Waffen wie Blei auf die Schultern. Er fiel in Trab, alsbald gefolgt von dem gesamten zweiten Schlachthaufen, während die Goblins unten sich auf den Zusammenstoß vorbereiteten. Diesmal wäre kein Überraschungseffekt mehr gegeben ...

Als die Pferde durchgingen, senkte Uther seine Lanze und hielt nach einer Zielscheibe in der wabernden Masse der Monster Ausschau. Im Tumult des Angriffs konnte er fast nichts mehr sehen, einzig eine wild gewordene Meute von Wölfen und Reitern, die wie toll vor ihnen herumsprangen, und dann, dahinter, eine Grauen erregende Wand brüllender Krieger. Ohne sich dessen überhaupt bewusst zu sein, begann er ebenfalls zu brüllen, den Blick auf sein Fähnchen gerichtet, das bei vollem Galopp im Wind flatterte. Ein Reiter raste geradewegs auf ihn zu, während er seinen Krummsäbel mit weit ausladenden Bewegungen im Kreis herumwirbelte. Uther sah nur noch ihn allein, nahm nichts anderes mehr wahr als seine hässliche Fratze. Im letzten Moment hob er seine Lanze. Die eiserne Spitze glitt über den Schild des Dämonen, durchbohrte mühelos dessen Kehle, riss ihm den Helm herunter und einen Teil des Schädels. Uthers Arm war wie betäubt von dem Schlag, doch der Schaft seiner Waffe war nicht gebrochen. Am oberen Ende knatterte nach wie vor der inzwischen blutgerötete Wimpel im Wind. Uther blieb keine Zeit zu schauen, was aus dem Reiter mit dem Krummsäbel geworden war. Von dem Ansturm seiner eigenen Leute mitgerissen, preschte er geradewegs auf die hinteren Reihen der Goblins zu. Ihm blieb auch keine Zeit mehr, sich das nächste Opfer auszusuchen. Er sah seine Lanze in das Gewimmel hineinstechen, und diesmal war es, als habe er damit eine Mauer gerammt. Der Schaft zerbarst mit derartiger Vehemenz, dass er den Kopf zur Seite drehen musste, um nicht von den Splittern getroffen zu werden, und es fühlte sich an, als sei ihm bei dem Stoß der Arm ausgerissen worden. Sein Steiß prallte hinten gegen den Sattelbaum, vor seinen Augen tanzten Sternchen, und er hielt benommen inne. Einen kurzen Moment lang schob sich das bleiche Gesicht des gerüsteten Reiters in sein Sichtfeld, hoch über der wuselnden Menge der Monster. Es handelte sich um einen Menschen, daran konnte kein Zweifel bestehen, um den Anführer dieser scheußlichen Armee, und es schien ihm, als lachte er ... Es war nur ein flüchtig aufblitzendes Bild. Und schon brachte sein Pferd ihn aus diesem Getümmel hinaus. Bis er wieder zur Besinnung gekommen war, hatte Uther bereits das verschneite Schlachtfeld überquert, um hundert Klafter weiter die Überlebenden der ersten Attacke vorzufinden.

In seinem Rücken brüllten die Soldaten und schwangen wütend die Fäuste, und er drehte sich gerade noch rechtzeitig herum, um die zum Angriff stürmende dritte Linie wie eine Faust in den goblinischen Schlachthaufen hineinfahren zu sehen, untermalt von Grauen erregendem Geschrei und dem ohrenbetäubenden Klirren zermalmten Eisens. Er riss sich seinen Helm vom Kopf, schob sogar seine Kettenhaube in den Nacken und richtete sich mit pochendem Herzen in den Steigbügeln auf. Die Goblins traten den Rückzug an ... Die drei unvermuteten Angriffe hatten breite, blutige Schneisen in ihre Reihen gebahnt und ihrem unbeirrten Vormarsch ein jähes Ende bereitet. Er wandte sich nach links und verspürte ein Gefühl der Erleichterung beim Anblick der vorbildlichen Linie, zu der sich seine Bogenschützen in der Zwischenzeit wieder formiert hatten.

Die Ritter des dritten Haufens schlossen sich ihnen nun an. Zahlreiche Pferde ohne Reiter. Beinahe keine heilen Lanzen mehr ... Und doch lächelten die Männer. Kanet und Nut trieben ihre Rösser bis zu ihm, aber Uther ließ ihnen keine Zeit zum Verschnaufen. Weiter hinten wirbelten die Dämonen herum und stellten sich ihrerseits wieder in Reih und Glied auf, um sich auf eine neue Attacke vorzubereiten.

»Glaubst du immer noch, dass wir im Stande sind, sie zu besiegen?«, rief Uther Nut zu.

Der Recke antwortete nicht.

»Ich glaube schon!«, fuhr Uther fort. »Bleib bei mir, dann wirst du sehen, wie man eine ordentliche Fehde ausficht!«

Sie jagten in gestrecktem Galopp davon, unter ohrenbetäubendem Getöse, und umrundeten erneut die Linien der Fußsoldaten und Bogenschützen, bis sie das kleine Tal erreichten, in dem sie sich während des ersten Angriffs versteckt hatten. Dort nahmen sie sich nur die Zeit, frische Stangenwaffen von einem Gestell herunterzureißen, bevor sie ihren Rössern die Sporen gaben, um wieder auf der Kuppe des Hügels Aufstellung zu nehmen.

Die Dämonen, die kurzzeitig von ihrem Manöver aus dem Konzept gekommen waren, stürzten sich erneut ins Gefecht, doch der heftige Angriff der Ritter hatte den Soldaten des Königs erlaubt, ihre Reihen wieder zu schließen. Kaum waren die Feinde in Reichweite, ging ein Hagel von Pfeilen auf sie nieder, der ihre Linien noch weiter ausdünnte, dann stießen sie aufeinander, und die Schlacht begann.

Binnen weniger Minuten war der Begeisterungsrausch verflogen, und den Menschen stockte das Herz. Im Handgemenge hatten die Fußsoldaten und Bogenschützen keine Chance mehr gegen die Ungeheuer. Das gesamte königliche Heer trat den Rückzug an, von den Lanzenkriegern war nichts mehr zu sehen, die Bogenschützen zerbrachen ihre Bogen und zückten ihre armseligen Schwerter. Schon sah man, wie die ersten Menschen den Kampf abbrachen und flohen, wobei sie ihre Waffen fallen ließen und in panischem Entsetzen brüllten.

Uther warf Nut einen stummen Blick zu, dann senkte er seine Lanze.

Die Attacke der Ritter zerschellte an dem feindlichen Heerhaufen mit dem sinnlosen Furor eines entfesselten Meeres, das gegen eine Klippe anbrandet.

Trotz des schweren Vorhangs aus Leder und Samt, trotz der fellbespannten Seitenwände und der Decken hatte sich eine eisige Feuchtigkeit in der Sänfte ausgebreitet. Eng aneinander geschmiegt, hatten Igraine und ihre Zofen schon seit Meilen kein Wort mehr gewechselt. Die Königin hielt Anna, ihre kleine Tochter, die so dick eingepackt war, dass man nur ihre rote Nase herausspitzen sah, fest an sich gedrückt. Sobald sie einschlief, hieß es still sein, doch das erzwungene Schweigen war für sie alle eine Erleichterung, wo man doch weder von Kindern noch vom Krieg noch von Uther sprechen konnte und bei jedem Satz auf der Hut sein musste, um nichts Unbedachtes zu sagen, was ihr die Tränen in die Augen trieb.

Bruder Blaise, ihr Beichtvater, hatte ihnen aus der Heiligen Schrift vorgelesen, bis er selbst von seinem monotonen Singsang eingeschlummert war. Und die Frauen waren nach und nach von einer dumpfen Schläfrigkeit oder von Langeweile übermannt worden und ebenfalls eingenickt, sanft gewiegt vom gleichmäßigen Rütteln des Fuhrwerks.

Igraine war erleichtert gewesen darüber, so sehr strengte selbst das kleinste Wort sie an. Es würde eine lange und trübselige Reise bis zu dem weit entfernten Herzogtum von Carmelide in dieser Sänfte, in der sie bei jeder Unebenheit des Fahrweges unsanft herumgeworfen wurden. Der sorgsam in den Ritzen fest gestopfte lederne Vorhang ließ nur winzige

Lichtstrahlen herein, und das Halbdunkel und die Kälte verliehen ihrem Gefährt den Anstrich eines Grabes.

Etliche Jahre zuvor war sie dieselbe Strecke in entgegengesetzter Richtung gereist, damals noch als ein Kind, das dem alten König Pellehun versprochen war. Aber es war Sommer gewesen, sie waren in einem offenen Wagen unterwegs gewesen, und sie hatte sich am Anblick der Landschaft berauscht, die sie gegenwärtig nicht einmal sehen konnte. Sie dachte an ihre erste Begegnung zurück, an den Schauder, als sie ihren Gemahl zu Gesicht bekommen hatte: Pellehun war älter als ihr eigener Vater gewesen, er hatte nichts von dem gehabt, was sich ein junges Mädchen von ihrem Verlobten erwarten mochte, und dennoch war er von einer faszinierenden Aura der Stärke und Selbstgewissheit umgeben gewesen. Sie hatte sich bemüht, ihn zu lieben. Sie hatte sogar glückliche Tage mit ihm verlebt, solange der König noch gehofft hatte, dass sie ihm einen Erben schenkte. Und dann waren die Monate ins Land gegangen, Pellehun hatte immer seltener das Lager mit ihr geteilt, und sie hatte die Einsamkeit kennen gelernt, die Verzweiflung, und schließlich das Licht, das die Religion in ihr Dasein brachte.

Sie betrachtete Blaise, der in sich zusammengesunken dasaß, nach wie vor die offene Bibel auf den Knien, und leise schnarchend den Schlaf der Seligen schlief. Gott selbst hatte sie verraten, indem er ihr den Glauben an die Liebe eingegeben hatte, um ihr daraufhin alles zu rauben, was sie liebte. Uther war nur unwesentlich älter als sie gewesen, als sie sich das erste Mal begegnet waren. Zwei Kinder in der Burg eines Greises, die einer wie der andere in seinen Diensten standen. Trotz seiner Jugend war er einer der zwölf Recken gewesen, der fortwährend darum bemüht war, seinen Zügen mehr Härte zu verleihen, um reifer zu wirken, vermutlich ebenso einsam wie sie, weit weg von seiner kleinen Baronie von Cystennin ... Eines Abends, kurz nach ihrem fünfzehnten Geburtstag, hatten sie sich geküsst, und Ulfin hätte sie um ein Haar ertappt. Möglicherweise hatte er sie sogar gesehen ...

242

Dann war Uther zum Pendragon geworden, beseelt von Llianes Liebe, während sie, dem Herzog Gorlois ausgeliefert, die schwärzesten Tage ihres Lebens durchlitten hatte. Damals hatte sie sich umbringen wollen, doch dann hatte Gorlois sie geschwängert, sie hatte eine Tochter geboren, und so hatte ihre Existenz zumindest einen Sinn erhalten. Schließlich war auch Uther zurückgekehrt. Er war für keine andere als sie in die Schlacht gezogen, für sie hatte er auf Lliane verzichtet und der Macht ihrer magischen Kräfte entsagt.

Artus' Geburt war ein solches Glück gewesen, dass sie davon noch heute zu Tränen gerührt war. Für die Dauer eines Sommers war ihr Dasein ganz und gar erfüllt gewesen. Im Königreich herrschte Frieden, Uther war bei ihr ... Warum hatte er alles zerstört? Diese Frage ließ ihr keine Ruhe, seit dem Tag, an dem er ihr ihr Kind entrissen hatte. Dafür konnte es nur eine Erklärung geben: Die Elfe hatte ihn verhext, sie und dieser vermaledeite Merlin, der stets auftauchte, wenn man nicht mit ihm rechnete. Sie hatte ihn in ihrer Gewalt, wie in jenen Momenten, da er bewusstlos dalag und sie ihre Zauberformeln durch seinen Mund herausschrie. Die Elfen wussten überhaupt nicht, was Liebe ist, sie hatten keine Familie. Das schlichte Glück des Königs musste in ihren Augen eine Beleidigung sein ... Das war der Grund, dass Lliane ihr Leben zerstört hatte. Falls Artus ihr eines Tages zurückgegeben würde, müsste sie ihm den Hass auf die Elfen einimpfen ...

Erregtes Stimmengewirr draußen riss sie aus ihren bitteren Gedanken. Sie hob eine Ecke des ledernen Vorhangs, dann schob sie ihn mit einem Ruck ganz zur Seite, als sie den Reiter erkannte, der ihnen da entgegenkam.

Ohne erst zu warten, bis das Fuhrwerk zum Stehen gekommen war, vertraute sie Anna einer aus dem Schlaf hochgeschreckten Zofe an, sprang aus der Sänfte hinaus und rannte auf ihn zu.

»Mein Vater!«

Seine Eskorte hinter sich lassend, gab Illtud seinem ermatteten Pferd die Sporen, stürmte den als Straße dienenden verschneiten Erdwall hinauf und war kaum abgestiegen, als sie sich auch schon in seine Arme warf. Trotz seines Schwertes, seines Kettenpanzers und seines schlammbesudelten Waffenrocks war er ein Mann der Kirche, und er hatte schon so lange keine Frau mehr an seinen Busen gedrückt, dass er sich gehemmt und zutiefst bewegt zugleich fühlte.

»Meine Tochter ...«

Igraine war so jung, dass sie tatsächlich seine Tochter hätte sein können, und in diesem Bewusstsein umarmte und küsste er sie. Eine zutiefst bekümmerte Tochter, fern ihres Geliebten, unglücklich und verzweifelt.

»Ist Uther am Leben?«

»Ich habe ihn verlassen, bevor die Schlacht begonnen hat«, erwiderte er. »Er selbst hat mich dir entgegengesandt. Er liebt dich, Igraine. Er denkt an nichts anderes als dich ... Er möchte wissen, ob du ihm verziehen hast und ob du ihn noch liebst.«

Die Königin begann zu schluchzen und fiel in dem gefrorenen Schlamm des Fahrwegs auf die Knie.

»Ich habe ihn nicht einmal mehr gesehen ... Aber das ist nicht seine Schuld, mein Vater. Sie hat ihn verhext. Ich hasse sie ... Ihr könnt Euch gar nicht vorstellen, wie sehr ich sie hasse.«

Der Abt schaute auf, und er begegnete dem Blick Léo de Grands. Der Herzog saß ohne Eile vom Pferd ab, ging bis zu ihnen vor und fasste seine Schwester sanft bei den Schultern.

»Lass mich in Frieden!«, heulte sie und schlug wild um sich.

»Das führt doch zu nichts«, murmelte Carmelide an ihr Ohr. »Bete jetzt einfach für seine Seele. Wenn du ihn liebst, so ist das alles, was du augenblicklich für ihn zu tun vermagst ...«

Sie musterte ihn forschend, und obgleich er ein unerschrockener Kämpfer war, schlug der Herzog als Erster die Augen nieder.

Als sie sich umwandte, hatte sich Illtud bereits wieder aufs Pferd geschwungen.

»Was macht Ihr?«

»Ich kehre zu ihm zurück«, erklärte der Abt.

»Aber das ist doch blanker Wahnsinn!«, rief Léo de Grand aus. »Es wird bald dunkel, und bei dieser Kälte könnt Ihr unmöglich einen solchen Ritt auf Euch nehmen – das haltet Ihr nicht durch!«

Illtud lächelte und verzog schicksalsergeben das Gesicht.

»Ich bin gekommen, um eine Antwort einzuholen«, erklärte er mit Blick auf Igraine.

»Sagt ihm, dass ich ihn liebe … Natürlich liebe ich ihn … Gebt Acht, dass er am Leben bleibt, mein Vater – mir zuliebe.«

Der Abt lächelte erneut, nickte und machte kehrt, um ohne ein weiteres Wort wieder in Richtung Schlacht zurückzureiten.

XIV

Das Schwert im Stein

Ihr werdet mich töten, nicht wahr?«
Lliane zuckte zusammen. In angestrengtes Nachdenken
versunken, hatte sie nicht bemerkt, wie Guerri sein Maultier bis zu ihr getrieben hatte. Sie sah verstohlen zu Frehir hinüber, der nach wie vor das Ende des ledernen Stricks umklammert hielt, welcher fest um den Hals des Mörders gezurrt war.
Der Barbar nickte ihr beschwichtigend zu, und Llianes Blick
streifte flüchtig das aufgedunsene Gesicht ihres Gegenübers.

»Ich habe dir mein Wort gegeben«, erwiderte sie mit sichtlichem Abscheu.

»Mhm ... Den Ring und das Leben, stimmt's?«

Unwillkürlich blickte Lliane auf den Ring an ihrem Finger
hinunter. Guerri lachte verächtlich auf und wies mit einer
nachlässigen Geste auf eine Wegkreuzung einige Klafter vor
ihnen.

»Dann kannst du mich jetzt freilassen«, sagte er. »Dort ist es,
der linke Pfad ...«

Während dieses Wortwechsels hatten ihre Reittiere sie bis
zu einer Gabelung gebracht, an der Kevin und Till auf sie warteten, die nicht wussten, welcher Route sie folgen sollten. Die
beiden Wege sahen einer aus wie der andere und lieferten nicht
den geringsten Anhaltspunkt, der ihnen die Entscheidung erleichtert hätte.

»Du läufst auf alle Fälle voraus«, erklärte Ulfin, der sie nun

246

eingeholt hatte. »Wenn du uns angelogen hast, wirst du der Erste sein, dem's an den Kragen geht.«

»Ich weiß«, entgegnete der Mörder unwillig, mit diesem unerträglichen nuschelnden Zischeln, das alles war, was er noch zu Stande brachte, seit Frehir ihm die rohe Behandlung hatte angedeihen lassen.

Und wieder lachte er sein schauriges Hohnlachen.

»Aber was macht das schon für einen Unterschied, hm?«

Ulfin starrte ihn an.

»Was willst du damit sagen?«

Guerri le Fol ließ sich zu einer Art Lächeln herab, oder zumindest verzog er seine geschwollenen Lippen zu einer Grimasse, die man dafür halten konnte. Sämtliche Augenpaare waren gegenwärtig auf ihn geheftet, und er trotzte ihren Blicken mit verächtlicher Überheblichkeit.

»Ja, was macht es schon für einen Unterschied?«, stieß er hervor. »Entweder locke ich euch in eine Falle, und wir geraten alle hinein, oder ich lotse euch wohlbehalten bis zum Ziel, und ihr überlasst mich den Fängen dieser Bestie ... In beiden Fällen bleibe ich auf der Strecke.«

»Die Königin hat dir ihr Wort gegeben, du Ratte!«, wetterte Dorian. »Wie kannst du es wagen, an ihrer Aufrichtigkeit zu zweifeln?«

Die Übrigen tauschten verstohlene Blicke. Prinz Dorian war wirklich der Einzige, der sich in dem Glauben wiegte, dass sie so verrückt waren, ihm das Leben zu lassen.

»Schon gut«, sagte Lliane. »Was willst du?«

Guerri wies auf die Schlinge, die ihm die Kehle einschnürte.

»Als Erstes einmal, dass man mir die hier abnimmt ... und dass man mir diesen Schwachkopf vom Leibe schafft.«

Sie mussten Frehir zurückhalten, als er begriff, dass die Rede von ihm war.

»Lasst mich ziehen«, fuhr le Fol fort. »Ich kehre nicht nach Kab-Bag zurück, ihr geht keinerlei Gefahr ein ... In der Zeit, die ich brauche, um aus diesem unterirdischen Stollen und der

Schlucht herauszukommen, werdet ihr erledigt haben, was ihr zu erledigen habt.«

Lliane musterte ihn durchdringend, und jeder konnte die Verwirrung des Mörders sehen, der fasziniert war vom Funkeln ihrer grünen Augen. Ganz leise begannen die Lippen der Königin einige Worte zu formen.

»*Seon rethe nith* ...«

Guerri machte buchstäblich einen Satz nach hinten und schlug die Hände vors Gesicht.

»Versuch bloß nicht, mir mit einem deiner Zauberkunststückchen zu kommen, du Hexe!«

Diesmal waren es Kevin und Till, die reagierten. Einzig eine Handbewegung der Königin hielt sie davon ab, den Schmähungen und dem Feilschen des Mörders ein für alle Mal ein Ende zu setzen. Sein Leben hatte in Llianes Augen keinerlei Bedeutung. Er verkörperte all das, was sie an den Menschen so hasste, eine Mischung aus Arroganz, Brutalität und Niederträchtigkeit, doch der Tod schlich immer noch um sie herum, und sie wollte ihn nicht anlocken.

»Du wirst deiner Wege gehen«, erklärte sie. »Doch ich werde so lange bei dir bleiben, bis Till uns seinen Falken schickt. Auf diese Weise werde ich erfahren, ob ihnen nichts zugestoßen ist.«

Le Fol blinzelte verunsichert, denn er hörte sehr wohl die unterschwellige Drohung aus den Worten der Königin heraus. Aber er war ein Mann, und er hielt sich für stark genug, um nichts befürchten zu müssen von einer Frau, und sei sie auch eine Elfenkönigin.

»Also, wo geht es jetzt wirklich lang? Links oder rechts?«

Sie starrten sich eine ganze Weile an, er mit seinem von Fausthieben verunzierten Gesicht, hässlich und schweißglänzend, sie weihevoll erhaben und kalt, mit dem reinsten Antlitz, das ihm je zu sehen vergönnt war – allerdings war es von einer unerbittlichen Härte. Schließlich schlug Guerri die Augen nieder.

»Links«, sagte er. »Der linke Tunnel ...«

Lliane lächelte und bestätigte die Richtung mit einer Bewegung des Kinns. Kurz darauf waren sie alleine, während die Schritte der Gruppe immer leiser wurden.

»Du hast gewusst, dass wir dir keinerlei Vertrauen entgegenbringen, nicht wahr?«, sagte sie, ohne ihn anzublicken.

»Nun ...«

»Indem du uns den linken Durchgang gewiesen hast, wolltest du uns dazu bewegen, den rechten entlangzugehen ... Und was ist dort, auf der rechten Seite?«

Guerri stieß erneut sein verächtliches Lachen aus.

»Geh doch und schau nach, du Hexe ...«

Lliane sah flüchtig zu ihm hinüber und wandte sich umgehend wieder ab. Er bot wahrhaftig ein zu schreckliches Bild, wie er da vom rötlichen Schein seiner Fackel angeleuchtet wurde, welcher die dunklen Flecken und Beulen auf seinem zerschundenen Gesicht scharf hervortreten ließ. Doch das Abscheulichste war seine innere Hässlichkeit, die in seinem Lächeln und in seinem Blick zum Vorschein kam. Sie gab Ilra leicht die Sporen und ritt einige Schritte auf den rechten Stollen zu. Dort straffte sie den Oberkörper, und ihre länglichen Ohren stellten sich zu dem Dunkel des Tunnels hin auf. Ein Schnaufen war darin zu vernehmen, so langsam und tief wie das Gebläse eines Schmiedes, und daneben ein Schauder erregendes Gurgeln. Welches auch immer das Grauen sein mochte, das ihrer da harrte – sie verspürte nicht die geringste Lust, es näher in Erfahrung zu bringen.

Als sie ihr Pferd herumlenkte, entlockte ihr eine plötzlich vor ihren Augen auftauchende, geisterhafte weiße Erscheinung einen Entsetzensschrei. Einen Moment lang meinte sie den Tod selbst zu sehen, der sich da auf sie stürzte, doch es war nur Tills Jagdfalke.

»Ich habe dir einen Schrecken eingejagt«, rief der Falke. »Verzeih mir ...«

»Ich bin diejenige, die sich bei dir entschuldigen muss«, zwit-

249

scherte Lliane (und Guerri betrachtete sie mit weit aufgerissenen Augen). »Habt ihr den Durchgang gefunden?«

»Ja«, erwiderte der Vogel. »Er ist ganz nah, nur wenige Flügelschläge von hier entfernt. Wir sind in einer Art Pferdestall. Es ist keine Menschenseele darin ...«

»Flieg voraus, ich komme nach.«

Lliane hob die Faust, und der Falke flatterte davon. Sie sah ihm hinterher und schob damit zugleich eine Entscheidung auf, die ihr widerstrebte. Guerri freizulassen hieß, auf dem Rückweg das Risiko eines Hinterhaltes in Kauf zu nehmen – sofern es ihnen überhaupt jemals gelänge, lebend wieder herauszukommen. In der Schlucht hätten eventuelle Widersacher leichtes Spiel. Schon ein einzelner Mann konnte einen Erdrutsch auslösen, ohne sich selbst in Gefahr zu begeben. Genau das, wozu eine Kreatur wie er sich entschließen würde ... Guerri nicht freizulassen, sondern ihn mit nach Scâth zu nehmen wäre schlicht und einfach undenkbar. Und ihn zu töten wäre Verrat. Ihr Wort zu brechen hieße, die Ehre zu verlieren, und gegenwärtig bliebe ihr nicht viel anderes übrig, als ...

Sie hatte ihre Stute kaum herumgelenkt, als sie auch schon die Brauen runzelte. Auf dem Maulesel saß kein Reiter mehr. Die Fackel lag knisternd und schmauchend auf dem feuchten Boden, und die Elfe blickte sich gerade noch rechtzeitig um, um in dem Augenblick ihren Stiefel zu heben, da Guerri sich auf sie stürzte. Der Mann bekam den Tritt direkt ins Gesicht und brach mit einem Schmerzensschrei zusammen. Schon hatte sie Orcomhiela, ihren langen silbernen Dolch, der bei sämtlichen elfischen Clans berüchtigt war, aus der Scheide gezogen. Guerri wich abrupt zurück, als er die Klinge auf sich gerichtet sah, doch er fasste sich sofort wieder und erhob sich keck.

»Na los, du Hexe, bring mich doch um!«

»Ich täte nichts lieber als das ...«, bemerkte Lliane.

Sie schob ihren Dolch in die Hülle zurück und dirigierte ihr Reittier mit einem Zügelschnalzen von dem Mörder weg.

»... doch ich habe dir mein Wort gegeben, Guerri le Fol.«

Sie streifte Mahaults Ring vom Finger, die Insignie der Gilde, in die die Rune von Beorn geprägt war, und warf ihn ihm vor die Füße. Der Mann verzog sein Gesicht zu einem widerwärtigen Lächeln, dann fasste er urplötzlich seinen Entschluss und fiel auf dem schlammigen, steinigen Grund auf die Knie. Einige Sekunden lang tastete er wie besessen im Finstern danach, doch vergeblich. Da besann er sich unvermittelt eines Besseren und rannte los, um seine Fackel aufzuheben. Doch in dem Moment, da er sich wieder aufrichtete, hallte der unterirdische Stollen von einem entsetzlichen Schrei wider. Als Lliane sich umdrehte, sah sie nur noch, wie le Fol zu Boden rollte.

Frehir tauchte aus dem Dunkel auf, wischte seine Klinge an den Kleidern des Toten ab und marschierte seelenruhig zu dessen Maultier hinüber, wobei er im Vorübergehen die zischelnde Fackel hochnahm. Er ging noch einmal zu der Leiche hin, leuchtete den Boden ab und bückte sich, um den Ring aufzuheben; dann trat er, nach wie vor ohne jede Eile, zu Lliane hin und lächelte sie an.

»Hier! Dein Ring . . . «

Sie streckte die Hand aus, ohne nachzudenken. Er reichte ihr den Ring, tätschelte der Stute den Hals und verschwand zu dem linken Gang hin. Wenig später tauchte er in der Finsternis unter.

»Ich hatte ihm mein Wort gegeben!«, rief die Königin.

Die schleppende Stimme des Barbaren drang, vom Echo verzerrt, an ihr Ohr.

»Aber ich nicht!«

Jeder Schritt seines Rosses war eine Folter. Uthers Gesicht war aufgescheuert von den Maschen seiner Kettenhaube, geschwollen, von Schlagspuren übersät. Die rechte Gesichtshälfte war über und über von getrocknetem Blut verklebt, und sein Auge war halb zugeschwollen. Er ritt völlig zusammengekrümmt, den Arm gegen die Rippen gepresst, und sein Atem

ging flach, denn jeder Atemzug schmerzte. Die Klinge einer
Axt war in seine Lunge gefahren, hatte Fleisch und Knochen
durchtrennt, und sein Waffenrock triefte vor Blut.

Um ihn herum befanden sich nur noch um die zehn Mann,
und das einzig bekannte Gesicht darunter war das von Adragai
dem Braunen. Der Recke bot einen entsetzlichen Anblick. Eine
Klinge hatte die Maschen seiner Kettenhaube zerteilt und Stirn
und Brauen aufgeschlitzt. Ein Stück Fleisch baumelte ihm im
Gangrhythmus seines Pferdes vor dem Auge hin und her. Sein
Kettenpanzer war mit Schlamm und Blut besudelt, an etlichen
Stellen waren die Maschen gerissen, und der Schild, den er,
durch sein Schildband gehalten, auf dem Rücken trug, hatte
derart viele Kerben und Beulen, dass die Herzstelle geborsten
war und sein Wappen darauf nicht mehr zu erkennen. Und
doch hielt er sich nach wie vor aufrecht, und er war es auch,
der Uthers Pferd durch die Nacht führte. Ein junger Ritter ritt
neben ihnen, doch weder der König noch sein Gefährte kannten ihn. Die Übrigen waren Sergeants, Schildknappen, ja selbst
ein Bogenschütze war unter ihnen, der mit Not wusste, wie
man sich im Sattel hielt ... Sie alle schwiegen, den Blick gedankenverloren ins Leere gerichtet, am ganzen Leib grün und
blau geschlagen, und durchlebten die Gräuel, die sich seit dem
Morgen vor ihren Augen abgespielt hatten, im Geiste wieder
und wieder – zu Tode ermattet, zutiefst erschüttert über die
Niederlage, einige von ihnen mit schmerzverzerrten Gesichtern, andere phantasierten bereits. Doch zumindest waren sie
noch am Leben. Wie viele andere hatten nicht das Glück gehabt, den Tag bis zur Nacht zu überstehen?

Bei Sonnenuntergang hatte sich die Schlacht zu einem reinen Massaker entwickelt. Beim zweiten Angriff des Königs waren die Krieger mit ihren Leibern und Rössern direkt gegen das
Heer der Dämonen geprallt[1], ihre Lanzen waren in tausend

---

1 Die Ritter setzten häufig den eigenen Körper und den ihres Pferdes als
   Wurfgeschoss ein, um seitlich gegen ihren Gegner anzurennen und ihn
   durch die Wucht ihres Gewichts umzuwerfen.

Splitter zerborsten, so dass nur noch der abgebrochene Schaft in ihren aufgerissenen Fäusten zurückgeblieben war, und sie hatten den Kampf mit Schwert- und Axthieben fortgesetzt. Die Pferde brachen tot unter ihnen zusammen, aufgeschlitzt, geprügelt und bisweilen sogar mit Bisswunden von den spitzen Fangzähnen der Monster. In der Mitte des Gefechtsplatzes hatten so viele Tiere ihr Leben gelassen, dass die übereinander liegenden Kadaver einen Hügel bildeten, auf den sich die Ritter hochzogen, trunken vor Hass und mit irrem Blick. Stundenlang trampelten sie über die Toten und Sterbenden hinweg. Ab und an hatten sie sich genügend Freiraum erkämpft, um Atem zu schöpfen oder in gierigen Schlucken aus einem Schlauch zu trinken; dann kamen die Dämonen von neuem, wieder und wieder, bis ihnen allen schlecht vor Erschöpfung war. Die Menschen kämpften Schulter an Schulter, so eng aneinander gedrängt, dass die Ungeheuer ihre Waffen fallen ließen und mit Krallen und Reißzähnen auf sie losgingen. Uther hatte ebenso wie die anderen sein Pferd verloren und schlug sich zu Fuß, indem er Excalibur wie eine Sense gebrauchte, die er in die Menge hineinsausen ließ, durch Fleisch und Knochen hindurch, bis seine tauben Arme vor Müdigkeit zitterten und seine Beine ihn nicht länger trugen. Sein Kettenhemd war an etlichen Stellen unter den Schlägen eines Morgensterns oder eines Schwertes aufgerissen, und hier und da sickerte Blut unter den Maschen hervor. Um ihn herum lagen leblose Männer in ihren dampfenden Eingeweiden. Unter all denen, die sich auf den Füßen hielten, gab es einige, die bis kurz vor ihrem Hinscheiden weitertaumelten, auch solche, deren Gesicht gespalten oder deren Arm abgehauen worden war. Ogier, der junge Soldat mit der zu großen Beckenhaube, würde am Abend nach der Schlacht nicht mehr zu ihm kommen. Uther hatte ihn fallen sehen, bei lebendigem Leibe von einem Axthieb zerteilt. Do war der Helm heruntergerissen worden, dann hatte ein Wolf sein Gesicht zerfetzt. Urien hielt seine aufgeschürften Hände gegen den Leib gepresst. Madoc der Schwarze, lag weit vor ihnen reglos zwi-

253

schen den Leichen der Bogenschützen, und keiner wusste, ob er noch am Leben war.

Sie drängten sie zehnmal zurück, von der Morgendämmerung bis zum Einbruch der Nacht, und die ganze Zeit über sahen sie, wie sich hinter dem Getümmel wieder eine neue Truppe formierte, die bis dahin von den wütenden Kämpfen verschont geblieben war. Der Krieger in der dunklen Rüstung und seine Eskorte hatten sich dort, ohne sich zu rühren, im Hintergrund gehalten und dem Gemetzel sichtlich erbaut zugesehen. Um sie herum schien eine Gruppe von Kämpfern nur auf den Befehl zu warten, sich endlich ins Gefecht zu stürzen. Ihre Größe und ihr Aussehen ließen keinen Zweifel zu: Es waren Zwerge vom Schwarzen Berg. Etwa hundert, die ihre knotigen Hände um die langen Streitäxte krallten. Und an ihrer Spitze hatte Uther Prinz Rogor erkannt.

Am Abend hob Prinz Maheloas den Arm, und die Zwerge stürzten sich unter Gebrüll ins Gewühl. Sie rasten geradewegs auf Uther zu, direkt zu Excalibur, ihrem gestohlenen Talisman, hin. Rogor, der mit ihnen mitrannte, zerhackte mit kraftvollen Axthieben Lebende und Tote und schaffte es in seinem wahnsinnigen Beginnen, sich bis zu ihm vorzuarbeiten. Selbst jetzt noch, nach all den Gräueln des Tages, schauderte Uther, als er sich seine grässliche, verzerrte Fratze wieder ins Gedächtnis rief. Er war auf die Knie gefallen, zu Tode erschöpft, halb blind von dem Blut, das ihm übers Gesicht rann, und sein Arm hatte so stark geschmerzt, dass er nicht länger im Stande gewesen war, Excalibur zu heben. In dem Moment, da sie sich von Angesicht zu Angesicht gegenüberstanden, lächelte Prinz Rogor und brüllte etwas, das Uther in dem irren Tumult des Handgemenges nicht verstand. Der Zwerg schlug zu, seine wuchtige Axt durchschnitt surrend die Luft, doch ein Verletzter stürzte plötzlich zwischen sie, und der Prinz verfehlte sein Ziel. Uther heulte auf, als die Klinge sein Kettenhemd zerfetzte, seine Rippen zertrümmerte und sein Fleisch durchschnitt. Der Hieb schleuderte ihn zu Boden, aber seltsamerweise empfand er kei-

254

nen Schmerz. Da warf er sich mit letzter Kraftanstrengung nach vorne, Excalibur, das er wie eine Lanze schwenkte, in beiden Händen, und versetzte dem Prinzen vom Schwarzen Berg einen Stoß, der die Nasendecke seines Visiers zertrümmerte und ihm das Gesicht in zwei Teile spaltete ...

Das war die letzte Erinnerung, die er sich von dem Gefecht bewahrt hatte.

Wie er es geschafft hatte zu flüchten, durch welches Wunder er sich zur Stunde auf einem Pferd befand, benommen vor Müdigkeit und Schmerzen, weshalb er nicht dort unten tot zwischen den Seinen lag? Er hatte keine Ahnung, und es spielte auch gar keine Rolle mehr ...

Im Morgengrauen tauchte Loth in ihrem Sichtfeld auf. Die Stadt, zu der die Kunde von der vernichtenden Niederlage der Armee auf Gott weiß welchem Wege durchgedrungen war, leerte sich und entließ ihre Bewohner durch sämtliche Tore. Es gab kaum noch Pferde, die man hätte anspannen können, und so lief der Großteil der Flüchtenden zu Fuß, alles auf den Rücken gepackt, was man hatte retten können. In diesem widerwärtigen Gedrängel fand sich immer noch etwas, dessentwegen man sich prügeln und einander zerfleischen konnte: eine Geldbörse, ein goldener Becher oder ein Schinken ... Einige Wachen auf den Wehrmauern und an der Hauptausfallspforte bahnten den Heimkehrern einen Weg. Die Nächsten stürzten sich in den Gässchen der Stadt auf sie, um ihnen ihre Pferde zu entwenden. Uther war nicht mehr in der Verfassung zu kämpfen, ja, er war nicht einmal mehr im Stande, sein Reittier zu bändigen. Als es sich aufbäumte, zu Tode verängstigt von all den gierigen Händen, die nach seinen Zügeln griffen, stürzte der König wie ein Sack Blei zu Boden. Mühsam rappelte er sich wieder auf, gestützt von Adragai, und sie fanden sich alleine wieder, in einer mit einem Mal völlig ausgestorbenen Gasse.

»Der Stein«, murmelte Uther. »Bring mich zu dem Stein ...«

Der Recke packte den Arm des Königs und zog ihn sich um die Schulter, so dass dieser halb auf seinem Rücken hing; dann stieg er, mühsam einen Fuß vor den anderen setzend, bis zum Palast hinauf. Die Tore standen weit offen. Adragai hatte sein Schwert gezückt, doch das war nicht nötig. Sie boten beide einen derart Furcht erregenden Anblick, dass keiner auf die Idee gekommen wäre, sie anzugreifen. Und wozu auch im Übrigen? Goldenes Geschirr lag auf dem Boden, fallen gelassen von irgendeinem Plünderer; Diener und Frauen rannten kreuz und quer durcheinander, in panischer Aufregung wie ein Schwarm Wespen, und ergriffen die Flucht, sobald sie sie gewahrten. Irgendwo bellte ein angeketteter Hund wie toll, anderswo weinten von ihren Eltern zurückgelassene Kinder. Der Palast war nur noch ein leeres Mauergeripppe, in dem ihre schleppenden Schritte schauerlich widerhallten.

Die beiden Männer erklommen die Stufen bis zum Ratssaal hinauf, wobei sie sich bei jedem Schritt plagten und eine Spur aus geschmolzenem Schnee, Schlamm und Blut zurückließen. Uther verlor immer wieder das Bewusstsein, und Adragai musste ihn mitziehen, bis sie schließlich durch einen falschen Schritt von Adragai beide ins Straucheln gerieten und es ihn wie ein Blitzschlag durchzuckte, der ihn aus seiner Betäubung riss. Endlich war ein langes Stöhnen zu vernehmen, das das unheilvolle Lärmen in der Stadt übertönte und immer deutlicher wurde, immer lauter. Der Stein von Fal hatte den herannahenden König erkannt.

Uther machte sich von seinem Begleiter los und lief die letzten Schritte, die ihn noch von dem Talisman trennten, allein. Der Stein begann zitternd zu schwingen, und seine Klage hallte in den verlassenen Gängen wie ein düsteres Abschiedslied wider.

»Du wirst Merlin aufsuchen«, murmelte Uther, ohne den Blick von dem bebenden Kern der runden Tafel abzuwenden. »Erzähl ihm, was du gesehen hast ... Artus ... Sag ihm, er soll auf Artus Acht geben, auf dass er die Stärke finden möge, das zu vollenden, was wir begonnen haben ...«

Der König richtete sich auf, so gut er es vermochte, trotz der

256

blitzenden Funken, die vor seinen Augen herumschwirrten, trotz des Schwindelgefühls und der Schmerzen. Die Tafel begann vor seinen Augen zu tanzen, und das monotone Vibrieren des Fal Lia machte ihn ganz benommen.

»Igraine muss mir verzeihen ... Verzeih mir ... Man darf nicht wissen, wo er sich aufhält, auch nicht, wer er ist ... Sonst werden sie ihn töten. Schwör es mir ...«

»Ich schwöre es!«, erwiderte Adragai.

Doch der König hörte ihn nicht, sprach nicht länger zu ihm. Seine Wunden waren wieder aufgeplatzt, aus seinem Kettenhemd quoll das Blut und befleckte seinen Waffenrock. Jeder Schritt kam einem Wunder gleich, aber er rückte immer noch weiter vor, während er das Schwert von Nudd hinter sich über die Bodenplatten schleifte, Metall auf Stein, ein unerträgliches, schrilles Schaben.

»Ich hätte dich so gerne geliebt«, sagte er leise.

Er stützte sich auf die bronzene Platte, packte mit beiden Händen den Knauf von Excalibur und versuchte, sich aufzurichten.

»Ich hätte es so gerne gesehen, dass du mich liebst ...«

In der Mitte der Tafel schien der Stein von einem rötlichen Schimmer durchpulst, gleich einem schlagenden Herzen.

»Lliane ...«

Mit einer letzten Anstrengung, die all seine verbleibenden Kräfte aufzehrte, versetzte er dem Stein einen derart gewaltigen Hieb, dass das Schwert darin stecken blieb.

Das war das Letzte, was er sah. Er lag auf die Erde hingesunken, und Adragai hielt ihm den Kopf. Das goldene Schwert, in den Stein gerammt ...

»Keiner ... wird je im Stande sein ..., sie zu trennen«, murmelte er.

Und seine Augen schlossen sich für immer.

Später, etliche Stunden später an jenem Tag, als ein eisiger Regen auf die Stadt niederfiel, fand Illtud, der Abt, sie endlich. Doch es war zu spät.

Ulfin, Kevin und Onar hielten Wache und beobachteten die Umgebung draußen durch die Ritzen der Bretterwand, während Till Streu für die Pferde ausbreitete und Sudri an verschiedenen Stellen Schwefel verteilte. Wenn sie später diesen Ort hier verließen, würde eine einfache Fackel genügen, um alles in Brand zu setzen und ein hübsches Freudenfeuer zu entfachen. Lliane hatte Frehir knapp vor dem Ausgang des unterirdischen Stollens eingeholt, und sie passierten gemeinsam das breite Tor, das den Zugang versperrte. Genau wie der Falke gesagt hatte, handelte es sich um einen Stall, eine ziemlich geschickte Wahl von Seiten der Gilde. Es erstaunte vermutlich niemanden, wenn man dort zu Pferde hineinritt oder herauskam, und es war düster genug darin, dass man die Schiebetür, die den Geheimgang verdeckte, nicht erkennen konnte. Trotz des Dämmerlichts bemerkte Lliane den fragenden Blick, den der Recke Frehir zuwarf, dann das Nicken des Barbaren, und sie empfand zugleich Verbitterung und ein Gefühl der Erniedrigung. Die beiden Männer hatten gemeinsam über Guerris Los entschieden ... Ulfin stand in einem Lichtstrahl, die Maschen seines Kettenhemdes schimmerten dunkel wie die Schuppen einer Eidechse, und sein Waffenrock, der trotz des Schlammes noch leuchtend hell war, ließ die Umrisse seiner hohen Gestalt erkennen. Wie er da so verharrte, mit dem Gesicht im Schatten, hatte er Ähnlichkeit mit Uther.

Lliane stieß einen spitzen Schrei aus und sank auf das Stroh hin, das den Boden bedeckte.

Der Tod war da.

Der Gedanke an Uther hatte ihn angezogen, und sie sah ihn, wie er den König in seinen ausgemergelten Armen forttrug. Dann verneigte sich der Sensenmann vor dreien von ihnen.

XV

Das Antlitz des Schwarzen Herrn

Wieder einmal wälzte Tarot sich unruhig von einer Seite auf die andere. Er war seit zu langer Zeit an den Luxus seines Palastes gewöhnt, an all den Samt und die Seide, mit denen seine prinzische Schlafstatt ausstaffiert war, als dass er vermochte hätte, auf dem ärmlichen Lager einer von ihren Bewohnern verlassenen Höhle in seligen Schlummer zu sinken. Die Dämonen spukten durch seine Träume, der grässliche Anblick Dessen-der-keinen-Namen-haben-darf ging ihm nicht mehr aus dem Sinn und drückte ihm derart auf die Seele, dass er nicht einmal mehr dem geringsten Gnom in die Augen schauen konnte und sich fern von aller Welt in diesem elenden Schlupfloch verkroch. Mit einem Mal spürte er eine Gefahr und fuhr wie von der Tarantel gestochen aus den tiefsten Tiefen seiner Albträume hoch. Und schon wurde eine gigantische Hand auf seinen Mund gepresst, um seinen Entsetzensschrei zu ersticken.

Die winzige Grotte füllte sich unversehens mit einem ganzen Trupp Leute und wurde von Fackeln erhellt. Doch die hinterlistigen Äuglein des Sheriffs weiteten sich noch ein wenig mehr, als er denjenigen erkannte, der ihn da auf sein Lager niederzwang. Der Mann schüttelte sachte den Kopf, legte den Finger auf den Mund und zog seine Hand zurück.

»Sire Frehir!«, hauchte der Gnom mit erstickter Stimme.

Der Barbar wandte sich zu seinen Gefährten, nicht wenig

stolz, dass er so rasch erkannt worden war. Die Marken lagen nicht weit von der Gnomenstadt, und in Friedenszeiten kamen die Barbaren häufig nach Kab-Bag, um ihre Felle zu veräußern und Wein einzukaufen. Aber der Gnom hatte sich rasch einen Überblick über seine unvermuteten Besucher verschafft, und als er die Königin gewahrte, stürzte er vor sie hin und warf sich ihr zu Füßen.

»Meine Königin, habt Erbarmen! Ich habe nichts ausrichten können! Der Große Rat muss doch ein Einsehen haben, dass...«

»Es gibt keinen Großen Rat mehr«, entgegnete sie. Und sie wandte den Blick ab, damit er nicht die Tränen in ihren Augen schimmern sehen konnte. Es gibt keinen Großen Rat mehr, und Uther ist tot, dachte sie bei sich. Der Gnom merkte nichts, gänzlich damit beschäftigt, ihr sein Leid zu klagen.

»Sie haben uns alles genommen, sie haben Hunderte von uns getötet, einfach so, rein zu ihrem Amüsement; sie haben mich sogar aus meinem Palast vertrieben!«

Tarot hielt inne und drehte sich zu Frehir um, dem einzigen weiteren vertrauten Gesicht in ihrer Gruppe.

»Wie habt ihr mich gefunden?«

Der Barbar kniete neben der Feuerstelle und kratzte aus, was noch von einem nicht mehr ganz frischen Ragout am Boden eines Kessels klebte. Mit einer nachlässigen Handbewegung wies er zu Onar und Sudri hinüber: Die beiden hielten mit eiserner Hand einen Gnom gepackt, den sie in einer Gasse aufgegriffen und dem sie erfolgreich verständlich gemacht hatten, dass es ihm zu seinem unmittelbaren Vorteil gereichen würde, wenn er ihnen ohne Widerrede gehorchte. Der Unglückliche versuchte die Andeutung eines Lächelns und schrumpfte unter dem wütenden Blick des Sheriffs noch ein wenig weiter in sich zusammen.

»Du elende Ratte!«, brüllte dieser in einem plötzlichen Wahnsinnsanfall, der sie alle überraschte. »Du wirst bei lebendigem Leib gehäutet werden!«

Tarot sprang mit einem Satz auf die Füße und rannte auf den Gnom zu, doch er war nicht mehr der Jüngste, seine besten Tage waren vorüber, und selbst seinerzeit war er keine wirklich Furcht erregende Erscheinung gewesen. Gerade als er knapp vor seinem bedauernswürdigen Opfer angelangt war, verpasste ihm Onar eine derart deftige Ohrfeige, dass er zurückprallte und auf den Boden kugelte.

»Immer mit der Ruhe«, bemerkte der Zwerg lachend. »Du wirst dir am Ende noch wehtun ...«

Der Sheriff rappelte sich mühsam wieder auf. Er hatte sich den Kopf angeschlagen, und ein feiner Blutfaden rann von seiner aufgeplatzten Lippe hinab. Doch sein jäh aufgeflammter Zorn schien verraucht.

»Was wollt ihr von mir?«, stöhnte er.

»Führ uns zum Palast«, forderte Lliane. »Bitte den Herrn und Meister um Audienz.«

Aus dem rot glühenden, runzeligen Gesicht des Gnoms entwich alles Blut.

»Das ... Das geht nicht«, erwiderte er leise. »Man darf nicht ...«

Die Elfe trat auf ihn zu und ging in die Hocke, um sich auf seine Höhe zu begeben. Nie zuvor hatte er die Königin aus so großer Nähe gesehen. Sein Bauch, der sich bei der Erwähnung des Schwarzen Herrn zusammengekrampft hatte, entspannte sich ein wenig. Mit ihren grünen Augen, der bläulichen Haut und dem schwarzen, glatten Haar weckte sie in ihm die Erinnerung an andere Elfen, Huren, die er in Scâth oder in der Unterstadt aufgelesen hatte, alles in allem eindeutig zu mager für ihn und ebenso arrogant wie die Menschenfrauen, dabei aber so kalt, dass man hätte meinen können, sie empfänden keinerlei Lust in seinen Armen ... Er zuckte zusammen, als er Llianes Blick auf sich ruhen fühlte, als wüsste sie haargenau, an was er soeben gedacht hatte.

»Führ uns zum Palast«, wiederholte sie und streckte ihre Hand mit Mahaults Ring in den Schein der Fackeln vor, fast unter seine Nase. »Du siehst, wir sind nur Mörder der Gilde, die gekommen sind, um dem Herrn Rechenschaft über den Erfolg ihrer Mission abzulegen.«

»Das wird nicht funktionieren ...«

Sie sah ihn nachdenklich an, dann schenkte sie ihm ein entwaffnendes Lächeln.

»Früher oder später müssen wir alle sterben, Sheriff Tarot. Wenn der Plan scheitert, haben wir zumindest den Tag und die Stunde selbst bestimmt ...«

»Erbarmen«, murmelte er. »Wenn ich euch helfe, werden sie meinen Sohn umbringen.«

»Meinen Sohn haben sie auch«, schaltete Frehir sich ein.

Und er feuerte mit einem ohrenbetäubenden Scheppern den Kessel in einen Winkel, als handle es sich dabei um einen simplen Humpen; dann stieß er alle zur Seite, packte den Gnom am Kragen und riss ihn vom Boden hoch.

»Du führst uns gefälligst dorthin!«

Tarot setzte zu einer Antwort an, doch der Blick des Hünen hielt ihn davon ab, noch weiter zu diskutieren. Resigniert griff er sich seinen Umhang, hakte die goldenen Schließen, die noch von seinem einstmaligen Ruhm zeugten, um den Hals herum zu und trippelte in Richtung Ausgang.

»Einen Moment noch!«, sagte Onar, als sie sich alle an seine Fersen hefteten, um die Höhle zu verlassen. »Was machen wir denn jetzt mit dem hier?«

Und er deutete auf den kläglichen, zitternden Gnom, der ihnen den Weg zum Refugium des Sheriffs gewiesen hatte.

»Er ist uns augenblicklich zu nichts mehr nutze«, grummelte Ulfin ... »Los, komm mal hier rüber!«

Der Recke lächelte und streckte der kleinen Kreatur freundschaftlich die Hand hin, doch Lliane sah, wie er seinen Dolch zog und ihn hinter seinem Rücken verbarg.

»*Geswican nith hael hlystan!*«, kreischte sie.

Und schon wurde der Ritter nach hinten geschleudert, stieß sich den Kopf an der Wand an und brach unter metallischem

Rasseln zusammen. Er blickte zornig zu ihr empor, aber als er die Königin gewahrte, erschrak er zu Tode. Lliane wohnte keine Spur Schönheit mehr inne. Ihre grünen Augen wirkten über alle Maßen geweitet, ihr Mund war zu einem abscheulichen Grinsen verzerrt, und ihre bläuliche Haut leuchtete im Halbdunkel des Raumes wie die Aura eines Gespenstes. Ulfin wollte fliehen, während sie auf ihn zukam, fand sich jedoch in einer Ecke eingezwängt, da packte Dorian seine Schwester am Arm.

»Lass ihn in Frieden.«

Sie wandte ihm ihre Furcht erregende Fratze zu, erkannte ihn und besänftigte sich. Mit pochendem Herzen fing Ulfin einen Blick des jungen Prinzen auf und bemerkte, wie er ihm zunickte, worauf er sich Schutz suchend zu den anderen flüchtete.

»Ist gut«, raunte Lliane. »Jetzt lass mich los . . .«

Sie trat auf den völlig verängstigten Gnom zu, kauerte sich vor ihm nieder und redete in sanftem Ton auf ihn ein. Beinahe sofort kam das kleine Geschöpf ins Taumeln, dann sank es in ihre Arme. Sie bettete es auf Tarots Lager, zog ihm eine Decke über den Körper und ging hinaus. Die anderen sahen ihr nach, und in ihren Mienen spiegelten sich die unterschiedlichsten Empfindungen: Furcht, Ratlosigkeit, Erstaunen, Argwohn . . .

»Er schläft«, erklärte sie.

Und sie wandte sich zu Ulfin um, der sich in einiger Distanz hielt.

»Das Böse ist überall hier rundum . . . Genau davon nähren sie sich: von der Angst, vom Hass, vom Verbrechen. Zu töten heißt nur, ihnen zu noch mehr Stärke zu verhelfen. Vergiss das nicht.«

Ulfin nickte und senkte die Lider, beschämt wie ein Junge, den man bei einer Untat ertappt hat. Weshalb hatte er diesen harmlosen Gnom umbringen wollen? Weil ihm gerade der Sinn danach gestanden hatte. Genauso einfach und genauso grausam war es . . . Der mörderische Furor der Lanze von Lug war ansteckend und hatte jeden Winkel von Kab-Bag infiziert.

Die Gnomen waren, genau wie Tarot wenige Minuten zuvor, davon durchdrungen. Selbst Lliane spürte noch immer die unsinnige Wut, die sie übermannt hatte. Wenn Dorian ihr nicht Einhalt geboten hätte, hätte sie Ulfin vermutlich umgebracht ... Es gab keine magische Formel, keinen Zauber, mit dem man sich dagegen wappnen konnte. Der Talisman der Dämonen rief in jedem von ihnen die dunkelsten Seiten wach.

»Wartet«, sagte sie, während sie bereits den Schlupfwinkel des Sheriffs verließen. »Onar, Ulfin, kommt zu mir ... Kommt alle einmal her.«

Sie scharten sich alle zehn um sie, Elfen, Zwerge, Menschen und selbst Tarot, der Gnom, auf allen Seiten von Waffen eingezwängt in diesem engen Gewölbe, und Lliane hieß sie noch enger zusammenrücken, bis sie ein einziges, dicht gedrängtes Häufchen bildeten. Dann zog sie unter ihren entgeisterten Blicken ihr silbernes Kettenhemd aus, streifte ihr langes Moirégewand ab und drückte sie an sich hin – nackt, begehrenswert, faszinierend. Der Hass und die Angst wichen aus ihren Herzen. Sie sahen nur noch ihre Brüste, ihre Schenkel, ihre samtweiche Haut, die ihr gegerbtes Leder streifte. Und so, schutzlos und verletzbar, trug sie ein altes Gedicht des Waldes vor.

Meine Liebe ist eine Eisenspitze,
Dürstend nach Macht und Gewalt,
Sie gleicht den vier Enden der Erde,
Ist grenzenlos wie die Weite des Himmels.
Ist das Brechen des Genicks,
Ist das Ertränken im Wasser,
Ist der Kampf gegen einen Schatten,
Ist ein Emporstieben in die Lüfte,
Ist das verwegene Hinabschnellen zum Meeresgrund,
Sie ist die Liebe zu einem Schatten.[1]

1 ›Geschichte der Etaine‹. Gedicht aus dem IX. Jahrhundert. Etaine war die Gemahlin des irischen Hochkönigs Eochaid, um die sich eine Reihe dunkler Legenden rankten. [Anm. d. Übs.]

Sie war ihre Braut, ihr Gestalt gewordenes Begehren, sie war die Liebe, die Schönheit und die Zerbrechlichkeit, so schmal und so bleich in ihrem Kreis aus Eisen und Leder. Sie war die Hoffnung, das Licht in dieser Schattenstadt, die flackernde Flamme in der Finsternis.

»Ich werde ohne Waffen und Kleider gehen«, wisperte sie, »und du wirst mich schützen. Ich werde die Liebe sein, das sanfte Säuseln des Sommerwinds. Ich werde deine Tochter sein, deine Mutter, dein gefangenes Kind, all jene, die du liebst, ich werde das Leben sein, der Vogel am Himmel, der leise plätschernde Bach, ich werde das Morgen sein ... Wenn du mich fallen lässt, werden sie uns töten, oder aber wir töten uns selbst. Beschütze mich, und verschließe mir zuliebe deine Augen vor der Hässlichkeit, vor dem Hass und dem Tod.«

Jähe Böen wehten die eisige Kälte der Ebene und Schneeregenschauer bis zu ihnen herüber. Doch es war zu warm in Kab-Bag, zu feucht, als dass der Schnee liegen geblieben wäre, und diese ganze Nässe rieselte in den Gassen und an den Mauern herunter, als weine die Stadt. Keine Spur mehr von dem ehedem regen Treiben des Handelszentrums, dem Gewimmel in dem Labyrinth aus kleinen Straßen, Sackgassen und Seitenwegen, und auch keine Spur mehr von der Überfülle an Gütern, von der diese einst überquollen – wenn man einmal von einigen durchweichten Betttüchern absah, die hier und da an zwischen zwei Häusern gespannten Schnüren aufgehängt waren, oder von irgendwelchen herrenlosen Warentischen, die sich noch unter der Last verrottender Lebensmittel bogen, sowie dann und wann der flüchtig vorbeihuschenden Silhouette eines Gnomen, der bei ihrem Anblick die Flucht ergriff. Sie liefen Patrouillen der Goblins in die Arme, doch der Ring der Gilde wirkte Wunder. Finster dreinblickende Monster ließen ihren Blick im Vorbeigehen lüstern über den nackten Körper der Königin gleiten, und wenn sie ihre krallenbewehrten Pranken nach ihr ausstreckten, schritt Tarot unter Aufbietung seiner ganzen Autorität ein. »Dies ist eine Hure für den Herrn und Meister! Willst du ihm die vielleicht abspenstig machen?« Auf diese Weise gelangten sie schließlich bis zum Palast.

Tarot hatte ihn genau in der Mitte des Schachtes von Kab-Bag errichten lassen, auf einem dieser raffinierten, wackeligen Gerüste, deren Konstruktion ein Geheimnis seines Volkes war. Alles schien kurz vor dem Einstürzen, einschließlich der Brücke, die dort hinüberführte, und doch drohte den gnomischen Bauten keine Gefahr – wenn man einmal vom Feuer absah. Bis dahin hatte der Sheriff tapfer durchgehalten, doch mitten in seiner Befestigungsanlage blieb er stehen und stützte sich auf die Brustwehr, niedergeschmettert vom Schmerz und der Trauer über das, was sie aus seinem Domizil gemacht hatten. Selbst die Fassade war vom Feuer geschwärzt und verkommen. Die Fensterscheiben waren zersplittert, lange Vorhangstreifen flatterten gleich finsteren Standarten im Wind, und die Statuen und Basreliefs waren abgehauen und zertrümmert.

Lliane trat zu ihm hin, legte ihm die Hände auf die Schultern, und er wandte sich um, um sich eng an ihren Bauch zu schmiegen. Bald schon fühlte sie die Tränen des Gnomen ihre Haut benetzen.

»Du wirst ihn neu aufbauen, und er wird noch schöner sein«, murmelte sie leise.

Tarot schniefte geräuschvoll und blickte aus seinen tränenschimmernden Fuchsäuglein zu ihr auf. Er stand nach wie vor eng gegen ihren Bauch gepresst, und seine schwieligen Hände hielten ihren sanft gewölbten Rücken fest umschlungen.

»Komm, lass uns gehen«, sagte sie und schenkte ihm ein Lächeln.

Die Wachen am Haupttor erkannten den Sheriff ebenso wie den Ring der Gilde, und ließen sie passieren. Es waren weder Orks noch Goblins, sondern hässliche Riesen von einer Rasse, die sie noch niemals gesehen hatten, so klapperdürr wie Skelette und in lange schwarze Mäntel gewickelt, die über düstere

Kettenhemden herabfielen und sie vollständig zu verhüllen schienen. Im Innern trafen sie auf weitere dieser Wesen, und die meisten regten sich nicht, ja sie wandten nicht einmal den Kopf, um sie anzuschauen. Es waren abscheuliche Kreaturen, widerwärtig anzusehen, krumm wie Greise, mit fahlgrauer Haut und tief in ihre Höhlen zurückgesunkenen Augen. Ihre Magerkeit war Grauen erregend, doch sie trugen Waffen, die keiner von ihnen zu heben vermocht hätte, nicht einmal Frehir.

»Das sind die Fir Bolg«, raunte die Königin. »Die alte Rasse, die von den Tuatha Dê Danann besiegt worden ist. Sie waren schon vor den anderen Stämmen da, sogar noch vor den Dämonen. Sie sind Sklavenkrieger und handeln nur auf Befehl. Von ihnen haben wir nichts zu befürchten ...«

Es sei denn, Der-der-keinen-Namen-haben-darf gebietet ihnen, uns zu töten, dachte sie bei sich. Sie waren überall, zu Dutzenden, und glichen in ihren langen schwarzen Mänteln schauerlichen Statuen, zu denen selbst die goblinischen Wachen respektvollen Abstand hielten. Eine Weile lang rückten die zehn Gefährten in dieser Weise vor, umgeben von der Grabesstille in diesem Geisterpalast; dann zeigte Tarot ihnen am Ende eines verwüsteten Korridors eine verschlossene Türe.

»Der Herr und Meister befindet sich dort«, sagte er mit erstickter Stimme. »Hinter dieser Türe ...«

Lliane lief weiter, prallte aber gegen den Gnom, der zur Salzsäule erstarrt schien.

»Man ... Man darf dort nicht hinein«, stammelte er. »Der Herr und Meister darf nicht gestört werden ...«

Das kleine Wesen wurde von krampfartigen Zuckungen gebeutelt. Über sein aufgedunsenes, erdfahles Gesicht rannen Schweißbäche und Tränen. Er war nicht mehr im Stande weiterzugehen. Lliane sah ihre Gefährten an und las die verheerende Angst in ihren kreidebleichen Gesichtern. Ihre Herzen begannen zu flattern. Das maßlose Entsetzen ließ ihre Willenskraft dahinschmelzen und vernichtete ihre letzten seelischen

Reserven. Bald schon würde die Lanze ihre heimtückische Macht in ihnen entfalten.

Lliane schob den Gnom beiseite und schlüpfte zwischen ihm und Ulfin, der an der Spitze marschierte, hindurch, um anschließend bis zur Tür vorzugehen. Ihre Begleiter rührten sich nicht.

Mit weit aufgerissenen Augen betrachteten sie ihre schlanke, nackte Gestalt, das Wogen ihres langen schwarzen Haares, die spielerische Geschmeidigkeit ihres Körpers, der vom Schneeregen glänzte wie eine Rüstung. Sie blieb vor der Schwelle stehen, stützte die Hände an die Türflügel und lehnte ihre Stirn gegen die eisenbeschlagenen Bohlen. Ihre Beine zitterten, ihre Kehle war wie zugeschnürt, und ihr Herz schlug so heftig, dass sie ins Wanken geriet. Nun erfasste auch sie die Angst. Indem sie ganz fest die Augen zusammenkniff, schaffte sie es, sich Rhiannons Gesicht auf der Feeninsel vorzustellen.

Das kleine Mädchen stand von einem Lichtkreis umgeben im lauen Dunkel der Nacht. Sie hatte sich einen Blätterkranz geflochten und Blumen an den Gürtel gesteckt; das kleine Volk wachte über sie ...

Ruckartig riss sich Lliane von der Türe los und öffnete beide Flügel.

Keine Sekunde später schlug ihr ein Schwall stickiger, heißer Luft ins Gesicht. Der riesige Raum war von dem flackernden rötlichen Schein zweier gigantischer Kohlenbecken erfüllt. Winzige, schemenhafte Gestalten zeichneten sich in diesem orangefarbenen Halbdämmer ab; geheimnisvolle, undefinierbare Schattenwesen, die zu Dutzenden rund um den von zwei garstigen Riesen bewachten Thron versammelt waren.

»Ich habe dich schon erwartet«, zischelte eine kalte, hinterhältige Stimme.

Sie trat näher, inzwischen weinend und mit derart zugeschnürter Kehle, dass sie nach Luft schnappte wie ein Fisch auf dem Trockenen.

268

»Komm zu mir, Lliane ... Komm ruhig ganz bis zu mir heran ...«

Die schmalen Gestalten wichen vor ihr zur Seite. Ihre tränenverschleierten Augen vermochten nur noch einen purpurn schimmernden Lichtschein und die dunkle Nische zwischen den Kohlenbecken zu erkennen, in der der Herr und Meister sie erwartete.

»Du bist nackt, das ist gut ... Das Begehren ist eine Kraft, die ich zu nutzen wissen werde. Deine Schönheit wird uns noch wertvolle Dienste erweisen. Komm und bring sie mir dar ...«

Ein gleißendes Licht zerriss auf einmal den Dunstschleier, der sie umgab. Funkelnd wie ein Sonnenstrahl hatte das Eisen der Lanze in den Händen Dessen-der-keinen-Namen-haben-darf zu leuchten begonnen und warf einen mörderisch hellen Glanz auf sie. Sie fiel auf die Knie, geblendet und bezwungen. Als sich ihre Augen schließlich an das Licht gewöhnt hatten, entdeckte sie plötzlich die sonderbare Schar, die da rund um den Thron verstreut stand. Kinder ... Kinder aller Rassen, Zwerge, Elfen, Menschen – und auch Gnomenkinder, unter denen sich Tarots Sohn befinden musste.

»Wie du siehst, habe ich alles, was du zu holen gekommen bist, hier versammelt ... Die Lanze, die Kinder, mich selbst ... Worauf wartest du noch, Königin Lliane? Du bist hier, um mich zu töten, nicht wahr? Los, nimm mich ...«

Jedes einzelne Wort des Unnennbaren hallte dröhnend in ihrem Kopf wider. Es war nur ein Raunen, doch es sickerte in sie ein wie eine Befleckung. Seine Stimme strich zärtlich über ihren nackten Leib, leckte ihre Haut und machte sie schaudern vor Abscheu. Sie nahm ihre letzten inneren Kräfte zusammen und erhob sich langsam wieder – doch als ihr Blick an dem Schwarzen Herrn hängen blieb, brach ihr Wille endgültig.

Unter der dunklen Kapuze, die seine Züge verbarg, hatte sie nichts anderes als ihr eigenes Antlitz erblickt.

Er erhob sich vom Thron, schlug die Kapuze nach hinten

und schritt im Feuerschein der Kohlenbecken auf sie zu. Das war sie selbst. Die gleichen Augen, das gleiche Haar, die gleiche Haut. Der Schwarze Herr hatte ihr Gesicht, doch es war eine hässliche Fratze, bei der die ganze Schönheit ins Gegenteil verkehrt war. Da war all das, was an Schlechtem in ihr steckte, an Verdrängtem und Abgespaltenem, das jetzt vor ihren Augen offenbar wurde. Das Gesicht ihrer schlimmsten Albträume.

Er schritt noch weiter vor, und sie sah sich selbst lächeln und ihren nackten Körper betrachten, als wolle sie sich an seinem Anblick ergötzen, ihn in allen Einzelheiten erforschen, und sie schrie erneut auf, verzweifelt bemüht, sich aus dieser unerträglichen Vergewaltigung loszureißen.

Ein zweiter Schrei antwortete ihr, gleichsam als Echo, und der Unnennbare löste den Blick von ihr. Als sie das Aufheulen der Königin gehört hatten, waren Frehir und Ulfin losgestürzt, gefolgt von den anderen. Die ganze Szene dauerte nur einen kurzen Moment. Die riesenhaften Wachen hatten sich nicht gerührt, und der Barbar hieb auf einen von ihnen mit der Schneide seines Schwertes ein, kurz bevor der Befehl ihres Herrn sie zum Leben erweckte. Der Fir Bolg, dem Frehirs Schwert quer im Leibe steckte, stieß einen abscheulichen Schrei aus und kippte auf ihn nieder.

Ulfin war geradewegs auf Den-der-keinen-Namen-haben-darf zugerannt. Doch als er vor ihm anlangte, blieb er wie versteinert stehen, und Lliane sah, wie sich seine Augen weiteten und ihm vor Entsetzen der Kiefer herunterklappte. Sie wandte sich zu dem Dunklen Herrn um und begriff. Der Dämon hatte jetzt Ulfins Züge angenommen, entstellt, garstig, und der Recke geriet vor Schreck ins Taumeln.

Es handelte sich um den denkbar grausamsten und mächtigsten Zauber. Keiner brachte es über sich, sein eigenes Bild zu töten. Und keiner konnte es ertragen, sich selbst in seiner ganzen Hässlichkeit zu erblicken. Das war es, was Frehir in dem Hohlweg damals gesehen hatte, was Mahault und Tarot geschaut hatten, genau wie so viele andere; das war es, was sie schließlich niedergezwungen hatte. Ulfin wich zurück, ließ sein Schwert fallen und hielt sich die Hand vor die Augen. Durch einen Schleier aus Tränen wurde Lliane des zweiten Fir Bolg gewahr, der mit seinem Morgenstern Onar den Schädel zertrümmerte, um daraufhin Till und seinen armseligen Dolch beiseite zu fegen. Sie heulte vor Verzweiflung, als Dorian, dem das Monster den Kopf abgerissen hatte, sein Leben aushauchte. Dann schoss einer von Kevins Pfeilen durch seinen Leib hindurch wie ein silberner Blitz, Bran und Sudri schlugen mit ihren scharf geschliffenen Streitäxten auf seine Beine ein, und er stürzte gleich einer Eiche, die unter dem Beil eines Holzfällers nachgibt, unter den Hieben der Zwerge zu Boden.

Sein Genosse rollte, von Frehir heruntergestoßen, auf die Erde. Der Barbar stand auf, das Gesicht von zähflüssigem, schwarzem Blut verschmiert, und die Elfe sah, wie er lächelte. Ein Kind lief auf ihn zu, rief seinen Namen. Frehir erkannte Galaad und breitete die Arme aus, doch sein Lächeln erstarrte, als er bemerkte, wie sich die Miene seines Sohnes urplötzlich wandelte und das Kind brüllend auf irgendetwas hinter ihm zeigte.

Frehir blieb gerade noch Zeit, sich umzudrehen, bevor ihn die schartige Klinge eines Fir Bolg vollständig durchbohrte.

Auf den Befehl des Meisters hin waren sämtliche Hünen seiner Garde aus ihrer Lethargie erwacht. Sie strömten aus dem ganzen Palast zusammen und kamen langsam näher, mit ausdrucksloser Miene, und es waren so viele, dass sie den Saal beinahe vollständig füllten.

»Du magst noch weiterleben«, raunte der Schwarze Herr der Königin ins Ohr. »Die anderen sind wertlos für mich ...«

Lliane wandte sich zu ihm um, erblickte ein weiteres Mal die Furcht erregende Maske ihrer eigenen Hässlichkeit, und in einem Ausbruch der Entrüstung schnellte sie nach vorne und rammte ihm mit aller ihr zu Gebote stehenden Kraft ihren Dolch in den Leib. Der Unnennbare zwang sie mit einem un-

erhört heftigen Schlag zurück, doch er hatte die Lanze losgelassen, und der Talisman fiel auf den Boden, zu Füßen seines
Throns.

Das Kind war es, das ihn aufhob. Galaad.

Die goldene Lanze war eigentlich viel zu schwer für ihn,
aber die Kraft des Talismans durchdrang ihn, und bald
schwenkte er ihn völlig mühelos hin und her. Da sah der
Schwarze Herr ihn an, und in diesem Moment erblickten alle
sein wahres Gesicht: scheußliche, weichliche Züge, diesmal
ohne dass der Zauber wirksam wurde. Galaad hatte nichts
Hässliches an sich. Zum ersten Mal, seit er existierte, hatte die
grässliche Magie Dessen-der-keinen-Namen-haben-darf ihre
Wirkung verfehlt. Das abscheuliche Wesen stieß einen schweren Seufzer aus, als die Lanze es durchbohrte, umkrallte den
goldenen Schaft, während es seine Augen aufriss und sein Blick
erlosch, doch Galaad stemmte sich immer noch weiter dagegen, weinend vor Wut und Kummer, bis die gleißende Spitze
in der Rückenlehne des Throns steckte, die Arme des Herrn
über die Schwarzen Lande leblos heruntersanken und ein letzter Atemzug aus seinem Munde entwich.

Mit einem Mal herrschte vollkommene Stille im Saal. Das
Kampfgetöse, die Schreie der Kinder, die scharrenden Schritte
der Fir Bolg auf den Steinplatten, all das verebbte mit dem
Hinscheiden des Herrn und Meisters.

Die mitten in ihrer Bewegung erstarrten Hünen sahen sich
um, als seien sie soeben aus einem langen Schlaf erwacht. Ihr
Blick glitt über die kleine Gruppe, die da vor ihnen stand, dann
wendeten sie sich zum Gehen und verließen den Raum. Man
hörte die Todesschreie der Goblins, die nicht rechtzeitig vor
den erlösten Fir Bolg zur Seite getreten waren, das Niederkra-
chen ihrer schweren Waffen, die schonungslos Fleisch, Rüstungen und das Holz verschlossener Türen zermalmten. Dann war
nur noch ein fernes Rumoren zu hören.

Lliane schleppte sich bis zu dem leblosen Körper Dorians
und schloss ihn in die Arme. Till weinte neben ihr, vor Kum-

mer und auch vor Schmerzen. Sein Arm zuckte krampfartig an der Stelle, wo ihn das Monster getroffen hatte. Tarot weinte ebenfalls, allerdings vor Freude, denn er hielt seinen verlorenen Sohn an sich gedrückt.

Ein wenig abseits wachten Bran und Sudri über den Leichnam Onars und sagten ihre langen Litaneien auf, damit seine Seele unter dem Berg Frieden fände.

Lliane spürte, dass jemand hinter ihr war, und hob den Blick, als das Kind mit der Lanze an ihr vorüberging. Langsam, mit abgrundtief verzweifelter Miene, bewegte es sich auf Frehirs Leichnam zu.

»Du bist sein Sohn, nicht wahr . . . «

Das Kind wandte sich zu ihr um und nickte. Dann reichte es ihr die blutverschmierte Lanze.

»Behalte sie«, sagte sie. »Niemand soll sie dir fortan wegnehmen . . . «

Sie drehte sich zu Frehir herum.

»Dein Vater ist dafür immerhin in den Tod gegangen.«

Da sank Galaad auf die Knie, und Lliane drückte ihn an ihr Herz.

»Ich werde auf dich aufpassen«, flüsterte sie ihm ins Ohr. »Du wirst ihn nicht vergessen, aber du wirst wieder zu leben lernen. Was du warst, ist mit ihm gestorben. Du bist jetzt ein anderer und wirst es für immer bleiben. Du bist das Kind mit der Lanze. Der Hüter des Talismans . . . Du bist Lanzelot.«

Epilog

Der Schnee war unter den Regenfällen geschmolzen, und die Landschaft ähnelte, so weit das Auge reichte, einer schmutzigen, schlammverschmierten alten Decke. Die Stadt hatte sich ganz allmählich wieder bevölkert, nachdem die Dämonen sie in Brand gesteckt hatten und daraufhin hinter die Schwarzen Marken zurückgewichen waren. Noch waren es nur einige Dutzend scheuer, ausgehungerter Geschöpfe, die die feuergeschwärzten Trümmer nach etwas Essbarem durchwühlten; doch bald wären es Hunderte, noch bevor der Weizen reif würde. Dann kämen die Soldaten, und der erstbeste Baron, der dieses Tor durchschritt, könnte Loth in seine Gewalt bringen und – warum denn nicht – sich selbst zum König ernennen ... Bei dieser Vorstellung musste Merlin lächeln und schüttelte den Kopf. König wovon? Das gesamte Land war verwüstet, und Horden von Goblins und anderen Monstern trieben dort nach wie vor ihr Unwesen. Es würde lange dauern, bis die Narben des Krieges verheilt wären.

»An was denkst du, Myrrdin?«

Erschrocken fuhr er von der Zinne hoch, auf die er sich gestützt hatte, um Atem zu holen, und wandte sich zu Morgane um. Auch wenn sie herausfordernd lächelte, hatte das kleine Mädchen Angst, ihr war kalt, und sie musste es bereuen, ihn bis hierher begleitet zu haben. Sie hatte noch nie eine Stadt zu Gesicht bekommen, nicht einmal die grünen Städte im Wald von

Eliande, und die Ruinen von Loth hatten nichts an sich, was sie
hätte beruhigen können.

»Du hattest Recht, ich bin alt«, sagte er. »Gönn mir eine
kleine Pause, ich muss mich ausruhen . . .«

Sie blickte ihn mit leicht schräg geneigtem Kopf an,
schenkte ihm ein freundliches Lächeln, dann schob sie einen
Arm aus den Pelzen heraus, in die sie sich eingehüllt hatte, um
ein Steinchen vom Wehrgang aufzuheben.

»Ich zeige dir einen Zaubertrick!«, sagte sie. »Siehst du diesen Kiesel?«

Merlin nickte. Er wusste, was folgen würde. Sie hob die
Hand in die Höhe, stampfte heftig mit dem Absatz auf die Bodenplatten, und Merlin ließ sich täuschen, indem er unwillkürlich den Blick abwendete. Bis er sein Augenmerk wieder auf die
Hand mit dem Kiesel gerichtet hatte, war dieser bereits verschwunden (und er tat, als hörte er ihn nicht hinter Morganes
Schulter über die Stufen hinunterrollen, die sie soeben erklommen hatten).

»Magie!«, verkündete das kleine Mädchen.

»Das ist Magie, ja . . . Du hast es begriffen.«

»Also musst du mir jetzt den Rest beibringen! Alles, was du
weißt!«

Merlin nickte abermals, diesmal mit ernster Miene.

»Komm«, sagte er.

Er richtete sich auf und ging in Richtung des Bergfrieds davon, ohne sich weiter um sie zu kümmern. Das Zwischenspiel
hatte ein wenig dazu beigetragen, den Kloß, der sich in seiner
Kehle zusammengeballt hatte, zu lösen, doch wohin er auch
blickte, schlug ihm die Verheerung der Stadt von neuem aufs
Gemüt. Überall, auf dem Wehrgang, in den Gassen, durch die
eingestürzten Dächer der verwüsteten Behausungen hindurch,
sah man die Spuren der Gräuel, die vom Fall der Stadt zeugten. Verwesende Körper lagen offen da, ohne Grabstätte; zer-
brochene Waffen, Kleider und Geschirr übersäten den Boden,
armselige Beutestücke, die die Plünderer zurückgelassen hat-

ten. Bis zum Schluss hatte es Menschen gegeben, die lieber gestohlen und Gold oder Schmuck an sich gerafft hatten, als daran zu denken, ihr Leben zu retten. Sie waren schon jetzt von der Habgier der Zwerge beseelt, und bald würde diese die gesamte Menschheit erfassen ... Fette schwarze Ratten taten sich an all diesen Überresten gütlich, ohne sich auch nur im Geringsten von den vorbeigehenden Überlebenden aus der Ruhe bringen zu lassen; wie Würmer, die einen Kadaver zerfressen. Morgane und Merlin kletterten hintereinander eine von zerbrochenen Möbeln überquellende Treppe hinauf, stiegen in einem Gang über unförmige Trümmer hinweg und erreichten schließlich den Ratssaal.

Dort sank Merlin auf die Knie, und die Tränen, die er seit seiner Ankunft in Loth zurückgehalten hatte, schossen ihm endlich aus den Augen, denn all das Leid zerriss ihm das Herz.

In der Mitte des Raumes befand sich die große Tafel, auf der noch immer die Spuren der wütenden Hiebe zu erkennen waren, die auf sie niedergegangen waren. Außerdem waren immer noch Seile darum gebunden, die bis zu einer an den Deckenbalken befestigten Zugwinde hinaufliefen. Durch das einzige offene Fenster blies der Wind herein, und auf seine Laibung war, den Kerben und Scharten nach zu schließen, ebenfalls kräftig eingehämmert worden. Die Dämonen hatten ganz offensichtlich alles versucht, um die beiden Talismane fortzuschaffen, doch vergeblich.

Das Schwert war immer noch an seinem Platz: hineingerammt in den Stein.

Morgane zauderte, doch da Myrrdin weiterhin schluchzend am Boden kniete, wagte sie sich schließlich vor und packte das Stichblatt des Schwertes. Ein Vibrieren war zu vernehmen, eine dumpfe, unheilvolle Klage, ein Heulen aus einer jenseitigen Welt, und sie schnellte mit einem Schreckensschrei zurück.

»Nimm es!«, sagte Merlin hinter ihr mit pochendem Herzen und trotz der Tränen weit aufgerissenen Augen.

Da streckte sie erneut die Hand aus, ganz vorsichtig, als fürchte sie, sich zu verbrennen, und die goldene Klinge begann abermals zu vibrieren, als sie sie ergriff. Uthers Blut floss darin und das von Lliane. Das Blut eines Königs und einer Königin, und das Schwert brachte seinen Respekt vor diesem Vermächtnis zum Ausdruck. Doch es blieb fest im Stein stecken, trotz aller Anstrengungen, die sie unternahm, es herauszuziehen.

»Das hat nichts zu bedeuten, kleines Blättchen«, murmelte Merlin. »Ganz andere als du haben es bereits versucht, und es werden noch Weitere kommen, die es versuchen, vergeblich . . .«

Er richtete sich auf, trocknete seine Tränen und breitete seinen Mantel über sie.

»Komm, Morgane, wir müssen fort von hier, bevor es dunkel wird . . .«

Ohne sich zu wehren, ließ sie sich von ihm mitziehen, und sie verließen den Ratssaal. Auf der Schwelle der eingeschlagenen Türe wandte sich der Kindmann ein letztes Mal um, um die beiden zu betrachten.

Das Schwert von Nudd und den Stein von Fal, die auf den wahren König warteten, der im Stande wäre, sie endlich voneinander zu lösen.

Morgane war es nicht, das wusste er nun.

Und während sie sich in umgekehrter Richtung einen Weg durch die Trümmer bahnten, kam Merlin das Kind in den Sinn, das er in Antors Obhut in Cystennin zurückgelassen hatte.

Artus.

Quellen und Dank

›La Légende arthurienne‹, Bouquins, Laffont.

Chrétien de Troyes, ›Le Conte du Graal‹, Le Livre de Poche.

›Lancelot du Lac‹, übersetzt von François Mosès, Lettres gothiques – Le Livre de Poche.

Françoise Le Roux, Christian J. Guyonvarc'h, ›Les Druides et le Druidisme‹, Ouest France.

Françoise Le Roux, Christian J. Guyonvarc'h, ›Les Légendes de Brocéliande et du Roi Arthur‹, Ouest France.

Christian J. Guyonvarc'h, ›Magie, médecine et divination chez les Celtes‹, Bibliothèque scientifique, Payot.

Robert Delort, ›La Vie au Moyen Âge‹, Points Histoire.

Geneviève d'Haucourt, ›La Vie au Moyen Âge‹, Presses Universitaires de France.

Claude Lecouteux, ›Les Nains et les Elfes au Moyen Âge‹, Imago.

Marijane Osborn et Stella Longland, ›Rune Games‹, Routledge and Kegan Paul.

Robert-Jacques Thibaud, ›La Symbolique des druides‹, Dervy.

Yann Goven, ›Brocéliande, un pays né de la forêt‹, Ouest France.

Nigel Pennick, ›The Sacred World of the Celts‹, Thorsons.

›Grimoires et rituels magiques‹, Belfond.

Dominique Viseux, ›L'Initiation chevaleresque dans la légende arthurienne‹, Dervy.

Horik Svensson, ›The Runes‹, Carlton.

Greg Stafford, ›Pendragon‹, Oriflam.

Agnès Gerhards, ›La Société médiévale‹, MA éditions.

Marie-Louise Sjoestedt, ›Dieux et héros des Celtes‹, Terre de Brume.

Viviane Crowley, ›Celtic Wisdom‹, Thorsons.

Krystyna Weinstein, ›L'Art des manuscrits médiévaux‹, Solar.

Fernand Comte, ›Dictionnaire de la civilisation chrétienne‹, Larousse.

Miranda J. Green, ›Exploring the World of the Druids‹, Thames and Hudson.

›Revue Histoire Médiévale‹.

Jean Flori, ›Chevaliers et chevalerie au Moyen Âge‹, Hachette.

Édouard Brasey, ›Nains et gnomes‹, Pygmalion.

Jean Markale, ›Merlin l'Enchanteur‹, Espaces libres Albin Michel.

Jean Markale, ›Les Dames du Graal‹, Pygmalion.

Jean Markale, ›Petite Encyclopédie du Graal‹, Pygmalion.

Jean Markale, ›Paroles celtes‹, Albin Michel.

Roland Villeneuve, ›Le Dictionnaire du diable‹, Omnibus.

Caitlin Matthews, ›The Celtic Book of days‹, Godsfield Press Ltd.